Une fille parfaite

MARY KUBICA

Une fille parfaite

Roman

Titre original : THE GOOD GIRL

Publié par MIRA®

Traduction de l'américain par CAROLE BENTON

Ce livre a déjà été publié en avril 2015

© 2014, Mary Kyrychenko
© 2015, 2016, Harlequin SA

Ce livre est publié avec l'autorisation de HARLEQUIN BOOKS S.A.

Tous droits réservés, y compris le droit de reproduction de tout ou partie de l'ouvrage, sous quelque forme que ce soit.
Cette œuvre est une œuvre de fiction. Les noms propres, les personnages, les lieux, les intrigues, sont soit le fruit de l'imagination de l'auteur, soit utilisés dans le cadre d'une œuvre de fiction. Toute ressemblance avec des personnes réelles, vivantes ou décédées, des entreprises, des événements ou des lieux, serait une pure coïncidence.

MOSAÏC® est une marque déposée

Le visuel de couverture est reproduit avec l'autorisation de :
Femme : © TAMARLEVINE/CORBIS
Réalisation graphique couverture : C. ESCARBELT (Mosaïc)

MOSAÏC, une maison d'édition de la société HARLEQUIN
83-85, boulevard Vincent-Auriol, 75646 PARIS CEDEX 13
Tél. : 01 42 16 63 63
www.editions-mosaic.fr
ISBN 978-2-2803-5262-8 — ISSN 2430-5464

Pour A & A

EVE

PRÉCÉDEMMENT

Assise dans le coin repas de la cuisine, je sirote une tasse de chocolat quand le téléphone se met à sonner. Perdue dans mes pensées, je continue de fixer par la fenêtre la pelouse recouverte d'un tapis de feuilles en cet automne précoce. Certaines, moribondes, s'accrochent encore aux arbres. C'est la fin de l'après-midi. Le ciel est couvert et la température a amorcé sa dégringolade vers zéro. Je ne me sens pas prête pour cela et je me demande comment le temps a pu passer si vite. J'ai l'impression que c'était hier encore que nous fêtions l'arrivée du printemps, puis, dans la foulée, de l'été.

La sonnerie du téléphone me fait enfin sursauter mais, persuadée qu'il s'agit d'un télévendeur, je ne prends même pas la peine de me lever. Je tiens à savourer les dernières heures de silence qu'il me reste avant que James n'arrive et ne fasse irruption dans mon monde avec fracas. Pas question pour moi de perdre quelques précieuses minutes à écouter le baratin d'un démarcheur qui ne parviendra pas à me convaincre de toute façon.

Ce son irritant cesse avant de reprendre. Seule l'envie de le faire taire me décide à décrocher.

— Allô ? dis-je d'une voix contrariée, debout au milieu de la cuisine, appuyée contre l'îlot central.

— Madame Dennett ? interroge une voix de femme.

L'espace d'un instant, j'envisage de répondre qu'il s'agit d'un faux numéro ou de raccrocher avec un simple *je ne suis pas intéressée.*

— Elle-même.

— Madame Dennett, je m'appelle Ayanna Jackson.

Ce nom m'est familier. Bien que je n'aie jamais rencontré cette jeune femme, elle fait partie intégrante de la vie de Mia depuis un an. Combien de fois ai-je entendu cette dernière la mentionner : « Ayanna et moi avons fait ci… Ayanna et moi avons fait ça… »

Elle m'explique qu'elle connaît Mia, qu'elles sont toutes les deux professeurs dans le même lycée d'enseignement alternatif en ville.

— J'espère que je ne vous dérange pas, s'enquiert-elle.

Je reprends mon souffle avant de mentir.

— Oh ! non, Ayanna, je viens juste de rentrer.

Dans un mois exactement, le 31 octobre, Mia aura vingt-cinq ans. Elle est née le jour d'Halloween et j'en déduis que c'est probablement la raison de l'appel de son amie qui doit vouloir organiser une fête — une boom ? — en son honneur.

— Madame Dennett, Mia n'est pas venue travailler aujourd'hui, déclare-t-elle.

Une fille parfaite

Ce n'est pas du tout ce à quoi je m'attendais et il me faut quelques secondes pour réagir.

— Eh bien, je suppose qu'elle doit être souffrante.

Ma première réaction est de prendre la défense de ma fille qui a sûrement une très bonne raison pour ne pas être allée travailler et n'avoir pas prévenu de son absence. Elle a beau être anticonformiste, elle n'en demeure pas moins responsable.

— Elle ne vous a pas appelée ?

— Non, dis-je.

Cela n'a rien d'inhabituel. Nous passons des jours, parfois même des semaines, sans nous parler. Depuis l'invention des e-mails, nos contacts se résument à des échanges insignifiants.

— J'ai appelé chez elle, mais elle n'a pas décroché, reprend Ayanna.

— Avez-vous laissé un message ?

— Plusieurs.

— Et elle ne vous a donné aucune nouvelle ?

— Non.

J'écoute d'une oreille distraite les propos de la jeune femme à l'autre bout du fil. Par la fenêtre, j'aperçois les enfants des voisins qui secouent un petit arbre pour faire tomber ses dernières feuilles. Les enfants me servent d'horloge : quand ils apparaissent dans le jardin, je sais que la fin de l'après-midi approche, l'école est terminée. Quand ils rentrent chez eux, l'heure est venue pour moi de préparer le dîner.

— Son téléphone portable ?

— Je tombe directement sur sa boîte vocale.

— Avez-vous…

— J'ai laissé un message.

— Vous êtes sûre qu'elle n'a pas appelé l'école ?

— L'administration n'a reçu aucune nouvelle de sa part.

Je m'inquiète des problèmes que cela pourrait créer à Mia. Je m'inquiète qu'elle puisse être renvoyée. Le fait qu'elle pourrait avoir des ennuis ne m'a pas encore traversé l'esprit.

— J'espère que cela n'a pas causé trop de dérangement.

Ayanna m'explique que les élèves de la première heure de cours de Mia n'ont pas signalé son absence et que ce n'est qu'en deuxième heure que la nouvelle a finalement filtré : Mlle Dennett était absente et personne ne la remplaçait. Le directeur s'était chargé d'aller rétablir l'ordre dans la classe jusqu'à ce qu'ils trouvent une remplaçante : il avait découvert des graffitis de gang gribouillés sur les murs avec le matériel de dessin hors de prix de Mia, celui qu'elle achète elle-même quand l'administration refuse de payer.

— Madame Dennett, vous ne trouvez pas cela bizarre ? demande-t-elle. Cela ne ressemble pas à Mia.

— Oh ! Ayanna, je suis certaine qu'elle a une excellente raison.

— Comme quoi, par exemple ?

— Je vais appeler les hôpitaux. Il y en a plusieurs dans son quartier et…

— Je l'ai déjà fait.

— Ses amis, alors, dis-je, bien que je n'en connaisse aucun.

J'ai entendu des noms par-ci, par-là, comme ceux

Une fille parfaite

d'Ayanna et de Lauren. Et également celui d'un Zimbabwéen avec un visa étudiant, sur le point d'être renvoyé chez lui, ce que Mia trouve tout à fait injuste. Mais je ne les *connais* pas et leurs noms de famille ou autres informations les concernant sont difficiles à dénicher.

— Je l'ai déjà fait.

— Elle va donner de ses nouvelles, Ayanna. Il ne s'agit probablement que d'un simple malentendu. Il pourrait y avoir des millions de raisons à cela.

— Madame Dennett…

Et c'est à ce moment-là que je comprends ce qu'elle essaye de me dire : quelque chose cloche.

Cela me frappe comme un coup dans l'estomac et me ramène brusquement à l'époque où, enceinte de sept ou huit mois, je subissais les assauts des petits membres robustes de Mia qui cognaient et poussaient si fort en moi que ses pieds et ses mains se dessinaient pratiquement sous ma peau.

Je tire un tabouret et m'assois à l'îlot de la cuisine, prenant conscience qu'avant peu, Mia aura vingt-cinq ans et que je n'ai même pas pensé à lui acheter un cadeau. Pas plus que je n'ai pensé à organiser une fête en son honneur ou proposé de réserver une table pour que nous allions tous les quatre, James, Grace, Mia et moi, arroser cela dans un grand restaurant en ville.

— Que suggérez-vous que nous fassions alors ? demandé-je.

Un soupir accueille ma question au bout de la ligne.

— J'espérais que vous me diriez que Mia était avec vous, avoue-t-elle.

GABE

PRÉCÉDEMMENT

La nuit est tombée lorsque j'arrive devant la maison. Derrière les fenêtres de la bâtisse de style Tudor, les lumières brillent et inondent la rue bordée d'arbres. J'aperçois des personnes à l'intérieur. Le juge qui fait les cent pas en m'attendant et Mme Dennett perchée sur le bras d'un fauteuil rembourré, sirotant un verre de ce qui semble être de l'alcool. Il y a aussi quelques policiers en uniforme et une autre femme, une brune, qui regarde par la fenêtre tandis que je me gare au ralenti, retardant le moment de ma grande entrée.

Les Dennett sont comme n'importe quelle autre famille du North Shore de Chicago — une succession de banlieues qui borde le lac Michigan au nord de la ville. Ils sont pleins aux as. Ce qui explique que je m'éternise dans ma voiture alors que je devrais déjà être en train de me diriger vers la porte de cette grande maison, fort du pouvoir que je suis censé représenter.

Les paroles de mon chef lorsqu'il m'a confié cette

14

Une fille parfaite

affaire résonnent encore dans mes oreilles : « Ne me foire pas ce coup-là. »

Bien à l'abri et au chaud dans ma voiture déglinguée, j'observe l'imposante demeure. De l'extérieur, celle-ci ne semble pas aussi monumentale qu'elle ne doit l'être à l'intérieur, selon ce que j'imagine. Elle possède tout le charme suranné du Tudor anglais : des colombages et des fenêtres étroites, ainsi qu'un toit en pente raide. Elle me fait penser à un château médiéval.

Bien qu'on m'ait fortement conseillé de garder le secret, je suis supposé me sentir flatté d'avoir été choisi pour m'occuper de cette affaire de la plus haute importance. Ce qui n'est pourtant pas le cas.

Je m'avance vers la porte, coupant à travers la pelouse jusqu'à l'allée qui conduit aux deux marches du perron, et je frappe. Il fait froid. J'enfonce les mains dans mes poches pour les garder au chaud pendant que je patiente. Quand je me retrouve face à un des magistrats les plus influents du pays, je me sens soudain ridiculement mal habillé dans mes vêtements de ville — pantalon de treillis et polo sous un blouson en cuir.

— Juge Dennett, dis-je en franchissant le seuil.

Je manifeste une assurance que je suis loin d'éprouver, affichant une confiance que je dois conserver stockée quelque part au fond de moi pour de telles occasions.

Le juge Dennett est un homme imposant tant par la taille que par le pouvoir dont il dispose. Si je rate mon coup, nul doute que je me retrouverai au chômage… dans le meilleur des cas.

Mme Dennett se lève de son fauteuil.

— Je vous en prie, restez assise, dis-je de ma plus belle voix.

L'autre femme, plus jeune, dans la trentaine, Grace Dennett, je présume, d'après mes premières recherches, vient nous rejoindre, le juge et moi, à la frontière entre l'entrée et le salon.

— Inspecteur Gabe Hoffman, dis-je.

Je ne souris pas, je ne tends pas la main. La jeune femme se présente, confirmant qu'elle est bien Grace, cette jeune femme qui, toujours d'après mes recherches préliminaires, occupe la position de *senior associate* au sein du cabinet juridique Dalton & Meyers. J'éprouve à son égard une antipathie spontanée. L'air supérieur qu'elle affiche, sa façon de détailler avec dédain ma tenue de prolétaire et le cynisme que je perçois dans le ton de sa voix me fichent la chair de poule.

Mme Dennett prend la parole avec un fort accent anglais bien que mes premières investigations m'aient appris qu'elle vit aux Etats-Unis depuis l'âge de dix-huit ans. A première vue, elle semble paniquée, s'exprimant d'une voix suraiguë. Ses doigts s'agitent inlassablement, tripotant tout ce qui passe à leur portée.

— Ma fille a disparu, inspecteur, bredouille-t-elle. Aucun de ses amis ne l'a vue ou ne lui a parlé. J'ai appelé plusieurs fois son portable et laissé des messages.

Les mots s'étranglent dans sa gorge tandis qu'elle tente désespérément de retenir ses larmes.

— Je me suis rendue à son appartement pour voir si elle était là. J'ai été jusque là-bas et son propriétaire a refusé de me laisser entrer.

Une fille parfaite

Eve Dennett est une femme belle à couper le souffle. Je ne peux m'empêcher de fixer ses longs cheveux blonds qui cascadent jusqu'à la naissance de son décolleté sous sa blouse déboutonnée en haut. J'ai déjà eu l'occasion de la voir en photo, debout à côté de son mari sur les marches du palais de justice. Mais rien de comparable au fait de se retrouver face à elle en chair et en os.

— Quand avez-vous parlé avec elle pour la dernière fois ?

— La semaine dernière, répond le juge.

— Non, James, pas la semaine dernière, objecte Eve.

Elle hésite un instant sous le regard agacé de son mari, puis reprend :

— La semaine d'avant. Peut-être même celle d'avant encore. C'est le genre de relation que nous entretenons avec Mia — il se passe parfois des semaines sans que nous nous parlions.

— Cette situation n'a donc rien d'inhabituel ? De ne pas recevoir de ses nouvelles pendant un certain laps de temps ?

— Non, reconnaît Mme Dennett.

— Et vous, Grace ?

— Nous nous sommes parlé la semaine dernière. Un coup de téléphone rapide. Mercredi, je crois. Ou peut-être jeudi. Oui, jeudi. Je m'en souviens parce qu'elle m'a appelée au moment où j'entrais dans le palais de justice pour une audience sur une requête en irrecevabilité.

Elle a lancé cela négligemment, juste pour que je sache qu'elle est avocate, comme si son tailleur à fines

17

rayures et la serviette posée à ses pieds ne suffisaient pas à la trahir.

— Avez-vous remarqué quelque chose qui sorte de l'ordinaire ?

— Non, seulement Mia, fidèle à elle-même.

— C'est-à-dire ?

— Gabe, dit le juge.

— Inspecteur Hoffman, rectifié-je avec autorité.

Si je dois l'appeler « monsieur le juge », il peut certainement m'accorder mon titre d'inspecteur.

— Mia est une jeune femme très indépendante. Elle suit son propre rythme, si je puis dire.

— Donc, nous pouvons supposer que votre fille a disparu depuis jeudi.

— Une de ses amies lui a parlé hier et l'a vue au travail.

— A quelle heure ?

— Je n'en sais rien… 15 heures.

Je jette un coup d'œil à ma montre.

— Elle aurait donc disparu depuis vingt-sept heures ?

— Est-il vrai qu'une personne n'est pas considérée comme disparue avant quarante-huit heures ? interroge Mme Dennett.

— Bien sûr que non, Eve, réplique son mari d'un ton condescendant.

— Non, madame, dis-je.

Je me montre extrêmement cordial avec elle. Je n'aime pas la façon dont son mari la rabaisse.

— En fait, les premières quarante-huit heures sont souvent décisives dans les cas de disparition.

— Ma fille n'a pas disparu, se hâte de corriger le

Une fille parfaite

juge. Elle est *injoignable*. Elle se montre irréfléchie et négligente, irresponsable même. Mais elle n'a pas *disparu*.

— Votre Honneur, qui a vu votre fille pour la dernière fois avant qu'elle ne devienne… — comme je suis un petit malin, je ne résiste pas — … *injoignable* ?

— Une femme du nom d'Ayanna Jackson, répond son épouse. Une collègue de Mia.

— Avez-vous son numéro de téléphone ?

— Oui, sur un papier dans la cuisine.

D'un signe de tête, j'envoie un des agents le récupérer.

— Mia a-t-elle déjà agi ainsi dans le passé ?

— Non, absolument pas.

Mais l'attitude du juge et de Grace Dennett tient un tout autre langage.

— Ce n'est pas vrai, maman, déclare d'ailleurs cette dernière.

J'attends la suite avec impatience. Les avocats adorent s'écouter parler.

— En cinq ou six occasions précédentes déjà, Mia a disparu de la maison. Pour passer la nuit dehors à faire Dieu sait quoi avec Dieu sait qui.

Aucun doute, conclus-je mentalement, Grace Dennett est une garce. Brune comme le juge, elle a hérité de la taille de sa mère et de la silhouette de son père. Pas un mélange très heureux. Certains pourraient dire que son corps évoque la forme d'un sablier. Ce dont je conviendrais si je l'appréciais. Mais en l'occurrence, je dirais plutôt qu'elle est rondouillarde.

— Cela n'a rien à voir. Elle était au lycée à l'époque. Elle se montrait un peu naïve et espiègle, mais…

19

— Eve, ne joue pas sur les mots, la coupe le juge.

— Mia boit-elle ?

— Pas beaucoup, répond Mme Dennett.

— Comment peux-tu savoir ce que Mia fait ou ne fait pas, Eve ? Vous ne vous parlez presque jamais.

Elle porte la main à son visage pour essuyer son nez et l'espace d'un instant, je suis tellement ébahi par la taille du caillou à son doigt que je n'entends pas le juge qui déblatère qu'avant même qu'il ne soit rentré, sa femme avait pris sur elle d'appeler Eddie — là, je reste pantois, choqué par le fait que le juge est à tu et à toi avec mon chef, qu'il en est même à l'appeler par son petit nom.

Le juge Dennett semble convaincu que sa fille est partie se payer du bon temps et qu'il n'y avait nul besoin d'en informer les autorités.

— Donc, d'après vous, il n'y aurait pas là matière à une enquête de police ? demandé-je.

— Absolument pas. C'est à notre famille de régler cette histoire.

— Que pouvez-vous me dire de la conscience professionnelle de Mia ?

— Pardon ?

Le juge fronce les sourcils et d'une main agacée efface les rides formées sur son front.

— Sa conscience professionnelle, répété-je. A-t-elle déjà fait preuve d'absentéisme ? Se fait-elle souvent porter pâle alors qu'elle n'est pas malade ?

— Je n'en ai aucune idée. Elle a un travail, elle perçoit un salaire. Elle est autonome. Je ne lui pose pas de questions.

Une fille parfaite

— Madame Dennett?

— Elle adore son travail. Vraiment, inspecteur, elle l'adore. Elle a toujours voulu être professeur.

Mia est professeur de dessin dans un lycée. Je note cela dans mon carnet pour m'en souvenir.

Le juge veut savoir si j'estime que c'est important.

— Peut-être.

— Et pourquoi cela?

— Votre Honneur, je me contente d'essayer de cerner la personnalité de votre fille. De comprendre qui elle est. C'est tout.

Eve Dennett est au bord des larmes. Ses yeux bleus commencent à briller malgré ses efforts pathétiques pour se contenir.

— Vous croyez qu'il est arrivé quelque chose à Mia? demande-t-elle.

N'est-ce pas pour cela que vous m'avez appelé? Parce que vous pensez qu'il lui est arrivé quelque chose?

— Je crois qu'il vaut mieux agir maintenant et remercier le ciel plus tard si tout ceci ne s'avère être qu'un gros malentendu, dis-je à voix haute. Je suis sûr qu'elle va bien, vraiment, mais pour autant, pas question pour moi de traiter cette affaire à la légère sans prendre au moins la peine de vérifier.

Je m'en voudrais beaucoup si — et je dis bien si — Mia n'allait pas bien.

— Depuis combien de temps Mia a-t-elle son propre appartement?

— Cela fera sept ans dans trente jours, répond Mme Dennett sans hésiter.

J'en reste bouche bée.

— Vous tenez le compte au jour près ?

— Elle est partie le jour de son dix-huitième anniversaire. Elle était impatiente de quitter la maison.

— Je ne vous demanderai pas pourquoi, dis-je.

Mais en vérité, c'est inutile. Je suis moi-même impatient de sortir de là.

— Où habite-t-elle maintenant ?

— Dans un appartement en ville, répond le juge. Près de Clara et Radisson.

En véritable fan des Cubs de Chicago, cette information suscite mon plus vif intérêt. Le simple fait d'entendre citer « Clara » ou « Radisson » me fait dresser l'oreille comme un chiot excité[1].

— Wrigleyville. Un quartier très agréable. Et sûr.

— Je vais vous donner l'adresse, propose Mme Dennett.

— J'aimerais m'y rendre si cela ne vous dérange pas. Pour voir s'il y a des fenêtres cassées ou un quelconque signe d'effraction.

— Vous croyez que quelqu'un est entré chez Mia ? demande-t-elle d'une voix chevrotante.

— Simple précaution, madame Dennett. Y a-t-il un gardien dans l'immeuble ?

— Non.

— Un système de sécurité ? Des caméras ?

1. L'équipe de base-ball des Chicago Cubs évolue sur le stade de Wrigley Field, situé sur un terrain délimité par les rues Clara et Radisson. La zone entourant le stade est connue sous le nom de Wrigleyville.

Une fille parfaite

— Comment le saurions-nous ? grogne le juge.
— Vous ne lui rendez donc pas visite ?

La question m'a échappé avant que je puisse la retenir. J'attends une réponse, mais elle ne vient pas.

EVE

APRÈS

Je remonte la fermeture Eclair de son manteau, rabats la capuche sur sa tête et nous sortons, prêtes à affronter le vent impitoyable de Chicago.

— Nous devons nous dépêcher maintenant, dis-je, et elle hoche la tête sans prendre la peine de demander pourquoi.

Les bourrasques manquent de nous renverser tandis que nous nous dirigeons vers le 4x4 de James, garé à quelques mètres de là. Je glisse la main sous son coude avec une seule certitude : si l'une de nous deux tombe, l'autre la suivra inexorablement. Quatre jours après Noël, le parking n'est qu'une plaque de glace. Je fais de mon mieux pour la protéger du vent glacial et implacable, l'attirant contre moi et passant mon bras autour de sa taille pour lui tenir chaud, mais je suis plus petite qu'elle et mes efforts me semblent bien dérisoires.

— Nous reviendrons la semaine prochaine, dis-je

Une fille parfaite

à Mia tandis qu'elle s'installe sur le siège à l'arrière, assez fort pour couvrir le claquement des portières et le cliquetis du système de blocage des ceintures de sécurité.

La radio hurle et le moteur semble prêt à rendre l'âme en cette journée glaciale. Mia tressaille et je demande à James de bien vouloir éteindre la radio. Sur son siège, ma fille est calme. Elle fixe par la fenêtre les trois voitures qui nous encerclent comme une bande de requins affamés, avec leurs passagers indiscrets et avides. L'un d'eux porte un appareil photo à son œil et le flash nous aveugle presque en se déclenchant.

— Où sont les flics quand on a besoin d'eux ? grommelle James sans s'adresser à quiconque en particulier avant d'appuyer rageusement sur le Klaxon jusqu'à ce que Mia porte les mains à ses oreilles pour se protéger de l'horrible cacophonie. Les flashes crépitent de nouveau. Les voitures attendent sur le parking, moteurs ronflant, leurs tuyaux d'échappement crachant des fumées épaisses qui s'élèvent avant de se dissiper dans le jour gris.

Mia relève la tête et me découvre en train de l'observer.

— Tu m'as entendue, Mia ? demandé-je d'une voix douce.

Elle secoue la tête et je peux pratiquement lire la pensée dérangeante qui traverse son esprit : « Chloé, je m'appelle Chloé. » Ses yeux bleus ne quittent pas les miens, rouges et larmoyants à force de me retenir de pleurer, une habitude devenue presque banale depuis le retour de Mia, même si, comme toujours, James est là pour me rappeler de garder mon calme.

Je fais de gros efforts pour tenter de trouver un sens à tout ça, arborant un sourire forcé et néanmoins totalement sincère, alors que je ne cesse de me répéter : *Je ne peux pas croire que tu sois à la maison.* Je prends soin de laisser à Mia suffisamment d'espace, pas tout à fait sûre de la distance que je dois respecter, mais absolument certaine de ne pas vouloir franchir la limite dont elle a besoin. Je devine son mal-être dans chacun de ses gestes, chacune de ses expressions, dans sa façon de se tenir, complètement vidée de la confiance en soi qui l'habitait avant tous ces événements. Elle a dû vivre une expérience terrible.

Dans le même temps, je me demande si elle a conscience qu'il m'est arrivé quelque chose à moi aussi.

Mia détourne le regard.

— Nous reviendrons voir le Dr Rhodes la semaine prochaine, dis-je, et elle hoche la tête. Mardi.

— A quelle heure ? s'enquiert James.

— 13 heures.

Il consulte son smartphone d'une main et m'annonce qu'il ne pourra pas nous accompagner, ayant, m'explique-t-il, un procès dans lequel sa présence est indispensable. D'ailleurs, il est sûr que je peux très bien gérer ça toute seule. A quoi je réponds que je peux évidemment « gérer », avant de me pencher vers lui et de murmurer à son oreille :

— Elle a besoin de toi. Tu es son père.

Je lui rappelle que nous en avions discuté, que nous étions d'accord et qu'il avait promis. Il me dit qu'il

26

Une fille parfaite

verra ce qu'il peut faire, mais j'ai de gros doutes. Je devine qu'à ses yeux, son emploi du temps surchargé ne laisse aucune place à des crises familiales de ce type.

A l'arrière, Mia regarde le monde défiler tandis que nous roulons à toute allure sur l'I-94 et sortons de la ville. Il est près de 15 h 30, vendredi après-midi, week-end du nouvel an, et le trafic est infernal. La circulation ralentit brusquement jusqu'à nous forcer à nous arrêter. Nous patientons avant d'avancer de nouveau à une allure d'escargot, à peine cinquante kilomètres à l'heure sur l'autoroute. James ne brille pas par sa patience dans ce genre de situation. Les yeux fixés sur le rétroviseur, il guette l'apparition des paparazzi.

— Alors, Mia, lance-t-il pour passer le temps, à en croire cette psychanalyste, tu souffrirais d'amnésie.

— Oh ! James, je t'en prie, pas maintenant, dis-je d'un ton suppliant.

Mais mon mari n'a aucune envie d'attendre, pressé qu'il est de découvrir enfin le fin mot de l'histoire. Cela fait à peine une semaine que Mia est revenue. Pour l'instant, elle habite chez nous, n'étant pas prête à se retrouver seule. Je me rappelle le jour de Noël quand la vieille voiture marron a péniblement remonté notre allée, avec Mia à son bord. Je me rappelle comment James, toujours si détaché, toujours si blasé, s'est débrouillé pour sortir le premier, accueillir et prendre dans ses bras la jeune femme amaigrie qui se trouvait au milieu de notre allée enneigée, comme si c'était lui, et non moi, qui avait passé ces longs mois terribles à pleurer.

Mais depuis ce jour-là, pourtant, j'ai pu observer comment ce soulagement momentané s'est progressivement effacé, remplacé par un agacement grandissant devant l'attitude de Mia et son amnésie, comme s'il ne s'agissait que d'un de ses dossiers, toujours plus nombreux, et non de notre *fille*.

— Quand alors ?

— Plus tard, s'il te plaît. D'ailleurs, cette femme est une professionnelle. Elle est psychiatre, pas psychanalyste.

— Comme tu veux. Mia, cette *psychiatre*, donc, affirme que tu souffres d'amnésie, répète-t-il.

Mia ne répond pas.

Il l'observe dans le rétroviseur, laissant peser sur elle ses yeux sombres.

L'espace d'un instant, elle fait de son mieux pour soutenir son regard avant de se détourner et de s'absorber dans la contemplation d'une petite croûte sur sa main.

— Souhaites-tu faire un commentaire ? insiste James.

— C'est ce qu'elle m'a dit, répond Mia.

Les paroles du médecin me reviennent à la mémoire lorsque, assise en face de James et moi dans son cabinet — Mia ayant été envoyée patienter dans la salle d'attente à feuilleter de vieux magazines de mode —, elle nous avait donné presque textuellement la définition du syndrome de stress post-traumatique. Et tout ce que cela avait réussi à m'évoquer, c'étaient ces pauvres vétérans du Viêt-nam.

28

Une fille parfaite

Il soupire. Je sais que pour James, il est invraisemblable que sa mémoire ait pu ainsi s'évaporer.

— Alors, explique-moi, comment ça marche exactement ? Tu te souviens que je suis ton père et Eve, ta mère, mais tu es convaincue de t'appeler Chloé. Tu connais ton âge et ton adresse et tu te rappelles que tu as une sœur, mais tu ignores totalement qui est Colin Thatcher ? Et tu ne te souviens absolument pas de l'endroit où tu as passé les trois derniers mois ?

— On appelle cela une amnésie *sélective*, dis-je, intervenant pour prendre la défense de ma fille.

— Tu veux dire qu'elle choisit ce qu'elle veut bien se rappeler ?

— Ce n'est pas Mia qui choisit, c'est son subconscient ou son inconscient ou quelque chose comme cela. Il repousse les souvenirs douloureux pour les mettre hors d'atteinte. Ce n'est pas une décision qu'elle a prise. C'est le moyen qu'a choisi son corps pour l'aider à affronter cette épreuve, à supporter tout cela.

— Supporter quoi ?

— Tout, James. Tout ce qui lui est arrivé.

Il veut savoir comment la guérir.

— Avec du temps, j'imagine. Et une thérapie, des médicaments, l'hypnose peut-être.

Il ricane à cette suggestion, manifestant le même scepticisme envers l'hypnose qu'envers l'amnésie.

— Quel genre de médicaments ?

— Des antidépresseurs.

Je me tourne et tapote la main de Mia.

— Sa mémoire ne reviendra peut-être jamais et ce serait tout aussi bien, dis-je.

Pendant un instant, j'admire ma fille, presque un double de moi-même, une version un peu plus grande et plus jeune, et à des années-lumière des rides et des cheveux blancs qui commencent à strier ma chevelure blond foncé.

— Comment les antidépresseurs pourront-ils l'aider à se souvenir ?

— Ils l'aideront à se sentir mieux.

James n'hésite jamais à dire ce qu'il pense : un de ses défauts.

— Bon sang, Eve, si elle ne se souvient de rien, alors pourquoi se sent-elle aussi mal ? interroge-t-il.

La conversation considérée comme close, nos yeux se tournent alors vers les fenêtres et les voitures qui passent.

GABE

PRÉCÉDEMMENT

Le lycée où Mia Dennett enseigne est situé au nord-ouest de Chicago, dans un secteur connu sous le nom de North Center. C'est un quartier correct, proche de son appartement, qui regroupe une population majoritairement blanche qui paye un loyer mensuel moyen supérieur à mille dollars. Ce qui est plutôt de bon augure. Je ne serais pas aussi positif si elle travaillait à Englewood. Le but de son école est de fournir une éducation aux jeunes en échec scolaire. L'établissement propose des formations professionnelles, des cours d'informatique, une aide au développement psychosocial, etc., le tout en petit comité. Arrive Mia Dennett, professeur de dessin, dont l'objectif est de redonner leurs lettres de noblesse aux disciplines non académiques, celles que les lycées traditionnels écartent au profit des mathématiques et des sciences, au risque d'ennuyer à mourir les inadaptés de seize ans qui n'en ont rien à faire.

Je retrouve Ayanna Jackson dans les bureaux. J'ai
dû patienter quinze bonnes minutes pendant qu'elle
terminait son cours, minutes que j'ai mises à profit
pour caler mon corps sur une de ces petites chaises
d'école en plastique, ce qui n'a rien d'une tâche facile
pour moi. J'ai depuis longtemps perdu la sveltesse de
ma jeunesse, même si j'aime à penser que je porte
plutôt bien mes quelques kilos de trop. La secrétaire
ne m'a pas quitté des yeux une seule seconde comme
si j'étais un gamin envoyé chez le proviseur. Une scène
tristement familière au demeurant, ayant passé nombre
de mes journées de lycée dans cette exacte situation.

— Vous essayez de retrouver Mia ? demande
Ayanna après que je me suis présenté comme l'inspecteur Gabe Hoffman.

Je le lui confirme. Cela fait maintenant presque
quatre jours que personne n'a aperçu ou parlé à la
jeune femme qui a donc été officiellement déclarée
disparue, au grand désespoir du juge. La nouvelle
a fait les gros titres, tant dans les journaux qu'à la
télévision et, chaque matin en tombant du lit, je me
dis que c'est aujourd'hui que je vais retrouver Mia
Dennett et devenir un héros.

— Quand l'avez-vous vue pour la dernière fois ?
— Mardi.
— Où cela ?
— Ici même.

Nous nous dirigeons vers la salle de classe et Ayanna
— qui m'a prié de ne pas l'appeler Mlle Jackson —
m'invite à prendre place sur une de ces chaises en
plastique reliées à un bureau recouvert de graffitis.

Une fille parfaite

— Depuis combien de temps connaissez-vous Mia ?

Elle s'assoit à son bureau sur une chaise en cuir confortable et je me sens comme un enfant, alors qu'en réalité, je la dépasse de trente bons centimètres. Elle croise ses longues jambes. Dans le mouvement, la fente de sa jupe noire s'ouvre et dévoile sa peau.

— Trois ans. Depuis que Mia enseigne ici, répond-elle.

— Elle s'entend bien avec tout le monde ? Les élèves ? L'équipe pédagogique ?

— Oui, avec tout le monde, affirme-t-elle d'une voix solennelle avant d'entreprendre de me parler de Mia.

De la grâce naturelle qu'elle dégageait à son arrivée à l'école, de sa façon de s'identifier aux étudiants et de se comporter comme si elle aussi avait grandi dans les rues de Chicago. Des collectes de fonds qu'elle organisait pour que l'école puisse offrir des fournitures aux élèves dans le besoin.

— Vous n'auriez jamais pu imaginer qu'elle était une Dennett.

D'après Mlle Jackson, la plupart des nouveaux professeurs ne font pas de vieux os dans ce genre d'établissement. Dans le marché actuel, une école alternative est parfois le seul endroit où l'on embauche et les jeunes diplômés acceptent donc ces postes en attendant de trouver mieux. Mais pas Mia.

— C'est ici qu'elle voulait être. Laissez-moi vous montrer quelque chose, dit-elle en extirpant des feuilles de papier d'un casier sur son bureau.

Elle s'approche ensuite de moi, s'installe au bureau voisin du mien et pose devant moi le tas de feuilles,

33

sur lequel j'aperçois des gribouillages tracés d'une écriture pire que la mienne.

— Ce matin, les élèves ont complété leur journal de la semaine, explique-t-elle et, tandis que mes yeux déchiffrent ce qui est écrit, je constate que le nom de « Mlle Dennett » revient très souvent.

— Chaque semaine, nous écrivons notre journal, dit-elle. Le sujet de cette semaine était de me dire ce qu'ils voulaient faire après le lycée.

Je réfléchis à cela pendant une bonne minute en voyant les mots « Mlle Dennett » apparaître sur presque chaque feuille de papier.

— Mais quatre-vingt-dix-neuf pour cent des étudiants n'avaient qu'une chose en tête : Mia, conclut-elle.

Et je devine au ton abattu de sa voix qu'elle-même a du mal à penser à autre chose.

— Elle avait des problèmes avec un de ses élèves ? demandé-je juste pour être sûr.

Je devine sa réponse avant même qu'elle ne secoue la tête.

— Avait-elle un petit ami ?

— J'imagine, si on peut dire. Un Jason machin-chose. Je ne connais pas son nom de famille. Rien de sérieux. Ils ne sortaient ensemble que depuis quelques semaines, un mois tout au plus.

Je note cela. Les Dennett n'ont fait aucune allusion à un petit ami. Est-il possible qu'ils n'en sachent rien ? Evidemment. Je commence à me rendre compte qu'avec la famille Dennett, tout est possible.

— Savez-vous où je peux le trouver ?

— C'est un architecte, explique-t-elle. Il travaille

Une fille parfaite

pour un cabinet sur Wabash. C'est là qu'elle le retrouve presque tous les vendredis soir pour prendre un verre. Wabash et… Je ne sais pas, Wacker[1] peut-être ? Quelque part le long du fleuve.

Peut-être qu'il s'agit d'une fausse piste, mais je vais quand même la suivre. Je note l'information sur mon bloc jaune.

Le fait que Mia Dennett ait un petit ami discret pourrait être une excellente nouvelle. Dans ce genre d'affaires, c'est toujours le petit ami. Je trouve Jason et je suis sûr de retrouver Mia également, ou ce qu'il en reste. Vu qu'elle a disparu depuis quatre jours, je commence à penser que cette histoire pourrait bien ne pas connaître une fin heureuse. Jason travaille au bord de la Chicago River : mauvaise nouvelle. Dieu seul sait combien de corps sont repêchés chaque année dans cette rivière. Il est architecte, donc intelligent et doué pour résoudre les problèmes du genre comment se débarrasser d'un corps de cinquante-quatre kilos sans se faire remarquer.

— Si Mia et Jason sortaient ensemble, ne trouvez-vous pas bizarre qu'il ne cherche pas à la retrouver ? demandé-je.

— Vous pensez que Jason pourrait être impliqué ? Je hausse les épaules.

— Si j'avais une petite amie et que j'étais sans nouvelles d'elle depuis quatre jours, je serais sûrement un peu inquiet.

— J'imagine.

---

1. Wabash et Wacker sont deux avenues du centre-ville de Chicago.

Elle se lève du bureau et entreprend d'effacer le tableau. De fines particules de craie tombent et s'accrochent à sa jupe noire.

— Il n'a pas appelé les Dennett ? demande-t-elle.

— M. et Mme Dennett ignorent totalement l'existence d'un petit ami. Pour ce qui les concerne, leur fille est célibataire.

— Mia et ses parents ne sont pas très proches. Ils n'ont pas… les mêmes valeurs.

— C'est ce que j'ai cru comprendre.

— Je ne pense pas qu'elle leur révélerait ce genre de détails.

Nous dérivons un peu et je décide donc de ramener Ayanna au sujet qui m'intéresse.

— Mais vous et Mia êtes très proches, n'est-ce pas ? Elle approuve d'un hochement de tête.

— Vous pensez qu'elle vous raconte tout ?

— Autant que je sache.

— Que vous a-t-elle dit au sujet de ce Jason ?

Ayanna se rassoit, cette fois sur le bord de son bureau. Elle jette un coup d'œil à l'horloge au mur et frotte ses mains pour enlever la poussière de craie, tout en réfléchissant à sa réponse.

— Cela n'allait pas durer, déclare-t-elle en cherchant les mots exacts pour expliquer ce qu'elle entend par là. Mia ne se lie pas facilement, jamais rien de sérieux. Elle ne tient pas à se retrouver bloquée. Engagée. Elle est très indépendante. Peut-être un peu trop.

— Et Jason est… collant ? En manque d'affection ? Elle secoue la tête.

— Non, ce n'est pas cela. C'est juste que ce n'est

Une fille parfaite

pas le bon. Mia ne s'illumine pas quand elle parle de lui. Elle ne se comporte pas comme le font en général les filles quand elles ont rencontré « l'homme de leur vie ». Je dois toujours insister pour qu'elle me raconte quelque chose à son sujet et alors, c'est comme écouter un documentaire : « Nous sommes allés dîner, nous avons été au cinéma… » Sans compter qu'il travaille tard, ce qui agace beaucoup Mia — il annulait régulièrement leurs rendez-vous ou arrivait en retard. Elle détestait devoir se plier à son emploi du temps. Quand vous avez autant de différends dès le premier mois, cela ne dure généralement pas.

— Donc il est possible que Mia ait eu l'intention de rompre avec lui ?

— Je ne sais pas.

— Mais elle n'était pas vraiment heureuse.

— Je ne dirais pas que Mia n'était pas *heureuse*, répond Ayanna. Je pense juste qu'elle s'en fichait.

— D'après vous, Jason éprouvait-il la même chose ?

Elle me répond qu'elle l'ignore. Selon elle, Mia restait très évasive quand il s'agissait de lui. Les conversations à son sujet s'avéraient très banales : une liste des choses qu'ils avaient faites ensemble, ce jour-là, des détails sur son physique — sa taille, son poids, la couleur de ses cheveux et de ses yeux — mais, bizarrement, pas son nom de famille. Mia ne précisait jamais s'ils s'étaient embrassés et ne faisait pas mention de ce petit frisson au creux de l'estomac — les mots d'Ayanna, pas les miens —, celui que vous éprouvez quand vous êtes vraiment éprise. Elle était en colère quand Jason lui posait un lapin — ce qui

37

d'après Ayanna se produisait un peu trop souvent — et en même temps, elle ne semblait pas particulièrement excitée les soirs où ils devaient se retrouver pour un rendez-vous tardif près de la Chicago River.

— Ce serait donc du désintérêt d'après vous ? Pour Jason ? Pour leur relation ?

— Mia se distrayait avec lui jusqu'à ce qu'elle ait trouvé mieux.

— Se disputaient-ils ?

— Pas à ma connaissance.

— Mais s'il y avait eu un problème, Mia vous en aurait parlé, suggéré-je.

— J'aime à le penser, répond-elle, ses yeux sombres exprimant de la tristesse.

Une sonnerie retentit au loin, suivie d'une cavalcade dans le couloir. Ayanna Jackson se lève et je comprends que le moment est venu pour moi de prendre congé. Je promets de la tenir au courant et lui laisse ma carte, en lui demandant de m'appeler si quelque chose lui revenait à la mémoire.

38

EVE

APRÈS

Je suis à mi-chemin des marches quand je l'aperçois à l'extérieur, une équipe de télévision installée sur le trottoir devant notre maison. Grelottants, les journalistes se tiennent là avec leurs caméras et leurs micros ; sur ma pelouse, Tammy Palmer, correspondante de la chaîne locale, en imperméable marron et bottes montantes. Elle me tourne le dos, tandis qu'un homme mime avec la main le compte à rebours, *trois... deux...* — et quand il pointe le doigt en direction de Tammy, je peux presque entendre le début de son reportage. « Je me tiens actuellement devant la maison de Mia Dennett... »

Ce n'est pas la première fois qu'ils sont là, même si leur nombre a quelque peu diminué aujourd'hui, les journalistes ayant apparemment d'autres sujets plus intéressants à couvrir comme la loi sur le mariage entre personnes du même sexe ou l'état préoccupant de l'économie. Mais dans les jours qui ont suivi le

39

retour de Mia, ils campaient littéralement devant notre porte, cherchant désespérément à apercevoir la victime, à capter la moindre miette d'information pour en tirer un gros titre. Ils nous suivaient en voiture jusqu'à ce que nous n'ayons plus eu d'autre solution que de garder Mia pratiquement cloîtrée à l'intérieur.

De mystérieux véhicules sont également garés dehors : ce sont des paparazzi pour la presse à scandale qui épient la maison au téléobjectif derrière les vitres de leurs voitures, dans l'espoir de faire de Mia leur vache à lait. Je tire les rideaux.

Mia est assise à la table de la cuisine. Je continue de descendre l'escalier en silence, profitant de ces quelques secondes pour observer ma fille perdue dans son propre monde, avant de m'y glisser moi-même. Elle porte un jean déchiré et un pull à col roulé bleu marine qui, j'en suis certaine, intensifie la couleur de ses yeux. Ses cheveux encore mouillés après sa douche sèchent en vagues dans son dos. Je suis surprise par les épaisses chaussettes de laine qu'elle porte et par la tasse de café qu'elle tient entre les mains.

Elle m'entend approcher et tourne la tête pour me regarder. Je ne m'étais pas trompée. Le pull met joliment en valeur la couleur de ses yeux.

— Tu bois du café, déclaré-je et, à l'expression étonnée de son visage, je comprends que j'ai dit ce qu'il ne fallait pas.

— Pourquoi ? Je ne bois pas de café ?

Cela fait une semaine maintenant que je marche sur des œufs, cherchant toujours à trouver les mots justes, à éviter les pièges, me dépensant sans compter — non

Une fille parfaite

sans quelque ridicule — pour qu'elle se sente chez elle. Je fais de mon mieux pour compenser l'apathie de James et le désarroi de Mia. Et là, au moment le plus inattendu, au cours d'une conversation tout à fait banale, voilà que je dérape, anéantissant tous mes efforts.

Mia ne boit pas de café. Elle ne boit pratiquement jamais de caféine. Cela la rend nerveuse. Pourtant, en la regardant siroter sa tasse, complètement passive et léthargique, je me surprends à espérer que cette caféine la fasse enfin réagir. Je me demande qui est cette femme sans énergie dont le visage m'est familier, mais dont je ne reconnais ni le langage du corps, ni le son de la voix, ni le silence pesant qui l'enveloppe comme une bulle.

J'ai sur les lèvres des millions de questions à lui poser. Mais je m'abstiens. Je me suis promis de la laisser tranquille. James s'est montré suffisamment inquisiteur pour nous deux. Je laisse aux professionnels, le Dr Rhodes et l'inspecteur Hoffman, le soin de l'interroger, ainsi qu'à ceux qui, comme James, ne comprennent jamais quand ils dépassent les bornes. C'est ma fille, et en même temps ce n'est pas ma fille. C'est Mia, mais elle n'est pas Mia. Elle lui ressemble, mais elle porte des chaussettes, boit du café et se réveille en sanglotant au milieu de la nuit. Elle répond plus vite au nom de Chloé qu'à son prénom de baptême. Elle semble vide, endormie quand elle est réveillée, éveillée quand elle devrait dormir. Elle a fait un bond d'un mètre sur sa chaise, hier soir, lorsque j'ai enclenché le broyeur d'ordures, avant d'aller se réfugier dans sa chambre. Elle disparaît pendant des heures et quand je lui demande ce qu'elle a fait, tout ce qu'elle répond, c'est « je ne sais pas ». La Mia que je connais serait incapable de rester assise plus de cinq minutes.

— On dirait qu'une belle journée se prépare, fais-je remarquer sans réponse de sa part.

La journée s'annonce belle en effet. Le soleil brille. Mais le soleil de janvier est trompeur et je suis certaine que la température ne dépassera pas zéro.

— Je voudrais te montrer quelque chose, annoncé-je.

Je l'entraîne dans la salle à manger voisine où j'ai remplacé une gravure en édition limitée par une de ses œuvres. J'avais fait cela en novembre après avoir acquis la certitude qu'elle était morte. Le tableau est un pastel à l'huile qui représente un pittoresque village toscan, réalisé à partir d'une photographie que nous avions prise lorsque nous avions visité l'endroit, il y a des années de cela. Mia avait étalé les couches de peinture, créant une représentation dramatique du village : un moment emprisonné derrière un morceau de verre. Je l'observe pendant qu'elle examine le tableau en me disant que ce serait merveilleux si tout pouvait se préserver aussi facilement.

— C'est toi qui l'as fait.

Elle sait. De cela, elle se souvient. Elle se rappelle le jour où elle s'est installée sur la table de la salle à manger avec ses pastels et la photographie. Elle avait supplié son père de lui acheter une toile et il avait accepté, tout en restant persuadé que cette passion soudaine pour la peinture n'était qu'une lubie passa-

Une fille parfaite

gère. Quand le tableau avait été terminé, nous avions tous poussé les ohhhh et les ahhhh appropriés avant de reléguer le dessin dans un coin, avec les vieux déguisements d'Halloween et les patins à roulettes, jusqu'à ce que je tombe dessus par hasard, alors que je cherchais les photos de Mia que l'inspecteur nous avait réclamées.

— Tu te rappelles notre voyage en Toscane ? demandé-je.

Elle avance d'un pas pour toucher le tableau du bout de ses doigts ravissants. Elle me dépasse de quelques centimètres mais, dans la salle à manger, elle n'est qu'une enfant — une gamine pas encore très stable sur ses jambes.

— Il pleuvait, répond Mia sans quitter la toile des yeux.

Je hoche la tête.

— C'est vrai. Il pleuvait.

Je suis heureuse qu'elle s'en souvienne. Mais il n'avait plu qu'une seule journée et le reste du séjour avait été merveilleux.

Je veux lui expliquer que j'avais accroché ce tableau parce que je m'inquiétais beaucoup pour elle. Parce que j'étais terrifiée. Pendant des mois, je suis restée éveillée la nuit à me poser des questions. Et si ? Et si elle n'allait pas bien ? Et si elle allait bien, mais que nous ne la retrouvions jamais ? Et si elle était morte et que nous ne l'apprenions jamais ? Et si elle était morte et que nous l'apprenions et que l'inspecteur nous demande de venir identifier ses restes pourrissants ?

Je veux lui dire que j'avais accroché ses chaussettes

43

au sapin de Noël, juste au cas où, et que je lui avais acheté des cadeaux, que je les avais enveloppés et déposés sous l'arbre. Je veux qu'elle sache que j'ai laissé la lumière du porche allumée toutes les nuits et que j'ai dû appeler son téléphone portable un millier de fois. Juste au cas où, pour une fois, je ne tomberais pas sur sa boîte vocale. Que j'écoutais le message encore et encore, les mêmes mots, la même voix — « Bonjour, c'est Mia. Merci de me laisser un message » — pour savourer l'espace d'un instant le son de cette voix, tout en me demandant si c'étaient les derniers mots que j'entendrais jamais de ma fille. Et si… ?

Elle a les yeux caves, l'air absent. Sa peau est sans défaut — la plus belle peau que j'ai jamais vue —, un teint de pêche, mais dont la couleur rosée aurait disparu au profit d'une pâleur spectrale. Elle ne me regarde pas quand nous parlons : elle regarde au-delà de moi, à travers moi, mais jamais moi directement. La plupart du temps, elle baisse les yeux, examinant ses pieds, ses mains, n'importe quoi pour éviter de croiser le regard de quiconque.

Et là, debout dans la salle à manger, son visage perd soudain toute couleur. Cela arrive d'un seul coup, la lumière qui filtre à travers les rideaux ouverts soulignant la façon dont le corps de Mia se redresse brusquement avant que ses épaules s'affaissent et que sa main passe de la représentation de la Toscane à son ventre en un mouvement vif. Son menton tombe sur sa poitrine, son souffle se fait rauque. Je pose la

Une fille parfaite

main sur son dos frêle, si frêle que je sens ses os —
et j'attends. Mais pas longtemps. Je m'impatiente.

— Mia, chérie…

Mais elle m'assure aussitôt qu'elle va bien et je suis
certaine que c'est le café.

— Que s'est-il passé ?

Elle hausse les épaules. Sa main est toujours collée
sur son ventre et je sais qu'elle ne se sent pas bien.
Elle s'apprête à sortir de la salle à manger.

— Je suis fatiguée, c'est tout. J'ai juste besoin de
m'allonger un instant, annonce-t-elle.

Je me promets de débarrasser la maison de toutes
traces de caféine avant qu'elle ne se réveille de sa sieste.

GABE

PRÉCÉDEMMENT

— Vous n'êtes pas un homme facile à trouver, dis-je tandis qu'il m'accueille dans son bureau.

En fait, il s'agit plus d'un box que d'un véritable bureau, mais entouré de parois plus hautes que la normale, ce qui lui procure une certaine intimité. Il n'y a qu'une seule chaise — la sienne — et je reste donc sur le seuil de la porte, appuyé contre l'angle du mur escamotable.

— J'ignorais que quelqu'un cherchait à me trouver.

A première vue, il m'apparaît comme un petit con prétentieux, un peu comme moi il y a quelques années, avant que je prenne conscience que rien ne me permettait d'être aussi imbu de ma personne. C'est un homme imposant, costaud mais pas vraiment grand. Je suis certain qu'il fait de la musculation et qu'il boit des boissons protéinées. Peut-être même avale-t-il également des stéroïdes ? J'en prends note mais, pour le moment, je n'aimerais pas qu'il me surprenne

Une fille parfaite

à faire de telles suppositions. Il serait capable de me botter les fesses.

— Connaissez-vous Mia Dennett ? demandé-je.

— Ça dépend.

Il fait pivoter sa chaise et, me tournant le dos, reprend la frappe d'un e-mail.

— De quoi ?

— De qui veut le savoir.

Je n'ai aucune envie de m'engager dans ce petit jeu.

— Moi, dis-je, décidant de garder ma carte maîtresse pour plus tard.

— Et vous êtes ?

— Je suis à la recherche de Mia Dennett.

Bien qu'il ne doive pas avoir plus de vingt-quatre, vingt-cinq ans, je me reconnais dans ce garçon fraîchement diplômé et croyant encore que le monde tourne autour de sa petite personne.

— Si vous le dites.

Moi, en revanche, je viens de franchir la cinquantaine et ce matin même, j'ai repéré les premiers cheveux gris sur ma tête. Je suis certain de les devoir au juge Dennett.

Il continue de taper son e-mail. Bon sang. De toute évidence, ce monsieur se moque complètement que je sois là à attendre de lui parler. Je m'avance et jette un coup d'œil par-dessus son épaule. Son e-mail parle de football universitaire et est adressé à un destinataire dont le nom d'utilisateur est dago82. Ma mère est italienne — d'où mes cheveux et mes yeux noirs auxquels, j'en suis sûr, peu de femmes résistent — et je prends donc ce pseudo péjoratif comme une insulte

47

envers mon peuple, même si je n'ai jamais mis les pieds en Italie et ne connais pas un traître mot de la langue. Je cherche juste une autre raison de ne pas aimer ce type.

— Vous semblez vraiment débordé, dis-je et il a l'air contrarié que je me permette de lire son courrier.

Il réduit la fenêtre sur l'écran de son ordinateur.

— Qui êtes-vous, à la fin ? demande-t-il de nouveau.

Je plonge la main dans ma poche arrière et sors mon beau badge étincelant que j'aime tant.

— Inspecteur Gabe Hoffman.

Visiblement la nouvelle le désarçonne quelque peu. Je souris. Bon sang, j'adore mon job.

Il joue les innocents.

— Y a-t-il un problème avec Mia ?

— Ouais, on pourrait dire ça.

Il attend que je développe, mais je garde le silence, juste pour l'énerver.

— Qu'a-t-elle fait ?

— Quand l'avez-vous vue pour la dernière fois ?

— Cela fait un moment. Une semaine au moins.

— Quand lui avez-vous parlé pour la dernière fois ?

— Je ne sais pas. La semaine dernière. Mardi soir, je crois.

— Vous croyez ?

Il jette un coup d'œil à son calendrier.

— Oui, c'est ça. Mardi soir.

— Mais vous ne l'avez pas *vue*, mardi.

— Non. Je devais, mais j'ai dû annuler. A cause du travail, vous comprenez.

— Bien sûr.

Une fille parfaite

— Qu'est-il arrivé à Mia ?

— Donc, vous ne lui avez pas reparlé depuis mardi ?

— Non.

— Est-ce habituel ? Que vous ne vous parliez pas pendant presque une semaine ?

— Je l'ai appelée, avoue-t-il. Mercredi, peut-être jeudi. Elle ne m'a jamais rappelé. Je me suis dit qu'elle devait être furieuse.

— Et pourquoi cela ? Avait-elle une raison d'être furieuse ?

Il hausse les épaules, puis attrape la bouteille d'eau sur son bureau et en boit une gorgée.

— J'ai annulé notre rendez-vous, mardi soir. J'avais du travail. Elle s'est montrée plutôt sèche avec moi au téléphone, vous voyez ? J'ai compris qu'elle m'en voulait. Mais je devais travailler. C'est pour ça que j'ai pensé qu'elle cherchait à me punir en ignorant mes appels… Je ne sais pas.

— Qu'aviez-vous prévu de faire ?

— Mardi soir ?

— Ouais.

— Nous devions nous retrouver dans un bar en ville. Mia s'y trouvait déjà quand j'ai appelé. J'étais en retard. Je lui ai annoncé que je n'allais pas pouvoir venir.

— Et elle était furieuse.

— Disons qu'elle n'était pas contente.

— Donc, mardi soir, vous êtes resté ici pour travailler ?

— Jusqu'à 3 heures du matin.

— Quelqu'un peut-il en témoigner ?

49

— Euh, ouais. Mon chef. Nous devions préparer des plans pour un rendez-vous avec un client, jeudi. Nous nous sommes vus plusieurs fois pendant une partie de la nuit. Est-ce que j'ai des problèmes ?

— Nous verrons cela, dis-je d'une voix morne tandis que je note ses réponses dans une sténo personnelle que moi seul suis capable de déchiffrer.

— Où êtes-vous allé après votre travail ?

— Chez moi. C'était le milieu de la nuit.

— Vous avez un alibi ?

— Un alibi ?

Il est de plus en plus mal à l'aise et se tortille sur sa chaise.

— Je ne sais pas. J'ai pris un taxi.

— Vous avez demandé un reçu.

— Non.

— Y a-t-il un gardien de nuit dans votre immeuble ? Quelqu'un qui pourrait témoigner de l'heure à laquelle vous êtes rentré ?

— Seulement des caméras, répond-il. Bon sang, où est Mia ? demande-t-il.

Après ma rencontre avec Ayanna Jackson, j'avais obtenu la liste des appels téléphoniques de Mia et trouvé des contacts presque quotidiens avec un certain Jason Becker dont j'avais remonté la piste. Jusqu'à ce cabinet d'architecture situé dans le Loop, un quartier du centre de Chicago. J'avais rendu visite à cet homme pour voir ce qu'il savait de la disparition de Mia et observer l'expression de son visage quand je prononcerais son nom.

Une fille parfaite

— Ouais, je connais Mia, avait-il dit, m'invitant à pénétrer dans son box.

Je l'avais identifiée au premier coup d'œil : la jalousie. Au début, il avait pensé que j'étais un *autre* homme dans la vie de Mia.

— Elle a disparu, dis-je en l'observant.

— Disparu ?

— Oui. Plus personne ne l'a revue depuis mardi.

— Et vous pensez que j'ai quelque chose à voir avec cela ?

Cela m'énerve qu'il s'inquiète plus de ce qu'on pourrait lui reprocher que de la vie de Mia.

— Ouais, je pense que vous pourriez bien être impliqué.

En fait, si son alibi est aussi bon qu'il le prétend, je vais me retrouver à la case départ.

— Ai-je besoin d'un avocat ?

— Vous pensez en avoir besoin ?

— Je vous ai dit que je travaillais. Je n'ai pas vu Mia, mardi soir. Demandez à mon chef.

— Je n'y manquerai pas, dis-je, même si l'expression de son visage me supplie de n'en rien faire.

Les collègues de Jason ne perdent pas un mot de la conversation. Ils ralentissent en passant devant le box et traînent à proximité. Je m'en moque. Pas lui. Ça le rend nerveux. Il a peur pour sa réputation. J'adore le voir se tortiller sur sa chaise, devenir inquiet.

— Vous avez d'autres questions ? demande-t-il pour accélérer les choses, souhaitant de toute évidence se débarrasser de moi.

— Je veux connaître votre emploi du temps précis

51

de mardi soir. Où se trouvait Mia quand vous l'avez appelée. Quelle heure il était. Vérifiez sur votre téléphone. Je voudrais aussi parler à votre chef pour m'assurer que vous étiez bien ici, et à la sécurité pour vérifier l'heure de votre départ. J'ai également besoin de l'enregistrement des caméras de votre immeuble pour vérifier l'heure de votre arrivée. Si vous ne voyez pas d'inconvénient à me fournir tout cela, alors pas de problème. Si vous préférez que je me procure un mandat...

— Vous êtes en train de me menacer ?

— Non, je me contente de préciser les options qui s'offrent à vous.

Il accepte de me fournir tout ce que j'ai demandé, y compris de me présenter, avant mon départ, à son chef, une femme d'âge moyen installée dans un bureau aux dimensions ridiculement plus grandes que l'alcôve de Jason, avec une baie vitrée qui donne sur la Chicago River.

Après avoir reçu confirmation de sa supérieure qu'il a bien travaillé cette nuit-là, je me tourne vers lui.

— Jason, nous allons faire tout ce qui est en notre pouvoir pour retrouver Mia, dis-je, déclaration qu'il accueille d'un air parfaitement impassible.

COLIN

PRÉCÉDEMMENT

Rien de bien compliqué. J'ai payé un type pour qu'il reste à son travail un peu plus longtemps que prévu. J'ai suivi la fille jusqu'au bar et me suis assis à un endroit d'où je pouvais l'observer sans être vu. J'ai attendu le coup de téléphone et quand elle a compris qu'il lui avait posé un lapin, j'ai fait mon approche.

Je ne sais pas grand-chose sur elle. J'ai vu une photo. Une photo floue d'elle sortant du métro, prise depuis une voiture garée à quelques mètres de là. Une dizaine de personnes séparent le photographe de la fille, si bien que quelqu'un avait pris la peine d'encercler son visage au stylo rouge. La cible. Au dos du cliché, les mots « Mia Dennett » et une adresse. On me l'a donnée il y a près d'une semaine. Je n'ai encore jamais fait un truc pareil. Quelques larcins. Du harcèlement. Jamais encore de kidnapping. Mais j'ai besoin d'argent.

Je la file depuis quelques jours. Je sais où elle fait

53

ses courses, où elle donne son linge à nettoyer, où elle travaille. Je ne lui ai jamais parlé. Je serais incapable de reconnaître le son de sa voix. Je ne connais pas la couleur de ses yeux ou leur expression quand elle est effrayée. Mais je ne vais pas tarder à le découvrir.

J'ai commandé une bière que je ne bois pas. Pas question de prendre le risque d'être soûl. Pas ce soir. Pour autant, je ne tiens pas non plus à attirer l'attention sur moi. D'où la bière pour ne pas rester les mains vides. Le coup de téléphone la met en colère. Elle sort pour répondre et, quand elle revient, son visage affiche un air frustré. Elle envisage de partir, puis décide de terminer sa consommation. Elle sort un crayon de son sac et commence à gribouiller sur une serviette en papier, écoutant l'abruti qui déclame de la poésie sur scène.

J'essaye de ne pas y penser. J'essaye de ne pas penser au fait qu'elle est mignonne. Je me concentre sur l'argent. J'ai besoin de cet argent. Ça ne doit pas être bien difficile. Dans deux heures, tout sera fini.

— C'est beau, dis-je en indiquant le dessin d'un signe de tête.

C'est tout ce que j'ai trouvé. Je ne connais rien à l'art.

Au début, elle me snobe. Elle ne veut rien avoir affaire avec moi. Ce qui me facilite les choses. Elle lève à peine les yeux de la serviette quand je la complimente sur la bougie qu'elle a dessinée. Elle veut que je la laisse tranquille.

— Merci, dit-elle sans me regarder.

— C'est un peu abstrait.

Apparemment, j'aurais mieux fait de me taire.

Une fille parfaite

— Vous pensez que c'est de la merde ?

Un autre homme aurait éclaté de rire. Il aurait dit qu'il plaisantait et l'aurait abreuvée de compliments. Pas moi. Pas avec elle.

Je me glisse sur la banquette. Face à n'importe quelle autre fille et n'importe quel autre jour, j'aurais tourné les talons. Je ne me serais même pas approché de la table pour commencer, la table d'une fille qui ressemble à une garce, en rogne qui plus est. Je laisse le baratin, le flirt et toutes ces conneries à d'autres.

— Je n'ai pas dit ça.

Elle pose la main sur sa veste.

— J'allais partir, dit-elle en vidant son verre d'un coup et en le reposant sur la table. Je vous laisse la place.

— Comme Monet. Monet dessine ce genre de trucs abstraits, n'est-ce pas ?

J'ai dit cela exprès.

Elle me regarde. Je suis sûr que c'est la première fois. Je souris en me demandant si ce qu'elle voit est assez intéressant pour qu'elle retire la main de sa veste. Le ton de sa voix s'adoucit. Elle prend conscience de s'être montrée un peu sèche. Peut-être pas une garce, finalement. Peut-être juste une fille en colère.

— Monet est un impressionniste, explique-t-elle. Picasso fait de l'art abstrait. Tout comme Kandinsky ou Jackson Pollock.

Jamais entendu parler de ces types. Elle a toujours l'air décidée à partir. Je ne m'inquiète pas. Si elle part, je la suivrai jusque chez elle. Je sais où elle habite. Et j'ai tout mon temps.

55

Mais j'essaye quand même.

J'attrape la serviette qu'elle a froissée et jetée dans le cendrier, la secoue pour faire tomber la cendre et l'étale.

— Ce n'est pas de la merde, dis-je en la repliant et en la glissant dans la poche de mon jean.

Cela suffit pour qu'elle cherche du regard la serveuse. Finalement, elle prendra un autre verre.

— Vous voulez garder la serviette ? demande-t-elle.

— Oui.

Elle rit.

— Au cas où je deviendrais célèbre un jour ?

Les gens aiment croire qu'ils sont importants. Elle ne fait pas exception.

Elle me dit qu'elle s'appelle Mia. Je dis que moi, c'est Owen. J'ai attendu suffisamment longtemps avant de répondre pour qu'elle s'étonne.

— Je ne pensais pas que c'était une question difficile, a-t-elle finalement déclaré.

Je lui raconte que mes parents habitent à Toledo et que je suis employé de banque. Rien de tout cela n'est vrai. Elle ne me fournit pas beaucoup d'informations sur elle-même. Nous parlons de choses et d'autres, rien de personnel. Un accident de voiture sur la Dan Ryan, le déraillement d'un train de marchandises, les prochains championnats de base-ball. Elle suggère que nous parlions de quelque chose qui ne soit pas déprimant. Difficile à trouver. Elle commande un autre verre, puis un autre encore. Plus elle boit, plus elle s'ouvre. Elle avoue que son petit ami lui a posé un lapin. Elle me parle de lui, me raconte qu'ils

Une fille parfaite

sont ensemble depuis la fin août et qu'elle pourrait compter sur les doigts d'une seule main le nombre de rendez-vous qu'ils ont vraiment eus. Elle espère de ma part des marques de sympathie que je ne lui prodigue pas. Pas mon genre.

A un moment, je me rapproche d'elle sur la banquette. De temps en temps, nous nous touchons, nos jambes se frôlent par inadvertance sous la table.

J'essaye de ne pas y penser. De ne pas penser à ce qui se passera plus tard. Quand je la forcerai à monter dans la voiture et quand je la remettrai à Dalmar. Je l'écoute parler et parler encore sans capter la moindre de ses paroles parce que la seule chose qui occupe mon esprit, c'est l'argent. Et ce qu'une telle somme va m'apporter. Ceci — m'asseoir avec une fille inconnue dans un bar où, je parierais ma vie là-dessus, je n'ai jamais mis les pieds auparavant, prendre quelqu'un en otage pour obtenir une rançon —, ceci ne me ressemble vraiment pas. Mais je souris quand elle me regarde et je ne bouge pas quand sa main se pose sur la mienne parce que je suis certain d'une chose : cette fille pourrait bien changer le cours de ma vie.

EVE

APRÈS

Je suis occupée à feuilleter l'album photo de Mia bébé quand cela me revient d'un coup : au cours élémentaire première année, elle avait une amie imaginaire prénommée Chloé.

C'est écrit là dans les pages jaunissantes, noté de ma propre écriture à l'encre bleue dans la marge, coincé entre la date d'une première fracture et celle d'un mauvais rhume qui l'avait envoyée aux urgences. Sa photo de cours élémentaire deuxième année couvre en partie le nom de Chloé, mais je le devine en dessous.

J'observe la photo, ce portrait d'une fillette insouciante, encore très loin des appareils dentaires, de l'acné et de Colin Thatcher. Sa bouche affiche un sourire édenté, sa tignasse de cheveux blonds encadrant son visage comme un brasier. Elle est couverte de taches de rousseur, qui ont disparu avec le temps, et ses cheveux sont plus clairs qu'ils ne le sont aujourd'hui. Le col de son chemisier est déboutonné et je suis certaine que

58

Une fille parfaite

des collants rose vif habillent ses jambes maigres, collants dont elle avait probablement hérité de Grace.

Des instantanés remplissent les pages de l'album : le matin de Noël quand Mia avait deux ans et Grace, sept, en pyjamas assortis, à côté de James, ses cheveux pleins de gel dressés sur la tête. Première journée d'école. Fêtes d'anniversaire.

Assise dans le coin repas de la cuisine, l'album ouvert devant moi, je fixe les couches de bébé et les biberons en souhaitant revenir à cette époque. J'appelle le Dr Rhodes. A ma grande surprise, elle décroche.

Quand je lui parle de l'amie imaginaire de Mia, le Dr Rhodes se lance dans un exposé psychologique.

— Madame Dennett, il arrive souvent que les enfants se créent des amis imaginaires pour compenser leur solitude ou un manque d'amis véritables dans leur vie. Ils leur attribuent généralement des caractéristiques qu'ils aimeraient posséder eux-mêmes dans leur propre vie, un caractère extraverti si l'enfant est timide ou des qualités de sportif s'il est maladroit. Avoir un ami imaginaire n'est pas nécessairement signe d'un problème psychologique, tant que cet ami disparaît quand l'enfant grandit.

— Docteur Rhodes, Mia avait prénommé son amie imaginaire Chloé.

Elle garde le silence un moment.

— Ça, c'est intéressant, lance-t-elle finalement, et je me pétrifie.

Je fais une fixation sur ce prénom et passe la matinée sur Internet pour découvrir tout ce qu'il y a à savoir dessus. D'origine grecque, il signifie *florissant*… ou

59

en fleur, ou *verdoyant* ou *en développement,* selon les sites, mais ces mots sont tous synonymes. Cette année, il figure parmi les prénoms les plus populaires, mais en 1990 il n'arrivait qu'à la 212e place parmi tous les prénoms de bébés américains, glissé entre Alejandra et Marie. Apparemment, près de dix mille cinq cents personnes aux Etats-Unis portent actuellement le prénom de Chloé. Certains l'écrivent parfois avec un tréma sur le « e » (je perds près de vingt minutes à essayer de découvrir la signification de ces deux points sur la voyelle pour finalement me rendre compte que c'était une perte de temps — le but de ce tréma n'étant que de différencier le « o » du « e » à la fin du nom). Je me demande comment Mia l'écrit, mais je n'oserais jamais lui poser la question. Où a-t-elle déniché ce prénom ? Peut-être se trouvait-il sur le certificat de naissance d'une de ses chères poupées du Cabbage Patch Kids[1], commandées au Babyland General Hospital. Je me connecte sur le site et suis étonnée de découvrir de nouvelles teintes de peau pour les bébés de cette année — moka et café au lait — mais aucune mention d'une poupée prénommée Chloé. Peut-être s'agissait-il du prénom d'une autre enfant dans la classe de cours élémentaire de Mia…

Je lance également une recherche sur les personnes

1. Le Cabbage Patch Kids est une marque de poupées en chiffon créée en 1978 par un Américain, Xavier Roberts. Les poupées étaient originairement vendues sur des foires artisanales, avant d'être expédiées depuis le Babyland General Hospital à Cleveland, Géorgie, une ancienne clinique que Xavier Roberts avait transformée en atelier de fabrication pour ses poupées.

Une fille parfaite

célèbres portant ce prénom : Candice Bergen et Olivia Newton-John ont toutes les deux appelé leur fille Chloé. C'est également le véritable prénom de l'écrivain Toni Morrison, même si ça m'étonnerait beaucoup que Mia ait pu lire *Beloved* au cours élémentaire. Il y a aussi Chloë Sevigny (avec un tréma) et Chloé Webb (sans), mais je suis certaine que la première est trop jeune et la seconde trop vieille pour que Mia leur ait prêté attention quand elle avait huit ans.

Je pourrais lui poser la question. Je pourrais gravir l'escalier pour aller frapper à la porte de sa chambre et lui poser la question. C'est ce que James ferait. Il irait au fond des choses. Je veux découvrir le fin mot de l'histoire, mais je ne veux pas trahir la confiance de Mia. Il y a des années, j'aurais demandé son avis à James, son aide. Mais c'était il y a des années.

Je prends le téléphone et tape les chiffres. La voix qui me salue est aimable, décontractée.

— Eve, dit-il, et je me détends.

— Bonjour, Gabe.

61

COLIN

PRÉCÉDEMMENT

Je l'entraîne vers un immeuble sur Kenmore. Nous prenons l'ascenseur jusqu'au septième étage. De la musique forte s'échappe d'un appartement tandis que nous foulons la moquette tachée d'urine pour atteindre mon appartement au bout du couloir. Elle patiente à côté de moi pendant que j'ouvre la porte. L'appartement est sombre. Seule brille la loupiote de la gazinière. Je traverse la pièce parquetée et allume la lampe près du canapé. L'ombre disparaît, remplacée par le contenu de mon piètre salon : des numéros de *Sports Illustrated*, une rangée de chaussures qui bloque la porte du placard, un bagel entamé sur une assiette en papier posée sur la table basse. Je l'observe en silence tandis qu'elle me juge. C'est calme. Un voisin a préparé un plat indien, ce soir, et l'odeur du curry la fait presque suffoquer.

— Ça va ? demande-t-elle, gênée par le silence

Une fille parfaite

pesant. Elle commence probablement à se dire que c'était une mauvaise idée et qu'elle devrait partir.

Je m'approche d'elle et caresse ses cheveux, en attrapant les mèches à la base de son crâne. Je la fixe comme si elle était une déesse, comme si je la plaçais sur un piédestal, et peux lire dans ses yeux combien elle souhaiterait que cet instant se prolonge. C'est un regard qu'elle n'a pas vu depuis longtemps. Elle avait oublié ce que cela fait quand quelqu'un vous contemple ainsi. Elle m'embrasse et oublie complètement son envie de partir.

Je presse mes lèvres contre les siennes d'une façon à la fois nouvelle et familière. Je suis sûr de moi. J'ai fait cela des milliers de fois. Ça la met à l'aise. Si je me montrais maladroit, refusant de faire le premier pas, elle aurait le temps de réfléchir. Mais là, ça va trop vite.

Puis, tout aussi rapidement, c'est terminé. Je change d'avis et recule.

— Quoi ? demande-t-elle le souffle court. Qu'est-ce que tu as ?

Elle essaye de m'attirer de nouveau contre elle. Ses mains descendent vers ma taille où ses doigts rendus fébriles par l'alcool tentent de défaire ma ceinture.

— C'est une mauvaise idée, dis-je en me détournant d'elle.

— Pourquoi ? interroge-t-elle d'une voix suppliante.

Désespérée, elle s'accroche à ma chemise. Je m'écarte, me mets hors d'atteinte. Puis, lentement, la réalité s'impose à elle — le rejet. Elle est gênée.

Elle porte les mains à son visage, comme si elle avait chaud, comme si sa peau était moite.

Elle s'assoit sur le bras du fauteuil et tente de reprendre son souffle. Autour d'elle, la pièce tourne. Je peux lire tout cela sur son visage : elle n'a pas l'habitude d'entendre le mot « non ». Elle arrange son chemisier froissé, passe ses mains tremblantes dans ses cheveux, honteuse.

Je ne sais pas combien de temps nous restons ainsi.

— C'est juste une mauvaise idée, dis-je, soudain pressé de ranger mes chaussures.

Je les jette dans le placard, une paire après l'autre. Elles vont frapper contre le mur au fond et s'entassent en une pile hétéroclite. Puis je referme la porte du placard, cachant le désordre.

Finalement, la colère prend le dessus.

— Pourquoi m'as-tu amenée ici ? Pourquoi m'avoir amenée ici juste pour m'humilier ?

Je nous revois dans le bar. Je peux imaginer mon regard affamé quand je me suis penché vers elle pour suggérer que nous allions ailleurs. Je lui ai raconté que mon appartement se trouvait juste au coin de la rue et nous avons pratiquement couru tout le long du chemin.

Je la fixe et je répète :

— Ce n'est pas une bonne idée.

Elle se lève et attrape son sac. Des gens passent dans le couloir, leurs rires résonnant comme des milliers de couteaux. Elle tente de marcher, perd l'équilibre.

— Où vas-tu ?

Une fille parfaite

Mon corps bloque la porte d'entrée. Pas question qu'elle sorte maintenant.

— Chez moi.

— Tu es soûle.

— Et alors ?

Elle pose la main sur le dossier d'une chaise pour se tenir.

— Tu ne peux pas partir.

Pas maintenant que je suis si près, pensé-je avant de reprendre à voix haute :

— Pas dans cet état.

Elle sourit et me dit que je suis gentil. Elle croit que je m'inquiète pour elle. La pauvre, si elle savait !

Je me fiche royalement d'elle.

GABE

APRÈS

A mon arrivée, Grace et Mia Dennett sont assises devant mon bureau, me tournant le dos. Grace a vraiment l'air mal à l'aise. Elle attrape un stylo sur mon bureau dont elle retire le capuchon tout mâchouillé avec la manche de son chemisier. Je lisse ma cravate impression cachemire et alors que je m'approche d'elles, j'entends Grace chuchoter les mots « apparence négligée » et « inconvenant ». Je suppose qu'elle parle de moi, avant de l'entendre ajouter que les mèches en tire-bouchon de Mia n'ont pas vu un séchoir à cheveux depuis des lustres, qu'elle a des cernes sous les yeux, que ses vêtements sont froissés et conviendraient mieux à un élève de primaire, un garçon prépubère, rien de moins. Elle ne sourit pas.

— C'est ironique, n'est-ce pas, lance Grace. J'aimerais tellement que tu me répondes — que tu me traites de garce, de fille narcissique ou que tu utilises

Une fille parfaite

n'importe lequel de ces qualificatifs désobligeants dont tu me gratifiais avant Colin Thatcher.

Mais Mia se contente de fixer le vide.

— Bonjour, dis-je.

Grace me coupe brutalement la parole.

— Pourrait-on commencer maintenant ? J'ai une journée chargée.

— Bien sûr.

Je m'assois et entreprends de vider le plus lentement possible des paquets de sucre dans mon café.

— Je voulais parler à Mia pour essayer d'obtenir d'elle quelques informations.

— Je ne vois pas comment elle pourrait vous aider, répond Grace en me rappelant qu'elle est amnésique. Elle ne se souvient pas de ce qui s'est passé.

J'ai demandé à Mia de passer, ce matin, pour tenter de rafraîchir sa mémoire, pour découvrir si Colin Thatcher lui aurait par inadvertance révélé quelque chose dans ce chalet qui pourrait faire avancer l'enquête. Comme sa mère ne se sentait pas bien, elle a envoyé Grace à sa place pour chaperonner Mia et je peux lire dans les yeux de celle-ci qu'elle préférerait encore mieux se faire arracher une dent que d'être assise ici entre sa sœur et moi.

— J'aimerais juste stimuler sa mémoire à l'aide de quelques photographies.

Grace lève les yeux au ciel.

— Bon sang, inspecteur, des photos d'identité judiciaire ? Nous savons tous à quoi ressemble Colin Thatcher. Nous avons vu les photos. Mia les a vues. Croyez-vous vraiment qu'elle ne va pas le reconnaître ?

— Je ne fais pas allusion à des clichés d'identité judiciaire, dis-je pour la rassurer en fouillant dans un des tiroirs de mon bureau pour sortir un objet caché sous un tas de blocs-notes.

Elle se penche en avant pour jeter un coup d'œil et reste sans voix devant le bloc à spirale de papier dessin que j'exhibe. Ses yeux parcourent la couverture à la recherche d'indices, mais les mots « papier recyclé » ne lui révèlent rien.

Mia en revanche réagit brièvement, à quoi, ni elle ni moi ne le savons, mais quelque chose se produit — un éclair de reconnaissance qui disparaît aussi vite qu'il est apparu. Je le constate dans le langage de son corps — quand elle se redresse, se penche en avant, les mains aveuglément tendues vers le cahier, l'attirant à elle.

— Reconnaissez-vous ceci ? demandé-je, prononçant les mots qui se trouvaient sur le bout de la langue de Grace.

Mia le tient dans ses mains. Elle ne l'ouvre pas, mais caresse la couverture tissée. Elle ne répond pas, puis, après une minute, secoue la tête. C'est fini. Elle se tasse sur sa chaise et ses doigts lâchent le bloc qui reste sur ses genoux.

Grace l'attrape et l'ouvre. Elle découvre tout un tas de croquis de Mia. Eve m'a dit un jour que Mia emportait un carnet à dessin partout où elle allait, dessinant tout ce qui se présentait, un SDF dans le métro, une voiture garée sur le parking de la gare. C'est sa façon à elle de tenir un journal : de décrire les lieux où elle s'est rendue, les choses qu'elle a vues. Prenez ce carnet à

Une fille parfaite

dessin par exemple : des arbres, très nombreux, un lac entouré d'arbres, un petit chalet accueillant que, bien sûr, nous avons tous vu sur les photos, un petit chat tigré et efflanqué dormant au soleil. Rien de tout cela ne semble surprendre Grace, jusqu'à ce qu'elle tombe sur un croquis de Colin Thatcher qui jaillit pratiquement de la page pour la saluer, après s'être dissimulé au milieu du carnet, entre les arbres et le chalet recouvert de neige.

Il a une allure débraillée avec ses cheveux bouclés, tout ébouriffés. Sa barbe, son jean en lambeaux et son sweat-shirt à capuche ont dépassé le stade de grunge pour être franchement crasseux. Mia a dessiné un homme grand et robuste. Elle a insisté sur les yeux, les ombrant, les soulignant, les assombrissant jusqu'à ce que ces phares intenses et profonds forcent presque Grace à détourner le regard.

— Tu as dessiné ça, tu sais, dit-elle, obligeant Mia à regarder la page.

Elle lui fourre le carnet dans les mains. Colin est assis, jambes croisées, sur le sol, devant le poêle à bois. Mia passe la main sur la page, étalant un peu le dessin. Elle contemple le bout de ses doigts, aperçoit les traces de crayon et frotte ensemble son pouce et son index.

— Cela évoque-t-il quelque chose pour vous ? demandé-je en buvant une gorgée de café.

— Est-ce…

Elle hésite.

— Est-ce lui ?

69

— Si, par lui, tu veux dire le salaud qui t'a enlevée, alors oui, répond Grace. C'est lui.

Je pousse un soupir.

— C'est Colin Thatcher.

Je lui montre la photo. Pas une photo d'identité judiciaire, mais une jolie photo de lui en tenue du dimanche. Les yeux de Mia passent de l'un à l'autre, faisant le rapprochement. Les cheveux bouclés. La carrure. Les yeux noirs. La peau légèrement hâlée avec la barbe naissante. La façon dont il croise les bras devant lui, son visage qui s'efforce apparemment de contenir un sourire.

— Vous êtes une excellente artiste, dis-je.

— Et c'est moi qui ai dessiné ça ? interroge-t-elle. Je hoche la tête.

— Ils ont trouvé le carnet à dessin dans le chalet avec vos affaires et celles de Colin. J'imagine qu'il vous appartient.

— Tu l'avais emporté dans le Minnesota ? demande Grace.

Mia hausse les épaules. Ses yeux restent fixés sur les représentations de Colin Thatcher. Evidemment, elle ne s'en souvient pas. Grace le sait, mais elle pose quand même la question. Elle se fait la même réflexion que moi : ce salaud l'emmène de force dans un chalet abandonné dans les bois au fin fond du Minnesota, et elle trouve le moyen d'emporter son carnet à dessin plutôt que n'importe quoi d'autre ?

— Tu as emporté autre chose ?

— Je n'en sais rien, répond Mia d'une voix à peine audible.

Une fille parfaite

Grace se tourne alors vers moi.

— Eh bien, qu'avez-vous découvert d'autre ? s'enquiert-elle.

J'observe Mia, enregistre les messages envoyés par son corps : la façon dont ses doigts reviennent sans cesse sur le dessin, la frustration qui lentement, silencieusement, l'envahit. Chaque fois qu'elle veut renoncer et repousser les photos, elle y revient comme si elle suppliait son esprit : *réfléchis, réfléchis, réfléchis encore.*

— Rien d'extraordinaire.

Grace s'énerve.

— Que voulez-vous dire ? Des vêtements, de la nourriture, des armes — des pistolets, des bombes, des couteaux —, un chevalet de peintre et de la gouache, que sais-je encore ?

Elle arrache le carnet à dessin des mains de Mia.

— Ça, ça n'est pas ordinaire, fait-elle remarquer. Habituellement, un kidnappeur ne permet pas à sa victime de rassembler des preuves en la laissant dessiner dans un carnet en papier recyclé.

Elle se tourne vers Mia pour la confronter à l'évidence.

— S'il est resté sans bouger aussi longtemps, Mia, assez longtemps pour que tu lui tires le portrait, pourquoi ne t'es-tu pas enfuie ?

Mia jette un regard désolé à sa sœur. Grace soupire, totalement exaspérée, et dévisage sa sœur comme si elle considérait qu'on devrait vraiment l'enfermer dans un asile psychiatrique. Comme si elle se rendait compte que Mia n'a aucune idée de ce qui se passe, de l'endroit où elle se trouve ou de la raison de sa présence dans ce bureau. Comme si elle voulait la frapper avec un objet contondant pour lui faire retrouver la raison.

Je vole au secours de Mia.

— Elle avait peut-être peur. Peut-être n'y avait-il nulle part où aller. Le chalet se trouve au cœur d'une région sauvage située dans le nord du Minnesota, près d'une ville fantôme. L'hiver arrivait. Où aurait-elle pu aller ? Il aurait pu la retrouver, l'attraper et ensuite ? Que se serait-il passé alors ?

Grace rumine sur sa chaise en tournant les pages du carnet sur lesquelles sont représentés des arbres nus et la neige qui tombe sans discontinuer, le lac pittoresque entouré d'une forêt épaisse et…

Elle tourne une page, presque sans le remarquer, puis s'arrête et revient en arrière, arrachant d'un geste brusque la page du bloc.

— C'est bien un arbre de Noël ? demande-t-elle d'un ton implorant en fixant le dessin nostalgique esquissé dans un coin de la page.

Le déchirement du papier a fait sursauter Mia sur sa chaise.

J'observe son air effrayé, puis pose brièvement la main sur la sienne pour la mettre à l'aise.

— Oh ! oui, dis-je en riant, bien qu'il n'y ait là rien d'amusant. Ouais, je suppose que l'on peut effectivement considérer cela comme sortant de l'ordinaire, n'est-ce pas ? Nous avons trouvé un arbre de Noël dans le chalet. Tout à fait charmant, si vous voulez mon avis.

COLIN

PRÉCÉDEMMENT

Quand le téléphone sonne enfin, elle lutte contre le sommeil. Elle a dû répéter un bon millier de fois qu'elle voulait partir et, chaque fois, j'ai répondu qu'il n'en était pas question.

J'ai dû faire appel à tout mon sang-froid pour m'arracher à ses bras. Pour tourner le dos à ses yeux suppliants et m'efforcer de ne pas y penser. Je trouve que cela ne se fait pas de baiser la fille qu'on est sur le point de kidnapper.

Quoi qu'il en soit, je suis parvenu à la convaincre de rester. Elle s'imagine que c'est pour son bien. Je lui ai promis que lorsqu'elle aurait dessoûlé, je lui appellerais un taxi et, apparemment, elle m'a cru.

Le téléphone sonne. Elle ne sursaute pas mais, au regard qu'elle me jette, je comprends qu'elle s'imagine qu'il s'agit d'une autre fille. Qui d'autre pourrait appeler ainsi au milieu de la nuit ? Il est près de 2 heures du matin et tandis que je me dirige vers la cuisine où se trouve le téléphone, je la vois qui se lève du canapé, cherchant à secouer sa léthargie.

— Tout est prêt ? s'enquiert Dalmar à l'autre bout du fil.

Je ne sais rien de lui sinon qu'il a débarqué après avoir sauté d'un bateau et qu'il est plus noir que tout ce que j'ai pu voir jusque-là. J'ai déjà travaillé pour Dalmar : des rapines, quelques types à bousculer. Mais jamais encore d'enlèvement.

— Hum, hum.

Je jette un regard gêné à la fille, debout au milieu du salon.

Elle attend que je mette fin à la conversation. Puis elle s'en ira. Je m'éloigne aussi loin que je peux et je sors prudemment un semi-automatique d'un tiroir.

— 2 h 15, m'informe-t-il.

Je connais le lieu du rendez-vous : un coin sombre dans les bas-fonds, là où seuls les sans-abri errent à cette heure de la nuit. Je regarde ma montre. Je suis supposé me garer derrière une camionnette grise. Ils prendront la fille et laisseront l'argent. Aussi simple que cela. Je n'aurai même pas besoin de descendre de voiture.

— 2 h 15, je répète.

La fille Dennett ne doit pas peser plus de cinquante-quatre kilos. Sans compter qu'elle est en état d'ébriété avec un méchant mal de crâne. Cela ne devrait pas poser de problème.

Quand je regagne le salon, elle est déjà en train de raconter qu'elle s'en va. Elle s'avance vers la porte

Une fille parfaite

d'entrée, mais je l'intercepte en chemin en glissant un bras autour de sa taille. Puis je l'attire loin de la porte.

— Tu ne vas nulle part.

— Non, vraiment, insiste-t-elle. Je dois travailler demain matin.

Elle rit. Comme si c'était drôle. Comme si je la draguais.

Sauf qu'il y a le pistolet.

Elle le découvre brusquement et en un instant la situation change. Un éclair de compréhension traverse son regard. Son cerveau enregistre la présence de l'arme, comprend ce qui est sur le point de se produire. Sa bouche s'entrouvre pour laisser échapper une exclamation de surprise : « Oh ! »

Puis elle s'étonne comme si elle avait quand même du mal à concilier la situation et la présence de l'arme.

— Que fais-tu avec cela ?

Elle recule pour s'éloigner de moi et heurte le canapé.

— Tu vas m'accompagner.

J'avance d'un pas vers elle.

— Où ? interroge-t-elle.

Quand mes mains se posent sur elle, elle me repousse. J'écarte ses bras et l'attire vers moi.

— Ne rends pas les choses plus difficiles.

— Que fais-tu avec ce pistolet ?

Elle est plus calme que je ne m'y attendais. Elle est inquiète, mais ne crie pas. Elle ne pleure pas. Ses yeux restent rivés sur l'arme.

— Il faut juste que tu m'accompagnes.

J'attrape son bras. Elle tremble et tente de se dégager, mais je la tiens bien, bloquant d'une clé

75

toute velléité de fuite. Elle pousse un cri de douleur et me jette un regard mauvais — blessé et surpris. Elle me demande de la laisser partir, de la lâcher. Le ton supérieur qu'elle emploie me met hors de moi. Comme si c'était elle qui commandait.

Elle cherche à se libérer et se rend compte qu'elle ne peut pas. Je ne la laisse pas faire.

— La ferme, dis-je.

Je serre plus fort son poignet. Je sais que je lui fais mal. Ma prise laisse des traces de doigts rouges sur sa peau.

— C'est une erreur, crie-t-elle. Tu te trompes complètement.

Elle affiche un calme étrange, même si ses yeux ne quittent pas l'arme. Je ne sais plus combien de fois j'ai entendu ce refrain. Toutes les personnes dont je dois m'occuper, toutes de soi-disant victimes, affirment la même chose. Que je me suis trompé.

— La ferme.

Cette fois, j'ai parlé durement, avec autorité. Je la pousse contre le mur, heurtant au passage une lampe qui tombe sur le sol, heurtant le parquet avec fracas. L'ampoule se brise, mais la lampe résiste.

Je la tiens et je lui ordonne de se taire. Je le répète encore et encore : « Ferme juste ta gueule. »

Elle ne prononce pas un mot et affiche un visage impassible, même si je suis certain qu'à l'intérieur, elle doit devenir dingue.

— Très bien, dit-elle, comme si elle avait le choix.

Comme si elle avait son mot à dire. Elle hoche la tête d'un air méprisant. Elle viendra avec moi. Ses

Une fille parfaite

yeux sont clairs. Fatigués mais clairs. Beaux, je trouve. Elle a de beaux yeux bleus. Pensée que je m'empresse de repousser. Je ne peux pas me permettre de penser à ce genre de trucs. Pas maintenant. Pas avant de l'avoir remise à Dalmar. Je dois finir ce boulot. Le terminer avant d'y réfléchir à deux fois.

Le pistolet appuyé contre sa tête, je lui explique comment les choses vont se dérouler. Elle va venir avec moi. Si elle crie, je tire. Aussi simple que cela.

Mais elle ne va pas crier. Même moi, je m'en rends compte.

— Mon sac, dit-elle alors que nous l'enjambons là où elle l'a laissé tomber sur le sol lorsque nous sommes entrés dans l'appartement, il y a des heures de cela, nous débattant avec nos vêtements réciproques.

— Oublie ton foutu sac, je grogne en claquant la porte derrière nous après l'avoir tirée sur le palier.

Il fait froid dehors. Le vent souffle tout droit depuis le lac, balayant ses cheveux sur son visage. Elle est frigorifiée. Mon bras la tient fermement, passé autour de son torse. Pas pour lui tenir chaud. Je me moque complètement qu'elle ait froid. Mais pas question qu'elle m'échappe. Je la serre si étroitement que ma hanche gauche frotte contre sa hanche droite et de temps en temps nos pieds s'emmêlent et nous trébuchons. Nous marchons vite, courant vers la voiture garée sur Ainslie Avenue.

— Dépêche-toi, dis-je à plusieurs reprises, bien que nous sachions tous les deux que c'est moi qui nous ralentis.

Je regarde en arrière pour m'assurer que personne

ne nous suit. Elle baisse la tête, les yeux fixés sur le sol dans un vain effort pour se protéger du vent glacial. Son manteau est resté dans l'appartement. Elle a la chair de poule. Son chemisier léger ne la protège absolument pas de l'air glacé de ce mois d'octobre. Il n'y a personne dans les rues ce soir, à part nous.

Je lui ouvre la portière et elle monte. Je ne prends pas le temps d'attacher ma ceinture de sécurité. Je mets le contact et démarre, descendant la rue, faisant un demi-tour sur Ainslie et m'engageant à contresens dans une voie à sens unique.

Les rues sont complètement désertes. Je conduis trop vite, bien que je sache que je ne devrais pas, mais impatient d'en finir. Elle garde le silence, son souffle est régulier. Elle est étrangement calme. Mais du coin de l'œil, je la vois trembler, de peur, de froid. Elle ne me supplie pas, se contentant de se recroqueviller sur le siège passager et de contempler la ville.

Il ne me faudra pas longtemps pour rejoindre la camionnette. Ensuite, les hommes de Dalmar l'arracheront du véhicule, leurs sales mains posées sur elle. Dalmar a mauvais caractère. J'ignore quels sont ses projets pour la fille. Tout ce que je sais, c'est qu'il veut demander une rançon. La garder jusqu'à ce que son père crache une somme conséquente pour la récupérer. Mais, une fois la dette payée, je me demande bien quel sort ils lui réservent. Vont-ils la tuer ? La renvoyer chez elle ? Cela m'étonnerait. Et s'ils le font, ce ne sera qu'après que Dalmar et ses gars auront pris un peu de bon temps avec elle, pour se payer de leurs efforts.

Une fille parfaite

Mon esprit ne cesse de ressasser la situation, fusant dans des millions de directions différentes. J'en suis maintenant à me demander ce qui se passera si je me fais prendre. J'aurais fait tout cela pour rien. La peine pour un kidnapping est de trente ans de prison. Je le sais, j'ai vérifié. J'y ai réfléchi plus d'une fois depuis que Dalmar m'a recruté. Mais c'est une chose d'y réfléchir et une autre de le faire. Or je suis là, avec la fille dans la voiture, à penser à ces trente ans de taule qui me tendent les bras.

Elle refuse de me regarder. Arrêté à un feu, je me tourne vers elle. Elle fixe le pare-brise, mais je sais qu'elle a conscience de mon regard posé sur elle. Elle retient son souffle. Elle retient ses pleurs. Je conduis d'une main, l'autre tenant le pistolet posé sur ma cuisse.

Ce n'est pas tant que je me préoccupe d'elle, parce qu'en vérité, je m'en fiche. Mais je me demande ce qui se passera quand ils apprendront chez moi que j'ai fait cela. Quand mon nom sera lié à un kidnapping doublé d'un meurtre. Comme cela ne manquera pas d'arriver. Dalmar ne se laissera jamais prendre. Il me piégera. Je serai le pigeon, le bouc émissaire, le dindon de la farce, celui qui se retrouvera la tête sur le billot.

Le feu passe au vert. Je tourne sur Michigan. Un groupe de jeunes, bien imbibés, attend le bus au coin de la rue. Ils rigolent et font les imbéciles. L'un d'eux trébuche et descend du trottoir sur la chaussée. Je fais une embardée pour l'éviter, le manquant de peu.

— Abruti, murmuré-je dans ma barbe.

Il me gratifie d'un bras d'honneur.

Je considère mon plan de secours. J'en ai toujours

un pour le cas où les choses se gâteraient. Je n'ai encore jamais eu à l'utiliser. Je vérifie la jauge. Il y a au moins assez d'essence pour nous sortir de la ville.

Je devrais tourner sur Wacker. Les chiffres rouges sur le tableau de bord annoncent 2 h 12. Dalmar et ses gars doivent déjà être sur place à m'attendre. Il pourrait s'en charger tout seul, mais il ne ferait jamais cela. Pas question pour Dalmar de se salir les mains. Il trouve toujours quelqu'un, un marginal dans mon genre pour faire le sale boulot. Ainsi, il peut rester à distance et observer. De la sorte, quand les choses tournent mal, il est vierge de tout méfait. Pas d'empreintes digitales sur les lieux, aucun portrait-robot à son effigie. A nous, ses *agents* comme il nous appelle — comme si on faisait partie de cette foutue CIA —, de subir les conséquences.

Il y a probablement quatre types dans la camionnette, quatre voyous impatients de mettre la main sur la fille qui reste assise, immobile à côté de moi alors qu'elle devrait se battre pour défendre sa vie.

Mes mains glissent sur le volant. Je transpire comme un porc. Je les essuie sur mon jean et donne un coup de poing sur le volant. La fille réprime un cri.

Je devrais tourner sur Wacker, mais je ne le fais pas. Je continue tout droit.

Je sais que c'est stupide. Je sais tout ce qui risque de mal tourner. Mais je le fais quand même. Je jette un œil dans le rétroviseur pour m'assurer que je ne suis pas suivi et j'appuie sur l'accélérateur. Je fonce le long de Michigan pour rejoindre Ontario et je me retrouve sur l'I-90 avant que l'horloge n'affiche 2 h 15.

Une fille parfaite

Je ne dis rien à la fille parce qu'elle ne croirait rien de ce que je pourrais lui dire.

Je ne sais plus à quel moment exactement cela se produit. Quelque part après la sortie de la ville, quand les lumières de l'agglomération cèdent progressivement la place à l'obscurité, quand les immeubles disparaissent dans le lointain. Elle s'agite sur son siège, son calme apparent se fissurant lentement. Ses yeux regardent par la fenêtre latérale, puis elle se tourne pour regarder par la vitre arrière la ville qui se dissout à l'horizon. Comme si quelqu'un avait finalement poussé un bouton et qu'elle comprenait ce qui était en train de se passer.

— Où allons-nous ? demande-t-elle, sa voix grimpant dans les aigus.

L'impassibilité de son visage laisse place à des yeux écarquillés et à une peau rougissante. Je la vois dans la lumière des lampadaires qui illuminent brièvement son visage toutes les cinq secondes.

Pendant un court instant, elle me supplie de la laisser partir. Je lui dis de la fermer. Je ne veux pas l'entendre. Maintenant, elle pleure. Les vannes se sont ouvertes et les grandes eaux se déversent. Elle n'est plus qu'une petite chose bredouillante, m'implorant de la laisser partir.

— Où allons-nous ? interroge-t-elle de nouveau.

Je saisis le pistolet. Je ne supporte plus le son de sa voix, stridente. J'ai besoin qu'elle se taise. Je pointe le pistolet sur elle et lui dis de la fermer. Et elle obéit. Elle se calme, mais continue à pleurer, essuyant son nez sur sa manche trop courte tandis que nous fonçons dans la nuit, traversant la banlieue où les arbres remplacent les gratte-ciel, suivant la Blue Line du métro qui serpente au milieu de la route.

EVE

APRÈS

Mia est assise à la table de la cuisine, tenant une enveloppe kraft à la main qui porte son nom en majuscules, griffonné d'une écriture très masculine.

Je suis occupée à préparer le dîner pour Mia et moi-même. La télévision allumée dans la pièce voisine assure un bruit de fond qui s'infiltre dans la cuisine et meuble un peu le silence entre nous. Mia ne semble pas s'en apercevoir mais, ces temps-ci, le silence me porte sur les nerfs et je me sens obligée de faire la conversation pour le rompre.

— Aimerais-tu du blanc de poulet avec ta salade ?

Elle hausse les épaules.

— Pain complet ou pain blanc ?

Elle ne répond pas.

— Je vais faire du poulet. Ton père voudra sûrement en manger.

Mais nous savons toutes les deux que James ne sera pas à la maison.

— C'est quoi ça ? demandé-je en montrant le pli dans sa main.

— Ça quoi ?

— L'enveloppe.

— Oh ! ça.

Je pose la poêle sur la gazinière avec plus d'énergie que je ne le voulais. Mia sursaute et je m'excuse aussitôt, confuse.

— Oh ! Mia, chérie. Je ne voulais pas t'effrayer.

Il lui faut un moment pour se calmer, pour relier l'accélération des battements de son cœur et les perles de sueur sur son front au bruit de la poêle.

Elle me dit qu'elle ne comprend pas pourquoi elle réagit ainsi.

Elle me raconte qu'avant, elle aimait bien lorsque la nuit tombait et que le monde extérieur changeait. Quand les lampadaires et les immeubles scintillaient, illuminant le ciel nocturne. Elle appréciait l'anonymat que l'obscurité procurait et toutes les possibilités qui s'offraient, une fois le soleil couché. Maintenant, la nuit la terrifie, toutes ces choses innommables tapies dans l'ombre, de l'autre côté de ses rideaux de soie.

Mia n'avait jamais peur de rien. Elle pouvait se promener dans les rues, tard dans la nuit, et se sentir en toute sécurité. Elle me confie qu'elle trouvait un certain réconfort dans le ronflement assourdissant de la circulation, les coups de Klaxon agressifs, les sirènes qui retentissaient à toute heure de la nuit. Mais aujourd'hui, le simple bruit d'une poêle posée sur le feu lui met les nerfs à vif.

Je me confonds en excuses et elle m'assure que

Une fille parfaite

tout va bien. Elle écoute la télévision dans l'autre pièce. Le journal télévisé a laissé place au feuilleton de 19 heures.

— Mia ?

Elle se tourne vers moi.

— L'enveloppe, dis-je en faisant un geste en direction de sa main, et elle se souvient.

Elle la tourne entre ses mains.

— C'est le policier qui me l'a donnée.

— L'inspecteur Hoffman ? demandé-je en coupant une tomate en tranches.

— Oui.

En général, Mia ne descend que lorsque James est absent. Le reste du temps, elle se terre. Je suis certaine que cette pièce lui rappelle son enfance. Elle n'a pas changé depuis une bonne douzaine d'années : même peinture couleur beurre-frais, mêmes lumières d'ambiance. Des bougies brûlent et les spots diffusent une lumière douce. La table est en fait un guéridon de bois sombre avec des pieds en arabesque et des chaises assorties, recouvertes de tissu, où elle passait bien trop de temps sous un microscope quand elle était jeune. Elle se sent sûrement comme une enfant, aujourd'hui, incapable de rester seule, de cuisiner pour elle-même, devant constamment être surveillée. Son indépendance s'est évanouie.

Hier, elle m'a demandé quand elle pourrait retourner chez elle, dans son appartement, et tout ce que j'ai pu répondre, c'est « en temps voulu ».

James et moi ne la laissons pas quitter la maison, sauf lorsque nous nous rendons au cabinet du Dr Rhodes ou au commissariat. Faire des courses est hors de question. Des jours durant, la sonnette a retenti de l'aube au crépuscule, des hommes et des femmes, armés de micros et de caméras, postés sous le porche. « Mia Dennett, nous aimerions vous poser quelques questions », demandaient-ils en collant leurs micros sous son nez, jusqu'à ce que je lui demande de ne plus ouvrir la porte et d'ignorer la sonnette. Le téléphone résonnait sans arrêt et les rares fois où j'ai décroché, je me suis contentée d'un : « aucun commentaire ». Au bout d'un jour ou deux, j'ai finalement laissé le répondeur remplir son office et quand les sonneries ininterrompues sont devenues insupportables, j'ai carrément débranché l'appareil.

— Eh bien, tu ne comptes pas l'ouvrir ? insisté-je.

Mia glisse un doigt sous le rabat et le soulève. L'enveloppe ne contient qu'une simple feuille de papier. Elle la sort précautionneusement et y jette un coup d'œil. Je pose le couteau de cuisine sur la planche à découper et m'approche nonchalamment de la table, feignant une simple curiosité alors que je suis absolument certaine d'être la plus impatiente des deux.

C'est une photocopie, un croquis tiré d'un carnet à dessin avec de petits crans dentelés en haut de la page, empreinte de la spirale à laquelle la feuille a été arrachée. Le dessin représente une personne, une femme à en juger par la longueur des cheveux.

— C'est moi qui l'ai fait, déclare Mia, et je lui prends le dessin des mains.

— Tu permets ?

Je me laisse tomber sur la chaise à côté d'elle.

Une fille parfaite

— Pourquoi dis-tu cela ?

Mes mains se mettent à trembler, mon estomac se tord.

Aussi loin que je m'en souvienne, Mia a toujours dessiné. Elle a vraiment du talent. Un jour, je lui ai demandé pourquoi elle aimait autant dessiner, ce que cela lui apportait. Et elle m'a répondu que c'était la seule façon pour elle de changer les choses. En quelques coups de crayon, elle pouvait transformer un canard en cygne ou un jour brumeux en une belle journée ensoleillée. C'était un endroit où la réalité cessait de s'imposer.

Mais ce dessin-là est vraiment différent. Les yeux sont parfaitement ronds, le sourire du genre de celui qu'elle avait appris à dessiner à l'école primaire. Les cils sont représentés par des lignes droites, pointant vers le haut. Le visage est difforme.

— Il provient de toute évidence du même carnet à dessin, celui que l'inspecteur Hoffman a conservé. Celui qui contient mes croquis.

— Ce n'est pas toi qui as dessiné cela, affirmé-je avec une conviction absolue. Peut-être il y a une dizaine d'années, quand tu apprenais. Mais certainement pas maintenant. C'est bien trop quelconque pour toi. Au mieux, je qualifierais ce dessin de médiocre.

Le minuteur résonne et je me lève. Mia prend la page pour l'examiner de nouveau.

— Dans ce cas, pourquoi l'inspecteur me donnerait-il cela ? demande-t-elle en tournant l'enveloppe entre ses mains.

Je lui réponds que je l'ignore.

Je suis occupée à déposer des petits pains sur une plaque pour les mettre à cuire dans le four quand Mia me demande :

— Alors, qui ? Qui a dessiné ceci ?

Sur la gazinière, les blancs de poulet menacent de brûler.

Je glisse la plaque dans le four, tourne le poulet et entreprends de couper un concombre en tranches avec l'énergie que je mettrais si Colin Thatcher lui-même était couché sur la planche devant moi.

Je hausse les épaules.

— Ce dessin…, dis-je en m'efforçant de retenir mes larmes.

Assise à la table, Mia continue d'examiner le croquis et je le vois, aussi clairement que le jour : les cheveux longs, les yeux ronds, le sourire en forme de U.

— Ce dessin, c'est toi qu'il représente.

COLIN

PRÉCÉDEMMENT

Nous sommes déjà sur Kennedy Avenue quand je me décide à allumer le chauffage. Quelque part sur Wisconsin, je mets la radio. Les parasites grésillent dans les enceintes à l'arrière. La fille contemple le paysage par la fenêtre latérale. Elle ne dit rien. Je suis certain que des phares nous suivent depuis l'I-90, mais ils disparaissent à la sortie de Janesville, Wisconsin.

Je quitte l'autoroute. La route est sombre et déserte et semble ne mener nulle part. Je m'arrête dans une station-service en libre-service. Après avoir coupé le moteur, je descends pour faire le plein, emportant l'arme.

Je ne la quitte pas des yeux pendant toute l'opération et, soudain, j'aperçois une lueur à l'intérieur du véhicule, la lumière d'un téléphone portable que l'on vient d'allumer. Comment puis-je être aussi stupide ? J'ouvre brusquement la porte, lui fichant une trouille d'enfer. Elle sursaute et tente de dissimuler le téléphone sous son chemisier.

— Donne-moi ce téléphone.

Je crie, furieux d'avoir oublié de jeter l'appareil avant notre départ.

La lumière de la station-service inonde la voiture. La fille est dans un état épouvantable, avec son maquillage qui a coulé et ses cheveux en bataille.

— Pourquoi ? demande-t-elle.

Je sais qu'elle n'est pas si stupide.

— Donne-le-moi, c'est tout.

— Pourquoi ?

— Contente-toi de me le donner.

— Je ne l'ai plus, ment-elle.

— Donne-moi ce putain de téléphone, hurlé-je en me penchant et en réussissant à attraper l'appareil sous son chemisier.

— Ne me touche pas, proteste-t-elle.

Je vérifie l'écran. Dieu merci, elle n'a eu que le temps d'ouvrir le répertoire, rien de plus. En retournant finir de remplir le réservoir, je m'assure que le téléphone est bien éteint avant de le jeter dans une poubelle. A supposer que les flics parviennent à capter le signal, nous serons déjà loin.

Je fouille à l'arrière du pick-up à la recherche de quelque chose — une corde, une ficelle, un foutu lien. Puis j'attache ses mains, serrant assez fort pour lui arracher un cri de douleur.

— Refais-moi un coup comme ça et je te tue, dis-je en remontant.

Je claque la portière et mets le contact.

Une fille parfaite

Je n'ai qu'une seule certitude : en ne me voyant pas débarquer avec la fille, Dalmar a dû lancer tous ses sbires sur nos traces. A cette heure, mon appartement a dû être passé à sac. Un contrat a dû être lancé sur nos deux têtes. Aucune chance que je puisse retourner, un jour, d'où je viens. Si cette fille est assez stupide pour essayer, elle mourra. Mais je ne la laisserai pas faire. Elle leur révélerait où je suis avant qu'ils en aient fini avec elle. Je la tuerai donc d'abord. J'ai épuisé mon quota de bonnes actions pour l'heure.

Nous roulons dans la nuit. Elle ferme les yeux pendant quelques secondes, puis les rouvre brusquement et regarde autour d'elle avant de se rendre compte qu'elle ne rêve pas, qu'il ne s'agit pas d'un cauchemar. C'est la réalité : moi, le pick-up pourri avec ses sièges en vinyle déchirés qui laissent échapper leur rembourrage en coton, les parasites de la radio, les champs à perte de vue et le ciel nocturne d'un noir d'encre. L'arme est toujours sur mes cuisses — je sais qu'elle n'aura pas le courage d'essayer de l'attraper — et mes mains crispées sur le volant. Je roule moins vite maintenant que je sais que nous ne sommes pas suivis.

La voix tremblante, elle me demande pourquoi je fais cela.

— Pourquoi t'en prends-tu à moi ?

Nous sommes quelque part dans les environs de Madison. Elle était restée silencieuse jusque-là, écoutant un prêtre catholique radoter à la radio sur le péché originel, sa voix disparaissant tous les trois ou quatre mots. Et soudain : « Pourquoi t'en prends-tu à moi ? » C'est le « à moi » qui me fout vraiment en

rogne. Elle s'imagine que tout tourne autour d'elle.
Cela n'a absolument rien à voir avec elle. Elle n'est
qu'un pion, une marionnette, une victime expiatoire.

— T'occupe.

Ma réponse ne lui plaît pas.

— Tu ne me connais même pas, lance-t-elle d'un
ton accusateur et condescendant.

— Si, je te connais.

Je lui jette un coup d'œil. Il fait sombre dans la
voiture et je ne distingue que sa silhouette noyée dans
l'obscurité ambiante.

— Qu'est-ce que je t'ai fait ? Je ne t'ai jamais
rien fait.

C'est exact. Elle ne m'a jamais rien fait. Je le sais.
Elle le sait. Mais je lui ordonne quand même de la
fermer.

— Ça suffit. Ferme-la, répété-je comme elle s'entête.

La troisième fois, je saisis l'arme et la pointe dans
sa direction en hurlant.

— Tu vas la fermer, oui ou non ?

Je fais une embardée sur la route et freine à mort.
Je descends du pick-up et elle se met aussitôt à crier
de la laisser tranquille.

J'attrape un rouleau de ruban adhésif sur la plage
arrière et en coupe un morceau avec les dents.

L'air est frais et le silence seulement troublé par le
ronflement d'un occasionnel semi-remorque fonçant
dans la nuit.

— Que fais-tu ? interroge-t-elle, en essayant de me
repousser à coups de pied dès que j'ouvre la porte.

Elle frappe fort et m'atteint à l'estomac. Je dois

Une fille parfaite

reconnaître que c'est une battante, mais cela ne fait que m'énerver un peu plus. Je l'immobilise et colle le morceau de ruban adhésif sur ses lèvres.

— Je t'ai dit de la fermer.

Et elle obtempère.

Je remonte en voiture et claque la portière avant de me réengager sur la route, mes roues en patinant envoyant gicler le gravier sur le bas-côté.

Après cela, rien d'étonnant qu'il lui ait fallu plus de cent cinquante kilomètres pour me dire qu'elle avait besoin d'aller aux toilettes, pour oser poser une main tremblante sur mon bras afin d'attirer mon attention.

— Quoi ? dis-je sèchement en retirant mon bras.

L'aube n'est plus très loin. Elle se tortille sur son siège et je lis une urgence dans son regard. Je tire sur le ruban adhésif d'un coup sec, lui arrachant ainsi un gémissement. Cela fait mal. Un mal de chien.

Bien fait. Ça lui apprendra à se taire quand je le lui demande.

— J'ai besoin d'aller aux toilettes, murmure-t-elle d'un air effrayé.

Je m'engage sur le parking d'un relais routier délabré, en périphérie d'Eau Claire. Le soleil se lève au-dessus d'une ferme à l'est. Un troupeau de vaches Holstein broute dans le pré le long de la route. La journée s'annonce belle mais glaciale. Octobre. Le feuillage des arbres a amorcé sa mue.

Sur le parking, j'hésite. Il est pratiquement vide, à l'exception d'un vieux break rouillé recouvert d'autocollants politiques à l'arrière, un de ses phares rafistolé avec du ruban adhésif. Mon cœur bat très vite.

Je glisse le pistolet sous la ceinture de mon pantalon, dans mon dos. Ce n'est pas comme si je n'avais pas réfléchi à la question depuis notre départ. Je savais que ça finirait par arriver. En ce moment, la fille devrait être entre les mains de Dalmar et moi, probablement occupé à tenter d'oublier ce que j'avais fait. Je n'avais pas prévu tout cela. Mais maintenant, pour que ça marche, nous allons avoir besoin d'un certain nombre de choses, comme de l'argent par exemple. J'en ai un peu sur moi, mais pas assez. J'ai vidé le portefeuille de la fille avant de partir. Pas question évidemment d'utiliser des cartes de crédit. Je sors un couteau de la boîte à gants.

Avant de couper ses liens, je la mets en garde.

— Tu restes avec moi. Ne tente rien de stupide.

Je lui explique qu'elle pourra aller aux toilettes quand je le lui dirai, seulement quand je lui aurai fait signe que tout va bien. Puis je défais ses liens. Ensuite, je coupe deux longueurs de corde de près de soixante centimètres que je glisse dans ma poche.

La fille a l'air pathétique lorsqu'elle descend du pick-up avec son chemisier froissé dont les manches ne descendent même pas jusqu'aux poignets. Elle croise les bras devant elle et grelotte de froid. Ses cheveux tombent devant son visage. Elle garde la tête baissée, les yeux rivés sur le sol. Ses avant-bras sont couverts de bleus, jusqu'au ridicule tatouage chinois au creux de son bras.

Dans l'établissement, aucun client. Seulement une femme à la caisse. Exactement comme je l'imaginais. Je passe un bras autour de la taille de la fille et l'attire

Une fille parfaite

vers moi pour faire croire que nous sommes intimes. Ses pieds hésitent, puis suivent mon rythme. Elle trébuche, mais je la retiens avant qu'elle tombe. Mes yeux l'avertissent de bien se tenir. Mes mains sur elle n'ont rien d'intime. Elles sont là pour lui rappeler que je suis le plus fort. Elle le sait, mais pas la femme derrière la caisse.

Nous longeons les allées pour nous assurer que nous sommes bien les seuls clients. J'attrape un paquet d'enveloppes. Après avoir vérifié que les toilettes sont vides et qu'il n'y a pas de fenêtre par où la fille pourrait s'échapper, je la laisse entrer. La femme à la caisse me jette un drôle de regard. Je lève les yeux au ciel et lui explique que mon amie a trop bu. Apparemment, elle me croit. J'ai l'impression que la fille met une éternité à ressortir et quand j'ouvre la porte des toilettes, je la trouve devant le miroir, en train de passer de l'eau sur son visage. Elle reste ainsi pendant un long moment à fixer son reflet dans la glace.

— Allons-y, dis-je au bout d'une minute.

Nous nous dirigeons vers la caisse pour régler les enveloppes. Mais nous ne les payons pas. La femme est distraite, occupée à regarder la rediffusion d'une vieille série des années 1970 sur une petite télé. Je jette un coup d'œil autour de nous pour m'assurer qu'il n'y a pas de caméras.

Puis je me glisse derrière la femme, tire mon arme et lui ordonne de vider sa foutue caisse.

Je ne sais pas qui panique le plus. La fille se pétrifie, l'air terrifié. Je suis là, le canon de mon arme pressé contre la tête d'une femme d'un certain âge aux cheveux gris et elle assiste à la scène. Elle est témoin. Complice. La fille me demande ce que je fais. Encore et encore.

— Qu'est-ce que tu fais ? répète-t-elle en pleurant.

Je lui dis de se taire.

La femme me supplie de ne pas la tuer.

— S'il vous plaît, ne me faites pas de mal. S'il vous plaît, laissez-moi partir.

Je la pousse en avant et lui répète de vider sa caisse.

Elle ouvre le tiroir et commence à glisser des paquets de billets dans un sac plastique décoré d'un gros smiley sous les mots « Bonne journée ». Je dis à la fille de surveiller dehors et de me prévenir si quelqu'un vient. Elle hoche la tête, soumise, comme une enfant.

— Non, dit-elle en hoquetant. Il n'y a personne. *Qu'est-ce que tu fais ?*

J'appuie l'arme plus fort et ordonne à la femme de se dépêcher.

— Je vous en prie. Ne me faites pas de mal.

— Les pièces aussi.

Il y a plusieurs rouleaux de vingt-cinq cents.

— Vous avez des timbres ?

Ses mains se déplacent vers un tiroir et je hurle.

— Ne touchez rien. Répondez-moi. Avez-vous des timbres ?

Parce que, si ça se trouve, elle dissimule un semi-automatique dans ce tiroir.

Elle gémit.

— Oui, là-dedans, explique-t-elle en pleurant. S'il vous plaît, ne me faites pas de mal.

Une fille parfaite

Elle me parle de ses petits-enfants. Elle en a deux, un garçon et une fille. Le seul nom que je capte est Zelda. Où sont-ils allés dégoter un prénom aussi stupide ? Je fouille dans le tiroir et trouve des timbres que j'ajoute aux billets dans le sac. Je le lui arrache des mains et le tends à la fille.

— Tiens, dis-je. Prends le sac et reste là.

Je pointe l'arme sur elle une seconde, juste pour qu'elle comprenne que je ne plaisante pas. Elle pousse un petit cri et se recroqueville, comme si — exactement comme si — j'avais tiré sur elle.

J'attache la femme à sa chaise avec la corde dans ma poche. Puis je tire une balle dans le téléphone pour faire bonne mesure. Les deux femmes se mettent à hurler de concert au bruit de la détonation.

Pas question que la femme prévienne les flics plus tôt que nécessaire.

Près de la porte, j'aperçois une pile de sweat-shirts. J'en attrape un et dis à la fille de l'enfiler. Je suis fatigué de la voir grelotter. Elle le passe par-dessus sa tête et l'électricité statique fait voler ses cheveux. C'est le pull le plus laid que j'aie jamais vu. Dessus, ces mots :

« L'étoile du Nord[1] ».

Dieu seul sait ce que cela veut dire.

J'attrape encore deux autres sweat-shirts, quelques caleçons longs et des chaussettes, ainsi que des donuts rassis pour le voyage.

---

1. En français dans le texte.

Puis nous partons.

Dans le pick-up, j'attache de nouveau les mains de la fille qui continue à pleurer. Je lui conseille de trouver un moyen d'arrêter si elle ne veut pas que je m'en charge. Ses yeux se posent sur le rouleau de ruban adhésif que j'ai laissé sur le tableau de bord et elle se calme. Elle sait que je ne plaisante pas.

J'attrape une enveloppe et inscris une adresse. Je glisse dedans autant de billets que je peux et colle un timbre. Puis je fourre le reste de l'argent dans ma poche. Nous roulons un moment dans le coin jusqu'à ce que je repère une boîte aux lettres dans laquelle je glisse l'enveloppe. La fille me regarde faire en se demandant ce que je peux bien foutre, mais elle ne pose pas de questions et je ne prends pas la peine de lui donner d'explications.

— Ne t'inquiète pas pour ça, dis-je quand je capte son regard, ajoutant mentalement : *Occupe-toi de tes affaires.*

Ce n'est pas parfait. Vraiment pas parfait. Mais pour l'instant, il faudra faire avec.

EVE

APRÈS

Je me suis habituée à la présence des voitures de police devant ma maison. Il y en a deux, parquées là, jour et nuit, quatre agents en uniforme qui gardent un œil sur Mia. Ils restent assis sur les sièges avant du véhicule, à boire du café et à manger des sandwichs qu'ils vont chercher à tour de rôle chez un traiteur. Je les observe depuis les fenêtres de ma chambre, glissant un œil entre deux lames du store, que j'ai écartées de la main. On dirait des gamins, plus jeunes que mes propres enfants, mais ils portent des armes et des matraques et me scrutent avec des jumelles, se contentant de me fixer. Je me rassure en me disant qu'ils ne peuvent sûrement pas me voir quand, nuit après nuit, je baisse la lumière pour enfiler mon pyjama en flanelle. Mais le fait est que je n'en sais rien.

Apparemment insensible au froid, Mia s'assoit chaque jour sous le porche. Elle fixe la neige qui cerne notre maison comme les douves autour d'un château fort. Elle contemple les arbres engourdis, malmenés par le vent. Mais elle ne remarque pas les voitures de police, les quatre hommes qui l'observent à toute heure du jour. Je l'ai suppliée de rester sous le porche et elle a accepté mais, parfois, elle foule la neige jusqu'au trottoir et va se promener, passant devant la maison de M. et Mme Pewter ou celle de la famille Donaldson. Tandis qu'un des véhicules de police la suit, roulant au pas derrière elle, un agent de l'autre véhicule vient me prévenir et je me précipite, pieds nus, pour rattraper ma fille errante.

— Mia, chérie, où vas-tu ?

Je ne sais plus combien de fois j'ai posé cette question. Je l'attrape par la manche pour la ramener, chancelante. Elle ne porte jamais de veste et ses mains sont glacées. Elle est incapable de me dire où elle allait, mais elle me suit toujours sans protester. Je remercie les policiers quand nous passons devant eux avant de rentrer pour aller dans la cuisine nous préparer une tasse de lait chaud. Elle frissonne en buvant et, quand elle a fini de boire, elle me dit qu'elle monte se coucher. Depuis une semaine, elle n'est pas en forme et ne se sent bien qu'au lit.

Mais aujourd'hui, pour je ne sais quelle raison, elle remarque les voitures de police. Je sors la voiture du garage et tourne dans la rue, en route pour le cabinet du Dr Rhodes où Mia va faire sa première séance d'hypnose. Elle a un moment de lucidité en regardant par la fenêtre du véhicule.

— Que font-ils là ? demande-t-elle, dans ce bref

Une fille parfaite

instant d'attention, comme s'ils venaient juste de se garer là.

— Ils veillent sur nous, je réponds avec diplomatie.

Ce que je veux dire, c'est évidemment qu'ils veillent *sur elle*, mais je ne veux pas qu'elle s'imagine qu'elle n'est peut-être pas en sécurité.

— Pourquoi ? demande-t-elle en tournant la tête pour regarder les policiers par la fenêtre arrière.

Une des deux voitures démarre et nous emboîte le pas. L'autre reste sur place pour surveiller la maison pendant notre absence.

— Il n'y a aucune raison d'avoir peur, dis-je en guise de réponse, ce qui semble la satisfaire puisqu'elle se retourne et fixe le pare-brise devant elle, oubliant complètement que nous sommes suivies.

Nous roulons le long des rues du quartier. C'est tranquille. Les enfants ont repris le chemin de l'école après deux semaines de congé et ne traînent plus sur les pelouses de leurs maisons, à construire des bonshommes de neige ou à s'envoyer des boules de neige avec de grands éclats de rire perçants, sons totalement étrangers dans notre foyer peu exubérant. Les lumières de Noël décorent toujours les habitations, des Pères Noël gonflables, débranchés, gisent sous des tas de neige. James n'a pas pris la peine de décorer l'extérieur de notre demeure, cette année, alors que moi, je me suis donné du mal à l'intérieur, juste au cas où. Juste au cas où Mia rentrerait à la maison et que nous ayons quelque chose à célébrer.

Elle a accepté les séances d'hypnose. Sans que nous ayons eu besoin de beaucoup insister. Ces temps-

101

ci, Mia accepte pratiquement tout ce que nous lui proposons. James était contre bien sûr, considérant l'hypnose comme une science bidon qu'il classe dans la même catégorie que la lecture des lignes de la main ou l'astrologie. En ce qui me concerne, je ne sais pas trop quoi en penser, mais je compte bien tout essayer. Si cela peut aider Mia à se souvenir d'une seule seconde de ces mois oubliés, cela compensera le prix exorbitant réclamé et le temps passé dans la salle d'attente du Dr Rhodes.

Il y a une semaine, mes connaissances sur l'hypnose étaient insignifiantes. Mais j'en sais plus aujourd'hui, depuis que je me suis réveillée une nuit pour effectuer des recherches sur internet. L'hypnose, à ce que j'en ai compris, met l'individu dans un très léger état de transe, similaire à une rêverie éveillée. Cet état permettra à Mia de se désinhiber un peu et de se couper du reste du monde pour stimuler sa mémoire, sous la direction du Dr Rhodes. Sous hypnose, le sujet devient très influençable et peut récupérer des informations que son esprit tient enfermées à clé dans un coffre. En hypnotisant Mia, le Dr Rhodes s'adressera directement à son subconscient, cette partie du cerveau qui dissimule les souvenirs de Mia. Le but est de la mettre dans un état de profonde relaxation de façon que sa conscience s'endorme plus ou moins et que le Dr Rhodes puisse agir sur son subconscient. Pour le bien de Mia, l'objectif est de l'amener à se rappeler de tout ou partie — ne serait-ce que quelques minutes — du temps qu'elle a passé dans ce chalet afin que, grâce à cette thérapie, elle puisse faire face

Une fille parfaite

à son enlèvement et guérir. Pour le bien de l'enquête, en revanche, l'inspecteur Hoffman cherche désespérément des informations, n'importe quel détail ou indice que Colin Thatcher aurait pu laisser échapper dans ce chalet, qui aiderait la police à retrouver l'homme qui a fait ça à Mia.

Au cabinet du Dr Rhodes, je suis autorisée, sur l'insistance de James, à assister à la séance. Il tient à ce que je garde un œil sur la « dingue », comme il appelle le Dr Rhodes, au cas où celle-ci tenterait de « bousiller » le cerveau de Mia. Je m'assois dans un fauteuil à l'écart pendant que Mia s'affale à contrecœur sur le canapé. Des livres recouvrent les étagères du sol au plafond sur le mur sud. Une fenêtre donne sur le parking. Le Dr Rhodes garde les stores fermés, ne laissant filtrer que quelques rayons de lumière, ce qui procure une certaine intimité. La pièce est sombre et discrète, les secrets révélés entre ces murs absorbés par la peinture bordeaux et les lambris en chêne. Mais il y a des courants d'air et je resserre mon pull autour de moi, tandis que l'esprit conscient de Mia se détend progressivement.

— Nous allons commencer par des questions simples, explique le médecin, sur des faits que nous connaissons et nous verrons où tout cela nous mène.

Elle ne procède pas de façon chronologique. Ni même logique, et cela me laisse perplexe. Je m'étais imaginé l'hypnose comme une clé qui ouvrirait le coffre et là, instantanément, tous les souvenirs se déverseraient sur le faux tapis persan, permettant à Mia et au médecin de se pencher là-dessus et de tout disséquer. Mais cela ne se passe pas du tout ainsi. Pendant le court laps de temps où Mia reste sous hypnose — une vingtaine de minutes, tout au plus —, la porte est ouverte et le Dr Rhodes, d'une voix douce et harmonieuse, cherche à percer la couche de biscuit pour arriver au fourrage à la crème à l'intérieur. Mais seules quelques miettes se détachent : le confort rustique du chalet avec ses rondins en pin noueux et ses poutres, les parasites de la radio dans la voiture, la musique de la *Lettre à Elise* de Beethoven, un orignal qu'elle a entrevu.

— Qui est dans la voiture, Mia ?

— Je ne suis pas sûre.

— Es-tu là ?

— Oui.

— Est-ce toi qui conduis ?

— Non.

— Qui conduit la voiture ?

— Je ne sais pas. Il fait nuit.

— Quel moment de la journée est-ce ?

— Le matin de bonne heure. Le soleil commence juste à se lever.

— Tu peux voir par la fenêtre ?

— Oui.

— Tu vois les étoiles ?

— Oui.

— Et la lune ?

— Oui.

— C'est la pleine lune ?

— Non, dit-elle en secouant la tête. La nouvelle lune.

— Sais-tu où tu es ?

Une fille parfaite

— Sur une nationale. Une petite route bordée d'arbres.

— Y a-t-il d'autres voitures ?

— Non.

— Est-ce que tu aperçois des panneaux ?

— Non.

— Entends-tu des bruits ?

— Les parasites de la radio. Il y a un homme qui parle, mais sa voix… Il y a des parasites.

Mia est étendue sur le canapé, les chevilles croisées. C'est la première fois depuis quinze jours que je la vois aussi détendue. Ses bras sont croisés sur son nombril à l'air, son pull en grosse laine beige étant remonté un peu lorsqu'elle s'est allongée, dans la même attitude que si elle était dans un cercueil.

— Peux-tu entendre ce que dit l'homme ? demande le Dr Rhodes assise dans un fauteuil marron à côté de Mia.

Cette femme est un modèle de perfection : pas un pli sur ses vêtements, pas un cheveu déplacé. Sa voix est tellement monotone que je pourrais m'endormir.

— La température se rapprochera de zéro, mais le soleil brillera…

— Un bulletin météo ?

— C'est un DJ — la voix vient de la radio. Mais les parasites… Les enceintes à l'avant du véhicule ne fonctionnent pas. La voix vient de l'arrière.

— Y a-t-il quelqu'un assis à l'arrière ?

— Non. Il n'y a que nous.

— Nous ?

105

— Je peux voir ses mains dans l'obscurité. Il conduit des deux mains et serre très fort le volant.

— Que peux-tu me dire d'autre à son sujet ?

Mia secoue la tête.

— Peux-tu voir ses vêtements ?

— Non.

— Mais tu peux voir ses mains.

— Oui.

— Porte-t-il une bague ou une montre ? Autre chose ?

— Je ne sais pas.

— Que peux-tu me dire sur ses mains ?

— Elles sont rêches.

— Tu peux voir cela ? Tu peux voir que ses mains sont rêches ?

Je m'avance sur mon siège, suspendue à chaque parole de Mia. Je sais que Mia — l'ancienne Mia, celle d'avant Colin Thatcher — n'aurait jamais accepté que j'assiste à cette séance, que j'écoute cette conversation.

Elle ignore la question.

— Te fait-il du mal ?

Mia se tortille sur le canapé, comme si elle voulait repousser la question.

— T'a-t-il fait du mal, Mia ? reprend le Dr Rhodes. Là, dans la voiture ou même avant ?

Pas de réponse.

— Que peux-tu me dire sur la voiture ?

— Cela ne devait pas... Cela ne devait pas se passer comme cela, répond Mia à la place.

— Qu'est-ce qui ne devait pas se passer comme cela ?

106

Une fille parfaite

— C'est une erreur.

Mia est désorientée, ses visions sont brouillées, les souvenirs épars dérivent dans sa tête.

— Qu'est-ce qui est une erreur ?

Pas de réponse.

— Mia, qu'est-ce qui est une erreur ? La voiture ? Quelque chose dans la voiture ?

Mais Mia garde le silence. Puis elle prend une grosse inspiration et affirme :

— C'est ma faute. Tout est ma faute.

Alors, je dois faire appel à toute ma volonté pour ne pas me précipiter et serrer ma fille dans mes bras. Je voudrais lui dire que non, rien n'est sa faute. Je vois combien cela la rend malheureuse, je vois ses traits tirés, ses poings serrés.

— C'est à cause de moi, dit-elle.

— Ce n'est pas ta faute, Mia, affirme le Dr Rhodes.

Sa voix est pensive, apaisante.

Je serre les bras du fauteuil dans lequel je suis assise et m'exhorte au calme.

— Ce n'est pas ta faute, répète-t-elle.

Plus tard, après la séance, elle m'explique en privé que les victimes s'accusent presque toujours.

Notamment les victimes de viol. Près de cinquante pour cent des viols ne sont jamais déclarés parce que la victime est persuadée que tout est sa faute. Si seulement elle n'était pas entrée dans tel ou tel bar ; si seulement elle n'avait pas parlé à tel ou tel inconnu ; si seulement elle n'avait pas porté une tenue aussi provocante. Elle m'explique que Mia expérimente un

107

phénomène que les psychologues et les sociologues étudient depuis des années : l'autoculpabilisation.

— L'autoculpabilisation peut évidemment être destructive quand elle est poussée à l'extrême, me dira-t-elle plus tard après avoir envoyé Mia dans la salle d'attente. Mais elle peut aussi aider la victime à devenir moins vulnérable à l'avenir.

Comme si c'était supposé me soulager.

— Mia, que vois-tu d'autre ? reprend le médecin, une fois que Mia a recouvré son calme.

Elle reste muette et le médecin doit reposer sa question.

Cette fois, Mia répond :

— Une maison.

— Parle-moi de cette maison.

— Elle est petite.

— Quoi d'autre ?

— Il y a une véranda. Une petite véranda avec des marches qui mènent dans les bois. C'est un chalet de bois sombre. On le distingue à peine au milieu des arbres. Il est vieux. Tout est vieux : le mobilier, les appareils.

— Décris-moi les meubles.

— Ils s'effondrent. Le canapé est recouvert de tissu. Un tissu bleu et blanc. Rien n'est confortable dans cette maison. Il y a un vieux rocking-chair de bois, des lampes qui éclairent à peine la pièce. Une petite table bancale avec une nappe en plastique, le genre que vous emportez lors d'un pique-nique. Le plancher de bois craque. Il fait froid. Ça sent mauvais.

— Ça sent quoi ?

Une fille parfaite

— La naphtaline.

Plus tard, ce soir-là, tandis que nous traînons dans la cuisine après le dîner, James me demande ce que l'odeur de la naphtaline vient faire dans tout cela. Je lui dis que c'est un progrès, un tout petit progrès, mais un début tout de même. Une chose dont Mia ne se rappelait même pas la veille encore. Moi aussi, j'espérais un résultat un peu plus concret, plus impressionnant : une séance d'hypnose et Mia serait sur la voie de la guérison. Le Dr Rhodes a deviné ma frustration alors que nous prenions congé et m'a dit que nous devions nous montrer patients. Ces choses prennent du temps et forcer Mia à aller plus vite pourrait faire plus de mal que de bien. James n'y croit pas. Il affirme que ce n'est qu'un moyen de leur soutirer plus d'argent. Je le regarde attraper une bière dans le réfrigérateur et se diriger vers son bureau pour travailler pendant que je fais la vaisselle, remarquant pour la troisième fois cette semaine que Mia a à peine touché à son assiette. Je fixe les spaghettis surgelés sur l'assiette en faïence et me souviens que c'était le plat préféré de ma fille.

Je commence une liste pour classer les détails l'un après l'autre : les mains rêches par exemple, le bulletin météo. Je passe la nuit sur internet en quête d'informations. La dernière fois qu'il a fait dans les dix degrés au nord du Minnesota remonte à la dernière semaine de novembre, même si les températures ont flirté avec zéro du jour de la disparition de Mia jusqu'à Thanksgiving. Après cela, elles sont tombées à moins dix et plus bas encore et elles ne remonteront pas avant un bout de temps. Les dates des nouvelles lunes sont le 30 septembre, le 29 octobre. Il y en a eu une le 28 novembre, mais Mia ne pouvait pas savoir avec exactitude si la lune était vraiment nouvelle et donc, ces dates ne sont que des suggestions. L'orignal est un animal répandu dans le Minnesota, surtout en hiver. Beethoven a écrit la *Lettre à Elise* vers 1810, bien qu'Elise soit en fait supposée être Thérèse, la femme qu'il a demandée en mariage cette année-là.

Avant d'aller me coucher, je m'approche de la chambre de Mia. J'ouvre doucement la porte et reste sur le seuil à la contempler. Elle dort en travers du lit, enveloppée entre les draps. Sa couverture, qui a dû tomber du lit pendant la nuit, gît en tas sur le sol. La lune s'est invitée dans la chambre à travers les lamelles des stores, et strie de lumière le visage de Mia et son pyjama aubergine. Sa jambe droite est pliée et repose sur un autre oreiller. C'est le seul moment de la journée où Mia est détendue. Je m'approche du lit. Son visage est serein, son âme en paix et, bien qu'elle soit une femme, je revois en elle la merveilleuse petite fille qu'elle était, bien avant qu'on me l'enlève. Avoir Mia ici me paraît trop beau pour être vrai. Je resterais là toute la nuit, si je le pouvais, pour me convaincre que tout ceci n'est pas un rêve et que Mia — ou Chloé — sera toujours là.

En me couchant auprès du corps brûlant de James que l'épaisseur de la couette en duvet fait transpirer, je me demande ce que ces informations — le bulletin météo et les phases de la lune — m'apportent vraiment, bien que je les aie soigneusement consignées dans un

Une fille parfaite

dossier avec les douzaines de significations trouvées sur le prénom de Chloé. Je ne sais pas pourquoi, mais je pense que n'importe quel détail suffisamment important pour que Mia le mentionne sous hypnose mérite mon attention, n'importe quelle miette d'information qui pourra m'expliquer ce qui est arrivé à ma fille entre les murs de bois de ce chalet perdu au fond du Minnesota.

COLIN

PRÉCÉDEMMENT

Il y a des arbres, beaucoup d'arbres. Des pins, des épicéas, des sapins qui s'accrochent très fort à leurs aiguilles vertes. Autour d'eux, les feuilles des chênes et des ormes se fanent et tombent sur le sol. C'est mercredi. La nuit est tombée, puis le jour s'est levé. Nous quittons l'autoroute et roulons vite sur une route à deux voies. La fille se cramponne au siège à chaque virage. Je pourrais ralentir, mais je ne le fais pas parce que je suis impatient d'arriver. Il n'y a pratiquement personne sur la route. De loin en loin, nous croisons un autre véhicule, des touristes probablement qui roulent en dessous de la vitesse limite pour admirer la vue. Aucune station-service en vue. Aucun 7-Eleven[1]. Juste quelques magasins ordinaires. La fille regarde le paysage par la fenêtre. Je suis certain qu'elle a l'impression d'être à Tombouctou. Elle ne

---

1. Chaîne de supermarchés américaine.

Une fille parfaite

prend pas la peine de poser la question. Peut-être sait-elle. Peut-être qu'elle s'en fiche.

Nous continuons vers le nord, dans les coins les plus sombres et les plus reculés du Minnesota. La circulation continue à se raréfier au-delà de la ville de Two Harbors où le pick-up disparaît presque sous l'épaisseur des feuilles et des aiguilles. La route est trouée de nids-de-poule sur lesquels nous décollons. Je maudis chacun d'entre eux. La dernière chose dont nous avons besoin, c'est d'un pneu crevé.

Je suis déjà venu ici. Je connais le type qui possède la maison, un petit chalet dégueulasse, perdu au milieu de nulle part. Dissimulé au fond des bois, le sol couvert d'une couche craquante de feuilles mortes. Les branches des arbres sont presque entièrement dépouillées.

J'observe le chalet qui est resté tel qu'il était dans mes souvenirs d'enfant. C'est une construction en rondins qui surplombe le lac. Lac dont l'eau a l'air glacée. Aucun doute qu'elle l'est. Il y a des chaises en plastique sur la terrasse et un petit barbecue. L'endroit est isolé, pas âme qui vive à des kilomètres à la ronde.

Exactement ce qu'il nous faut.

Je coupe le contact et je descends. J'attrape un pied-de-biche à l'arrière du pick-up et nous grimpons la petite butte jusqu'à la vieille bâtisse. Le chalet a l'air abandonné, comme je savais qu'il le serait, mais je cherche quand même des signes de vie ; une voiture garée à l'arrière, des ombres derrière les fenêtres. Non, rien. Il n'y a personne.

La fille se tient immobile à côté de la voiture et je

113

lui enjoins de monter me rejoindre. Finalement, elle gravit la douzaine de marches jusqu'à la véranda. Elle s'arrête pour reprendre son souffle. Plus vite, dis-je. Si ça se trouve, quelqu'un nous observe. Je frappe à la porte, juste pour m'assurer que nous sommes bien seuls. Puis je dis à la fille de se taire et j'écoute. Silence.

A l'aide du pied-de-biche, je force la porte. Je la casse en précisant que je la réparerai plus tard. Je pousse une table basse devant la porte pour la maintenir fermée. La fille est debout contre le mur en rondins de pin rouge. Elle examine les lieux. La pièce est petite, avec un canapé bleu affaissé, d'horribles chaises en plastique rouge et un poêle à bois dans le coin, qui ne produit aucune chaleur. Il y a des photos du chalet lors de sa construction, de vieux clichés en noir et blanc. Je me souviens que le gars m'en avait parlé quand j'étais gosse. Il m'avait expliqué que les personnes qui avaient construit cette maison, quelque cent ans plus tôt, avaient choisi cet endroit, non pas pour la vue, mais pour les rangées de pins à l'est du chalet qui le protégeaient des vents violents. Comme s'il pouvait connaître les pensées qui animaient l'esprit de ces gens, morts depuis longtemps. Je me rappelle qu'à l'époque, j'avais regardé ses cheveux gras qui se raréfiaient et son visage grêlé et je m'étais dit qu'il ne racontait que des conneries.

La cuisine, dont le sol est recouvert de linoléum, est équipée de meubles couleur moutarde et d'une table protégée par une nappe en plastique. La poussière est omniprésente. Des toiles d'araignée s'accrochent

Une fille parfaite

à tous les coins et il y a des tas de scarabées morts sur le bord des fenêtres. Sans compter que ça pue.

— Tu ferais mieux de t'y habituer, dis-je en croisant le regard dégoûté de la fille.

Aucun doute que la maison du juge ne ressemble en rien à cela.

J'appuie sur l'interrupteur et tourne le robinet. Rien. Tout a été coupé avant la fermeture du chalet pour l'hiver. Nous avons perdu le contact, mais je me tiens au courant des faits et gestes du propriétaire. Je sais que son mariage n'a pas marché, encore une fois, et qu'il a été arrêté, il y a un an de cela, pour conduite en état d'ivresse. Je sais qu'il y a une quinzaine de jours, comme chaque automne, il a fait ses bagages et repris le chemin de Winona où il travaille tout l'hiver pour le Département des transports[1] à dégager la neige et la glace des rues.

J'arrache le fil du téléphone et, après avoir trouvé une paire de ciseaux dans un tiroir de la cuisine, j'en coupe le câble. Je jette un coup d'œil à la fille qui n'a pas bougé de sa place près de la porte. Ses yeux sont fixés sur la nappe écossaise. Elle est moche, je le sais. Je sors pour uriner. Une minute plus tard, je suis de retour. Elle est toujours en train de lorgner cette foutue nappe.

— Pourquoi tu ne te rendrais pas utile, dis-je. Allume le feu.

Elle met les mains sur ses hanches et me regarde,

1. L'équivalent de l'Équipement.

115

engoncée dans cet horrible sweat-shirt que j'ai piqué
à la station-service.

— Et pourquoi tu ne le fais pas toi-même ? lance-
t-elle, mais sa voix et ses mains tremblent et je sais
qu'elle n'est pas aussi intrépide qu'elle voudrait me
le faire croire.

D'un pas lourd, je sors et rapporte trois bûches que
je laisse tomber à ses pieds. Elle fait un bond. Je lui
tends la boîte d'allumettes qui lui échappe. Toutes les
allumettes se répandent par terre. Je lui ordonne de
les ramasser. Elle m'ignore.

Il faut qu'elle comprenne que c'est moi qui commande
ici. Pas elle. Elle reste avec moi tant qu'elle la ferme
et obéit. Je sors le pistolet de ma poche et vérifie
le chargeur. Puis je le pointe sur elle. En direction
de ses jolis yeux bleus qui passent de l'assurance à
l'incertitude tandis qu'elle murmure :

— Tu te trompes complètement.

J'arme le chien et lui répète de ramasser les allumettes et d'allumer le feu. Je commence à me demander
si je n'ai pas fait une bêtise, si je n'aurais pas mieux
fait de la remettre à Dalmar. Je ne sais pas ce que
j'attendais de cette fille, mais sûrement pas cela, aucun
doute là-dessus. Je n'aurais jamais imaginé que je me
retrouverais ainsi, avec une ingrate. Elle me défie du
regard. Pour voir si je serais capable de la tuer.

Je me rapproche d'un pas et appuie l'arme contre
sa tête.

Et elle s'effondre. Elle s'accroupit et de ses mains
tremblantes entreprend de ramasser les allumettes.
Une par une, elle les glisse dans la boîte.

Une fille parfaite

Je reste là, le pistolet pointé sur elle pendant qu'elle gratte une allumette, puis une autre. La flamme brûle ses doigts avant qu'elle soit parvenue à allumer le feu. Elle secoue sa main et recommence. Encore. Et encore. Elle sait que je ne la quitte pas des yeux. Maintenant, ses mains tremblent tellement qu'elle n'arrive même plus à gratter l'allumette.

— Laisse-moi faire, dis-je en m'approchant derrière elle.

Elle se recroqueville. J'allume le feu sans problème et, passant à côté d'elle, je me dirige vers la cuisine à la recherche de nourriture. Il n'y a rien, pas même une boîte de crackers moisis.

— Et maintenant ? demande-t-elle.

Je l'ignore.

— Que faisons-nous ici ?

Je fais le tour du chalet. Il n'y a pas d'eau. Tout a été coupé pour l'hiver. Mais je peux m'en occuper. C'est rassurant. Quand il a fermé la maison, il ne comptait pas revenir avant le printemps, cette époque de l'année où il se terre et vit comme un ermite pendant six mois.

La fille fait les cent pas, attendant que quelqu'un ou quelque chose franchisse la porte et la tue. Je lui dis d'arrêter. Je lui ordonne de s'asseoir. Elle reste debout pendant un long moment avant de capituler et de tirer une des chaises en plastique contre le mur en face de la porte d'entrée où elle s'assoit. Elle attend. C'est désespérant de la voir ainsi, fixant la porte dans l'attente de la mort.

La nuit passe. Aucun de nous ne dort.

D'ici à l'hiver, il fera très froid dans le chalet qui n'est pas conçu pour être habité au-delà du mois d'octobre. Le poêle à bois est la seule source de chaleur. De l'antigel a été versé dans les toilettes. J'ai rétabli l'électricité, la nuit dernière. J'ai trouvé le disjoncteur et l'ai enclenché. La fille a pratiquement remercié Dieu pour les 25 watts de la lampe au-dessus de la table. Je fais le tour du chalet, à l'extérieur. Je jette un coup d'œil dans la remise à l'arrière, pleine d'un tas de saletés dont personne n'a jamais eu besoin et de quelques babioles qui pourraient bien s'avérer utiles. Comme une boîte à outils.

Hier, j'ai dit à la fille qu'elle allait devoir faire ses besoins à l'extérieur. J'étais trop fatigué pour m'occuper de la plomberie. Je l'ai regardée descendre les marches comme si elle défilait sur le tapis rouge. Elle est allée se cacher derrière un arbre et a baissé son pantalon. Elle s'est accroupie à un endroit où elle pensait que je ne pouvais pas la voir puis, parce qu'elle ne supportait pas l'idée d'essuyer ses fesses avec une feuille, elle a opté pour un séchage à l'air libre. Elle n'est sortie faire pipi qu'une seule fois.

Aujourd'hui, j'ai repéré la valve principale d'alimentation de l'eau que j'ai ouverte doucement. Après quelques éclaboussures, l'eau s'est remise à couler normalement. J'ai tiré la chasse d'eau et laissé l'eau couler dans l'évier pour me débarrasser de l'antigel. Je me suis mentalement dressé une liste de choses indispensables à acheter : de l'isolant, quelques rouleaux

Une fille parfaite

de ruban adhésif pour les tuyaux, du papier-toilette, de la nourriture.

Cette nana est prétentieuse. Vaniteuse et arrogante, une vraie prima donna. Elle m'ignore parce qu'elle est furieuse et en colère, mais aussi parce qu'elle s'estime trop bien pour moi. Elle reste assise sur l'horrible chaise rouge et regarde par la fenêtre. Quoi ? Rien. Elle n'a pas prononcé deux mots depuis ce matin.

— Allons-y, dis-je.

Je lui dis d'aller s'installer dans la voiture. Nous allons nous promener.

— Où ? demande-t-elle.

Elle ne veut aller nulle part. Elle préfère rester là à fixer cette foutue fenêtre et à compter les feuilles qui tombent des arbres.

— Tu le verras bien.

Elle a peur. Cette incertitude lui déplaît. Elle ne bouge pas, mais m'observe en s'efforçant d'afficher un air brave et une attitude de défiance, alors que je sais pertinemment qu'elle est morte de trouille.

— Tu veux manger, n'est-ce pas ?

Apparemment, oui.

Alors nous sortons et repartons en pick-up, direction la ville de Grand Marais.

J'ai un plan : quitter le pays, très bientôt. Je laisserai la fille ici. Elle ne ferait que me ralentir. Je sauterai dans un avion en partance pour le Zimbabwe ou l'Arabie Saoudite, un endroit qui ne pratique pas l'extradition. Bientôt, me dis-je. Je le ferai bientôt. Je l'attacherai dans le chalet et rejoindrai Minneapolis pour prendre l'avion avant qu'elle ait la moindre chance de donner l'alarme et de transmettre mon signalement à Interpol.

Je lui explique que je ne peux pas l'appeler Mia. Pas en public. La nouvelle de sa disparition ne va pas tarder à filtrer. Je devrais la laisser dans la voiture, mais c'est impossible. Elle s'enfuirait. Alors j'enfonce ma casquette de base-ball sur son crâne et lui conseille de garder la tête baissée, de ne pas croiser le regard des gens. Il est probablement inutile de le préciser. Je lui demande comment elle veut que je l'appelle. Après suffisamment d'hésitations pour que je commence à m'énerver, elle me répond : « Chloé. »

Tout le monde se fiche bien que j'aie disparu. Quand ils ne me verront pas arriver à mon travail, ils en concluront que je suis paresseux. Ce n'est pas comme si j'avais des amis.

Je la laisse prendre de la soupe de nouilles au poulet pour le déjeuner. Je déteste cela, mais j'accepte quand même. J'ai faim. Nous en prenons vingt boîtes. Soupe de nouilles au poulet. Soupe de tomate. De crème de maïs. Le genre de nourriture que l'on trouve dans les kits de survie. La fille s'en rend compte.

— Finalement, tu n'envisages peut-être pas de me tuer tout de suite, constate-t-elle.

Je réponds que non. Pas avant que nous ayons terminé la crème de maïs.

Dans l'après-midi, j'essaye de dormir. J'ai un peu de mal, ces derniers temps. J'arrive tout juste à grappiller une heure par-ci, une heure par-là. Mais la plupart du temps, l'idée que Dalmar est à ma recherche et que les flics ne vont pas tarder à débarquer me réveille

Une fille parfaite

en sursaut. Je suis tout le temps sur le qui-vive, jetant un coup d'œil dehors chaque fois que je passe devant une fenêtre. Toujours à regarder par-dessus mon épaule. Je barricade la porte avant de me coucher, heureux que les fenêtres soient collées parce qu'un abruti s'est mêlé de donner un coup de peinture. Je ne croyais pas que la fille tenterait de s'enfuir. Je ne croyais pas qu'elle en aurait le cran. J'ai baissé ma garde et laissé les clés du pick-up en vue. Elle n'en demandait pas plus.

Je dors donc à poings fermés sur le canapé, le pistolet à la main, quand la porte claque. En un instant, je suis debout. Il me faut quelques secondes pour reprendre mes esprits. Une fois réveillé, j'aperçois la fille qui descend l'escalier. Elle trébuche et dégringole jusqu'au chemin recouvert de graviers. Je franchis la porte en hurlant, furieux. Elle boite. La portière du pick-up n'est pas fermée à clé. Elle monte et tente de démarrer. Elle ne trouve pas tout de suite la bonne clé. Je l'aperçois derrière le pare-brise. Elle donne un coup de poing sur le volant. Je ne suis plus très loin. Elle est désespérée. Elle glisse sur le siège et sort par la portière du passager avant de s'enfuir dans les bois. Elle est rapide, mais je le suis plus encore. Les branches des arbres s'accrochent à elle, écorchant ses bras et ses jambes. Elle trébuche sur une pierre et tombe, tête la première sur un tas de feuilles. Elle se relève d'un bond et reprend sa course. Puis elle commence à fatiguer et ralentit. Elle pleure, me supplie de la laisser tranquille.

Mais je suis en colère.

Je l'attrape par les cheveux. Ses pieds continuent leur course, mais sa tête est brutalement tirée en arrière. Elle tombe sur le sol dur. Elle n'a pas le temps de crier parce que je me jette sur elle, quatre-vingt-quinze kilos qui écrasent son corps frêle. Ça lui coupe le souffle et elle me demande de la lâcher. Mais je l'ignore. Je suis hors de moi. Elle sanglote. Les larmes inondent son visage, se mélangeant au sang et à la terre. Elle se tortille. Elle me crache dessus. Je suis sûr qu'elle voit sa vie entière défiler devant ses yeux. Je lui dis qu'elle est stupide. Puis j'appuie le pistolet contre sa tête et j'arme le chien.

Elle s'immobilise immédiatement, comme paralysée.

J'appuie plus fort et le canon laisse une marque sur sa peau. Je pourrais le faire. Je pourrais la tuer.

Ce n'est qu'une idiote, une sombre abrutie. Je dois faire appel à toute ma volonté pour ne pas tirer. J'ai fait tout cela pour elle. Je lui ai sauvé la vie. Pour qui se prend-elle pour s'enfuir ainsi ? J'appuie plus fort encore, j'enfonce le canon dans son crâne. Elle crie.

— Tu trouves que ça fait mal ? demandé-je.

— S'il te plaît…

Elle supplie mais je n'écoute pas. J'aurais dû la remettre aux autres quand je le pouvais.

Je me lève et l'attrape par les cheveux.

Elle braille.

— La ferme, dis-je en la traînant par les cheveux à travers les arbres.

Je la pousse devant moi et lui ordonne de se bouger.

— Dépêche-toi.

Une fille parfaite

On dirait que ses jambes refusent de lui obéir. Elle trébuche, tombe.

— Debout.

A-t-elle la moindre idée de ce que Dalmar me ferait s'il mettait la main sur moi ? Une balle dans la tête serait sûrement un cadeau du ciel. Une mort rapide et sans douleur. Je serais crucifié. Torturé.

Je la pousse dans l'escalier, à l'intérieur du chalet, et je referme la porte, mais elle se rouvre. Je balance un coup de pied dedans et approche la table pour la bloquer. Je traîne la fille dans la chambre et lui promets que si je l'entends même respirer, elle ne reverra plus jamais la lumière du jour.

GABE

PRÉCÉDEMMENT

Une nouvelle fois, la quatrième cette semaine, je prends la voiture pour me rendre au centre-ville, bien déterminé à râler s'ils s'avisent de ne pas me rembourser tous les kilomètres accumulés avec mon véhicule personnel. Le trajet ne fait qu'une quinzaine de kilomètres, mais il me faut près d'une demi-heure pour les parcourir avec cette foutue circulation. Ce n'est pas un hasard si je n'habite pas en ville. En plus, je dois débourser près de quinze dollars pour me garer — une vraie arnaque, si vous voulez mon avis — après avoir tourné une douzaine de fois autour de Lawrence et Broadway sans trouver la moindre place libre.

Le bar n'ouvrira pas avant plusieurs heures. C'est bien ma veine, pensé-je, en cognant à la vitre pour attirer l'attention du barman que j'aperçois à l'intérieur, occupé à remplir le bar. Je sais qu'il m'entend, mais il ne bouge pas. Je frappe de nouveau et cette

Une fille parfaite

fois, quand son regard se tourne dans ma direction, je brandis mon badge.

Il condescend à venir ouvrir la porte.

L'établissement est calme, les lumières tamisées. Seuls quelques rayons de soleil filtrent à travers les vitres sales. L'endroit est poussiéreux et empeste le tabac froid, détails que vous ne remarquez pas nécessairement lorsque la musique de jazz et quelques bougies mettent l'ambiance.

— Nous ouvrons à 19 heures, annonce-t-il.

— Qui est le responsable ?

— Vous l'avez en face de vous.

Il fait demi-tour et se dirige vers le bar. Je lui emboîte le pas et me perche sur un tabouret au siège en vinyle lacéré. Je sors de ma poche la photo de Mia Dennett. C'est un cliché fascinant qu'Eve a consenti à me prêter, la semaine précédente. J'ai promis de ne pas le perdre ni l'abîmer et suis un peu dépité de constater qu'il est déjà un peu écorné après son séjour dans ma poche. D'après Mme Dennett, cette photo est une représentation parfaite de Mia, une jeune femme libre aux cheveux châtain clair un peu trop longs, aux yeux bleu azur et au sourire franc et honnête. Elle pose devant la fontaine Buckingham dont le jet d'eau, poussé par le vent de Chicago, l'éclabousse, la faisant rire comme une enfant.

— Avez-vous déjà vu cette femme ? demandé-je en glissant la photo sur le comptoir.

Il s'en empare et la regarde. Je lui dis de faire attention et je remarque aussitôt l'éclair de reconnaissance. Il la connaît.

— Elle vient ici de temps en temps : elle s'installe toujours dans le box là-bas, ajoute-t-il avec un signe de tête en direction dudit box dans mon dos.

— Lui avez-vous déjà parlé ?

— Ouais. Quand elle commande un verre.

— C'est tout ?

— Ouais. C'est tout. Qu'est-ce que vous lui voulez ?

— Etait-elle là, mardi soir ? Aux alentours de 20 heures ?

— Mardi dernier ? Eh, mec, je peux à peine me souvenir de ce que j'ai mangé ce matin pour le petit déjeuner. Tout ce que je sais, c'est qu'elle est déjà venue ici.

Il me rend la photo. Je déteste qu'on m'appelle « mec ». Je trouve cela familier.

— Inspecteur, précisé-je.

— Quoi ?

— C'est inspecteur Hoffman. Pas mec. Pouvez-vous me dire qui travaillait ici, mardi soir ?

— Que se passe-t-il ?

Je lui dis de ne pas s'inquiéter et repose ma question d'un ton sec qui passe complètement au-dessus de sa grosse tête. Il n'apprécie pas trop mon manque de respect. Il sait qu'il pourrait me filer une raclée s'il le voulait. Il n'y a qu'un seul petit problème : je porte une arme.

Mais il passe quand même dans son arrière-salle. Dont il revient les mains vides.

— Sarah, annonce-t-il.

— Sarah ?

— C'est à elle que vous devez parler. C'est elle qui

126

Une fille parfaite

s'occupait de cette table, mardi soir, dit-il en indiquant le box crasseux. Elle sera là dans une heure.

Je reste un moment assis au bar à le regarder entasser les bouteilles d'alcool sur les étagères, puis remplir les bacs à glaçons et compter la monnaie de la caisse. J'essaye d'entamer la conversation pour le déconcentrer pendant qu'il compte ce qui semble être des milliers de centimes. Je perds le compte à quarante-neuf. Je fais les cent pas.

Sarah Rorhig arrive à l'heure et franchit la porte, son tablier à la main. Son chef s'entretient avec elle à voix basse et ses yeux viennent se poser sur moi. L'air inquiet, elle s'avance dans ma direction, un sourire forcé aux lèvres. Je me suis installé dans le box, faisant semblant de rechercher des indices alors qu'il n'y a que des sièges recouverts de vinyle et une planche de bois en guise de table. Ça, et une mignonne petite bougie verte à fanfreluches que j'envisage de piquer pour l'emporter chez moi.

— Sarah ? demandé-je et elle opine en silence.

Je me présente et lui dis de s'asseoir. Puis je lui tends la photo de Mia.

— Avez-vous déjà vu cette femme ?

— Oui, reconnaît-elle.

— Vous rappelez-vous si elle était là mardi, aux alentours de 20 heures ?

Ce doit être mon jour de chance. Sarah Rorhig est une secrétaire médicale à plein temps qui ne travaille ici que les mardis soir pour arrondir ses fins de mois. Elle n'est pas revenue depuis une semaine et l'image de Mia est donc toute fraîche dans sa tête. Elle m'affirme que Mia était bien là mardi dernier. Elle précise qu'elle est toujours là, le mardi soir. Parfois seule, parfois avec un homme.

— Pourquoi le mardi ?

— Le mardi soir, nous organisons une compétition de poésie, alors je suppose que c'est pour cela qu'elle vient ce jour-là. Même si je ne suis pas vraiment sûre qu'elle écoute. Elle a toujours l'air ailleurs.

— Ailleurs ?

— Rêveuse.

Je lui demande en quoi consiste exactement une compétition de poésie. J'imagine des gens qui se jettent à la tête des œuvres de Whitman ou de Yeats, mais pas du tout. Cela étant, l'idée qu'on puisse venir écouter des gens déclamer leurs propres poèmes sur scène me sidère plus encore. Qui donc pourrait bien avoir envie d'écouter ce genre de trucs ? Il semblerait que j'aie encore beaucoup à apprendre sur Mia Dennett.

— Etait-elle seule cette semaine ?

— Non.

— Qui l'accompagnait ?

Sarah réfléchit une minute.

— Un type. Je l'ai déjà vu ici.

— Avec Mia ?

— Mia, c'est son nom ? me demande-t-elle.

Je le lui confirme et elle me dit qu'elle était sympa — le fait qu'elle utilise le passé me percute comme un train de marchandises — et toujours amicale, laissant de bons pourboires.

Elle espère que tout va bien pour elle, même si, d'après mes questions, ce ne doit pas être le cas.

128

Une fille parfaite

Mais elle ne cherche pas à en apprendre plus et je ne m'étends pas.

— A propos de cet homme qui accompagnait Mia, mardi soir… Sont-ils arrivés ensemble ?

Elle me répond que non. Que c'était la première fois qu'elle les voyait ensemble. En général, lui reste assis au bar, seul. Elle l'a remarqué parce qu'il est mignon, dans le genre énigmatique — je note ; il faudra que je vérifie ce mot dans le dictionnaire. Mia s'assoit toujours dans ce box, parfois seule, parfois accompagnée. Mais mardi soir, ils se sont assis ensemble et ils sont partis ensemble, l'air très pressé. Elle ne connaît pas le nom de l'homme, mais elle peut me le décrire : grand, costaud, avec une belle tignasse ébouriffée, des yeux noirs. Elle accepte de rencontrer un dessinateur pour dresser son portrait-robot.

— Etes-vous certaine qu'ils sont partis ensemble ? C'est très important.

— Oui.

— Les avez-vous *vus* partir ?

— Oui. Enfin, en quelque sorte. Je leur ai apporté la note et, quand je suis revenue, ils n'étaient plus là.

— Avez-vous eu l'impression qu'elle partait de son plein gré ?

— D'après ce que j'ai vu, elle était impatiente de sortir d'ici.

Je lui demande s'ils sont arrivés ensemble. Elle répond que non, autant qu'elle s'en souvienne. Comment s'est-il retrouvé à sa table alors ? Elle l'ignore. Je lui redemande si elle connaît le nom de l'homme. Non. Quelqu'un pourrait-il le connaître ? Probablement pas.

Lui et Mia ont payé en liquide et ont laissé cinquante dollars de pourboire, ce dont elle se souvient parce que, pour cinq ou six bières, c'est un pourboire très généreux. Plus gros que ce que laissent généralement ses habitués. Elle se rappelle s'en être vanté, en agitant le visage d'Ulysses S. Grant sous le nez de ses collègues.

Quand je quitte le bar, je fouille la rue du regard à la recherche d'éventuelles caméras sur la façade des établissements alentour — restaurants, banques, un studio de yoga, n'importe quoi qui pourrait me révéler qui accompagnait Mia Dennett, mardi soir, jour de sa disparition.

COLIN

PRÉCÉDEMMENT

Elle ne veut pas manger. Quatre fois, je lui ai proposé un plat, j'ai déposé un bol sur le plancher de la chambre. Comme si j'étais son foutu cuisinier. Etendue sur le lit, elle est couchée sur le côté, le dos tourné à la porte. Elle ne bouge pas à mon entrée, mais je peux la voir respirer. Je sais qu'elle est vivante. Mais si elle continue comme cela, elle va mourir de faim. Ce qui ne manquerait pas d'ironie.

Elle émerge de la chambre tel un zombie, ses cheveux — une véritable tignasse ébouriffée — dissimulant son visage. Elle entre dans la salle de bains, fait ce qu'elle a à faire, revient. Je l'ignore ; elle m'ignore. Je lui dis de laisser la porte de la chambre ouverte. Je veux m'assurer qu'elle ne trafique rien là-dedans, mais tout ce qu'elle fait, c'est dormir. Jusqu'à cet après-midi.

J'avais passé un moment dehors, à couper du bois pour le feu. J'avais pris une bonne suée et j'étais essoufflé. Je suis rentré en coup de vent dans le chalet avec une seule idée en tête : boire.

Et elle se tenait là, au milieu de la pièce, en sous-vêtements. Elle aurait tout aussi bien pu être morte. Sa peau n'avait plus aucune couleur. Ses cheveux étaient tout emmêlés et un hématome de la taille d'un œuf d'autruche décorait sa cuisse. Une de ses lèvres était fendue et elle arborait un bel œil au beurre noir, conséquence de sa course au milieu des bois. Ses yeux étaient injectés de sang et gonflés. Des larmes en coulaient, glissant sur sa peau d'albinos. Recouvert de chair de poule, son corps tremblait. Elle s'est approchée de moi en boitant.

— C'est ça que tu veux ? a-t-elle demandé.

Je l'ai regardée. Ses cheveux qui tombaient sur ses épaules ivoire. Sa peau pâle et abîmée. Le creux de ses clavicules et son nombril parfaitement formé. Sa culotte montante et ses longues jambes. Sa cheville tellement enflée qu'elle devait être foulée. Ses larmes qui gouttaient sur le sol à côté de ses pieds nus. A côté de ses orteils aux ongles rouge rubis. Ses jambes qui tremblaient quand elle marchait, à tel point que je m'attendais à ce qu'elle s'écroule. Son nez humide, ses larmes qu'elle ne pouvait plus retenir tandis qu'elle posait une main tremblante sur ma ceinture et entreprenait de la défaire.

— C'est ça que tu veux ? a-t-elle répété et, pendant un moment, je l'ai laissée faire.

Je l'ai laissée ôter ma ceinture et la poser sur le sol. Je l'ai laissée déboutonner mon pantalon et descendre la fermeture Eclair. Je ne peux pas dire que je n'en

Une fille parfaite

avais pas envie. Elle puait, autant que moi probablement. Ses mains étaient glacées sur ma peau. Mais ce n'était pas cela. Ça ne m'aurait pas arrêté.

Je l'ai repoussée gentiment.

— Arrête, ai-je murmuré.

— Laisse-moi faire, a-t-elle supplié.

Elle pensait que cela aiderait. Elle pensait que cela changerait tout.

— Remets tes vêtements.

J'ai fermé les yeux. Je ne pouvais plus la regarder. Elle se tenait devant moi.

— Ne…

Elle a posé de force mes mains sur elle.

— Arrête.

Elle ne me croyait pas.

— Arrête, ai-je crié plus fort, cette fois, avec plus d'autorité, avant d'ajouter : Je t'ai dit d'arrêter.

Et je l'ai repoussée. Je lui ai ordonné de remettre ses foutus vêtements.

Puis je me suis précipité dehors, j'ai attrapé la hache et me suis remis à couper du bois avec une énergie frénétique. J'avais oublié ma soif.

133

EVE

PRÉCÉDEMMENT

C'est le milieu de la nuit et, comme chaque nuit depuis une semaine, je n'arrive pas à dormir. Les souvenirs de Mia ne cessent de me hanter à tout instant : Mia à un an dans sa barboteuse vert olive, ses cuisses potelées s'agitant tandis qu'elle tente, en vain, de marcher ; les ongles rose vif de ses orteils sur ses mignons petits pieds, à trois ans ; ses cris le jour où on lui a percé les oreilles, puis plus tard, devant le miroir de la salle de bains, ses yeux brillants alors qu'elle admirait pendant des heures les petites opales sur ses lobes.

Je suis dans le cellier de notre maison plongée dans l'obscurité, l'horloge au-dessus de la gazinière indiquant 3 h 12 du matin. Je fouille les étagères en aveugle à la recherche d'une tisane à la camomille, certaine d'en avoir une boîte quelque part, tout en ayant conscience, sans l'ombre d'un doute, qu'il me faudrait bien plus qu'une tisane à la camomille pour

Une fille parfaite

m'aider à trouver le sommeil. Je revois Mia lors de sa première communion, l'expression de dégoût sur son visage quand elle a posé pour la première fois le Corps du Christ sur le bout de sa langue. J'entends son rire plus tard, lorsque, seule avec moi dans sa chambre, elle m'a raconté la difficulté qu'elle avait eue à mâcher et à avaler l'hostie et comment elle avait failli s'étrangler avec le vin.

Et soudain, la réalité reprend ses droits et me tombe dessus comme une tonne de briques : mon bébé est peut-être mort. Alors là, au milieu du cellier, au milieu de la nuit, j'éclate en sanglots. Me laissant tomber sur le sol, je presse les manches de mon pyjama contre mon visage pour étouffer les bruits. Je la revois dans sa barboteuse vert olive, son sourire édenté tandis qu'elle s'accroche au bord de la table basse et laborieusement progresse vers mes mains tendues.

Mon bébé est peut-être mort.

Je contribue du mieux que je peux à l'enquête et, pourtant, tout me semble tellement dérisoire et frivole parce que Mia n'est pas à la maison. J'ai passé une journée entière dans son quartier, distribuant des affichettes à toutes les personnes que je croisais. J'en ai collé sur les lampadaires et les vitrines des magasins : une photo de Mia, imprimée sur du papier rose fluo qu'on ne peut pas ne pas remarquer. J'ai invité son amie Ayanna à déjeuner et, toutes les deux, nous avons passé en revue l'emploi du temps de la dernière journée de Mia, cherchant désespérément un détail qui expliquerait sa disparition, sans succès. J'ai accompagné l'inspecteur Hoffman jusqu'à l'appartement de Mia,

135

après qu'il a récupéré un double de ses clés et constaté que les lieux ne s'étaient pas transformés en scène de crime. Ensemble, nous avons fouillé les pièces, examinant les objets de la vie quotidienne de Mia — l'agenda de ses cours, son carnet d'adresses, ses listes de courses et de choses à faire — à la recherche d'indices. Mais nous n'avons rien trouvé.

L'inspecteur Hoffman m'appelle une fois par jour, parfois même deux. Il se passe rarement une journée sans que nous nous parlions. Je trouve rassurants sa voix et son caractère aimable. Il ne perd jamais son calme, même quand James le pousse à bout.

James, pour sa part, affirme que c'est un crétin.

L'inspecteur me donne toujours l'impression d'être la première informée lorsqu'un tout nouveau petit renseignement atterrit sur son bureau, même si je suis certaine que ce n'est pas le cas. Il passe en revue chaque détail reçu avant de m'en offrir quelques miettes. Des miettes qui se convertissent en des milliers de « et si » dans l'esprit d'une mère.

Chacune de mes respirations me rappelle la disparition de ma fille. Quand j'aperçois des mères tenant leurs petits par la main, quand je les entends les appeler, quand je vois des enfants monter dans le bus scolaire, quand je passe devant des affiches de chats disparus collées dans la rue.

L'inspecteur Hoffman veut tout connaître de la vie de Mia. Je fouille dans les vieilles photographies au sous-sol. Je tombe sur de vieux déguisements d'Halloween, des vêtements taille enfant, des patins à roulettes et des poupées Barbie. J'ai conscience qu'il

Une fille parfaite

y a d'autres dossiers, d'autres filles disparues comme Mia. Je peux imaginer leurs mères. Je sais aussi que certaines filles ne reviennent jamais chez elles.

L'inspecteur me rappelle le vieil adage : pas de nouvelles, bonnes nouvelles. Parfois, il m'appelle, bien qu'il n'ait rien de nouveau à m'apprendre, juste au cas où je me poserais cette question, ce qui est toujours le cas. Il me ménage. Il me promet de faire tout ce qui est en son pouvoir pour retrouver Mia. Je peux le lire dans ses yeux quand il me regarde ou quand il s'attarde un peu plus que nécessaire pour s'assurer que je ne vais pas m'effondrer.

Mais j'y pense tout le temps. Combien il est devenu difficile pour moi de me lever et de marcher, combien il m'est devenu impossible de fonctionner et de vivre dans un monde qui continue à parler de politique, de loisirs, de sport et d'économie quand tout ce à quoi je pense, c'est Mia.

Je n'ai certainement pas été la meilleure des mères. Cela va sans dire. Pas plus que je n'ai décidé d'être une mauvaise mère. C'est arrivé, c'est tout. En fait, être une mauvaise mère est un jeu d'enfant comparé au fait d'être une bonne mère, ce qui représente une lutte de tous les instants, un combat perdu d'avance ; longtemps après que les enfants étaient allés au lit, je me sentais tourmentée par ce que j'avais fait ou pas fait durant ces heures où nous étions bloqués ensemble. Pourquoi avais-je laissé Grace faire pleurer Mia ? Pourquoi n'avais-je pas ordonné à Mia de se taire pour faire cesser ce bruit ? Pourquoi m'étais-je réfugiée dans un coin tranquille à la moindre occa-

137

sion ? Pourquoi les avais-je harcelées pour qu'elles se dépêchent — juste pour pouvoir me retrouver seule ? D'autres mères emmenaient leurs enfants au musée, au jardin ou à la plage. Je gardais les miens à l'intérieur, aussi longtemps que possible, pour éviter de nous donner en spectacle.

Je reste étendue la nuit à m'interroger : que se passera-t-il si l'occasion ne m'est jamais offerte de me racheter auprès de Mia ? Que se passera-t-il si je n'ai jamais l'opportunité de lui montrer le genre de mère que j'aurais aimé être ? Le genre qui joue des heures à cache-cache avec ses enfants, qui discute, assise sur le lit de ses filles, pour décider qui sont les garçons les plus mignons de l'école.

J'avais toujours imaginé une complicité entre mes filles et moi. Je me voyais faisant des courses avec elles, partageant leurs secrets, tout plutôt que cette relation formelle, obligée, qui existe aujourd'hui entre elles et moi.

Dans ma tête, je fais une liste de toutes les choses que j'aimerais dire à Mia si l'occasion m'en était donnée. Que c'est moi qui ai choisi son prénom, Amelia, qui était celui de mon arrière-grand-mère, refusant catégoriquement le prénom choisi par James : Abigail. Que pour le Noël de ses quatre ans, James était resté debout jusqu'à 3 heures du matin pour terminer la construction de la maison de poupée de ses rêves. Que, bien que ses souvenirs de son père soient emplis de malaise, il y avait eu également quelques instants de bonheur : James lui apprenant à nager, James l'aidant à préparer son test d'ortho-

Une fille parfaite

graphe à l'école primaire. Que je pleure pour chacune des fois où j'ai refusé de leur lire une autre histoire avant leur coucher, alors que je donnerais n'importe quoi aujourd'hui pour entendre de nouveau rire, ne serait-ce que cinq minutes, aux facéties d'Harry le chien sale. Que je suis allée à la librairie pour en racheter un exemplaire après avoir fouillé en vain le sous-sol à la recherche de leur livre préféré. Que je m'assois sur le sol de son ancienne chambre et que je le lis et le relis. Que je l'aime. Que je suis désolée.

COLIN

PRÉCÉDEMMENT

Elle reste terrée dans la chambre toute la journée, refusant de sortir. Comme je m'oppose à ce qu'elle ferme la porte, elle reste assise sur le lit. Elle reste assise et elle pense. A quoi, je l'ignore. J'en ai rien à foutre.

Elle pleure, ses larmes inondant la taie d'oreiller jusqu'à ce qu'elle soit probablement trempée. Quand elle passe pour se rendre aux toilettes, son visage est rouge et gonflé. Elle s'efforce de ne pas faire de bruit, comme si elle s'imaginait que je ne peux pas entendre. Mais le chalet est petit et de bois. Rien n'absorbe les bruits.

Son corps est douloureux. Je peux le constater à sa démarche. Elle ne peut plus s'appuyer sur sa jambe gauche, résultat de ses chutes dans l'escalier devant le chalet et dans les bois. Elle boite, se tenant aux murs pour rejoindre en vacillant la salle de bains. Devant

140

Une fille parfaite

le miroir, elle passe un doigt sur son hématome qui est maintenant enflé et noir.

Elle m'entend dans l'autre pièce. Je fais les cent pas. Je coupe du bois, assez pour nous tenir chaud en plein hiver. Mais il ne fait jamais vraiment chaud. Je suis sûr qu'elle a toujours froid, malgré son caleçon long et le fait qu'elle reste sous la couette. La chaleur du poêle ne se diffuse pas jusqu'à la chambre. Pourtant, elle refuse de venir ici où il fait chaud.

Je suppose que le bruit de mes pas la terrifie. Elle ne fait que cela. Ecouter le bruit de mes pas, dans l'attente du pire.

Je m'occupe. Je nettoie le chalet. J'enlève les toiles d'araignée et les scarabées morts. Je les jette dans la poubelle. Je range la nourriture que nous avons achetée en ville : les boîtes de conserve et le café, les sweat-shirts, le savon et le ruban adhésif. Je répare la porte d'entrée. Je frotte les plans de travail avec des serviettes en papier et de l'eau. C'est juste pour passer le temps. Je ramasse les vêtements de la fille sur le sol de la salle de bains. Je suis sur le point de l'engueuler pour n'être qu'une souillon et laisser traîner ses vêtements sales, quand je l'entends pleurer.

Je remplis la baignoire d'eau. Je nettoie le chemisier et le pantalon avec du savon et les suspends dehors à sécher. Nous ne pourrons pas rester ici bien longtemps. Ce chalet ne représente qu'une solution temporaire. Je n'arrête pas de me creuser la tête pour trouver quoi faire ensuite, souhaitant avoir réfléchi avant de prendre la décision d'emmener la fille et de m'enfuir.

Elle passe à côté de moi en traînant les pieds pour

aller à la salle de bains. Elle est couverte de bleus et elle boite. Je ne suis pas du genre à me sentir coupable, mais je sais que c'est moi qui lui ai fait cela, dans les bois, quand elle a essayé de s'enfuir. Je me dis qu'elle l'a bien cherché. Je me dis qu'au moins maintenant, elle se tient tranquille, plus aussi sûre d'elle.

Maintenant, elle sait qui commande. Moi.

Je bois du café parce que l'eau du robinet a un goût dégueulasse. Je lui en ai proposé. Je lui ai proposé de l'eau, mais elle a refusé. Elle ne veut toujours rien avaler. Bientôt je vais devoir l'immobiliser et lui enfoncer de force la nourriture dans la bouche. Je ne la laisserai pas mourir de faim. Pas après tout ça.

Le lendemain matin, je m'invite dans la chambre et lui demande ce qu'elle veut manger pour le petit déjeuner.

Elle est couchée sur le lit, le dos tourné à la porte. Elle dort à moitié quand elle m'entend entrer. Le bruit inattendu de mes pas, l'explosion des mots dans le silence la font se redresser d'un bond sur le lit.

Ça y est, pense-t-elle, trop désorientée pour comprendre le sens de mes paroles.

Ses jambes sont emmêlées entre les draps, ses pieds, immobilisés, alors que son corps cherche à fuir. Elle tombe sur le plancher. Ses pieds luttent pour se libérer des draps et trouver appui sur le sol. Son corps se rejette aussi loin de moi que possible. Elle se colle contre le mur, serrant le drap devant elle entre ses mains tremblantes.

Je suis sur le seuil de la pièce, portant les mêmes vêtements depuis près d'une semaine.

Une fille parfaite

La bouche ouverte, elle me regarde, ses yeux sont gonflés, paniqués, écarquillés. Elle me regarde comme si j'étais un monstre, un cannibale prêt à la dévorer en hors-d'œuvre.

— Que veux-tu? demande-t-elle en pleurant.

— C'est l'heure du repas.

Elle déglutit.

— Je n'ai pas faim.

— Dommage.

Je lui explique qu'elle n'a pas le choix.

Elle me suit dans l'autre pièce et me regarde verser ce qu'on appelle des œufs battus — mais qui ressemble et sent comme de la merde en boîte — dans une poêle. Je les regarde brunir. L'odeur me donne envie de vomir.

Elle me déteste. Je le sais. Je le lis dans son regard. Elle déteste ma façon de me tenir. Elle déteste mes cheveux sales et la barbe de plusieurs jours qui recouvre maintenant mon menton. Elle déteste mes mains, observant comment elles tiennent la poêle et remuent les œufs. Elle déteste ma façon de la regarder. Elle déteste le son de ma voix et comment ma bouche forme les mots.

Et surtout, elle déteste le pistolet que je garde dans ma poche. Tout le temps, pour m'assurer qu'elle ne fait pas de bêtises.

Je lui dis qu'elle n'a plus le droit d'aller dans la chambre, sauf pour dormir. C'est tout. Pendant la journée, elle restera ici où je peux la tenir à l'œil. M'assurer qu'elle mange, qu'elle boit, qu'elle fait ses besoins. J'ai l'impression de m'occuper d'un gosse.

Elle mange à peu près autant qu'un bébé — quelques bouchées par-ci, quelques bouchées par-là. Elle dit qu'elle n'a pas faim, mais elle mange juste assez pour survivre. C'est tout ce qui compte.

Je la surveille pour qu'elle ne cherche pas à s'enfuir, comme la dernière fois.

Quand nous nous couchons, je pousse la table la plus lourde devant la porte de façon à pouvoir l'entendre si elle cherche à sortir. J'ai le sommeil léger. Je dors avec le pistolet à côté de moi. J'ai mis les tiroirs de la cuisine sens dessus dessous pour m'assurer qu'il n'y avait pas de couteaux. Il n'y a que mon couteau de poche que je porte sur moi en permanence.

Elle n'a absolument rien à me dire et je n'essaye même pas de discuter avec elle. Pour quoi faire ? Je ne peux pas rester ici pour toujours. Au printemps, les touristes reviendront. Nous allons devoir partir bientôt. Qu'elle aille se faire foutre. *Je* vais devoir partir bientôt. Me débarrasser de la fille et sauter dans un avion. Avant que les flics ne me mettent la main dessus. Avant que Dalmar ne me retrouve. Je dois partir.

Mais évidemment, quelque chose me retient, quelque chose qui m'empêche de monter dans cet avion et de m'envoler.

GABE

PRÉCÉDEMMENT

Je suis debout au milieu de la cuisine des Dennett. Mme Dennett est penchée sur l'évier dans lequel elle lave la vaisselle du dîner. J'aperçois l'assiette vide du juge et celle de son épouse toujours garnie d'une côte de porc et d'une pile de petits pois. Cette femme est en train de dépérir littéralement sous mes yeux. L'eau chaude coule, la vapeur envahissant la pièce, alors que ses mains sont enfoncées dans le bac rempli à ras bord, insensibles apparemment à la chaleur. Elle s'acharne sur la porcelaine avec une férocité que je n'ai encore jamais vue chez une femme faisant la vaisselle.

Nous nous tenons devant le comptoir au milieu de la cuisine. Personne ne m'a proposé de m'asseoir. La cuisine est luxueuse avec ses éléments en noyer et ses comptoirs de marbre. Les appareils ménagers sont en acier inoxydable, y compris *deux* fours pour lesquels ma mère italienne se ferait couper un bras.

J'imagine Thanksgiving sans le souci de pouvoir tout conserver au chaud jusqu'au dîner, sans les pleurs, quand mon père faisait remarquer que les pommes de terre étaient un petit peu froides.

Sur le comptoir entre le juge et moi se trouve le portrait-robot d'un homme. Il s'agit du croquis élaboré par le dessinateur de la criminelle grâce aux détails fournis par la serveuse.

— C'est donc cet homme ? C'est cet homme qui a enlevé ma fille ? a crié Eve Dennett lorsque j'ai sorti le dessin de l'enveloppe en papier kraft.

Elle s'est aussitôt mise à pleurer. Puis, nous tournant le dos, elle a cherché à oublier en lavant la vaisselle, ses pleurs noyés par le bruit de l'eau du robinet.

— La dernière fois que Mia a été vue, mardi dernier, elle était en compagnie de cet homme, dis-je, même si à ce moment-là elle me tourne déjà le dos.

L'image représente un homme d'aspect rude, apparemment d'origine populaire, mais pas non plus un de ces types masqués que l'on voit dans les films d'horreur. Simplement, il n'a pas la stature des Dennett. Tout comme moi d'ailleurs.

— Et ? s'enquiert le juge Dennett.

— Et nous pensons qu'il pourrait être impliqué dans sa disparition.

Debout de l'autre côté du comptoir, le juge porte un costume qui doit bien valoir deux ou trois mois de mon salaire. Sa cravate est desserrée et rejetée par-dessus son épaule.

— Avez-vous des preuves que Mia n'a pas volontairement suivi cet homme ?

146

Une fille parfaite

— En fait, non.

Le juge a déjà un verre à la main. Apparemment, le choix du jour est *scotch on the rocks*. J'ai l'impression qu'il n'en est pas à son premier. Il a le hoquet et articule mal.

— Supposons que Mia soit juste partie batifoler avec lui. Que se passera-t-il alors ?

Il s'adresse à moi comme si j'étais un idiot. Mais je me remémore que c'est moi le patron, ici. C'est moi qui possède le beau badge. Je dirige cette enquête. Pas lui.

— Juge Dennett, huit jours se sont écoulés depuis le début de l'enquête. Neuf depuis que Mia a été aperçue pour la dernière fois. Selon ses collègues de travail, elle était rarement absente. Selon votre femme, ce comportement — paresse, irresponsabilité — ne lui ressemble pas.

Il boit une gorgée de scotch et repose le verre un peu trop fort sur le comptoir. Eve sursaute au bruit.

— Evidemment, il y a sa conduite portant atteinte à l'ordre public. Tous ses écarts : violation de propriété privée et vandalisme, possession de marijuana, énonce-t-il.

Il ajoute, juste pour m'énerver :

— Pour n'en citer que quelques-uns.

Son visage arbore une expression complaisante, moralisatrice. Je le fixe, incapable de répliquer. Je méprise son air bravache.

— J'ai vérifié dans les dossiers de la police, dis-je. Je n'ai rien trouvé sur Mia.

En fait, son casier est totalement vierge. Pas même une petite amende pour excès de vitesse.

— Evidemment, déclare-t-il, et je comprends alors qu'il a usé de son pouvoir pour que rien ne soit notifié.

Le juge s'excuse un instant, le temps d'aller se resservir. Mme Dennett continue de s'acharner sur la vaisselle. Je m'approche de l'évier et tourne le mitigeur vers froid pour qu'elle cesse de se brûler les mains.

Elle me regarde, surprise.

— J'aurais dû vous le dire, chuchote-t-elle, les yeux tristes.

Oui, vous auriez dû me le dire, pensé-je, mais je serre les lèvres.

— J'aimerais pouvoir dire qu'il est dans le déni, ajoute-t-elle. J'aimerais pouvoir dire qu'il a tellement de chagrin qu'il refuse d'admettre que Mia a disparu.

Le juge Dennett revient juste à cet instant et entend les derniers mots de sa femme. Le silence se fait dans la cuisine et, l'espace d'une seconde, je m'attends à subir la colère de Dieu. Mais rien n'arrive.

— Le comportement de Mia n'est pas aussi inattendu que tu veux le faire croire à l'inspecteur, n'est-ce pas, Eve ? demande-t-il.

— Oh ! James, proteste-t-elle en essuyant ses mains sur le torchon. Cela fait des années. Elle était au lycée. Elle a fait son lot de bêtises, comme tout le monde, mais c'est vieux tout ça.

— Et que connais-tu de *la nouvelle* Mia, Eve ? Depuis des années, nous n'entretenons pratiquement plus de relations avec notre fille. Nous ne la connaissons plus.

Une fille parfaite

— Et vous, Votre Honneur, dis-je pour donner un peu de répit à Mme Dennett.

Je déteste cette façon qu'il a de la regarder, de la rabaisser.

— Que connaissez-vous de la nouvelle Mia ? S'est-elle rendue coupable de nouveaux délits qui auraient été expurgés de son casier ? Infraction au code de la route ? Prostitution ? Ivresse sur la voie publique ?

Je n'ai pas besoin de réfléchir longtemps pour comprendre pourquoi ces erreurs de jeunesse ont été rayées de son dossier. Pas question d'entacher le nom des Dennett, n'est-ce pas ? Et ce nouvel exploit éventuel — *si* l'enquête détermine qu'en fait Mia est juste partie s'éclater quelque part, *si* elle est en parfaite santé et prend juste du bon temps —, alors cela non plus ne serait pas du meilleur effet.

Je regarde les journaux télévisés. En général, je me tiens au courant de ce qui se passe en politique. Et en novembre, le juge Dennett se présentera à sa réélection.

Et je me retrouve à me demander si la mauvaise conduite de Mia se limite vraiment à ces simples erreurs de jeunesse ou s'il y a bien davantage derrière tout cela.

— Vous devriez faire attention à ce que vous dites, gronde le juge, tandis qu'en arrière-plan, Eve gémit :

— La prostitution ? James ?

Alors qu'il ne s'agissait que d'une simple hypothèse de ma part.

Il l'ignore. Je suppose que nous l'ignorons tous les deux.

— J'essaye juste de retrouver votre fille, dis-je. Parce qu'il est peut-être possible qu'elle soit seulement en train de faire des bêtises. Mais imaginez une minute que ce ne soit pas le cas. Pensez-y. Que se passera-t-il alors ? Je suis sûr que, si nous la retrouvons morte, vous exigerez ma démission.

— James…, proteste sa femme.

Elle est pratiquement en larmes parce que j'ai utilisé les mots « fille » et « morte » dans la même phrase.

— Je vais vous parler franchement, Hoffman, déclare le juge. Vous retrouvez ma fille et vous la ramenez à la maison. Vivante. Seulement prenez bien soin de couvrir vos arrières parce que, avec Mia, il faut s'attendre à tout.

Et il quitte la pièce, son verre de scotch à la main.

COLIN

PRÉCÉDEMMENT

Je la surprends en train de s'examiner dans le miroir, incapable de se reconnaître dans l'image qu'il lui renvoie : les cheveux secs, la peau abîmée, les hématomes qui se résorbent lentement. Après avoir été pourpres et boursouflés, ils tournent maintenant au jaune.

Quand elle sort de la salle de bains, je l'attends, appuyé au chambranle de la porte. Elle franchit le seuil et se cogne contre moi, me fixant comme si j'étais un monstre planant au-dessus d'elle et volant son oxygène.

— Je n'ai pas l'intention de te frapper, dis-je, devinant ses craintes.

Elle ne fait aucun commentaire.

Lorsque je passe ma main froide sur sa joue, elle grimace et recule hors de ma portée.

— C'est mieux, fais-je remarquer à propos de ses bleus. Ils commencent à s'effacer.

MARY KUBICA

Elle passe à côté de moi et s'éloigne.

Je ne sais pas combien de jours s'écoulent ainsi. J'en ai perdu le compte. Au début, j'ai essayé de garder à la mémoire lundi, puis mardi, mais finalement tout s'est mélangé. Chaque journée est un éternel recommencement, en tout point semblable à la précédente. La fille reste couchée jusqu'à ce que je l'oblige à se lever. Nous nous forçons alors à avaler le petit déjeuner. Puis elle approche une chaise de la fenêtre, s'assoit et regarde dehors. Elle pense. Elle rêvasse. Elle souhaiterait être n'importe où plutôt qu'ici.

Quant à moi, je ne cesse de réfléchir au moyen de me sortir de là. J'ai assez d'argent pour prendre un avion n'importe où et disparaître. Mais évidemment, je n'ai pas de passeport, si bien que le plus loin que je puisse aller, c'est Tecate ou Calexico, en Californie. La seule façon pour moi de quitter les Etats-Unis serait de louer un Coyote[1] ou de traverser le Rio Grande à la nage. Et quitter le pays n'est qu'une partie du problème. C'est pour tout le reste que je ne parviens pas à trouver une solution. Je fais donc les cent pas dans le chalet en me demandant comment je vais bien pouvoir me tirer de ce guêpier, sachant que si je suis en sécurité ici pour le moment, plus longtemps nous resterons cachés, plus longtemps *je* resterai caché, plus la situation empirera.

Nous avons des règles, dites et non dites. Interdiction de toucher à mes affaires. Nous ne devons utiliser qu'un

---

1. Le Coyote est un véhicule de reconnaissance blindé utilisé par l'armée canadienne.

Une fille parfaite

carré de papier-toilette chaque fois. Nous aérons autant que possible. Nous utilisons très peu de savon, juste ce qu'il faut pour ne pas puer. Nous ne pouvons pas nous permettre le gaspillage. Nous n'ouvrons pas les fenêtres. De toute façon, ce n'est pas possible. Si nous rencontrons quelqu'un dehors, elle s'appelle Chloé. Jamais Mia. D'ailleurs, elle ferait mieux d'oublier carrément qu'elle s'est jamais appelée ainsi.

Elle a ses règles. J'aperçois le sang dans la poubelle.

— C'est quoi ça ? fais-je l'erreur de demander.

Nous mettons nos saletés dans des sacs en plastique blancs que j'ai trouvés dans un placard. De temps en temps, nous prenons la voiture pour aller les jeter dans une benne à ordures derrière un hôtel quelconque, tard la nuit, quand nous sommes certains que personne ne nous verra. Elle me demande pourquoi nous ne les laissons pas simplement dehors et je lui demande en retour si elle a envie de se faire bouffer par un foutu grizzly.

La fenêtre laisse passer le froid, mais le poêle suffit à nous réchauffer. Les jours raccourcissent. La nuit tombe de plus en plus tôt et l'obscurité envahit progressivement le chalet. Nous avons l'électricité, mais je ne tiens pas à attirer l'attention. Je me contente donc d'allumer une petite lampe, le soir. La chambre se transforme en un puits de ténèbres. La nuit, elle s'allonge et écoute le silence. Elle attend que je sorte de l'ombre et que je mette fin à ses jours.

Mais durant la journée, elle reste assise près de la fenêtre pleine de courants d'air, à regarder les feuilles tomber. Le sol en est recouvert. Rien ne bloque plus la vue sur le lac. L'automne vit ses dernières heures. Nous sommes tellement au nord que nous touchons le Canada. Dans un monde inhabité, entouré d'un désert sauvage. Elle le sait aussi bien que moi. C'est pour cela que je l'ai amenée ici. Pour le moment, notre seul souci, ce sont les ours. Mais les ours hibernent en hiver, ce qui signifie que, bientôt, ils dormiront tous. A ce moment-là, notre seul souci sera de ne pas mourir de froid.

Nous ne parlons pas beaucoup. Uniquement le strict nécessaire : « Le repas est prêt » ; « Je vais prendre un bain » ; « Où vas-tu ? » ; « Je vais me coucher ». Pas de conversation. Tout est muet. Et dans ce silence, tous les bruits sont perceptibles : un estomac qui gargouille, une toux, une déglutition, le vent qui souffle dehors, la nuit, un cerf qui foule les feuilles mortes. Sans parler des bruits imaginaires : des pneus sur le gravier, des pas dans l'escalier, des voix.

Elle souhaite probablement qu'ils deviennent réels pour que cesse cette attente. La peur finira sûrement par la tuer.

EVE

PRÉCÉDEMMENT

La première fois que j'ai vu James, j'avais dix-huit ans et j'étais en vacances aux Etats-Unis avec quelques amies. J'étais jeune et naïve, envoûtée par l'immensité de la ville de Chicago et le sentiment de liberté qui m'habitait depuis que nous étions montées dans l'avion. Nous étions des filles de la campagne, habituées à vivre dans de petits villages de quelques milliers d'habitants, une vie rurale au sein d'une communauté à l'esprit étroit et conventionnel. Et soudain, nous nous retrouvions projetées dans un autre monde, au cœur d'une métropole bruyante. Au premier regard, je fus emportée et tombai follement amoureuse.

J'ai d'abord été séduite par Chicago et toutes les promesses que la ville offrait. Ses immeubles géants, les millions de personnes qui y vivaient, l'assurance qu'elles affichaient dans leur façon de marcher, dans l'expression de leurs visages quand elles arpentaient les trottoirs encombrés de la ville en se pavanant. Nous étions en 1969. Le monde tel que nous le connaissions alors était en train de changer mais, pour être honnête, je m'en moquais complètement. J'étais bien trop captivée par ma propre existence pour m'en inquiéter, comme il fallait s'y attendre chez une jeune personne de dix-huit ans : ce qui m'intéressait, c'était la façon dont les hommes me regardaient, ce que je ressentais en minijupe, bien plus courte que ma mère ne l'aurait approuvé. Je manquais terriblement d'expérience et je voulais désespérément être une femme et non plus une enfant.

Ce qui m'attendait chez moi, dans la campagne anglaise, était écrit depuis ma naissance : je me marierais avec un des garçons que je connaissais depuis toujours, un de ces gamins qui, à l'école primaire, me tirait les cheveux et m'affublait de surnoms. Ce n'était un secret pour personne qu'Oliver Hill voulait m'épouser. Il en parlait depuis qu'il avait douze ans. Son père était pasteur de l'Eglise anglicane et sa mère, le genre de femme au foyer que je m'étais promis de ne jamais devenir : une qui obéissait au doigt et à l'œil à son mari comme s'il était Dieu en personne.

James était plus vieux que moi, ce qui était excitant ; il était cultivé et brillant, ses histoires passionnantes : les gens attendaient, suspendus à ses lèvres, qu'il s'exprime sur la politique ou le temps. La première fois que je l'ai vu dans un restaurant du Loop, il était assis à une grande table ronde avec un groupe d'amis. C'était l'été. Sa voix résonnait dans le restaurant et on ne pouvait s'empêcher de l'écouter. Son aisance

Une fille parfaite

et son audace captivaient, tout autant que sa véhémence. Autour de lui, chacun attendait la chute d'une histoire drôle à laquelle tous — autant ses amis que les inconnus — riaient aux larmes. Quelques-uns applaudissaient. Tout le monde semblait connaître son nom, les gens qui dînaient aux tables voisines, le personnel du restaurant. A l'autre bout de la salle, le barman lança : « Une autre tournée, James ? » Et en un instant, des pintes de bière furent apportées à la table.

Je ne pouvais pas m'empêcher de le regarder.

Je n'étais pas la seule. Mes amies aussi le dévisageaient. Les femmes à sa table ne rataient aucune occasion de le toucher : une embrassade, une tape sur le bras. Une femme, une brune avec des cheveux qui descendaient jusqu'à la taille, se pencha vers lui pour partager un secret : n'importe quoi pour se rapprocher de lui. Il affichait plus d'assurance que tous les hommes que j'avais connus jusque-là.

A l'époque, il allait en fac de droit. Comme je l'apprendrais plus tard le lendemain matin, en me réveillant à côté de lui dans le lit. Mes amies et moi n'avions pas l'âge de boire de l'alcool, ce qui signifie qu'apparemment mon admiration fut seule responsable de mon abandon irréfléchi, cette nuit-là : du fait que je me sois retrouvée assise à côté de James à la table ronde ; de l'expression vorace de la femme aux cheveux longs lorsqu'il avait passé un bras autour de mes épaules ; de la façon dont il s'était pâmé devant mon accent anglais comme si c'était la plus belle chose qu'il ait connue depuis le pain de mie tranché.

A l'époque, James était différent, rien à voir avec l'homme qu'il est devenu. Ses défauts étaient plus attachants, son audace charmante et non déplaisante comme elle l'est aujourd'hui. Bien avant qu'il ne se mette à parler de façon laide et insultante, il était expert en flatteries. A une époque, nous avons été heureux, complètement ensorcelés l'un par l'autre, incapables de rester sans nous toucher. Mais à un moment, cet homme, celui que j'ai épousé, a complètement disparu, il s'est volatilisé.

J'appelle l'inspecteur Hoffman sitôt que James est parti au travail. J'ai attendu, comme je le fais toujours, que la porte du garage se referme et que son 4x4 descende l'allée, avant de me lever et d'aller prendre une tasse de café dans la cuisine, le visage de l'homme qui a enlevé Mia gravé dans ma mémoire. Je fixe l'horloge, regarde l'aiguille des minutes courir autour du cadran jusqu'à ce que 8 h 59 cède la place à 9 heures. Je compose le numéro, chaque jour un peu plus familier.

Il décroche.

— Inspecteur Hoffman, annonce-t-il de sa voix professionnelle et pleine d'autorité.

Je l'imagine au poste de police. Je devine l'agitation autour de lui, les douzaines de policiers cherchant à résoudre les problèmes des autres à leur place.

Il me faut quelques secondes pour me reprendre.

— C'est Eve Dennett, dis-je. Bonjour.

— Bonjour, madame Dennett.

Je le revois dans notre cuisine, la veille au soir. Je revois l'air surpris sur son visage doux quand James

Une fille parfaite

lui a révélé le passé de Mia. Il est parti en courant.
J'entends encore la porte claquer. Je n'avais pas voulu
lui cacher quoi que ce soit sur ma fille. Pour moi, en
toute honnêteté, son comportement d'avant ne compte
pas. Mais je ne veux surtout pas que l'inspecteur ait
des doutes à mon sujet. Il est mon seul lien avec Mia.

— Je devais vous appeler, dis-je. Pour vous expliquer.

— Au sujet d'hier soir ? C'est inutile, m'assure-t-il.

Mais je le fais quand même.

Mia a eu une adolescence difficile, c'est le moins
que l'on puisse dire. Elle voulait tellement s'intégrer.
Elle voulait être indépendante. Elle était impulsive
— agissant selon ses désirs, sans trop de discerne-
ment. Elle se sentait bien, acceptée par ses amis,
mais pas dans sa famille. Avec ses amis, elle était
populaire, elle était *désirée*, ce qui pour Mia avait le
même effet euphorisant qu'une drogue. Ses amis lui
donnaient l'impression d'être la meilleure. Elle aurait
fait n'importe quoi pour eux.

— Mia s'est peut-être liée avec des gens peu
recommandables, dis-je. J'aurais peut-être dû me
montrer plus vigilante quant à ses fréquentations. J'ai
seulement remarqué que ses notes, généralement des
B + plus, se transformaient en C - et qu'elle n'étudiait
plus, assise à la table de la cuisine, comme elle avait
coutume de le faire après l'école. A la place, elle avait
pris l'habitude de s'enfermer à clé dans sa chambre.

Mia traversait une crise d'identité. Une part d'elle
souhaitait désespérément devenir adulte et, dans le
même temps, elle restait une enfant, incapable de penser
et de réfléchir comme elle le ferait plus tard dans sa

vie. Elle exprimait souvent sa frustration et ne s'aimait pas beaucoup. L'insensibilité de James n'arrangeait rien. Il ne cessait de la comparer à Grace, rappelant que Grace, alors âgée d'une vingtaine d'années et étudiante à l'université — l'ancienne université de James évidemment —, allait être diplômée avec mention ; qu'elle suivait ses cours en latin et prenait part à des débats en vue de la fac de droit où son dossier avait déjà été accepté.

Au début, sa mauvaise conduite était typique du comportement des adolescents : parler fort en classe, ne pas faire ses devoirs. Elle invitait rarement des amis à la maison. Quand ils passaient la prendre, elle les retrouvait dehors et, si je jetais un coup d'œil par la fenêtre pour les regarder, elle m'arrêtait alors d'un « Quoi ? » prononcé de cette voix dure qui avait été jusque-là l'apanage de Grace.

Elle avait quinze ans, la première fois que je l'ai surprise à quitter la maison au milieu de la nuit. La première d'une longue série. Elle avait oublié de couper l'alarme, si bien que lorsqu'elle était sortie, une sirène s'était déclenchée.

— C'est une délinquante juvénile, avait déclaré James.

— C'est une adolescente, avais-je rectifié en la voyant monter dans une voiture garée au bout de notre allée, sans même prendre la peine de regarder en arrière malgré la sirène qui hurlait. James maudissait ce satané système en essayant de se rappeler le mot de passe.

Pour James, seules comptent les apparences. Il en

Une fille parfaite

a toujours été ainsi. Il s'est toujours préoccupé de sa réputation, de ce que les autres pouvaient penser ou dire à son sujet. Sa femme devait être un trophée. Il me l'avait confié avant notre mariage et, pour je ne sais quelle raison, j'avais été heureuse de remplir ce rôle. Je ne lui avais pas demandé ce que je devais en déduire quand il avait cessé de m'inviter à ses dîners de travail ou quand ses enfants ne furent plus conviés aux fêtes de Noël de son cabinet. Quand il a été nommé juge, c'est comme si nous avions cessé d'exister.

Vous pouvez donc imaginer ce que James a pu ressentir quand une voiture de police a ramené sa fille de seize ans, débraillée et ivre, sortant d'une fête, et qu'il les a accueillis en robe de chambre sur le pas de la porte, suppliant presque les policiers de ne pas faire de rapport.

Il avait crié sur elle alors même qu'elle pouvait à peine tenir sa tête au-dessus des toilettes pendant qu'elle vomissait. James hurlait, affirmant que les journalistes adoraient ce genre d'histoire : « La fille mineure du juge Dennett citée à comparaître pour ébriété sur la voie publique ».

Evidemment, cela ne fut jamais publié dans les journaux. James y avait veillé. Il avait remué ciel et terre pour s'assurer que le nom de Mia n'apparaîtrait pas dans les pages du journal local, ni cette fois-là ni les suivantes.

Pas plus quand elle et ses amis rebelles avaient essayé de voler une bouteille de tequila dans un magasin de spiritueux, ou quand ils avaient été pris

161

en train de fumer un joint dans une voiture garée derrière le centre commercial de Green Bay Road.

— C'est une adolescente, avais-je dit à James. C'est à cela qu'ils s'amusent.

Mais même moi, je commençais à me poser des questions. Grace, malgré tous ses problèmes, n'avait jamais enfreint la loi. Moi-même, je n'avais jamais reçu ne serait-ce qu'une contravention. Et voilà que Mia se retrouvait en détention provisoire dans le commissariat local pendant que James suppliait, faisait du chantage auprès des forces de l'ordre pour qu'elles ne déposent pas plainte contre sa fille et pour que son casier judiciaire reste vierge. Il avait même payé des parents pour qu'ils ne révèlent pas les exploits de Mia et de leurs enfants tout aussi rebelles.

Mais il ne s'était jamais inquiété pour Mia et n'avait jamais cherché à connaître la cause de sa colère et par conséquent de son comportement. Sa seule inquiétude concernait l'impact que cela pouvait avoir pour *lui*.

Il ne lui était jamais venu à l'esprit que s'il la laissait assumer les conséquences de ses actes comme n'importe quel enfant *normal*, l'attitude de Mia pourrait changer. Au lieu de cela, elle pouvait faire tout ce qu'elle voulait sans avoir à se préoccuper d'être punie. Ses méfaits avaient le don de mettre son père hors de lui ; pour la première fois de sa vie, elle retenait son attention.

J'ai surpris des conversations téléphoniques entre Mia et ses amis, dans lesquelles ils faisaient allusion à un vol de boucles d'oreilles dans un centre commercial — comme si elle n'aurait pas pu se les

Une fille parfaite

acheter tout simplement. Lorsque Mia m'empruntait ma voiture, celle-ci empestait la cigarette à son retour, alors que ma Mia ne fumait pas. Elle ne fumait pas, ne buvait pas, ni...

— Madame Dennett, m'interrompt l'inspecteur Hoffman, chaque adolescent, par définition, est un cas particulier. Ils se laissent entraîner par leurs amis. Ils défient leurs parents. Ils répondent et se font les dents sur tout ce qui tombe sous leurs mains. Pour eux, le but est simplement de survivre à ce cap et de s'en sortir sans séquelles. Votre description du comportement de Mia n'a donc rien d'anormal.

Je sens qu'il cherche à me rassurer.

— Je ne vous raconterai pas toutes les bêtises que j'ai pu faire à seize ou dix-sept ans, reprit-il avant de les énumérer : boire, froisser de la tôle, tricher à des examens, fumer des joints. Tous les gosses, même les meilleurs, ont envie de chiper des boucles d'oreilles dans un magasin. Les adolescents se croient invincibles — rien de mal ne peut leur arriver. Ce n'est que beaucoup plus tard qu'ils prennent conscience que de mauvaises choses peuvent effectivement se produire. Les gamins parfaits, sans défauts, sont ceux qui m'inquiètent le plus.

Je lui assure que Mia a changé depuis qu'elle a passé le cap de ses dix-sept ans. Je cherche désespérément à le convaincre que Mia n'est pas qu'une simple délinquante juvénile.

— Elle a mûri.

Mais c'est plus que cela. Elle s'est épanouie et

transformée en une belle jeune femme. Le genre de femme qu'enfant, j'avais rêvé de devenir.

— J'en suis certain, acquiesce-t-il, ce qui ne me suffit pas.

— Après deux, peut-être trois années de totale désinvolture, elle a changé d'attitude. Elle a aperçu la lumière au bout du tunnel : elle allait avoir dix-huit ans et pourrait se débarrasser de nous une bonne fois pour toutes. Elle savait ce qu'elle voulait. Elle a commencé à faire des projets. Un appartement à elle, la liberté. Et elle voulait aider les autres.

— Des adolescents, dit-il, et je me tais parce que, sans qu'il l'ait jamais rencontrée, je me rends compte qu'il connaît ma fille mieux que moi. Ceux qui se sentent mal dans leur peau et incompris. Exactement comme elle.

— Oui, murmuré-je.

Mais Mia ne s'en est jamais expliquée auprès de moi. Elle ne s'est jamais assise avec moi pour me raconter combien elle se reconnaissait dans ces gamins, comment elle, plus que n'importe qui, connaissait les difficultés que les jeunes rencontraient, toutes ces émotions en vrac qui les submergeaient, et combien il était difficile pour eux de remonter à la surface pour reprendre leur souffle. Je n'ai jamais compris. Pour moi, tout cela restait superficiel ; je ne parvenais pas à comprendre comment Mia pouvait communiquer avec ces gamins. En fait, cela ne se résumait pas à une question de Blanc ou Noir, riche ou pauvre ; mais de nature humaine.

— James n'a jamais pu sortir cette image de

Une fille parfaite

son esprit : sa fille enfermée dans une cellule au commissariat local. Il n'a cessé d'y penser pendant toutes ces années, quand il bataillait pour que son nom n'apparaisse pas dans les journaux, ressassant la déception qu'elle lui avait causée. Le fait qu'elle ne voulait jamais écouter. Son refus de faire des études de droit a été la cerise sur le gâteau. Pour James, Mia n'était qu'un fardeau. Il n'a jamais pu oublier... Il n'a jamais reconnu en elle la jeune femme forte et indépendante qu'elle est devenue aujourd'hui. Dans l'esprit de James...

— C'est une paumée, conclut l'inspecteur Hoffman, et je suis heureuse que les mots soient sortis de sa bouche et non de la mienne.

— Oui.

Je me rappelle comment j'étais à dix-huit ans, envahie par des émotions qui dominaient tout sens commun. Je me demande ce que je serais devenue si je n'étais pas entrée dans ce petit pub irlandais dans le quartier du Loop, cette nuit de juillet 1969. Si James n'avait pas été là, à soliloquer sur une loi antitrust, si je n'avais pas été désespérément suspendue à ses lèvres, si je n'avais pas été aussi fascinée lorsque ses yeux s'étaient posés sur moi, aussi captivée, non seulement par la Federal Trade Commission et les arcanes des fusions et acquisitions, mais également par la façon dont il pouvait rendre une chose aussi prosaïque tellement excitante, par la façon dont ses yeux noirs dansaient quand ils croisaient les miens.

Sans mon instinct de mère qui me soufflait le contraire,

une partie de moi aurait presque pu comprendre le point de vue de James.

Chose que je n'admettrai jamais.

Pourtant, mon intuition me souffle que quelque chose est arrivé à Mia. Quelque chose de mal. Et cela me ronge, me réveille au milieu de la nuit : il est arrivé quelque chose à Mia.

COLIN

PRÉCÉDEMMENT

Je lui annonce que nous sortons. C'est la première fois que je l'autorise à sortir du chalet.

— Il nous faut du bois pour le feu, dis-je.

La neige ne tardera plus et, ensuite, il sera trop tard. Tout sera recouvert.

— Nous avons déjà du bois, réplique-t-elle.

Elle est assise, jambes croisées, sur la chaise à côté de la fenêtre d'où elle fixe les nuages de granite oppressants qui flottent juste au-dessus de la cime des arbres.

Je ne la regarde pas.

— Pas assez. Il nous en faut plus pour l'hiver.

Elle se lève lentement et s'étire.

— Tu comptes me garder ici aussi longtemps? s'enquiert-elle.

Elle enfile cet horrible sweat-shirt marron. Je ne me donne pas la peine de répondre et lui emboîte le pas quand elle franchit le seuil de la porte. Je laisse la moustiquaire retomber derrière nous en claquant.

Elle descend l'escalier et commence à ramasser des branches par terre. Il y en a des tonnes, arrachées des arbres pendant un orage. Elles sont mouillées et s'accrochent à la terre boueuse et aux feuilles moisies qui jonchent le terrain. Elle en fait une pile au pied des marches et essuie ses mains sur son pantalon.

Notre lessive est étendue sur la rambarde. Nous lavons nos vêtements dans la baignoire et les suspendons dehors pour les faire sécher. Nous utilisons le savon, c'est mieux que rien. Ils sont froids et raides quand nous les enfilons et parfois même encore mouillés.

Un épais brouillard plane à la surface du lac, dérivant lentement vers le chalet. Il fait un temps déprimant. Le ciel est plombé par des nuages chargés d'eau. Il ne va pas tarder à pleuvoir de nouveau. Je dis à la fille de se dépêcher. Je me demande combien de temps cette réserve de bois va durer. Un véritable mur de bûches s'entasse déjà le long du chalet. J'ai passé des heures ici avec la hache, à débiter jour après jour les arbres arrachés et à scier leurs branches. Mais nous continuons quand même à ramasser du bois pour ne pas mourir d'ennui. Pour que je ne meure pas d'ennui. Elle ne risque pas de s'en plaindre. L'air est frais et elle en profite. Elle ignore si une telle chance se présentera de nouveau.

Je l'observe pendant qu'elle ramasse les branches. Elle les porte sur un bras et les ramasse de l'autre, d'un mouvement vif et gracieux. Elle a glissé ses cheveux derrière une de ses épaules pour qu'ils ne lui tombent

Une fille parfaite

pas dans les yeux. Elle ramasse autant que son bras peut en porter, puis elle s'arrête pour reprendre son souffle. De temps en temps, elle arque son dos en arrière pour s'étirer avant de reprendre sa récolte. Ensuite, elle dépose son tas au pied de l'escalier. Elle refuse de croiser mon regard, même si je suis certain qu'elle sent que je la surveille. A chaque nouveau tas, elle s'éloigne un peu plus, ses yeux bleus rivés sur le lac. La liberté.

La pluie commence à tomber. Une pluie torren- tielle. Une minute, il ne pleut pas, la minute suivante, nous nous retrouvons sous un véritable déluge. La fille revient en courant du bout de la propriété, son tas de branches dans les bras. Elle travaillait aussi loin que je le lui permettais. Je ne l'avais pas quittée des yeux, m'assurant que je pourrais la rattraper si nécessaire. Je ne crois pas qu'elle soit aussi stupide. Plus maintenant.

J'ai déjà entrepris de transporter les branches à l'intérieur où je les entasse à côté du poêle. Elle me suit, dépose son chargement et redescend. Je ne m'attendais pas à une telle coopération. Elle se déplace moins vite que moi. Sa cheville n'est pas encore tout à fait guérie mais, depuis un jour ou deux, elle ne boite plus. Nous nous frôlons dans l'escalier en nous croisant et, sans réfléchir, je m'entends dire « pardon ». Elle ne répond pas.

Elle change de vêtements et suspend ceux qui sont mouillés à une tringle à rideaux dans le salon. J'ai déjà rentré la lessive pendue dehors et l'ai étalée partout à l'intérieur. La chaleur dégagée par le poêle finira bien par la sécher. L'humidité envahit le chalet. Dehors, la température a baissé de dix ou quinze degrés. Nous laissons des traces de pieds mouillés derrière nous. Autour du tas de bois, des flaques d'eau se sont formées sur le plancher. Je demande à la fille de prendre une serviette dans la salle de bains et d'éponger autant qu'elle peut. Le reste séchera tout seul.

J'entreprends de préparer le dîner. Silencieusement, elle regagne sa chaise et regarde tomber la pluie par la fenêtre. Les gouttes tambourinent sur le toit avec un tap-tap-tap régulier. Un de mes pantalons suspendu à la tringle à rideaux cache partiellement la vue. L'ambiguïté enveloppe la terre, le monde se dilue, noyé dans le brouillard.

Je laisse échapper un bol dans l'évier et elle sursaute et me jette un regard accusateur. Je suis bruyant, je le sais. D'ailleurs, je ne cherche pas à être silencieux. Je pose bruyamment les assiettes sur le comptoir, claque les portes des placards. Ma démarche pesante fait trembler le plancher. Des petites cuillères m'échappent des mains et tombent sur le plan de travail couleur orange brûlée. Sur le poêle, le contenu de la casserole commence à bouillir et déborde.

L'obscurité descend. Nous mangeons en silence, contents du bruit de la pluie. Je regarde par la fenêtre tandis que les ténèbres envahissent le ciel. Après avoir allumé la petite lampe, j'entreprends de remplir le poêle de bois. Elle m'observe du coin de l'œil et je me demande ce qu'elle voit.

Soudain, un craquement retentit à l'extérieur et je me lève, en sifflant « chuuut », bien qu'elle n'ait

Une fille parfaite

pas prononcé un mot. J'attrape le pistolet et le tiens à la main.

Un bref coup d'œil par la fenêtre me permet de constater que le barbecue s'est renversé. Un soulagement indescriptible m'envahit.

La fille me fixe, m'observe pendant que j'écarte le rideau et scrute l'extérieur, au cas où. Au cas où il y aurait quelqu'un dehors. Je laisse retomber le rideau et me rassois. Elle ne me lâche pas du regard, fixant la tache vieille de deux jours sur mon sweat-shirt, les poils noirs sur le dos de mes mains, la décontraction avec laquelle je manie le pistolet comme s'il était inoffensif, dépourvu du pouvoir de tuer.

Je lui retourne son regard.

— Quoi ? demandé-je.

Elle est avachie sur sa chaise près de la fenêtre, ses cheveux longs cascadant sur ses épaules. Les égratignures sur son visage sont en voie de guérison, mais ses yeux reflètent encore sa douleur. Elle sent encore le contact du pistolet pressé contre sa tempe et devine, tandis qu'elle m'observe à deux mètres de moi, que ce n'est qu'une question de temps avant que je recommence.

— Que faisons-nous ici ? demande-t-elle d'une voix forte.

Elle a finalement trouvé le courage de poser la question. Cela la démangeait depuis notre arrivée.

Je pousse un long soupir exaspéré.

— Ne t'occupe pas de cela, dis-je après un long moment.

Une réponse au pied levé juste pour la faire taire.

— Qu'attends-tu de moi ? insiste-t-elle.

Mon visage demeure impassible. Je n'attends rien d'elle.

— Rien, dis-je.

Je gratte les braises qui brûlent dans le foyer. Je ne la regarde pas.

— Alors, laisse-moi partir.

— Je ne peux pas.

J'ôte mon sweat-shirt et le pose à mes pieds sur le plancher, à côté du pistolet. Le feu diffuse une douce chaleur dans le chalet, dans la pièce principale du moins. La chambre reste froide. La fille dort avec un caleçon, un sweat-shirt et des chaussettes et continue pourtant à trembler bien après s'être endormie.

Je le sais parce que je l'ai observée.

Elle me redemande ce que j'attends d'elle. Evidemment que j'attends « quelque chose » d'elle, fait-elle remarquer. Sinon, pourquoi aurais-je pris la peine de l'enlever et de la traîner jusqu'ici ?

— On m'a payé pour ce boulot. Pour t'attraper et t'emmener dans le quartier de Lower Wacker où je devais te déposer. C'est tout. J'étais supposé te laisser là-bas et disparaître.

Lower Wacker Drive se situe dans la partie basse d'une rue à deux niveaux dans le quartier du Loop, un tunnel long de je ne sais plus combien de kilomètres.

Je lis la confusion dans ses yeux. Elle tourne la tête et fixe la nuit par la fenêtre.

Le sens de ces mots lui échappe : « boulot », « attraper », « disparaître ». Pour elle, il est beaucoup plus réaliste de croire qu'il s'agit d'une erreur, d'un

Une fille parfaite

malheureux concours de circonstances. Qu'un taré a choisi de la kidnapper, histoire de rigoler un peu.

Elle me dit que la seule chose qu'elle connaisse à propos de Lower Wacker, c'est qu'elle et sa sœur adoraient passer par là en voiture quand elles étaient petites, à l'époque où c'était encore éclairé avec des lumières vertes fluorescentes.

C'est la première chose personnelle qu'elle me révèle à son sujet.

— Je ne comprends pas, dit-elle, cherchant désespérément une réponse.

— Je ne connais pas tous les détails. Une demande de rançon probablement.

Je commence à m'énerver. Je ne veux pas en parler.

— Dans ce cas, que faisons-nous ici ?

Ses yeux me supplient de lui fournir une explication, son regard exprimant tout à la fois un mélange d'incompréhension, de frustration et de mépris.

C'est une sacrée bonne question, me dis-je en moi-même.

Avant de l'alpaguer, j'avais fait quelques recherches à son sujet sur internet. J'y avais appris deux ou trois petites choses, même si elle s'imagine que je ne connais rien d'elle. J'avais vu des photos des membres de sa famille huppée dans leurs fringues de couturier, l'air riche et coincé en même temps. Je sais quand son père a été nommé juge et quand il se représentera. J'ai visualisé des clips de campagne le concernant. Un vrai connard.

La pomme ne tombe jamais bien loin de l'arbre.

Je veux lui dire de changer de sujet. De se taire.
Mais à la place, je m'entends répondre :

— J'ai changé d'avis. Personne ne sait que nous
sommes ici. S'ils le savaient, ils nous tueraient. Toi
et moi.

Elle se lève et se met à arpenter la pièce d'un pied
léger, les bras serrés autour d'elle.

— Qui ? interroge-t-elle.

Ces mots — « ils nous tueraient, toi et moi » —
lui ont coupé le souffle. La pluie tombe plus fort
maintenant, si c'est possible, crépitant bruyamment
sur le toit. La fille doit se pencher pour entendre ma
voix. Je fixe le plancher du chalet pour échapper à
ses yeux inquisiteurs.

— Ne t'occupe pas de cela.

— Qui ? répète-t-elle.

Alors, je lui parle de Dalmar. Essentiellement pour
la faire taire. Je lui raconte comment il est venu me
trouver et m'a montré une photo d'elle, en me demandant de la chercher et de la lui amener.

Elle me tourne le dos.

— Pourquoi ne l'as-tu pas fait, alors ? demande-
t-elle d'un ton accusateur.

Je peux sentir la haine qui l'habite de la tête aux
pieds et je me dis que j'aurais sans doute mieux fait.
J'aurais dû la remettre à Dalmar et m'en laver les
mains. Je serais chez moi à l'heure qu'il est, les poches
pleines d'argent pour acheter de la nourriture et payer
les factures et le crédit. Je n'aurais pas à m'inquiéter
de ce que j'ai laissé derrière moi, à me demander
comment ça se passe à la maison, comment elle va

Une fille parfaite

survivre et comment je vais bien pouvoir me débrouiller pour passer la voir avant de m'enfuir. Je n'arrête pas d'y penser. Cela me tient éveillé la nuit. Quand je ne m'inquiète pas à propos de Dalmar ou des flics, je pense à elle, toute seule dans cette vieille maison. Si j'avais remis la fille comme j'étais supposé le faire, tout serait terminé. Ma seule inquiétude aurait alors été de savoir si et quand les flics allaient me tomber dessus. Mais bon, dans ce domaine, rien de nouveau sous le soleil.

Je ne réponds pas à la question stupide de la fille. Cela ne la regarde pas. Elle n'a pas besoin de savoir pourquoi j'ai changé d'avis, pourquoi je l'ai emmenée ici.

Au lieu de cela, je lui raconte ce que je sais sur Dalmar. J'ignore pourquoi. Probablement pour qu'elle comprenne que je ne plaisante pas. Pour l'effrayer. Pour qu'elle reconnaisse qu'être ici avec moi est la meilleure solution, la seule solution.

Tout ce que je sais de Dalmar se résume à des rumeurs. Comme quoi il aurait fait partie de ces enfants soldats en Afrique, à qui on a fait subir un lavage de cerveau pour les forcer à tuer. Qu'il aurait tabassé un homme d'affaires dans un entrepôt désaffecté du West Side parce qu'il ne pouvait pas rembourser sa dette. Qu'il aurait tué un gamin de neuf ou dix ans parce que ses parents ne pouvaient pas payer sa rançon. Qu'il aurait tiré sur le gosse et envoyé la photo à ses parents pour retourner le couteau dans la plaie et jubiler.

— Tu mens, lance-t-elle.

Mais ses yeux expriment la terreur. Elle devine que je raconte la vérité.

175

— Qu'est-ce que tu en sais ? As-tu la moindre idée de ce qu'il t'aurait fait s'il avait pu mettre la main sur toi ?

« Viol » et « torture » sont les deux mots qui viennent immédiatement à l'esprit. Il a une planque dans le quartier de Lawndale, une maison sur South Homan où je me suis rendu, une ou deux fois. C'est probablement là qu'il aurait gardé la fille, dans cette baraque en briques, aux marches disjointes devant la porte d'entrée. Une moquette tachée. Des appareils ménagers arrachés du mur lorsque le dernier propriétaire a fait faillite. Des fuites d'eau et du moisi suintent au plafond et sur les murs. Des fenêtres cassées, recouvertes de feuilles de plastique. Elle, au milieu de la pièce, attachée sur une chaise et bâillonnée. Attendant. Attendant simplement. Pendant que Dalmar et ses gars s'amusent un peu. Et même si le juge avait payé la rançon, Dalmar aurait sans aucun doute demandé à un de ses sbires de la tuer. De se débarrasser du corps. De la jeter dans une benne à ordures quelque part, ou même dans la rivière. Je lui explique tout cela.

— Une fois que tu te trouves embringuée dans ce genre d'histoires, il n'y a plus de porte de sortie.

Elle ne prononce pas un mot. Ne pose pas de questions sur Dalmar, bien que je sache qu'elle y pense. Que l'image de Dalmar tirant sur un gamin de neuf ans ne quitte plus son esprit.

GABE

PRÉCÉDEMMENT

Mon chef me donne le feu vert pour diffuser la photo de notre homme au journal télévisé, vendredi soir. La démarche ne tarde pas à porter ses fruits. Les gens appellent le numéro donné pour raconter qu'ils ont aperçu notre inconnu. A quelques exceptions près, il s'agit d'un Steve ou encore d'un Tom. Une femme déclare avoir pris le métro avec lui, la veille au soir, mais n'en est pas absolument sûre (« Etait-il accompagné d'une fille ? », « Non, il était seul »). Un homme affirme qu'il travaille comme gardien dans son immeuble sur State Street, mais que l'homme est d'origine hispanique. Nous lui répondons que, dans ce cas, ce n'est pas lui. Deux jeunes flics prennent les appels, faisant de leur mieux pour distinguer les vraies pistes des impasses. Au matin, pour l'essentiel, les appels se résument à deux options : soit personne n'a la moindre idée de l'identité de notre suspect, soit il utilise suffisamment de pseudonymes pour envoyer tous nos agents sur de fausses pistes jusqu'à la fin des temps. Cette conclusion me perturbe : notre suspect pourrait bien être plus expérimenté que je ne croyais.

Je passe beaucoup de temps à réfléchir à son sujet. Je peux me faire une bonne idée de lui sans même l'avoir jamais rencontré, sans même connaître son nom. Un seul facteur ne suffit pas pour engendrer chez un individu une conduite violente ou antisociale. Cela demande une accumulation de choses. J'en déduis donc qu'il ne fait pas partie de la même classe sociale que les Dennett. Egalement, qu'il n'a jamais fait d'études universitaires et qu'il a probablement du mal à trouver ou à conserver un travail. Je devine aussi qu'enfant, il n'a pas entretenu de véritable relation avec des adultes. Peut-être même aucune. Il pourrait s'être senti exclu. Il pourrait y avoir eu négligence parentale. Peut-être des problèmes de couple. Il pourrait avoir été victime de mauvais traitements. L'éducation ne devait pas être une priorité dans sa famille, ni les manifestations d'affection. Ses parents ne venaient probablement pas le border dans son lit, le soir ; ils ne lui lisaient sans doute pas de livre avant de dormir. Ils n'allaient probablement pas à l'église.

Pour autant, il ne torturait pas nécessairement des animaux pendant son enfance. Il se pourrait qu'il ait été hyperactif, qu'il ait eu des difficultés à se concentrer. Peut-être même était-il dépressif, délinquant, voire antisocial.

Il n'a sans doute jamais eu le sentiment qu'il contrôlait totalement sa vie. Il n'a pas appris à s'adapter et ignore probablement le sens du mot « empathie ». Nul doute

Une fille parfaite

que la seule façon pour lui de résoudre un problème se résume à cogner ou à sortir son arme.

J'ai suivi des cours de sociologie et j'ai croisé suffisamment de détenus, au cours de ma vie, qui avaient tous pris le même chemin.

Il n'est pas nécessaire qu'il se drogue, mais il pourrait. Il n'est pas nécessaire qu'il ait grandi dans une barre de béton, mais il pourrait. Il n'est pas nécessaire qu'il ait fait partie d'un gang, mais je n'écarterais certainement pas cette possibilité. Il n'est pas nécessaire que ses parents aient possédé une arme.

En revanche, je peux supposer que personne ne l'a jamais beaucoup serré dans ses bras. Sa famille ne priait sans doute pas avant de manger. Ils ne partaient pas camper, ni ne se pelotonnaient tous ensemble sur le canapé pour regarder un film à la télévision. Je peux supposer que son père ne l'a jamais aidé à faire ses devoirs d'algèbre et qu'au moins une fois, quelqu'un a oublié d'aller le chercher à l'école. Je peux supposer qu'à un certain moment dans sa vie, personne ne se préoccupait de savoir ce qu'il regardait à la télé. Et je peux supposer qu'il a été giflé par quelqu'un qui aurait mieux fait de s'abstenir, quelqu'un en qui il avait confiance.

Je zappe sur les différentes chaînes de télévision : jour de repos pour les Bulls, les Illinois se sont fait battre par les Badgers[1]. Pas une bonne soirée pour moi.

Avant de m'installer devant un épisode de *It's the*

---

1. Equipes de basket-ball américaines.

Great Pumpkin, Charlie Brown[1], je fais le tour de la centaine de chaînes de ma télé — qui a dit que l'argent ne faisait pas le bonheur ? — et, la chance étant avec moi, je tombe sur le juge Dennett en pleine conférence de presse pour le journal de 18 heures.

— C'est quoi ce bordel ? je lance avant de monter le son pour écouter.

On pourrait croire que l'inspecteur chargé de l'affaire aurait été convié à cette conférence de presse ou à tout le moins en aurait été informé. Mais là, à ma place, se trouve mon chef, grand pote du juge Dennett depuis l'époque où ce dernier travaillait pour le bureau du procureur, bien avant qu'il ne se mette à son compte. Ce doit être agréable d'avoir des amis haut placés. L'illustre Eve se tient à côté du juge, ils sont main dans la main — je suis sûr qu'il s'agit d'une mise en scène parce que je n'ai jamais été le témoin du moindre geste d'affection entre eux —, avec Grace à son côté qui lance des œillades aux caméras comme une starlette débutante. Le juge semble sincèrement ému par la disparition de sa fille et je suis certain qu'un avocat ou un conseiller politique lui a expliqué quoi dire et quoi faire dans les moindres détails : tenir la main de sa femme, par exemple, ou se ménager quelques plages de silence pour se ressaisir, non sans afficher de l'émotion. Une belle comédie. Un journaliste tente de poser une question, mais le porte-parole de la famille intervient tandis que le juge et sa famille sont entraînés vers la porte de leur manoir qui se

1. Célèbre série télévisée américaine.

Une fille parfaite

referme derrière eux. Mon chef prend le micro le temps nécessaire pour annoncer au monde entier que ses meilleurs inspecteurs sont sur le coup, comme si cela risquait de m'apaiser, avant que la caméra ne change de décor pour se retrouver dans un studio sur Michigan Avenue où un énième reporter récapitule l'affaire Mia Dennett — rediffusant au passage une photo de notre suspect — avant de changer de nouveau de sujet pour montrer un immeuble en feu dans le South Side.

COLIN

PRÉCÉDEMMENT

Je n'ai pas envie de faire cela, mais je n'ai pas le choix. Je ne lui fais pas confiance.

J'attends qu'elle pénètre dans la salle de bains et je lui emboîte le pas, une corde à la main. J'ai aussi envisagé de la bâillonner avec le ruban adhésif que j'ai acheté à Grand Marais, mais c'est inutile. Il n'y a personne aux alentours pour l'entendre crier.

— Que fais-tu ? demande-t-elle.

Debout devant le lavabo, elle frotte ses dents avec son doigt. Quand elle me voit entrer dans la salle de bains avec la corde, elle écarquille les yeux sous le coup de la peur.

Elle tente de m'échapper, mais je la prends dans mes bras. C'est facile. Elle est plutôt fragile ; elle ne cherche même pas à se défendre.

— C'est la seule solution, dis-je, et elle commence à protester que je suis un menteur et un connard.

J'enroule la corde autour de ses poignets avant de

Une fille parfaite

l'attacher sous le lavabo. Un truc de scout. Elle ne sortira jamais d'ici.

Je m'assure que la porte d'entrée est bien fermée avant de sortir, puis je m'en vais.

J'ai appris presque tout ce que je sais chez les scouts quand j'étais gosse. Mon maître à l'école primaire en était un des chefs, à l'époque où je me souciais encore de ce que les profs pensaient de moi.

Je ne sais plus combien de médailles du mérite j'ai gagnées — au tir à l'arc, en randonnée, en canoë, à la pêche, en premiers secours. J'ai appris comment tirer au pistolet, à prévoir l'arrivée d'un front froid, comment survivre dans le blizzard, comment préparer un feu. J'ai appris à faire des nœuds — nœud de huit double, nœud de sangle ou nœud de marin. On ne peut jamais savoir quand cela pourrait s'avérer utile.

A quatorze ans, j'ai fait une fugue avec Jack Gorsky — un Polonais qui vivait dans la même rue que moi. Nous avons tenu trois jours. Nous étions allés jusqu'à Kokomo où les flics nous ont retrouvés. Nous campions dans un cimetière pratiquement désaffecté, à côté de tombes vieilles d'une centaine d'années. Quand ils nous sont tombés dessus, nous étions ivres après avoir bu une des bouteilles de vodka de Mme Gorsky que Jack avait glissée dans son sac à dos avant de partir. C'était le mois de mars. Nous avions fait un feu avec du bois. Jack avait trébuché sur une pierre et s'était salement amoché le genou. Je l'avais bandé avec ce que j'avais trouvé dans ma trousse de premiers secours, des bandes et de la gaze que j'avais prises chez moi.

Un jour, Jack et son père m'avaient emmené chasser.

J'avais dormi chez eux et nous nous étions levés à 5 heures du matin, le lendemain. Nous avions revêtu des tenues de camouflage avant de nous enfoncer dans les bois. C'étaient des professionnels avec tout l'équipement nécessaire — arbalètes, carabines, jumelles classiques et jumelles à vision nocturne, munitions. J'étais un amateur avec un sweat-shirt vert forêt que j'avais acheté chez Wal-Mart, la veille. Jack et son père portaient des tenues de combat datant de l'époque de la guerre du Viêt-nam que M. Gorsky avait faite. Il avait repéré un cerf de Virginie. Une bête magnifique, un mâle avec des bois impressionnants que j'ai admiré, fasciné. C'était la première fois que je chassais. M. Gorsky m'a offert de tirer le premier coup. C'était sympa. Je me suis mis en position et j'ai fixé, dans le viseur, ces yeux noirs qui me défiaient de tirer.

— Prends ton temps, Colin, m'a-t-il dit. Reste calme.

Je suis sûr qu'il pouvait voir mon bras trembler comme celui d'une poule mouillée.

J'ai fait exprès de rater mon coup, effrayant le mâle qui avait détalé pour aller se mettre à l'abri.

M. Gorsky m'assura que cela arrivait à tout le monde ; la prochaine fois, j'aurais plus de chance. Jack me traita de chochotte. Quand ce fut son tour, je le regardai tuer un faon d'une balle entre les deux yeux devant sa mère, une biche qui assista à l'agonie de son petit.

La deuxième fois qu'ils m'invitèrent à les accompagner, je déclinai au prétexte que j'étais malade. Peu de temps après, Jack fut envoyé dans un centre de détention

Une fille parfaite

pour mineurs pour avoir menacé un professeur avec le pistolet de son père.

Je roule sur County Line Road, juste après Trout Lake Road, quand j'ai soudain une inspiration : pourquoi ne pas continuer à rouler ? Dépasser Grand Marais, quitter le Minnesota et suivre le Rio Grande. La fille est attachée. Aucune chance qu'elle s'échappe. Aucune chance qu'elle puisse appeler les flics et tout raconter. Même si elle parvenait à détacher ses mains, ce qui est impossible, il lui faudrait des heures de marche avant de rejoindre la civilisation. D'ici là, j'aurais atteint le Dakota du Sud ou le Nebraska. Les flics lanceraient un avis de recherche, mais la fille ne me connaît que sous le nom d'Owen, si bien que sauf si elle a mémorisé la plaque minéralogique du pick-up, je pourrais bien m'en sortir. Je tourne l'idée dans ma tête pendant un moment, tenté par la perspective d'abandonner ce chalet dégueulasse et de m'enfuir. Mais des millions de choses pourraient mal tourner. En ce moment même, les flics savent probablement déjà que je suis avec la fille. Ils ont peut-être même découvert mon identité. Un avis de recherche a peut-être déjà été lancé me concernant. Si ça se trouve, Dalmar a donné mon nom pour se venger, pour me faire payer.

Mais ce n'est pas la seule chose qui me retient de m'enfuir. Je vois la fille, attachée au lavabo, perdue dans la forêt en cette saison. Personne ne la trouvera. Pas avant qu'elle soit morte de faim. Pas avant le printemps et le retour des touristes, attirés vers le chalet par l'odeur de chair pourrie.

C'est ça qui me retient. Une des nombreuses raisons qui m'empêchent de décamper, bien que j'en meure d'envie. Bien qu'il faille que je le fasse. Bien que je sache que chaque jour qui passe enfonce un nouveau clou dans mon cercueil.

Je ne sais pas combien de temps je reste absent. Des heures au moins. Quand je rentre, je claque la porte. Je vais jusqu'à la salle de bains, un couteau à la main. La fille panique, mais je ne prononce pas un mot. Je m'accroupis près d'elle et coupe la corde. Je tends la main pour l'aider à se relever, mais elle me repousse. Je perds l'équilibre et dois m'appuyer contre le mur pour me retenir. Ses jambes sont faibles. Elle frotte ses poignets à vif à l'endroit où la corde a frotté. J'attrape ses mains pour y jeter un coup d'œil.

— Pourquoi as-tu fait cela ? demandé-je.

Elle est restée assise là toute la journée à essayer de détacher la corde.

Elle me pousse de toutes ses forces. Ce qui n'est pas grand-chose. J'attrape son bras pour bloquer le coup. Cela lui fait mal.

— Tu crois que je pouvais juste te laisser ici comme ça ?

Je la repousse à mon tour loin de moi.

— Ton visage est sur toutes les chaînes. Je ne pouvais pas t'emmener.

— Tu l'as fait, la dernière fois.

— Oui mais, depuis, tu es devenue célèbre.

— Et toi ?

— Tout le monde se fout de savoir où je suis.

— Tu mens.

Une fille parfaite

Dans la cuisine, j'entreprends de ranger mes courses. Les sacs en papier vides s'entassent sur le sol. Ils nous serviront pour le feu. Elle regarde la canne à pêche que j'ai achetée et qui est appuyée contre la porte.

— Où étais-tu ?

— Je suis allé acheter tout ça.

Je réponds d'un ton sec. Je commence à m'énerver. Je balance les boîtes de conserve dans les placards, claque les portes. Brusquement, je m'immobilise. J'arrête de ranger les provisions suffisamment longtemps pour la regarder. Ce qui n'arrive pas souvent.

— Si j'avais voulu te tuer, tu serais morte depuis longtemps. Il y a un lac dehors, presque gelé. Personne ne te retrouverait avant le printemps.

Elle jette un coup d'œil par la fenêtre au lac glacé recouvert de brouillard. L'idée de son propre corps inerte sous la surface de l'eau la fait frissonner.

Puis je le fais.

Je saisis l'arme dans le placard. Elle fait demi-tour pour s'échapper. Je l'attrape par le bras et glisse le pistolet de force dans sa main. Un geste qui nous surprend tous les deux. La sensation de l'arme, du métal lourd dans sa paume, l'arrête dans son élan.

— Prends-le, insisté-je.

Elle ne veut pas.

— Prends l'arme, hurlé-je.

Elle la tient entre ses mains tremblantes et manque de la lâcher. J'attrape ses mains et les serre autour de la crosse. Je glisse son doigt sur la détente.

— Là, tu la sens ? C'est comme ça que tu tires. Tu me vises et tu tires. Tu crois que je mens ? Tu crois que je vais te faire du mal ? Il est chargé. Alors, vise et tire.

Elle est là, debout, comateuse, le pistolet entre les mains. Se demandant ce qui se passe. Elle relève l'arme l'espace d'un instant, surprise par son poids bien plus lourd qu'elle n'aurait imaginé. Elle la pointe sur moi et je la fixe, la défiant de tirer. *Tire, tire sur moi.* Ses yeux ne cessent de bouger, ses mains frémissent autour de l'arme. Elle n'est pas capable de tuer. Je le sais. Mais je me pose quand même la question.

Nous restons ainsi près de vingt ou trente secondes, peut-être plus, avant qu'elle ne baisse l'arme et ne quitte la pièce.

188

EVE

APRÈS

Elle me raconte son rêve. L'ancienne Mia n'aurait jamais fait une chose pareille. L'ancienne Mia ne me parlait guère de ce qui lui passait par la tête. Mais ce rêve la perturbe vraiment, un rêve qui, m'explique-t-elle, revient, nuit après nuit, depuis je ne sais combien de temps. Toujours le même, à l'en croire. Elle est assise sur une chaise en plastique blanc, dans la pièce unique d'un petit chalet. La chaise est appuyée contre le mur en face de la porte d'entrée et elle est recroquevillée dessus, une couverture rêche recouvrant ses jambes. Elle est frigorifiée, grelottant de façon incontrôlable bien qu'elle soit profondément endormie, son corps épuisé renversé par-dessus le bras de la chaise. Elle porte un sweat-shirt marron informe avec un huard brodé sur le devant et les mots « L'étoile du Nord[1] » cousus derrière.

1. En français dans le texte.

Dans son rêve, elle se regarde dormir. L'obscurité du chalet se resserre autour d'elle, l'enveloppant. Elle perçoit son inquiétude et autre chose encore. Une autre sensation. De la peur. De la terreur. Un mauvais pressentiment.

Quand il touche son bras, elle grimace. Sa main, me dit-elle, est aussi froide que de la glace. Elle sent le poids du pistolet sur ses cuisses, pesant sur ses jambes complètement engourdies maintenant, après qu'elle a passé la nuit recroquevillée. Le soleil brille, filtrant à travers les fenêtres sales, derrière les rideaux écossais démodés, toujours tirés. Elle prend le pistolet, le pointe sur lui et arme le chien. Son visage demeure impassible et froid. Mia ne connaît rien aux armes à feu. Tout ce qu'elle sait, dit-elle, il le lui a appris.

Le pistolet lui paraît étrange et lourd entre ses mains tremblantes. Mais dans son rêve, elle sent sa détermination : elle pourrait tirer sur lui. Elle pourrait le faire. Elle pourrait le tuer.

Lui reste imperturbable, immobile. Devant elle, il se redresse jusqu'à être debout. Il a l'air reposé, même si ses yeux trahissent sa détresse : les sourcils froncés, le pessimisme qu'elle lit dans son regard. Il n'est pas rasé, l'ombre naissante sur ses joues s'est au fil des jours transformée en barbe. Il vient juste de se lever. Sur son visage, les marques de l'oreiller sont encore inscrites et ses yeux conservent un aspect ensommeillé. Ses vêtements sont fripés d'avoir dormi dedans. Il se tient devant la chaise et, même à cette distance, elle peut sentir sa mauvaise haleine.

— Chloé, dit-il de sa voix apaisante.

Une fille parfaite

Une voix douce et rassurante, m'explique-t-elle, et bien qu'ils sachent tous les deux qu'il pourrait facilement arracher l'arme de ses mains tremblantes et la tuer, il ne le fait pas.

— J'ai fait des œufs, annonce-t-il.

Et là, elle se réveille.

Deux choses me viennent aussitôt à l'esprit : les mots « *L'étoile du Nord* » sur le sweat-shirt et les œufs. Enfin, ça et le fait que Mia — pseudo Chloé — brandit un pistolet. Après que Mia a regagné sa chambre pour une de ses nombreuses siestes quotidiennes, j'attrape mon ordinateur et entreprends une recherche sur internet. Je tape les mots français dont je devrais pourtant comprendre le sens après mes cours au lycée, il y a des millions d'années de cela. Cela figure dans un des tout premiers résultats : « *L'étoile du Nord* », la devise de l'Etat du Minnesota. Evidemment.

Si le rêve n'est pas vraiment un rêve mais un souvenir, une réminiscence du temps qu'elle a passé dans « *L'étoile du Nord* », alors pourquoi tient-elle une arme ? Et plus important encore, pourquoi n'en a-t-elle pas fait usage pour tuer Colin Thatcher ? Comment cet incident s'est-il terminé ? Je tiens à le savoir.

Mais je me rassure. Ce rêve est seulement symbolique. Je cherche la signification des rêves et, plus particulièrement, des œufs. Je tombe sur un dictionnaire de l'interprétation des rêves et c'est avec la définition que tout commence à se mettre en place. J'imagine Mia en ce moment même, pelotonnée en position fœtale sous les couvertures. Quand elle est montée, elle m'a dit qu'elle ne se sentait pas bien : je ne sais plus combien de fois elle a répété cela ces derniers temps et, chaque fois, j'ai mis ça sur le compte de la fatigue et du stress. Mais je comprends maintenant que cela pourrait bien vouloir dire tout autre chose. Mes doigts se figent sur le clavier et je commence à pleurer. Est-ce possible?

On raconte que les nausées matinales sont héréditaires. J'étais malade comme un chien pour mes deux filles, pire encore pour Grace. J'ai entendu dire que c'était souvent plus fort avec le premier enfant, ce qui s'est vérifié. J'ai passé je ne sais plus combien de nuits penchée sur les toilettes à vomir jusqu'à ce que mon estomac soit complètement vide et que je ne crache plus que de la bile. J'étais toujours fatiguée, une léthargie comme je n'en avais jamais éprouvé. Le simple fait d'ouvrir les yeux m'épuisait. James ne comprenait pas. Evidemment. Comment aurait-il pu? C'est une chose que je ne comprenais pas moi-même jusqu'à ce que j'en fasse l'expérience, souhaitant mourir chaque minute.

Selon le dictionnaire de l'interprétation des rêves, rêver d'œufs peut signifier une chose nouvelle et fragile. La vie sous sa forme la plus précoce.

COLIN

PRÉCÉDEMMENT

Je me suis levé tôt. J'ai emporté la canne à pêche dehors, près du lac avec les fournitures que j'ai achetées au magasin. J'ai dépensé une petite fortune en matériel de pêche — y compris une chignole et une écumoire que j'utiliserai quand le lac sera gelé. Non pas que j'envisage de rester ici aussi longtemps.

Elle enfile son sweat-shirt. Elle descend jusqu'au bord du lac. Ses cheveux sont encore mouillés de la douche et leurs extrémités se figent dans l'air froid. Jusqu'à son arrivée, tout était calme. Le soleil commence juste à se lever. Je suis perdu dans mes pensées, cherchant de toutes mes forces à me convaincre que tout va bien chez moi. Repoussant mon sentiment de culpabilité en me faisant un lavage de cerveau qui me permette de croire que le frigo déborde de nourriture, qu'elle n'est pas tombée et ne s'est pas cassé une hanche. Et juste quand je commence à y croire, une nouvelle peur s'insinue en moi : celle d'avoir oublié de régler

193

le chauffage et qu'elle meure de froid, qu'elle ait laissé la porte ouverte et qu'un animal soit entré. Puis je reprends mes esprits et rationalise, me trouve des excuses : j'ai réglé le chauffage. Bien sûr que je l'ai fait. Je passe dix minutes à me revoir en train de régler cette foutue chaudière sur vingt degrés.

Au moins, elle a dû recevoir l'argent maintenant. Assez d'argent pour voir venir. Pour un moment.

J'ai descendu une chaise du chalet et suis assis, une tasse de café posée à mes pieds. Je regarde les vêtements que porte la fille alors qu'elle s'approche. Son pantalon ne risque pas de la protéger du vent. Il n'y a plus de feuilles sur les arbres pour freiner celui-ci. Il fait voler ses cheveux gelés sur son visage. Il remonte le long de ses jambes et s'infiltre par le col de son chemisier. Elle grelotte déjà.

J'ai réglé le chauffage. Bien sûr que je l'ai fait. Sur vingt degrés.

— Que viens-tu faire dehors ? Tu vas te geler les fesses.

Mais elle s'assoit quand même au bord du lac. Je pourrais lui ordonner de retourner à l'intérieur, mais je ne le fais pas.

Le sol est humide. Elle plie les jambes et passe les bras autour pour se tenir chaud.

Nous ne parlons pas. C'est inutile. Elle est juste contente d'être dehors.

Le chalet empeste, une odeur de moisissure ou de décomposition, qui vous envahit le nez et que nous continuons à percevoir même après tout ce temps passé là. Une odeur à laquelle on ne s'habitue pas.

Une fille parfaite

Il fait aussi froid dedans que dehors. Nous devons économiser autant de bois que possible pour l'hiver. Jusqu'à présent, nous n'allumons le feu que la nuit. Pendant la journée, la température ne doit pas dépasser dix degrés. Je sais qu'elle n'a jamais chaud malgré toutes les couches de vêtements qu'elle superpose. L'hiver dans cette région est dur et impitoyable, glacial comme vous n'en avez jamais connu. Dans quelques jours, nous serons en novembre, le calme avant la tempête.

Un petit groupe de huards s'envole au-dessus du lac en direction du sud. Les derniers à être restés si haut dans le nord. Ce sont les enfants qui partent maintenant, ceux qui sont nés au printemps et viennent juste d'acquérir suffisamment de force pour ce long voyage. Les autres sont déjà loin.

J'imagine qu'elle n'a encore jamais pêché. Moi, si. J'ai commencé quand j'étais gamin. Le corps immobile, je tiens la canne. Je surveille le bouchon à la surface de l'eau. Elle en sait assez pour garder le silence. Elle sait que le son de sa voix ferait fuir le poisson.

— Tiens, dis-je en coinçant la canne à pêche entre mes genoux.

J'enlève ma veste, une grande veste fourrée et imperméable avec une capuche, et la lui tends.

— Enfile ça avant de mourir de froid.

Elle ne sait pas quoi dire. Elle ne me remercie même pas. Ça ne se fait pas entre nous. Elle passe les bras dans les manches qui sont deux fois trop grandes pour elle et, après une minute, elle cesse de trembler.

Elle rabat la capuche par-dessus sa tête et se protège de l'hiver. Je n'ai pas froid. Et même si j'avais froid, je ne l'admettrais jamais.

Un poisson mord. Je me lève d'un bond et tire sur la canne pour accrocher l'hameçon. Je commence à rembobiner le fil, tirant sur la ligne pour la garder tendue. Elle tourne le dos quand le poisson jaillit hors de l'eau, ses nageoires battant l'air pour défendre sa vie. Je le laisse tomber sur le sol et regarde son corps s'arquer et tressauter jusqu'à ce que mort s'ensuive.

— Tu peux regarder maintenant, dis-je. Il est mort.

Mais elle ne peut pas. Elle ne regarde pas. Pas avant que mon corps ne le cache à sa vue. Je me penche sur le poisson et détache l'hameçon. Puis je glisse un nouveau ver au bout et tends la canne à pêche à la fille.

— Non, merci, dit-elle.

— Tu as déjà pêché ?

— Non.

— Pas le genre de choses qu'ils vous enseignent là d'où tu viens ?

Elle sait ce que je pense d'elle. Pauvre petite fille riche et gâtée. Pour l'instant, elle n'est pas parvenue à me convaincre du contraire.

Elle m'arrache la canne des mains. Elle n'a pas l'habitude qu'on lui dise ce qu'elle doit faire.

— Tu sais comment il faut faire ? demandé-je.

— Je peux imaginer, rétorque-t-elle.

Mais elle n'en a pas la moindre idée et je suis obligé de l'aider à lancer la ligne. Elle s'assoit ensuite au bord de l'eau et attend. Mentalement, elle repousse

Une fille parfaite

les poissons. Je me rassois sur ma chaise et sirote mon café, froid maintenant.

Le temps passe. Je ne sais pas combien de temps. Je remonte chercher un autre café et uriner. A mon retour, elle me dit qu'elle est étonnée que je ne l'aie pas attachée à un arbre. Le soleil, haut dans le ciel, s'efforce de réchauffer la terre. Ça ne marche pas.

— Estime-toi heureuse.

Au bout d'un moment, je l'interroge sur son père.

Au début, elle garde le silence, se contentant de fixer l'eau, parfaitement immobile. Elle observe l'ombre des arbres qui s'étire sur le lac, écoute le gazouillis des oiseaux.

— Quoi mon père ? demande-t-elle finalement.

— Comment est-il ?

Mais en fait, je le sais. Je veux juste l'entendre le dire.

— Je ne tiens pas à parler de lui.

Nous restons silencieux pendant un moment, silence qu'elle finit par rompre.

— Mon père est né riche. Sa famille a toujours eu de l'argent. Depuis des générations. Plus d'argent qu'ils ne peuvent en dépenser. Ils pourraient l'utiliser pour subvenir aux besoins d'un petit pays. Mais ils ne le font pas. Ils gardent tout cet argent pour eux.

Elle me parle de la carrière impressionnante de son père.

— Les gens le connaissent, explique-t-elle. Et ça finit par lui monter à la tête. La volonté de mon père d'avoir toujours plus d'argent l'a corrompu. Je le crois capable de tout, y compris d'accepter des pots-de-vin, par exemple. Mais il ne s'est jamais fait prendre. Pour lui, les apparences sont primordiales.

Puis elle me parle de sa sœur, Grace.

Elle me révèle qu'elle est comme son père, prétentieuse, vaine, uniquement tournée vers son propre plaisir.

Je lui jette un regard. Grace n'est pas la seule à être ainsi. Elle est la fille d'un riche salaud. La vie lui a été offerte sur un plateau d'argent.

J'en sais plus sur elle qu'elle ne le souhaiterait.

— Pense ce que tu veux, mais mon père et moi sommes très différents. Très différents, insiste-t-elle.

Elle me dit qu'ils ne se sont jamais entendus. Même pas quand elle était enfant et encore moins maintenant.

— Nous ne nous parlons pratiquement pas. Seulement à l'occasion, pour sauver les apparences. Au cas où quelqu'un nous observerait.

Grace, l'avocate, est la préférée de son père.

— Elle est tout ce que je n'ai jamais été. Elle est son double. Mon père n'a jamais dépensé un sou pour mon éducation, mais il a tout payé à Grace, l'université comme l'école de droit. Il lui a acheté un appartement dans le Loop, qu'elle aurait très bien pu s'offrir elle-même. Moi, je paye huit cent cinquante dollars par mois pour mon loyer et, la plupart du temps, cela suffit pour me mettre à découvert à la banque. J'ai demandé à mon père de faire un don à l'école dans laquelle je travaille. Pour créer une bourse, par exemple. Il a éclaté de rire. Mais il a fait entrer Grace dans un des plus prestigieux cabinets d'avocats en ville. Ses clients payent plus de trois cents dollars

Une fille parfaite

de l'heure pour son temps. D'ici à quelques années, elle sera nommée associée. Elle est tout ce que mon père aurait aimé que je sois.

— Et toi ?

— Je suis l'*autre*, celle dont il a passé son temps à réparer les bêtises.

D'après elle, son père ne s'est jamais intéressé à elle. Pas plus quand elle organisait un petit spectacle imprévu à l'âge de cinq ans que lors de sa première exposition dans une galerie à dix-neuf ans.

— Par contre, la seule présence de Grace peut changer son humeur. Elle est brillante comme lui, s'exprime bien, son discours est façonné par l'efficacité et non par des illusions, comme mon père aime dire. Comme cette « grande illusion » que j'avais de devenir une artiste, par exemple. Là encore, le même sens délirant des réalités de ma mère.

Ce qui me fout vraiment en rogne, c'est qu'elle semble se considérer comme une victime. Comme si sa vie n'avait été qu'une suite de coups durs. Elle n'a pas la moindre idée de ce qu'est la vraie poisse. Je pense à notre camping-car vert menthe, je me revois, assis dans un abri de fortune, attendant la fin d'une tempête en regardant ce qui était notre maison se faire dévaster.

— Je suis supposé te plaindre ? demandé-je.

Un oiseau lance son cri. Au loin, un autre lui répond. Sa voix est calme.

— Je ne t'ai jamais demandé de me plaindre. Tu m'as posé une question, je t'ai répondu, c'est tout.

— Tu ne cesses jamais de t'apitoyer sur ton sort,
n'est-ce pas ?

— Pas du tout.

— Tu te considères toujours comme une victime.

Je n'éprouve aucune sympathie pour elle. Cette
fille n'a pas la plus petite idée de ce qu'est la misère.

— Non, siffle-t-elle en fourrant la canne à pêche
entre mes mains. Prends ça, dit-elle.

Elle descend la fermeture Eclair de la veste, se
recroqueville lorsque l'air froid l'enveloppe, puis
laisse tomber la veste sur le sol près de moi. Je ne
dis rien.

— Je rentre, annonce-t-elle.

Et elle s'élance, passant à côté du poisson mort
dont les yeux la fixent avec mépris pour l'avoir
laissé mourir.

Elle n'est qu'à quelques mètres quand je lance :

— Et pour la rançon ?

— Quoi, la rançon ? rétorque-t-elle.

Elle est debout à l'ombre d'un grand arbre, les
mains sur les hanches. Ses cheveux flottent autour
d'elle, balayés par l'air froid d'octobre.

— Tu crois que ton père aurait payé la rançon ?

S'il la déteste autant qu'elle le dit, il n'aurait pas
déboursé un centime pour son retour.

Elle y réfléchit. C'est une excellente question.

Si son père n'avait pas payé la rançon, elle serait
morte.

— J'imagine que nous ne le saurons jamais,
répond-elle finalement.

Puis elle fait demi-tour et s'éloigne.

Une fille parfaite

J'écoute ses pieds qui foulent les feuilles mortes sur le sol. J'écoute le grincement de la moustiquaire qui s'ouvre, puis claque en retombant. Et je sais que je suis seul.

GABE

PRÉCÉDEMMENT

Je roule dans ce qui est probablement la rue la plus parfaite du monde, bordée d'érables rouges et de trembles jaunes dont les branches se rejoignent pour former une voûte au-dessus de la chaussée étroite, recouverte de leurs feuilles qui tombent comme s'il en pleuvait. Il est trop tôt pour « une friandise ou une blague », les petits chenapans étant encore à l'école pour une heure ou deux. Mais les maisons à un million de dollars les attendent de pied ferme, nichées derrière leurs jardins impeccables et leurs pelouses assez vastes pour nécessiter l'usage d'une tondeuse à gazon autoportée… même si personne dans le coin ne s'avise de tondre sa pelouse. Les demeures sont toutes décorées de balles de foin, de chaumes de maïs et de citrouilles parfaitement rondes et sans taches.

Le facteur s'arrête devant la boîte aux lettres des Dennett au moment où je m'engage dans l'allée pavée de briques. Je gare ma poubelle à côté de la berline

Une fille parfaite

de Mme Dennett et fais un signe amical au préposé comme si j'habitais là. Je m'approche de la boîte aux lettres en briques, plus grande que mes propres toilettes.

— Bonjour, dis-je en tendant la main pour récupérer le courrier du jour.

— Bonjour, répond l'homme en déposant le tas de lettres dans ma main.

Il fait froid. Et gris. Comme toujours à Halloween, aussi loin que je m'en souvienne. Les nuages se rapprochent de la surface de la terre jusqu'à se confondre avec le sol. Je fourre le courrier sous mon bras et enfonce les mains dans mes poches en remontant l'allée.

Chaque fois que je me présente, Mme Dennett ouvre la porte d'une façon bien particulière. Avec énergie, le visage plein d'enthousiasme, jusqu'à ce qu'elle me découvre sur le paillasson. Son sourire disparaît alors et ses grands yeux s'éteignent. Parfois, elle va même jusqu'à pousser un soupir désenchanté.

Mais je ne prends pas cela personnellement.

— Oh ! lâche-t-elle. Inspecteur.

Chaque fois que la sonnette retentit, elle est persuadée qu'il s'agit de Mia.

Aujourd'hui, elle porte un tablier moutarde par-dessus sa tenue de yoga.

— Vous cuisinez ? demandé-je en retenant un haut-le-cœur.

Soit elle cuisine, soit un petit animal est en train de pourrir au sous-sol.

— J'essaye, répond-elle en faisant demi-tour, laissant la porte ouverte.

203

Je lui emboîte le pas jusque dans la cuisine où elle laisse échapper un petit rire nerveux.

— Des lasagnes, précise-t-elle avant d'entreprendre de râper une montagne de mozzarella. Avez-vous déjà préparé des lasagnes ?

— Ma spécialité serait plutôt la pizza surgelée.

Je dépose le courrier sur l'îlot central.

— Je me suis dit que cela vous éviterait le déplacement.

— Oh ! merci.

Abandonnant la râpe à fromage, elle s'empare d'une lettre de « détail des prestations » d'une compagnie d'assurances et part à la recherche d'un coupe-papier, abandonnant sur la gazinière les saucisses italiennes qui commencent à roussir.

J'ai appris une ou deux choses sur les lasagnes, après avoir regardé ma mère en préparer au moins un million de fois quand j'étais enfant. Elle trébuchait sur moi dans notre minuscule cuisine tandis que je ne cessais de la harceler — « C'est bientôt prêt ? C'est bientôt prêt ? » — tout en jouant avec mes voitures Matchbox sur le carrelage.

Je déniche une cuillère de bois dans un tiroir et tourne les saucisses.

— Qu'est-ce que je…, dit-elle en revenant. Oh ! inspecteur, ne vous donnez pas cette peine.

Je lui assure que cela ne me gêne pas.

Je pose la cuillère à côté de la poêle pendant qu'elle trie le courrier.

— Non, mais regardez-moi toutes ces saletés. Des catalogues, des factures. Tout le monde en a après

Une fille parfaite

notre argent. Avez-vous déjà entendu parler du — elle lève l'enveloppe pour mieux lire le nom de l'œuvre de bienfaisance — syndrome de Mowat-Wilson ?

— Le syndrome de Mowat-Wilson ?

Je secoue la tête.

— Ça ne me dit rien.

— Le syndrome de Mowat-Wilson, répète-t-elle en déposant l'enveloppe sur le tas de lettres qui va atterrir dans un porte-courrier mural design.

J'aurais juré que les Mowat-Wilson allaient se faire recycler mais, finalement, ils pourraient bien recevoir un chèque.

— Le juge a dû faire quelque chose de spécial pour mériter des lasagnes, fais-je remarquer.

Ma mère faisait souvent des lasagnes. Sans raison particulière. Mais pour quelqu'un comme Eve Dennett, j'imagine qu'un repas préparé à la maison, comme celui-ci, est un événement assez rare. A supposer, évidemment, qu'on y survive. Et à ce que j'en vois, je suis assez content de ne pas avoir été invité à dîner. Je suis un expert en stéréotypes et sûr que les connaissances de Mme Dennett en cuisine sont relativement limitées. Elle connaît probablement une recette de poulet et avec un peu de chance sait comment faire chauffer de l'eau. Mais cela s'arrête là.

— Ce n'est pas pour James, dit-elle en passant derrière moi pour s'approcher de la gazinière.

La manche de son top en Lycra noir frôle mon dos. Je suis certain qu'elle n'a rien remarqué. Moi, si. Je la sens encore quelques secondes après son passage.

205

Elle jette un oignon émincé dans la poêle où il commence à grésiller.

Je sais que c'est l'anniversaire de Mia.

— Madame Dennett ?

— Je ne vais pas faire ça, assure-t-elle.

Elle est complètement absorbée par la cuisson de la viande carbonisée. Un sacré revirement de la part de quelqu'un qui deux secondes plus tôt s'en moquait complètement.

— Non, je ne vais pas pleurer.

C'est là que je remarque les ballons, des tas de ballons qui décorent la maison, tous vert citron et rouge magenta. Apparemment, ses couleurs préférées.

— C'est pour elle. Mia adore les lasagnes. Toutes les pâtes. C'est la seule sur laquelle je peux toujours compter pour manger ce que je prépare. Non pas que je m'attende à ce qu'elle débarque. Je sais que cela n'arrivera pas. Mais je ne pouvais pas…

Elle ne termine pas sa phrase. Elle est devant la cuisinière et je vois ses épaules trembler et les saucisses italiennes absorber ses larmes. Elle pourrait mettre cela sur le compte de l'oignon, mais elle ne le fait pas. Je détourne le regard et me perds dans la contemplation de la mozzarella. Elle saisit une gousse d'ail et l'écrase dans le creux de sa main. J'ignorais que Mme Dennett pouvait faire cela. Cela semble étonnamment thérapeutique. L'ail rejoint l'oignon dans la poêle et elle attrape des petits pots d'herbes — du basilic, du fenouil, ainsi que du sel et du poivre — dans un placard qu'elle pose bruyamment sur le plan de travail en granite. La salière en acrylique rate le

206

Une fille parfaite

bord et tombe sur le sol. Elle ne se casse pas, mais le sel se répand. Nous considérons le lac de cristaux blancs, pensant la même chose : malheur. Sept ans, non ? Je l'ignore.

— Epaule gauche, dis-je.

— Etes-vous sûr que ce n'est pas la droite ? demande-t-elle.

Je détecte de la panique dans sa voix comme si ce petit incident avec le sel pouvait très bien décider du retour ou non de Mia à la maison.

— Gauche, assuré-je, sachant que j'ai raison. Oh ! et puis après tout, pourquoi ne pas en jeter par-dessus les deux ? Ainsi, vous êtes sûre d'être protégée.

Elle s'exécute, puis essuie ses mains sur son tablier. Je me baisse pour ramasser la salière au moment où elle s'accroupit pour récupérer le sel dans sa main. Nous avons bougé dans un bel ensemble et nous nous cognons la tête. Elle porte la main à son front. Je tends la main vers elle en m'excusant et lui demande si ça va. Nous nous relevons et, pour la première fois, Mme Dennett se met à rire.

Seigneur, elle est magnifique, même si son rire est quelque peu hésitant, comme si elle risquait d'éclater en sanglots d'une seconde à l'autre. Une fois, je suis sorti avec une fille bipolaire. Complètement surexcitée, une minute, au point de vouloir conquérir le monde, si déprimée, la minute suivante, qu'elle avait à peine la force de sortir de son lit.

Je me demande si le juge Dennett a une fois — juste une seule fois depuis le début de cette histoire — enlacé sa femme pour lui assurer que tout irait bien.

— Vous vous rendez compte si Mia revenait maintenant, dis-je, une fois qu'elle est calmée. Ce soir. Si elle frappait à la porte et qu'il n'y ait rien de prêt.

Elle secoue la tête. Elle ne peut pas l'imaginer.

— Pourquoi êtes-vous devenu inspecteur ? s'enquiert-elle.

Aucune raison profonde. C'en est presque gênant.

— J'ai été nommé à ce poste parce que, apparemment, j'étais un bon flic. Et je suis devenu flic parce que j'avais un ami au lycée qui voulait s'inscrire à l'école de police. Comme je n'avais rien de mieux à faire, je l'ai suivi.

— Mais vous aimez votre travail ?

— J'aime mon travail.

— N'est-ce pas trop déprimant ? Je peux à peine regarder les informations, le soir.

— Certaines journées sont plus difficiles que d'autres.

Puis j'entame une liste de tous les bons côtés qui me viennent à l'esprit. Démanteler un laboratoire de méthadone. Retrouver un chien perdu. Attraper un gamin qui est allé à l'école avec un couteau de poche dans son sac.

Retrouver Mia, conclus-je.

Je ne le dis pas à voix haute, mais je le pense : si je pouvais retrouver Mia et la ramener à la maison, si je pouvais sortir Mme Dennett de cet horrible cauchemar dans lequel elle se débat, alors cela vaudrait la peine. Cela compenserait toutes les affaires non résolues, tous les méfaits qui se produisent chaque jour, dans le monde.

Une fille parfaite

Elle retourne à ses lasagnes. Je lui annonce que j'aurais quelques questions à lui poser sur sa fille. Je la regarde pendant qu'elle étale la pâte, la viande et le fromage dans un plat et nous parlons d'une fille dont des photos apparaissent comme par magie, un peu partout, toujours plus nombreuses chaque fois que je franchis la porte d'entrée.

Mia à son premier jour d'école, son sourire édenté révélant qu'elle a perdu la moitié de ses dents.

Mia avec une bosse sur le front.

Mia, des bouées autour de ses bras, ses petites jambes maigres sortant d'un maillot de bain une pièce.

Mia se préparant pour le bal de fin d'année.

Deux semaines plus tôt, quelqu'un aurait pu ignorer que Grace Dennett avait une jeune sœur. Aujourd'hui, c'est comme si elle était la seule habitante de cette maison.

COLIN

PRÉCÉDEMMENT

Heureusement, la date s'affiche sur ma montre. Sans cela, nous serions tous les deux perdus.

Je ne le fais pas tout de suite. Elle ne m'a pas adressé la parole depuis plus de vingt-quatre heures. Elle est furieuse que je me sois montré indiscret, mais elle l'est plus encore d'avoir parlé. Elle ne tient pas à ce que je sache quoi que ce soit à son sujet, mais j'en sais assez.

J'attends que nous ayons fini le petit déjeuner. J'attends que nous ayons fini le déjeuner. Je la laisse fulminer et faire la tête. Elle tourne en rond dans le chalet, broyant du noir et pleurant sur son sort. Elle boude. Pas une seconde, il ne lui vient à l'esprit que je préférerais sans doute me trouver n'importe où ailleurs qu'ici. Non, c'est sa malchance à elle et à elle seule. En tout cas, c'est ce qu'elle croit.

Je ne suis pas du genre à en faire des tonnes. J'attends qu'elle ait fini la vaisselle du déjeuner. Pendant qu'elle

Une fille parfaite

essuie ses mains sur une serviette, je le laisse plus ou moins tomber sur le plan de travail à côté d'elle.

— C'est pour toi, dis-je.

Elle jette un coup d'œil au carnet sur le comptoir. Un carnet à dessin. Et dix crayons.

— Ce sont les seuls crayons que j'aie. Alors ne les utilise pas tous en même temps.

— C'est quoi ça ? demande-t-elle stupidement.

Elle sait très bien ce que c'est.

— Un truc pour faire passer le temps.

— Mais…

Elle ne termine pas sa phrase tout de suite. Elle prend le carnet, passe la main dessus. Elle tourne quelques pages blanches.

— Mais…, balbutie-t-elle.

Elle ne sait pas quoi dire. Je préférerais qu'elle ne dise rien. Nous n'avons pas besoin de dire quoi que ce soit.

— Mais… Pourquoi ?

— C'est Halloween, dis-je à défaut d'une meilleure réponse.

— Halloween, répète-t-elle dans un murmure.

Elle sait que c'est plus que cela. Ce n'est pas tous les jours que vous avez vingt-cinq ans.

— Comment le savais-tu ?

Je lui montre mon arme secrète, le petit 31 écrit sur la montre que j'ai volée à un ringard.

— Comment connaissais-tu la date de mon anniversaire ?

Une réponse honnête serait le temps que j'ai passé sur internet avant de la kidnapper. Mais je ne veux pas lui dire cela. Elle n'a pas besoin de savoir comment je l'ai traquée pendant des jours avant l'enlèvement, la pistant sur le trajet de son travail, l'observant à travers la fenêtre de sa chambre.

— J'ai fait des recherches.

— Des recherches.

Elle ne me remercie pas. Des mots comme « s'il te plaît », « merci », « je suis désolée » seraient des signes de paix et nous n'en sommes pas encore là. Nous n'y arriverons peut-être jamais. Elle tient le carnet à dessin serré contre elle. Je ne sais même pas pourquoi j'ai fait cela. J'en avais marre de la voir fixer cette foutue fenêtre. Alors j'ai claqué cinq dollars en papier et crayons et, apparemment, cela lui fait plaisir. Ils ne vendent pas ce genre d'articles à la boutique du coin et j'ai dû aller jusqu'à Grand Marais pour dénicher une papeterie pendant qu'elle attendait, attachée au lavabo de la salle de bains.

EVE

PRÉCÉDEMMENT

J'ai organisé une fête pour son anniversaire, juste au cas où. J'ai invité James, Grace et ma belle-famille : les parents de James et ses frères avec leurs femmes et enfants. J'ai fait un saut au centre commercial et acheté des cadeaux qui lui plairaient, je le sais : des vêtements essentiellement, des blouses paysannes, un pull à col boule et ces gros bijoux que les filles portent en ce moment. Maintenant que le visage de Mia a été diffusé sur les chaînes de télévision, je peux à peine sortir de la maison sans rencontrer quelqu'un qui me demande des nouvelles. A l'épicerie, les femmes me fixent. Elles chuchotent dans mon dos. Les étrangers se comportent mieux que les amis ou les voisins, ceux qui veulent en *parler*. Je suis incapable de parler de Mia sans m'effondrer en larmes. Je traverse le parking en courant pour éviter les camionnettes des différentes chaînes locales qui nous traquent. Au centre commercial, la vendeuse jette un œil à ma carte de crédit et se demande si « Dennett » est bien le nom de la fille à la télé. Je mens, feignant l'ignorance, parce qu'il m'est impossible d'expliquer sans paniquer.

J'enveloppe mes cadeaux dans du joli papier d'anniversaire et entoure les paquets d'un gros ruban rouge. J'ai préparé trois plats de lasagnes et acheté des miches de pain italien pour faire du pain à l'ail. J'ai fait une salade et pris un gâteau à la pâtisserie avec un glaçage au chocolat, le préféré de Mia. Au supermarché, j'ai acheté vingt-cinq ballons en latex que j'ai répandus dans toute la maison. J'ai ressorti la tristement célèbre bannière de Joyeux anniversaire que nous accrochons depuis que les enfants sont petits et rempli le lecteur CD de morceaux de jazz relaxants.

Personne ne vient. Grace m'assure avoir rendez-vous avec le fils d'un associé quelconque, mais je ne suis pas dupe. Bien qu'elle ne s'abaissât jamais à l'admettre, elle marche sur des œufs ces temps-ci. Elle qui était persuadée que Mia ne cherchait qu'à attirer l'attention sur elle commence à se rendre compte que sa disparition pourrait bien être d'une tout autre nature. Mais Grace étant ce qu'elle est, elle se désengage de la situation plutôt que de reconnaître son erreur. Elle affiche un air détaché comme si elle se moquait du sort de sa sœur, mais je devine au son de sa voix quand nous discutons ou quand le nom de Mia lui échappe par inadvertance — et qu'il s'attarde là, suspendu dans l'air — qu'elle est sincèrement affectée par sa disparition.

James affirme qu'il est inutile d'organiser une fête quand l'invité d'honneur est absent. Et donc, sans m'en

Une fille parfaite

avertir, il appelle ses parents, ainsi que Brian et Marty, et les informe que toute cette histoire est une farce et qu'il n'y aura pas de fête. Mais il ne me prévient pas, pas avant 20 heures au moins, ce soir-là, quand il pénètre finalement dans la cuisine et me demande pourquoi il y a autant de lasagnes en examinant les plats posés sur le comptoir.

— La fête, dis-je, naïvement. Ils sont juste en retard.

— Il n'y aura pas de fête, Eve.

Il se prépare une tisane comme toujours, mais avant de rejoindre son bureau pour la nuit il s'arrête brusquement et se tourne vers moi. Il est très rare qu'il me regarde vraiment. Il affiche un air facilement identifiable : les yeux tristes, sa peau plissée, sa bouche serrée. C'est dans le ton de sa voix, dans ses paroles pondérées.

— Tu te rappelles le sixième anniversaire de Mia ? demande-t-il.

Je m'en souviens. J'ai regardé des photos un peu plus tôt, dans l'après-midi : toutes ces fêtes d'anniversaire qui sont passées en un clin d'œil.

Mais ce qui me surprend, c'est que James se le rappelle.

— Oui, dis-je. C'était l'année où Mia voulait un chien.

Un mastiff tibétain, pour être exacte, un chien de garde fidèle avec une fourrure abondante, le genre d'animal qui dépasse les cinquante kilos. Pas de chien. James avait été catégorique à ce sujet. Ni à cet anniversaire ni jamais. Mia avait protesté à coups de larmes et de cris hystériques et James qui normalement aurait ignoré ces vociférations avait dépensé une fortune pour l'achat d'un dogue du Tibet en peluche qu'il avait commandé pour l'occasion dans un magasin de jouets à New York.

— Je crois que je ne l'avais jamais vue aussi heureuse, dit-il en se rappelant comment les petits bras de Mia avaient enlacé la peluche de près de un mètre de haut, ses mains jointes derrière comme un cadenas.

A ce moment-là, j'ai compris : il s'inquiétait. Pour la première fois, James s'inquiétait pour notre enfant.

— Elle a toujours ce chien, dis-je. En haut, dans sa chambre.

— Je sais. Je la revois encore. Je revois encore cette exaltation quand je suis entré dans la pièce avec ce chien caché derrière mon dos.

— Elle l'adorait.

Sur ce, il se dirige vers son bureau et en referme la porte d'un air solennel.

J'avais complètement oublié d'acheter des friandises d'Halloween pour les enfants du voisinage. La sonnette a retenti toute la nuit et chaque fois, espérant stupidement qu'il s'agissait de ma belle-famille, je suis allée ouvrir. Au début, je fus la folle qui leur distribuait des pièces qu'elle sortait d'une tirelire mais, vers la fin de la soirée, je leur offrais des tranches du gâteau d'anniversaire. Les parents qui ne savaient rien me jetaient des regards mauvais et ceux qui savaient me considéraient avec pitié.

— Des nouvelles ? demande Rosemary Southerland

Une fille parfaite

qui fait le porte-à-porte avec ses petits-enfants, trop petits pour appuyer seuls sur la sonnette.

— Aucune, réponds-je les larmes aux yeux.

— Nous prions pour vous, affirme-t-elle en aidant Winnie l'ourson et Tigrou à descendre les marches du perron.

Merci. Ça me fait une belle jambe, pensé-je.

COLIN

PRÉCÉDEMMENT

Je lui dis qu'elle peut aller dehors. C'est la première fois que je la laisse sortir seule.

— Reste là où je peux te voir.

Je suis occupé à recouvrir les fenêtres de plastique en prévision de l'hiver. J'y suis depuis le matin. Hier, j'ai calfeutré toutes les portes et fenêtres. La veille, j'avais isolé les canalisations. Elle m'a demandé pourquoi je faisais cela et je l'ai regardée comme si elle était stupide.

— Pour qu'elles n'éclatent pas, ai-je répondu.

Ce n'est pas que je tienne à passer l'hiver ici mais, jusqu'à ce que j'aie trouvé une meilleure solution, nous n'avons pas vraiment le choix.

Elle hésite devant la porte, son carnet à dessin à la main.

— Tu ne viens pas ?

— Tu es une grande fille, maintenant.

Elle sort et s'arrête au milieu de l'escalier. Je la

Une fille parfaite

surveille par la fenêtre. Elle a intérêt à ne pas jouer avec le feu.

Il a neigé la nuit dernière. Juste un peu. Le sol est recouvert d'aiguilles de pin brunes et de champignons qui ne tarderont pas à mourir. Des plaques de glace se forment sur le lac. Rien de solide. Tout aura fondu avant midi. Un signe certain que l'hiver n'est plus loin.

De la main, elle époussette la neige sur les marches, s'assoit et ouvre son carnet à dessin sur ses genoux. Hier, nous nous sommes installés près du lac. J'ai attrapé une truite pendant qu'elle dessinait une douzaine d'arbres à coups de traits dénudés qui sortaient de terre.

Je ne sais pas combien de temps je la regarde par la fenêtre. Ce n'est pas tant que je pense qu'elle va s'enfuir — elle ne s'y risquerait plus aujourd'hui —, mais je la regarde quand même. J'observe comment sa peau rougit sous l'effet du froid. Comment ses cheveux se soulèvent sous le vent. Elle les glisse derrière son oreille dans l'espoir de les discipliner, mais ça ne marche pas. Tout ne peut pas être discipliné. Je regarde ses mains courir sur la page. Rapidement. Facilement. Avec un crayon et une feuille de papier, elle éprouve la même sensation que moi avec une arme : de l'assurance, du contrôle. C'est le seul moment où elle se sent sûre d'elle. C'est cette assurance qui fait que je reste derrière la fenêtre, en alerte, mais aussi hypnotisé. J'imagine son visage, ce que je ne peux pas voir puisqu'elle me tourne le dos. Elle semble moins dure.

J'ouvre la porte et sors. La porte qui claque derrière

moi la fait sursauter. Elle se retourne pour voir ce que
je peux bien vouloir. Sur la feuille de papier devant
elle, il y a un lac à la surface ridée en ce jour venteux
et quelques oiseaux perchés sur une plaque de glace,
fine comme de la dentelle.

Elle fait comme si je n'étais pas là, mais je sais que
ma présence la gêne, l'empêche de continuer.

— Où as-tu appris à faire cela ? demandé-je.

J'examine l'extérieur des portes et fenêtres, à la
recherche de fuites.

— Faire quoi ?

Elle pose les mains sur son dessin pour que je ne
puisse pas voir.

— Du patin à glace, dis-je d'un ton sarcastique.
A ton avis ?

— J'ai appris toute seule.

— Juste comme cela ?

— Il faut croire.

— Pourquoi ?

— Pourquoi pas ?

Mais elle me raconte quand même qu'elle doit son
« talent artistique » à deux personnes : une maîtresse
d'école et Bob Ross.

Je ne connais pas Bob Ross[1], alors elle m'explique
qui il est. Elle me raconte qu'elle avait l'habitude de
poser son chevalet et ses tubes de peinture à côté du

---

1. Robert Norman Ross (né le 29 octobre 1942 à Daytona Beach,
en Floride, mort le 4 juillet 1995 à New Smyrna Beach, en Floride)
était peintre et animateur de télévision, principalement connu pour
son émission *Le Plaisir de peindre*.

Une fille parfaite

poste de télévision et de peindre en même temps que lui. Sa sœur se moquait d'elle, lui demandant si elle n'avait rien de mieux à faire de sa vie et la traitant de ratée.

Sa mère faisait comme si elle n'entendait pas. Elle me raconte qu'elle a commencé très tôt à dessiner, qu'elle se cachait dans sa chambre avec un livre de coloriage et des crayons de couleur.

— Ce n'est pas trop mal, dis-je.

Mais je ne la regarde pas. Ni elle ni son dessin. Je suis occupé à gratter les vieux bourrelets d'étanchéité autour de la fenêtre. Les morceaux de calfeutrage blancs tombent par terre où ils forment un tas.

— Comment le sais-tu ? demande-t-elle. Tu n'as même pas regardé.

— J'ai regardé.

— Ce n'est pas vrai. Je sais reconnaître l'indifférence. Je l'ai eue en face de moi toute ma vie.

Je soupire et jure entre mes dents. Ses mains cachent toujours le dessin.

— Dis-moi ce que cela représente alors !

— Que veux-tu dire ?

— Que représente mon dessin ?

J'arrête ce que je suis en train de faire et fixe les oiseaux qui partent, l'un après l'autre.

— Ça, dis-je et elle laisse tomber.

Je m'approche d'une autre fenêtre.

— Pourquoi m'as-tu acheté cela ? demande-t-elle en soulevant son carnet.

Je m'arrête juste le temps de tourner la tête pour voir à quoi elle fait allusion. J'arrache le calfeutrage avec force et je devine ce qu'elle pense : *mieux vaut le calfeutrage que moi.*

— Pourquoi poses-tu tout le temps ces foutues questions ? grondé-je.

Ce qui la réduit au silence.

Elle reprend son crayon et entreprend de dessiner le ciel, les nuages bas qui flottent au ras du sol.

— Pour ne pas avoir à m'occuper de toi, dis-je finalement. Pour que tu la fermes et me fiches la paix.

— Oh !

Elle se lève et rentre dans le chalet.

Mais ce n'est pas tout à fait vrai.

Si j'avais voulu qu'elle me fiche la paix, j'aurais acheté plus de corde et je l'aurais attachée au lavabo dans la salle de bains. Si j'avais voulu qu'elle la ferme, j'aurais utilisé du ruban adhésif.

Mais pour me faire pardonner, j'aurais acheté ce carnet à dessin.

Pendant mon adolescence, tout le monde aurait pu parier que je finirais ainsi. J'avais toujours des problèmes. Pour avoir fichu une raclée à un gamin, pour avoir répondu aux adultes. Pour avoir fait l'école buissonnière. Au lycée, la conseillère pédagogique avait suggéré à ma mère de m'emmener voir un psychiatre. D'après elle, j'avais du mal à contrôler ma colère. Ma mère lui avait rétorqué que si elle avait vécu ce que j'avais vécu, elle aussi serait en colère.

Mon père est parti quand j'avais six ans. Il était

Une fille parfaite

resté juste assez longtemps pour que je me souvienne de lui, mais pas assez pour prendre soin de ma mère et moi. Je me rappelle les disputes. Pas seulement les cris. Les coups qu'ils se donnaient, les objets qu'ils s'envoyaient à la tête. Le bruit du verre brisé quand je faisais semblant de dormir, la nuit. Les portes qui claquaient et les insultes qu'ils hurlaient à pleins poumons. Je me rappelle les bouteilles de bière vides et les capsules dans les poches de mon père alors qu'il affirmait être sobre.

Je me battais à l'école. J'envoyais le prof de maths sur les roses quand il déclarait que je n'arriverais jamais à rien. Je disais à ma prof de biologie d'aller se faire foutre parce qu'elle pensait qu'elle pouvait m'aider à passer dans la classe supérieure.

Je ne voulais pas qu'on s'intéresse à moi.

Pourtant, c'est par hasard que je me suis retrouvé dans cette vie. Je faisais la plonge dans un restaurant huppé de la ville, les mains immergées dans la saleté des restes des autres, ébouillantées par l'eau chaude quand je sortais les assiettes propres du lave-vaisselle pour les empiler. Les doigts brûlés, la sueur qui dégoulinait sur mon visage, tout cela pour un salaire de misère et une partie des pourboires des serveuses. J'avais demandé à faire des heures supplémentaires. J'avais besoin d'argent. « Comme nous tous », avait répliqué mon patron. Les affaires n'allaient pas fort, mais il savait où on pouvait me consentir un prêt. Il ne s'agissait pas d'une banque. J'ai cru que je pourrais m'en tirer. Que je pouvais emprunter un peu et rembourser sur ma prochaine paye, mais cela ne s'est pas passé ainsi. Je n'arrivais même pas à couvrir les intérêts. Nous avons passé un marché. Un gros bonnet devait dix fois plus que moi. Si je pouvais le convaincre de rembourser, mon compte serait soldé. Je m'étais donc pointé chez ce type à Streeterville[1], j'avais attaché sa femme et sa fille aux chaises de leur salle à manger rustique et, tenant une arme empruntée pointée sur la tête de la femme, j'avais regardé le type sortir les billets du coffre familial dissimulé derrière une reproduction du tableau de Monet *Les Nymphéas*.

C'est ainsi que tout a commencé.

Quelques semaines plus tard, Dalmar était venu me chercher. Je ne l'avais jamais rencontré. J'étais tranquillement assis dans un bar à m'occuper de mes affaires quand il s'était pointé. J'étais le nouveau, leur jouet. Tout le monde semblait avoir une tâche à me confier. Et donc, par la force des choses, lorsque Dalmar a déclaré qu'un mec lui avait piqué un truc, je me suis proposé pour aller le récupérer. J'avais été grassement rémunéré. Je pouvais maintenant payer le loyer et prendre soin de ma mère. Manger.

Mais pour chaque nouveau dollar empoché, je perdais un peu plus de mon indépendance. J'appartenais maintenant à un autre que moi.

---

1. Streeterville est un quartier situé dans le secteur de Near North Side à Chicago.

Une fille parfaite

Chaque jour, elle s'éloigne un peu plus du chalet. Un jour, elle descend jusqu'en bas des marches. Le lendemain, ses pieds foulent l'herbe. Aujourd'hui, elle s'engage sur le chemin, sachant pertinemment que je suis derrière la fenêtre et que je ne la quitte pas des yeux. Elle s'assoit sur le sol dur et froid, s'engourdissant pendant qu'elle dessine. J'imagine l'air autour d'elle, ses doigts raides. Je ne peux pas voir ce qu'elle dessine, mais je le devine : de l'écorce et des branches, ce qui reste des arbres maintenant que les feuilles sont toutes tombées. Elle dessine arbre après arbre. Pas un centimètre de son précieux papier n'échappe au crayon.

Elle referme le carnet, se relève et s'approche du lac où elle s'installe sur la rive, seule. Je la regarde ramasser des pierres et tenter de les faire ricocher à la surface de l'eau. Elles coulent toutes. Elle marche le long du rivage. Pas trop loin. Quelques mètres de plus, jusqu'à un endroit qu'elle n'avait pas encore atteint.

Ce n'est pas que j'aie peur qu'elle s'enfuie. C'est juste que d'un seul coup, je n'ai plus envie d'être seul dans le chalet. Elle se retourne au bruit des feuilles foulées derrière elle. J'avance vers le lac, mes mains enfoncées dans les poches de mon jean, mon cou rentré dans le col de ma veste.

— Tu me surveilles ? demande-t-elle, impassible, avant même que je l'aie rejointe.

Je m'arrête près d'elle.

— Je devrais ?

Nous nous tenons côte à côte sans mot dire. Ma veste frôle son bras et elle s'écarte. Je me demande si elle serait capable de reproduire cette scène sur son carnet à dessin. La forme du lac bleu et le sol jonché de feuilles mortes. Les pins vert forêt et les arbres à feuilles persistantes. Le ciel immense. Pourrait-elle reproduire le vent fouettant les arbres dénudés ? Serait-elle capable de dessiner l'air froid qui mord nos mains et nos oreilles jusqu'à ce qu'elles brûlent ?

Je fais quelques pas.

— Tu as envie de marcher, non ? demandé-je comme elle ne fait pas mine de me suivre. Alors, allons-y.

Pendant toute la balade, je reste deux pas devant elle. Entre nous, seulement de l'air mort.

Je ne connais pas la taille de ce lac, mais il est grand. Je n'en connais pas le nom. Je ne sais pas quelle en est sa plus grande profondeur. Il présente un rivage découpé, avec des parois rocheuses qui plongent dans l'eau. Il n'y a pas de plage. Les sapins s'avancent jusqu'au bord, tout autour du lac, serrés les uns contre les autres et se disputant la vue.

Les feuilles craquent sous nos pas comme des morceaux de polystyrène. Elle s'efforce de garder son équilibre sur le sol accidenté. Je ne l'attends pas. Nous continuons ainsi pendant un long moment jusqu'à ce que nous ne puissions plus voir le chalet derrière les arbres. Je suis sûr que ses pieds la font souffrir dans ses chaussures ridicules, celles qu'elle portait le soir de notre départ. De belles chaussures pour aller travailler. Mais l'air froid et l'exercice nous font du bien. Cela change de rester assis dans le chalet à pleurer sur notre sort.

Une fille parfaite

Elle me pose une question que je ne saisis pas.
J'attends qu'elle me rattrape.

— Quoi ? demandé-je.

Je ne suis pas du genre à m'embarrasser de préambule.

— As-tu des frères ?

— Non.

— Des sœurs ?

— Tu te sens toujours obligée de parler ?

Elle passe devant moi et prend la tête.

— Tu te sens toujours obligé d'être grossier ?
réplique-t-elle.

Je ne réponds pas. Notre conversation se résume
à ces quelques mots.

Le jour suivant, elle sort de nouveau, marchant
sans but dans les alentours. Elle n'est pas stupide au
point d'aller là où je ne peux plus la voir. Pas encore,
parce qu'elle sait qu'elle perdrait ce privilège.

Elle a peur de l'inconnu. De Dalmar, peut-être, de
ce que je ferais si elle essayait de s'enfuir. C'est la
peur qui la retient dans ma ligne de mire. Elle pourrait
tenter de s'enfuir, mais il n'y a nulle part où aller.

C'est elle qui a le pistolet. Elle pourrait me tuer. Mais
évidemment, elle n'a pas encore compris comment
fonctionne cette foutue arme. En ce qui la concerne,
il vaut mieux me garder sous la main, ne serait-ce
que pour cela.

Pourtant, depuis que le pistolet se trouve en sa
possession, je n'ai plus à écouter ses jérémiades.
Pour l'instant, elle est contente. Elle peut sortir et se
geler les fesses. Elle peut dessiner Dieu sait quoi à
longueur de journée.

Elle revient plus tôt que je ne l'attendais. Dans ses bras, elle tient un chat crasseux. Je n'ai rien contre les chats. Seulement, nous n'avons pas grand-chose à manger. Il ne fait pas chaud. Il n'y a déjà pas assez de place pour nous deux. Et je n'ai pas envie de partager.

Ses yeux me supplient. *S'il te plaît.*

— Si je revois ce chat par ici, je le tue, déclaré-je. Je ne suis pas d'humeur à jouer les bons Samaritains.

GABE

PRÉCÉDEMMENT

Après avoir attendu ce qui nous a paru une éternité — en réalité à peu près trois semaines —, nous recevons finalement une information intéressante : une femme d'origine indienne qui habite dans un immeuble sur Kenmore affirme que notre inconnu est son voisin. Apparemment, elle s'était absentée pendant quelque temps et venait seulement de voir son visage à la télé.

Accompagné d'une femme flic, je prends donc — une nouvelle fois — le chemin du centre-ville. L'immeuble se trouve dans Uptown, certainement pas le meilleur quartier de la ville, mais pas le pire non plus. Loin de là. On y trouve à la fois des personnes qui n'ont pas tout à fait les moyens de s'installer dans un meilleur quartier, du genre Lakeview ou Lincoln Park, et un mélange éclectique d'hommes et de femmes qui viennent tout juste de débarquer ici. C'est un environnement très cosmopolite. Les rues sont bordées de restaurants ethniques et pas seulement chinois ou mexicains ; on y trouve aussi des marocains, des vietnamiens et des éthiopiens. Malgré toute cette diversité, près de la moitié de la population d'Uptown est encore blanche. L'endroit est relativement sûr pour se promener la nuit. Uptown est connu pour sa vie nocturne, avec ses troquets et ses théâtres historiques. De nombreuses célébrités sont venues se produire ici, devant des types dans mon genre.

Je trouve l'immeuble et me gare en double file ; pas question pour moi de faire don d'un centime de plus à la ville de Chicago pour garer ma voiture. Avec la flic d'allure masculine, nous pénétrons dans le bâtiment où nous prenons l'ascenseur jusqu'à l'étage de l'appartement. Personne ne répond quand nous frappons et la porte est fermée à clé. Evidemment. Nous prions donc la propriétaire de nous laisser entrer. C'est une vieille dame qui nous accompagne en boitillant, refusant de nous donner la clé.

— On ne peut plus faire confiance à personne de nos jours, dit-elle.

Elle nous explique que l'appartement est loué au nom d'une certaine Céleste Monfredo. Elle a dû regarder dans ses dossiers pour se le remémorer. Elle ne sait rien de la femme, sinon qu'elle paye son loyer en temps et en heure.

— Mais évidemment, l'appartement est peut-être sous-loué, ajoute-t-elle.

— Comment pourrions-nous le vérifier ?

La vieille dame hausse les épaules.

Une fille parfaite

— Nous ne pouvons pas. Ce sont les locataires qui se chargent de la sous-location de leur appartement ou qui payent pour dénoncer le bail.

— Il n'y a pas de contrats ?

De nos jours, je ne peux pas acheter de l'aspirine dans une pharmacie sans engager ma vie.

— Pas que je conserve. Je n'ai de contacts qu'avec les locataires. Ce sont eux qui payent le loyer. Si quelque chose arrive, c'est leur problème. Pas le mien.

Je lui prends la clé des mains et ouvre la porte. Miss Macho et moi pénétrons dans l'appartement, suivis par la propriétaire à qui je dois demander, à plusieurs reprises, de ne toucher à rien.

Je ne sais pas ce qui me frappe en premier, de la lampe renversée, des lumières allumées au milieu de la journée ou du contenu d'un sac de femme répandu sur le sol. Je sors une paire de gants en latex de ma poche et arpente l'appartement. J'aperçois un tas de courrier sur le comptoir de la cuisine, dissimulé derrière un livre emprunté à la bibliothèque et qui aurait dû être retourné depuis longtemps. Je vérifie les adresses : toutes les enveloppes sont au nom d'un Michael Collins et adressées à une boîte postale en ville. Miss Macho enfile des gants et entreprend de fouiller le sac. Elle y découvre un portefeuille avec, à l'intérieur, un permis de conduire.

— Mia Dennett, annonce-t-elle, mais évidemment nous savions déjà tous les deux à quoi nous en tenir.

— Je veux le relevé du téléphone, dis-je. Et qu'on prenne les empreintes. Nous devons également faire le tour de l'immeuble, visiter chaque appartement.

Je me tourne vers la propriétaire.

— Y a-t-il des caméras de sécurité ? Je veux récupérer tous les enregistrements depuis le 1er octobre, dis-je après qu'elle a opiné.

J'examine le mur : en béton. Personne n'aurait pu entendre ce qui se passait dans cette pièce.

COLIN

PRÉCÉDEMMENT

Elle veut savoir combien on m'a payé pour ça. Elle pose trop de questions.

Je lui rappelle que je n'ai pas reçu un seul foutu kopeck. Je ne suis payé que lorsque le travail est terminé.

— Combien devais-tu recevoir ?

— Ça ne te regarde pas.

Nous nous trouvons dans la salle de bains. Elle y entre et j'en sors. Je ne prends pas la peine de préciser que l'eau est glacée.

— Mon père est-il au courant de tout cela ?

— Je te l'ai déjà dit. Je n'en sais rien.

La rançon devait être payée par son père. Cela, je le sais. Mais je n'ai pas la moindre idée de ce que Dalmar a pu faire quand je n'ai pas débarqué avec la fille.

Elle a mauvaise haleine et ses cheveux forment une tignasse blonde.

Elle ferme la porte derrière moi et j'entends l'eau

233

couler. J'essaye de ne pas l'imaginer en train de se déshabiller et d'entrer dans l'eau glacée.

Quand elle ressort, elle est occupée à sécher le bout de ses cheveux avec une serviette. Je suis dans la cuisine où je mange du muesli avec du lait lyophilisé. J'ai oublié le goût de la vraie nourriture. L'argent est étalé sur la table et je compte ce qui nous reste. Elle regarde l'argent. Nous ne sommes pas ruinés. Pas encore. C'est une bonne chose.

Elle me raconte qu'elle a toujours pensé qu'un détenu mécontent finirait par tuer son père sur les marches du palais de justice. Dans sa voix, je détecte une histoire bien différente. Elle ne pensait pas que cela arriverait. Elle l'espérait.

Elle est debout dans le couloir. Je la vois trembler, mais elle ne se plaint pas du froid. Pas cette fois.

— Avant de devenir juge, mon père était avocat. Il s'est occupé de plusieurs recours collectifs, des affaires d'amiante. Il ne protégeait jamais les gentils. Des gens mouraient à cause de ces choses horribles — du mésothéliome, de l'asbestose — et lui ne cherchait qu'à faire économiser quelques dollars aux grosses entreprises. Il ne parlait jamais de son travail. Secret professionnel, disait-il, mais je sais qu'en fait il ne voulait pas en parler. Point final. La nuit, quand il dormait, je me glissais dans son bureau. Au début, je cherchais seulement des preuves qu'il avait des maîtresses en espérant que cela pousserait ma mère à le quitter. J'étais encore une gamine de treize ou quatorze ans. J'ignorais ce qu'était un mésothéliome. Mais je savais lire. Cracher du sang, palpitations car-

Une fille parfaite

diaques, bosses sous la peau. Pratiquement la moitié des personnes infectées succombaient dans l'année où elles étaient diagnostiquées. Il n'était même pas nécessaire de manipuler de l'amiante pour se retrouver exposé — des femmes et des enfants décédaient parce que leurs maris et pères le rapportaient à la maison sur leurs vêtements.

» Plus il devenait célèbre, plus nous recevions des menaces. Ma mère trouvait des lettres dans le courrier. Ils savaient où nous habitions. Nous recevions des coups de téléphone. Des hommes qui souhaitaient que Grace, ma mère et moi connaissions la même mort douloureuse que leurs femmes et leurs enfants.

» Puis il a été nommé juge. Son visage a fait la une des journaux. Toutes ces unes avec son nom. Il était tout le temps harcelé mais, après un moment, nous avons cessé de nous inquiéter de ces menaces infondées. Cela a fini par lui monter à la tête. Il se sentait important. Plus il y avait de gens en colère contre lui, meilleur il devenait. »

Il n'y a rien à dire. Je ne suis pas bon à ce genre de choses. Je ne sais pas faire la conversation et j'ai du mal à gérer la sympathie. Le fait est que j'ignore tout du salaud qui a estimé que ce serait bien pour lui de menacer la fille d'un fumier. C'est comme ça que ça marche. Les gars comme moi sont tenus dans le noir. Nous effectuons les tâches qui nous sont assignées sans vraiment savoir pourquoi. Ainsi, nous ne pouvons accuser personne. Non pas que je m'y risquerais. Je sais ce qui m'arriverait si l'envie me prenait d'essayer. Dalmar m'a dit d'attraper la fille. Je n'ai pas posé de questions. Ainsi, si les flics me chopent et que je me retrouve dans une salle d'interrogatoire, je ne pourrai pas répondre à leurs questions sournoises. J'ignore qui a embauché Dalmar. J'ignore ce qu'ils attendent de la fille. Dalmar m'a dit d'aller la chercher. Je l'ai fait.

Et puis, j'ai changé d'avis.

Je lève les yeux de mon bol et la regarde. Ses yeux me supplient de dire quelque chose, de me lancer dans une grande confession qui lui expliquerait tout. Qui l'aiderait à comprendre pourquoi elle est là. Pourquoi elle et pas sa garce de sœur. Pourquoi elle et pas ce juge insolent. Elle cherche désespérément une réponse. Comment est-il possible que tout change en un clin d'œil? Sa famille. Sa vie. Son existence. Elle cherche en vain, pensant que je connais la réponse. Croyant qu'un pauvre type comme moi pourrait l'aider à voir la lumière.

— Cinq mille, dis-je.

— Quoi?

Ce n'était pas la réponse qu'elle escomptait.

Je me lève de la chaise qui dérape sur le plancher. Mes pas sont lourds. Je rince le bol sous l'eau du robinet. Je le laisse tomber dans l'évier et elle sursaute. Je me tourne vers elle.

— Ils m'ont offert cinq mille dollars.

EVE

PRÉCÉDEMMENT

Les jours s'écoulent vainement.

J'ai souvent du mal à sortir du lit et quand je me lève finalement, ma première pensée est pour Mia. Je me réveille en sanglots au milieu de la nuit, des nuits qui se succèdent sans sommeil, et je me dépêche de descendre pour ne pas réveiller James. Le chagrin m'accable à tout instant ; à l'épicerie, je suis certaine de voir Mia passer devant les boîtes de céréales et, après une courte hésitation, je me précipite pour enlacer une parfaite inconnue. Plus tard, dans la voiture, je m'effondre, incapable de quitter le parking avant une bonne heure que je passe à épier les mères de famille qui pénètrent dans le magasin avec leur progéniture : tenant la main de leurs enfants pour traverser le parking, soulevant les plus petits pour les installer sur le siège du Caddie.

Pendant des semaines, j'ai vu le visage de Mia diffusé en boucle sur les écrans de télévision, à côté du portrait-robot de cet homme. Mais aujourd'hui, d'autres événements plus importants se produisent dans le monde, ce qui est à la fois une bénédiction et une malédiction. Les journalistes se montrent moins envahissants, ces temps-ci. Ils ne me traquent plus dans l'allée, ne me suivent plus quand je vais faire des courses. Le harcèlement téléphonique et les demandes d'interview sont suspendus comme s'ils avaient pris un congé sabbatique. Je peux ouvrir les rideaux sans découvrir une foule de reporters plantée sur le trottoir devant la maison. Mais leur repli m'inquiète également. Le nom de Mia Dennett les laisse maintenant indifférents, fatigués qu'ils sont d'attendre un gros titre qui ne viendra peut-être jamais : « Retour de Mia Dennett chez elle », ou mieux encore : « La fille du juge Dennett retrouvée morte ». Le fait que je ne saurai peut-être jamais ce qu'il est advenu d'elle pèse sur moi comme les nuages sombres qui plombent un jour d'hiver. Je pense à ces familles finalement réunies après avoir récupéré les restes d'un de leurs membres bien-aimés, dix, parfois même vingt ans plus tard, et je me demande si c'est le sort qui m'attend.

Quand je suis fatiguée de pleurer, je laisse la colère m'envahir et balance les verres en cristal contre le mur de la cuisine. Et quand les munitions viennent à manquer, je m'attaque à la vaisselle de la grand-mère de James. Je hurle à pleins poumons, un son barbare qui ne m'appartient vraiment pas.

Je répare les dégâts avant l'arrivée de James, cachant les millions d'éclats de verre dans la poubelle sous un philodendron mort pour qu'il ne les découvre pas.

238

Une fille parfaite

J'ai passé l'après-midi à regarder les merles s'envoler pour des régions plus clémentes au sud, pour le Mississippi et les Etats voisins, afin d'y passer l'hiver. Ils débarquent un jour sous le porche à l'arrière de la maison, des douzaines d'entre eux, gras et frigorifiés, s'empiffrant de tout ce qu'ils trouvent en prévision du long voyage qui les attend. Il a plu aujourd'hui et les vers grouillent. Je les observe pendant des heures et suis triste quand ils s'envolent. Ces merles ne reviendront pas avant des mois nous annoncer le retour du printemps.

Un autre jour, c'est le tour des coccinelles. Des milliers d'entre elles venues lézarder au soleil sur la porte de derrière. C'est l'été indien, chaud, avec des températures qui frôlent les vingt degrés et un grand soleil. Le genre de journée dont on rêve à l'automne, avec les arbres revêtus de leurs habits de lumière. Je tente de les compter toutes, mais elles s'échappent, remplacées par d'autres, et il est impossible d'en tenir le compte. Je ne sais pas combien de temps je reste là à les contempler. Je me demande ce que les coccinelles vont faire pendant l'hiver. Vont-elles mourir ? Et puis, bien plus tard quand le gel recouvre la terre, je pense à ces coccinelles et je pleure.

Je pense à Mia enfant et je me rappelle ce que nous faisions ensemble. Je vais jusqu'à l'aire de jeux où j'avais l'habitude de l'emmener pendant que Grace était à l'école et je m'assois sur la balançoire. Je plonge la main dans le bac à sable, m'assois sur un banc et contemple les enfants. Les mamans qui ont toujours la chance de jouir de leurs enfants.

Mais surtout, je me souviens de tout ce que je n'ai pas fait. Je me rappelle le jour où j'ai écouté sans réagir James dire à Mia qu'un B n'était pas une note suffisamment bonne pour un devoir de chimie au lycée ou lorsqu'elle a rapporté à la maison une peinture impressionniste à couper le souffle qu'elle avait passé plus d'un mois à peindre et qu'il a déclaré d'un ton méprisant que si elle avait passé autant de temps à faire de la chimie, elle aurait peut-être obtenu un A.

Je me revois, immobile, observant du coin de l'œil, incapable de prononcer un mot. Incapable de lui faire remarquer l'expression sur le visage de notre fille parce que je redoutais qu'il se mette en colère.

Quand Mia a informé James qu'elle n'avait pas l'intention de faire des études de droit, il lui a répondu qu'elle n'avait pas le choix. Elle avait dix-sept ans, les hormones en folie et elle m'a jeté un « maman » implorant, souhaitant désespérément que, pour une fois, j'intervienne et vole à son secours. Je lavais la vaisselle, essayant de toutes mes forces d'ignorer la conversation. Je me souviens du désespoir sur le visage de ma fille, du mécontentement de James et, des deux maux, j'ai choisi le moindre.

— Mia, ai-je dit.

Je n'oublierai jamais cette journée. Le son du téléphone qui sonnait en arrière-plan et que nous avons tous ignoré. L'odeur de brûlé qui flottait dans la cuisine, l'air frais printanier qui entrait par la fenêtre que j'avais ouverte pour chasser cette odeur. Le soleil brillait plus longtemps, un détail que nous aurions pu

Une fille parfaite

commenter si nous n'avions pas été aussi occupés à peiner notre fille.

— C'est tellement important pour lui, avais-je fait remarquer. Il voudrait que tu sois comme lui.

Elle avait quitté la cuisine en courant, grimpé l'escalier et claqué la porte de sa chambre.

Mia rêvait d'intégrer l'Institut d'art de Chicago. Elle voulait être une artiste. C'était tout ce qu'elle avait toujours voulu être. Mais James a refusé.

Alors, Mia a commencé à compter les jours jusqu'à son dix-huitième anniversaire et à empaqueter les affaires qu'elle souhaitait emporter quand elle partirait.

Les canards et les oies passent au-dessus de ma tête. Tout le monde me quitte.

Je me demande si quelque part Mia regarde aussi le ciel et contemple la même chose que moi.

241

COLIN

PRÉCÉDEMMENT

Ce dont nous ne manquons pas, c'est de temps. Du temps pour penser. Beaucoup de temps.

Ce foutu chat ne décolle plus d'ici maintenant que la fille lui sacrifie quelques miettes de son propre repas. Après avoir déniché une couverture mangée par les mites dans le placard et un carton vide à l'arrière de mon pick-up, elle a bricolé une couchette pour cette chose stupide et l'a installée dans la remise derrière la maison. Chaque jour, elle y dépose un peu de nourriture.

Elle a même trouvé un nom à ce satané animal : Canoë. Non pas qu'elle ait pris la peine de m'en informer. Mais je l'ai entendue l'appeler ainsi, ce matin, quand elle ne l'a pas trouvé en train de dormir dans son carton. Maintenant, elle est inquiète.

Assis près du lac, je pêche. Je suis prêt à manger des truites chaque jour du reste de la vie que Dieu

Une fille parfaite

m'a donnée si cela signifie ne plus rien ingurgiter qui ait été préalablement lyophilisé.

J'attrape surtout des brochets. Et des perches, occasionnellement. Plus rarement des truites. Je reconnais les brochets aux taches de lumière sur leur peau et aussi parce qu'ils sont toujours les premiers à mordre à l'hameçon. Chaque année, le lac est ensemencé avec des alevins pour l'essentiel et parfois de jeunes poissons d'un an ou deux. Les achigans à petite bouche sont ceux qui me donnent le plus de mal. Je dois batailler dur pour les sortir de l'eau et j'ai toujours l'impression d'avoir affaire à des prises de deux fois leur taille réelle. De sacrés lutteurs.

Je passe la majeure partie de mon temps à me demander comment nous allons nous sortir de ce merdier. Comment *je* vais me sortir de ce merdier.

La nourriture commence à manquer, ce qui signifie un voyage à l'épicerie pour se ravitailler. J'ai de l'argent, ce n'est pas le problème. Mais je redoute que quelqu'un finisse par me reconnaître. Et que faire d'elle pendant mon absence ? La disparition de la fille d'un juge est certainement un bon sujet pour l'une de tous les journaux — je parierais ma vie là-dessus. N'importe quel vendeur va la reconnaître au premier coup d'œil et appeler les flics.

Ce qui m'amène à m'interroger : les flics ont-ils découvert que j'étais avec elle la nuit de sa disparition ? Mon visage, comme le sien, s'affiche-t-il sur tous les foutus écrans de télévision du pays ? Peut-être est-ce une bonne chose finalement, conclus-je. Pas pour moi ; pas si cela signifie me faire prendre. Mais si

Valerie aperçoit ma tête à la télé et apprend que je suis suspecté d'avoir enlevé une femme à Chicago, alors elle saura quoi faire. Elle saura que je ne suis pas là pour m'assurer qu'il y a de quoi manger sur la table et que les portes sont bien fermées. Elle comprendra ce qui lui reste à faire.

Quand la fille est occupée ailleurs, je sors une photo de mon portefeuille. Elle est abîmée par le temps, écornée par les nombreuses manipulations chaque fois que je la sors et la remets dans mon portefeuille. J'aimerais savoir si l'argent que j'ai volé au relais routier à Eau Claire est bien arrivé. Si elle a deviné qu'il venait de moi. Elle a dû comprendre que j'avais des problèmes en découvrant les billets, cinq cents dollars et plus dans une enveloppe sans adresse de retour.

Je ne suis pas du genre sentimental. J'aimerais juste savoir si elle va bien.

Ce n'est pas qu'elle soit seule. Du moins, c'est ce que je me dis. La voisine passe une fois par semaine, récupère le courrier et vérifie que tout va bien. Elle va découvrir l'argent. Quand je ne passerai pas, le dimanche, elle comprendra. S'ils n'ont pas déjà vu mon visage à la télé. Si Valerie n'a pas déjà vu mon visage à la télé et couru s'assurer qu'elle allait bien. J'essaye de m'en convaincre : Valerie est là. Tout va bien.

J'arrive presque à y croire.

Plus tard, ce soir-là, nous sommes dehors. Je m'efforce de faire griller un poisson pour le dîner. Sauf qu'il n'y a pas de charbon. Alors, je cherche ce

Une fille parfaite

que je pourrais bien utiliser pour allumer un feu. La fille est assise sous le porche, enveloppée dans une couverture qu'elle a dégotée à l'intérieur. Ses yeux fouillent les alentours. Elle se demande où est passé ce foutu chat. Cela fait deux jours qu'il a disparu et elle s'inquiète. Il fait de plus en plus froid. Tôt ou tard, la bête mourra.

— J'imagine que tu n'es pas employé de banque, lance-t-elle.

— A ton avis ?

Elle prend cela pour un non.

— Que fais-tu alors ? As-tu un travail ?

— Je travaille.

— Un emploi légal ?

— Je fais de mon mieux pour survivre. Tout comme toi.

— Ça m'étonnerait.

— Et pourquoi cela ?

— Je gagne ma vie honnêtement. Je paye des impôts.

— Comment sais-tu que je ne paye pas d'impôts ?

— Tu payes des impôts ?

— Je travaille. Je gagne ma *vie honnêtement*. Je paye des impôts. J'ai lavé le sol des toilettes dans les bureaux d'une agence immobilière. J'ai fait la plonge. Chargé des caisses dans un camion. Tu sais combien ce genre de travail est payé ? Le salaire minimum. As-tu la moindre idée de ce que cela veut dire, survivre avec le salaire minimum ? J'enchaîne deux boulots par jour, treize ou quatorze heures d'affilée. Ce qui me permet tout juste de payer le loyer et d'acheter

de la nourriture. Quelqu'un comme toi travaille…
quoi ? Huit heures par jour avec des vacances en été.

— Je donne des cours pendant l'été, réplique-t-elle.

Elle aurait mieux fait de se taire. Elle s'en rend
compte avant même de croiser mon regard.

Elle ne sait pas ce que c'est. Elle ne peut même
pas l'imaginer.

Je regarde le ciel et les nuages noirs qui nous
menacent. Pas la pluie. La neige. Elle ne tardera
plus. La fille resserre la couverture autour d'elle. Elle
frissonne dans le froid.

Elle sait que je ne la laisserai jamais partir. J'ai
plus à perdre qu'elle.

— Tu as déjà fait ce genre de choses auparavant ?
demande-t-elle.

— Quelle chose ?

— Kidnapper des gens. Menacer quelqu'un avec
une arme.

Ce n'est pas une question.

— Peut-être. Peut-être pas.

— La façon dont tu m'as enlevée n'avait rien d'un
travail d'amateur.

J'ai allumé le feu. Je pose les poissons sur la grille
où ils commencent à grésiller.

— Je ne m'en suis jamais pris à quelqu'un qui
n'avait rien fait.

Mais même moi, je sais que ce n'est pas vrai.

Je tourne les poissons. Ils cuisent trop vite à mon
goût. Je les pousse sur les bords de la grille pour
qu'ils ne brûlent pas.

Une fille parfaite

— Cela pourrait être pire, lui dis-je. Cela pourrait être bien pire.

Nous mangeons dehors. Elle s'assoit, le dos appuyé contre les planches de bois de la balustrade du porche. Je lui ai offert une chaise qu'elle a poliment refusée. Elle étend les jambes devant elle et croise les chevilles.

Le vent souffle dans les arbres. Nous nous tournons tous les deux pour regarder les dernières feuilles se décrocher des branches et tomber en virevoltant sur le sol.

Et c'est à ce moment-là que nous les entendons : des pas sur la couche de feuilles ratatinées par terre. Je crois d'abord qu'il s'agit du chat avant de me rendre compte que les pas sont bien trop lourds pour appartenir aux pattes d'un petit chat maigre, trop assurés. La fille et moi échangeons un regard et je mets un doigt sur mes lèvres.

— Chuut, murmuré-je.

Puis je me lève et tâte la poche de mon jean à la recherche de l'arme qui ne s'y trouve plus.

247

GABE

PRÉCÉDEMMENT

J'attendais d'avoir quelque chose de solide à raconter avant d'aller parler aux Dennett, mais les choses ne se passent pas toujours comme on l'aurait voulu. Assis à mon bureau, je mastique consciencieusement un sandwich italien bien gras quand Eve Dennett pénètre dans le commissariat et demande au réceptionniste à me voir. Lorsqu'elle s'approche de mon bureau, j'en suis encore à essuyer le jus sur mon menton à l'aide d'une poignée de serviettes en papier.

C'est la première fois qu'elle met les pieds au poste de police et ce n'est rien de dire qu'elle n'y est pas à sa place. Aucune comparaison avec les ivrognes que nous côtoyons habituellement.

Je respire son parfum avant même qu'elle n'atteigne mon bureau. Elle marche avec retenue, suivie des yeux par tous les enfoirés présents, jaloux lorsque ses hauts talons s'arrêtent en face de moi. Tous les flics savent que je travaille sur l'affaire Dennett et les paris vont

Une fille parfaite

bon train quant à savoir si je vais foirer mon coup. J'ai même vu mon chef mettre de l'argent ; il m'a déclaré qu'il sera bien content d'empocher la cagnotte quand lui et moi nous retrouverons au chômage.

— Bonjour, inspecteur.

— Madame Dennett.

— Vous ne m'avez pas appelée depuis quelques jours, fait-elle remarquer. Je me demandais si vous aviez des… nouvelles.

Elle tient un parapluie qui goutte sur le sol recouvert de linoléum. Ses cheveux sont emmêlés et ébouriffés par le vent qui souffle en tempête dehors. C'est une journée épouvantable, venteuse et froide. Pas un jour à mettre un pied dehors.

— Vous auriez pu appeler, fais-je remarquer.

— J'avais des courses à faire, répond-elle, et je devine aussitôt qu'elle ment.

Personne ne sortirait aujourd'hui sans une sacrée bonne raison. C'est le temps idéal pour traîner en pyjama et regarder la télé.

Je la conduis jusqu'à une salle d'interrogatoire et lui offre un siège. La pièce est miteuse, mal éclairée, avec une grande table au milieu et deux chaises pliantes. Eve Dennett pose le parapluie par terre, mais serre son sac. Je lui propose de prendre son manteau, ce qu'elle décline. Il fait froid, un de ces froids humides qui vous glacent jusqu'aux os.

Je m'assois en face d'elle et pose le dossier Dennett sur la table. Elle fixe la chemise.

Je regarde ses yeux bleus délicats, déjà noyés de larmes. Avec les jours qui passent, je ne cesse de

249

m'interroger : et si je ne retrouvais jamais Mia ?
Mme Dennett se désintègre un peu plus à chaque
minute. Ses yeux sont toujours cernés et gonflés
comme si elle ne dormait plus. Je ne sais pas ce qu'il
adviendrait d'elle si Mia ne revenait jamais chez
eux. Je pense à Mme Dennett à toute heure du jour
et de la nuit ; je l'imagine seule et perdue dans son
manoir, rêvant à toutes les horreurs que sa fille a pu
subir. Je ressens ce besoin irrésistible de la protéger,
de répondre à ces questions brûlantes qui la tiennent
éveillée la nuit : qui, où, pourquoi ?

— J'allais vous appeler, dis-je d'une voix calme.
J'attendais simplement d'avoir de bonnes nouvelles.

— Il s'est passé quelque chose.

Ce n'est pas une question. C'est comme si elle avait
deviné et que cela avait motivé sa visite ici, aujourd'hui.

— Quelque chose de mal.

Elle pose son sac sur la table et en sort un mouchoir
en papier.

— Nous avons des nouvelles. Rien de méchant,
mais je n'ai pas encore compris ce que cela signifiait
exactement.

Si le juge Dennett était là, il me démolirait pour
ne pas avoir toutes les réponses.

— Nous croyons savoir avec qui se trouvait Mia
avant de disparaître. Quelqu'un a reconnu la photo
que nous avons diffusée aux informations et quand
nous nous sommes rendus à son appartement, nous
avons retrouvé les affaires de Mia — son sac et un
manteau.

J'ouvre le dossier et pose quelques photos sur la

Une fille parfaite

table, celles prises dans l'appartement par la jeune flic qui m'accompagnait ce jour-là. Mme Dennett attrape la photo du sac — une de ces besaces qui se portent en travers de la poitrine. Il gît sur le sol à côté d'une paire de lunettes de soleil et d'un portefeuille vert qui s'en sont échappés et ont glissé sur le parquet.

Elle essuie ses yeux avec un mouchoir.

— Reconnaissez-vous quelque chose ?

— C'est moi qui ai choisi ce sac. Je l'ai acheté pour elle. Qui est-ce ? demande-t-elle dans la foulée.

Elle jette un coup d'œil aux autres photos, l'une après l'autre, puis les repose, bien alignées, et croise les mains sur la table.

— Colin Thatcher, dis-je.

Nous avons prélevé toutes les empreintes que nous avons trouvées dans l'immeuble d'Uptown et découvert la véritable identité de l'homme, tous les autres noms dénichés dans l'appartement, que ce soit sur le courrier, le téléphone portable ou autre, étant des pseudonymes. Nous avons retrouvé des photos d'identité judiciaire prises lors de précédentes arrestations et nous les avons comparées au portrait-robot effectué par notre dessinateur. Bingo.

Les mains de Mme Dennett tremblent, tremblements qu'elle ne parvient pas à contrôler malgré ses efforts. Sans même y penser, je pose mes propres mains sur les siennes, sur ses mains glacées qui se fondent dans les miennes. Je le fais avant qu'elle puisse les cacher sur ses genoux, dans l'espoir de dissimuler la terreur qu'elle éprouve.

— Nous avons obtenu quelques images des

caméras de sécurité. On y voit Colin et Mia pénétrer dans l'immeuble aux alentours de 23 heures, puis en ressortir un peu plus tard.

— Je veux les voir, déclare-t-elle à ma grande surprise.

Sa voix est ferme, bien différente des hésitations auxquelles elle m'a habitué.

— Je ne crois pas que ce soit une bonne idée.

La dernière chose dont elle a besoin pour l'instant, c'est de visualiser de quelle façon Colin Thatcher a poussé Mia hors de l'immeuble ou de lire la détresse dans les yeux de sa fille.

— Ce n'est pas bon, conclut-elle.

— Cela ne prouve rien et je ne veux pas que vous vous fassiez de mauvaises idées.

Rien d'ambigu pourtant dans la façon dont l'homme se précipite hors de l'ascenseur, s'assurant que personne ne les observe, ou dans la peur de la fille. Elle pleure. On le voit prononcer quelques paroles, dont l'une, j'en suis sûr, est le mot « putain ». Il s'est passé quelque chose dans cet appartement. Les premières photos, lors de leur entrée dans l'immeuble, ne pourraient être plus différentes. Deux tourtereaux impatients de rentrer pour s'envoyer en l'air.

— Mais elle était en vie.

— Oui.

— Qui est-ce ? Ce Colin…

— Colin Thatcher.

Je lâche la main de Mme Dennett et sors une feuille de papier de mon dossier. Le casier judiciaire de l'homme.

Une fille parfaite

— Plusieurs arrestations pour divers délits — quelques larcins, violations de domicile, possession de marijuana. Il a passé quelque temps en prison pour vente de drogue et est recherché pour être interrogé dans une affaire de racket. Selon son agent de probation, il a disparu des radars depuis quelques années et figure parmi les personnes recherchées.

L'horreur qu'expriment les yeux bleus de la femme en face de moi est indescriptible. Je suis habitué à des mots tels que « violation de domicile », « racket » ou « agent de probation ». Mais pour Mme Dennett, ce ne sont que des expressions entendues dans des rediffusions de séries télé. Elle n'en comprend pas la signification. Les mots eux-mêmes sont insaisissables et difficiles à définir. Et elle est terrifiée à l'idée de ce qu'un tel homme pourrait faire à sa fille.

— Que peut-il bien vouloir à Mia ? demande-t-elle.

Je me suis moi-même posé cette question des milliers de fois. Les victimes choisies au hasard sont rares. La plupart du temps, elles connaissent leurs assaillants.

— Je l'ignore. Je n'en ai aucune idée, mais je vous promets de le découvrir.

COLIN

PRÉCÉDEMMENT

La fille pose son assiette sur le plancher de bois du porche. Puis elle se lève et s'approche de moi et ensemble, appuyés contre la balustrade de bois, nous regardons la femme qui vient d'émerger de la forêt dense. Brune aux cheveux courts, elle doit avoir une cinquantaine d'années et porte un jean et une chemise en flanelle avec de grosses chaussures de marche. Elle nous fait signe de la main comme si elle nous connaissait et une pensée traverse brusquement mon esprit : c'est un piège.

— Oh ! Dieu merci, lance-t-elle en s'invitant sur notre propriété.

Elle viole notre espace. C'est chez nous, ici. Personne n'était supposé passer par là. Je suffoque, j'étouffe. Elle tient un jerrican d'eau à la main. On dirait qu'elle vient de parcourir plusieurs kilomètres à pied.

— On peut vous aider ?

Les mots sortent de ma bouche avant même que

Une fille parfaite

j'aie analysé la situation ou pris une décision quant à la conduite à tenir. Mon premier réflexe est de prendre l'arme et de la tuer. De jeter son corps dans le lac et de m'enfuir. Sauf que je n'ai plus l'arme et que j'ignore où la fille l'a planquée. Mais je pourrais la ligoter le temps de fouiller le chalet pour la retrouver. Probablement sous le matelas, dans la chambre ou dans un interstice entre les rondins des murs.

— J'ai crevé, à un kilomètre d'ici, explique la femme. Vous êtes le premier chalet habité que je croise. J'ai marché…

Elle s'arrête pour reprendre son souffle.

— Ça ne vous ennuie pas si je m'assois un instant ? demande-t-elle et, quand la fille hoche la tête, elle se laisse tomber sur la première marche de l'escalier et se met à boire comme si elle avait erré dans un désert pendant des jours et des jours.

Ma main se lève et s'empare de celle de la fille que je serre jusqu'à lui arracher un gémissement.

Nous avons complètement oublié notre dîner que la femme nous remet en mémoire.

— Désolée d'avoir interrompu votre repas, dit-elle en faisant un geste en direction de nos assiettes. J'espérais que vous pourriez peut-être m'aider à réparer mon pneu. Ou à appeler quelqu'un peut-être. Mon téléphone ne capte rien par ici, ajoute-t-elle en l'agitant sous notre nez.

Elle répète qu'elle est désolée de nous déranger. Elle n'a aucune idée du pétrin dans lequel elle s'est fourrée. Ce n'est pas seulement notre dîner qu'elle perturbe.

Mes yeux glissent vers la fille. C'est sa chance.

Elle pourrait tout raconter à la femme. Lui expliquer comment ce dingue l'a kidnappée, comment il la garde prisonnière dans ce chalet. Je retiens mon souffle dans l'attente de tout ce qui pourrait se passer : que la fille explique la situation, que la femme fasse partie d'un plan pour m'attraper. Elle travaille peut-être pour les flics. Ou pour Dalmar. A moins qu'elle ne soit qu'une simple touriste qui regarde les nouvelles à la télévision et qui ne va pas tarder à se rendre compte que *cette* fille est justement celle qu'elle a aperçue aux informations.

— Nous n'avons pas le téléphone, dis-je, me souvenant d'avoir jeté celui de la fille dans une poubelle à Janesville et d'avoir coupé le fil de celui de la maison à notre arrivée. Non pas qu'il soit question que je la laisse mettre un pied dans le chalet et découvrir comment nous vivons depuis des semaines : comme deux prisonniers en cavale.

— Mais je peux vous donner un coup de main, ajouté-je à contrecœur.

— Je ne voudrais pas vous déranger, dit-elle au moment même où la fille déclare :

— Je vais rester ici et faire la vaisselle — avant de se baisser et de ramasser nos assiettes.

Aucune chance que j'accepte ça.

— Tu ferais mieux de nous accompagner. Nous pourrions avoir besoin de ton aide.

— Oh ! non, intervient la femme. Je ne voudrais pas vous traîner tous les deux là-bas, ce soir. Il fait si froid, ajoute-t-elle en resserrant sa chemise en flanelle autour d'elle.

Une fille parfaite

Mais évidemment, pas question de laisser la fille seule malgré la promesse de la femme de m'aider de son mieux. Elle me supplie de ne pas obliger ma « petite amie » à sortir par un temps pareil.

— Il fait froid, répète-t-elle. Et la nuit ne va pas tarder à tomber.

Rien à faire. Je ne peux pas la laisser seule ici. Elle risquerait de s'enfuir. Je l'imagine déjà courant à travers bois aussi vite que possible. D'ici à mon retour, elle aurait facilement parcouru près de deux kilomètres. A ce moment-là, la nuit serait tombée et je n'aurais aucune chance de la retrouver dans cette forêt.

La femme s'excuse encore. J'imagine déjà mes mains autour de son cou, compressant la veine jugulaire, bloquant le passage de l'oxygène qui alimente son cerveau. Peut-être que je devrais le faire.

— Je vais juste faire la vaisselle, reprend la fille d'une voix calme, comme ça nous n'aurons pas à nous en inquiéter plus tard.

Et elle me jette un regard coquin, l'air de suggérer qu'elle a des projets intimes pour la soirée.

Je pose une main sur son bras comme si je ne pouvais pas supporter l'idée d'être séparé d'elle.

— Je crois que tu devrais venir.

— Escapade amoureuse ? interroge la femme.

— Ouais, quelque chose comme ça.

Je lui tourne le dos et me penche vers la fille.

— Tu nous accompagnes, dis-je d'un ton sans réplique, ou cette femme ne repart pas d'ici vivante.

L'espace d'un instant, elle se fige, puis elle repose les assiettes par terre et nous nous dirigeons tous vers le pick-up où nous prenons place, la femme et moi à l'avant, la fille coincée à l'arrière. J'attrape les morceaux de corde et de ruban adhésif qui traînent encore sur le siège passager, en espérant que la femme n'a rien remarqué, et les fourre dans la boîte à gants. Puis je claque ma portière et me tourne vers notre invitée, tout sourires.

— Quelle direction ? demandé-je.

En chemin, la femme nous explique qu'elle vient du sud de l'Illinois. Elle et ses amies séjournaient dans un hôtel. Elles étaient venues faire du canoë dans les *Boundary Waters*[1]. Pour nous en convaincre, elle sort un appareil photo et nous montre des clichés de quatre vieilles dames : en canoë avec des chapeaux pour se protéger du soleil, buvant du vin autour d'un feu. Je me sens mieux : il ne s'agit pas d'un piège. Ces photos en sont la preuve. Elle est simplement venue passer quelques jours de vacances avec ses amies.

Puis elle ajoute qu'elle a décidé de rester seule ici deux jours de plus — comme si j'en avais quelque chose à foutre. Elle a récemment divorcé et n'est pas pressée de regagner sa maison vide. Récemment divorcée ? Cette information retient tout mon intérêt. Cela signifie que personne ne l'attend. Il pourrait se passer pas mal de temps avant que quelqu'un remarque son absence — des jours, peut-être même des semaines.

---

1. Région naturelle et sauvage, située le long de la rivière Pigeon, à cheval sur la frontière américano-canadienne, entre l'Ontario et le Minnesota.

Une fille parfaite

Assez pour me permettre de m'enfuir, d'être à bonne distance quand on découvrira son corps.

— Et alors que je me décide à rejoindre la civilisation, voilà que je crève, conclut-elle. J'ai dû passer sur un caillou pointu. Ou un clou.

— Sûrement, commente la fille.

J'écoute à peine tandis que je me gare derrière une petite voiture. Avant de descendre, je scanne la forêt dense qui nous entoure. Je fouille du regard l'enchevêtrement des arbres, cherchant à distinguer des flics cachés en embuscade, à apercevoir l'éclat d'une paire de jumelles ou du canon d'une carabine. Je vérifie l'état de son pneu qui est bien à plat. S'il s'agissait d'un piège, il n'irait quand même pas jusque-là pour me coincer. Je serais probablement déjà allongé sur le sol, face contre terre, la botte d'un flic plantée dans mon dos pour m'empêcher de bouger pendant qu'il me passe les menottes.

Je sens le regard de la femme qui m'observe tandis que j'attrape mes outils sur la plage arrière du pick-up, retire l'enjoliveur, dévisse écrous et boulons, soulève la voiture sur le cric et change le pneu. Les femmes papotent. Elles parlent de canoë et des étendues sauvages au nord du Minnesota, de vin rouge et d'un orignal que la femme a aperçu pendant ses vacances, un mâle avec des bois énormes qui se promenait dans la forêt. Mon imagination travaille à plein régime et m'incite à croire que, tout en discutant, elle cherche à se souvenir si c'est bien nous qu'elle a vus à la télé. Puis je me calme et rationalise. Après tout, elle vient de passer plusieurs jours, perdue au milieu de nulle

part, avec ses amies, à faire du bateau, à boire du vin
et à deviser, assise autour d'un feu de camp. Elle ne
regardait pas la télévision.

Je fourre une lampe de poche dans les mains de la
fille et lui demande de la tenir. Il commence à faire
sombre et les réverbères sont rares dans le coin. Mon
regard menaçant croise le sien, lui rappelant d'éviter
des mots comme « pistolet », « kidnapping » ou « au
secours ». Je les tuerais toutes les deux. Je n'hésiterais
pas. Je me demande si elle le sait, elle aussi.

Soudain, la femme nous interroge sur nos vacances
et la fille se transforme en statue de pierre.

— Combien de temps restez-vous par ici ? demande
la femme.

— Encore une semaine, dis-je comme la fille reste
muette, ne sachant quoi répondre.

— D'où venez-vous ?

— De Green Bay.

— Vraiment ? Comme vos plaques minéralogiques
sont de l'Illinois, j'ai cru…

— C'est juste que je n'ai pas encore pris la peine
de les changer.

Je jure dans ma barbe. Je me battrais pour cette
erreur.

— Mais vous êtes originaires de l'Illinois ?

— Ouais.

Sans prendre la peine de préciser d'où exactement.

— Un de mes cousins habite à Green Bay, dit-elle.
Juste à la sortie de la ville en fait. A Suamico.

Jamais entendu parler de ce bled paumé. Mais elle

Une fille parfaite

continue à discourir, nous racontant que son cousin est directeur d'une école primaire.

Elle a des cheveux ternes, coupés court dans un style de vieille dame. Elle rit quand la conversation se tarit. Un rire nerveux, tandis qu'elle cherche désespérément quelque chose à ajouter. N'importe quoi.

— Etes-vous fans des Packers ? demande-t-elle, et je mens en affirmant que oui.

Je change le pneu aussi vite que possible, puis rabaisse la voiture et resserre les boulons. Enfin, je me relève et me tourne vers la femme en me demandant si je peux vraiment la laisser repartir ainsi — rejoindre la civilisation où elle pourra prendre conscience de qui nous sommes en réalité et appeler les flics — ou si je ne ferais pas mieux de lui écraser la tête à coups de clé à molette, avant de planquer le corps quelque part dans la forêt.

— Je ne peux pas vous dire à quel point je vous suis reconnaissante, déclare-t-elle.

Et j'imagine alors ma propre mère, abandonnée dans les bois pour être dévorée par les ours, et je me contente de hocher la tête et de dire que ce n'était rien.

Il fait si sombre maintenant que je peux à peine distinguer son visage et qu'elle peut à peine distinguer le mien. Je serre la clé dans ma main, cherchant à estimer avec quelle force il faudrait frapper pour la tuer. Combien de fois ? Lutterait-elle pour défendre sa vie ou s'écroulerait-elle simplement sur le sol, morte ?

— Je ne sais pas ce que j'aurais fait si je ne vous avais pas trouvés.

Elle s'approche pour me serrer la main.

— Je ne crois pas avoir retenu vos noms.

Ma main serre plus fort la clé. Je la sens trembler. C'est beaucoup mieux que de la tuer à mains nues. Bien moins personnel. Je n'aurais pas à la regarder dans les yeux pendant qu'elle se débat. Un bon coup sur la tête et le tour est joué.

— Owen, dis-je en prenant la vieille main veineuse dans la mienne. Et voici Chloé.

Elle nous dit s'appeler Beth. Je ne sais pas combien de temps nous restons ainsi, silencieux auprès de la route sombre. Mon cœur bat à toute vitesse tandis que mon regard se pose sur le marteau dans la boîte à outils. Peut-être qu'un marteau ferait mieux l'affaire.

Puis je sens la main de la fille se poser sur mon bras.

— Nous devrions y aller, dit-elle.

Je me tourne pour la regarder et comprends qu'elle devine ce qui se passe dans ma tête, qu'elle voit la clé serrée dans ma main et qu'elle me sent prêt à frapper.

— Allons-y, insiste-t-elle, ses ongles s'enfonçant dans ma chair.

Je laisse tomber la clé à molette dans la boîte à outils et repose le tout sur la plage arrière du pick-up. Je regarde la femme monter dans sa voiture et s'éloigner lentement, ses phares balayant les arbres.

Je prends alors une profonde inspiration et ouvre la portière de mes mains moites. Puis je me glisse derrière le volant en m'efforçant de calmer les battements de mon cœur.

EVE

APRÈS

Nous sommes installés, James, Mia et moi, dans la salle d'attente, Mia assise entre nous comme la crème entre deux biscuits Oreo. Silencieuse, les jambes croisées, les mains posées sur mes cuisses, je contemple le tableau sur le mur d'en face — un des nombreux Norman Rockwell de la pièce — représentant un médecin occupé à ausculter la poupée que tient une petite fille. James, également jambes croisées des chevilles aux genoux, feuillette un exemplaire du magazine *Parents*. Il ne cesse de soupirer pour manifester son impatience et je lui demande de bien vouloir arrêter. Cela fait maintenant une bonne demi-heure que nous attendons ainsi d'être reçus par le médecin, une femme, épouse d'un juge, ami de James. Je me demande si Mia a remarqué que tous les magazines posés sur la table sont consacrés aux bébés.

Des patients la reconnaissent et se penchent pour chuchoter entre eux. Nous saisissons son prénom, murmuré par ces étrangers. Je tapote sa main pour lui signifier de ne pas faire attention.

— Ignore-les, dis-je, ce qui est beaucoup plus facile à dire qu'à faire.

James s'enquiert auprès de la réceptionniste s'il n'est pas possible d'accélérer un peu le processus et une jeune femme rousse aux cheveux courts disparaît derrière une porte pour aller voir ce qui retient le médecin.

Nous n'avons pas expliqué à Mia la véritable raison de notre présence ici, aujourd'hui. Nous n'avons fait aucune mention de mes soupçons. A la place, nous lui avons dit que nous nous inquiétions de son état, ces derniers temps, et que James avait suggéré une visite chez le médecin — un praticien au nom russe, pratiquement imprononçable.

Mia a fait remarquer qu'elle avait son propre médecin, en ville, qu'elle consultait depuis près de six ans maintenant. Mais James a secoué la tête et refusé, arguant que le Dr Wakhrukov était la meilleure. Il n'est jamais venu à l'esprit de Mia qu'il s'agissait d'une gynécologue-obstétricienne.

Une infirmière appelle son nom — Mia évidemment, pas Chloé — et il faut un coup de coude de James pour qu'elle réagisse. Alors qu'elle pose son magazine sur la chaise, je la contemple avec des yeux indulgents en lui demandant si elle souhaite que je l'accompagne.

— Si tu veux, répond-elle.

Je m'attends à un torrent de protestations de la part de James, mais à ma grande surprise il garde le silence.

Une fille parfaite

L'infirmière observe Mia d'un air bizarre pendant qu'elle prend ses mensurations et la pèse. Elle la dévisage comme s'il s'agissait d'une célébrité et non de la victime d'un crime horrible.

— Je vous ai vue à la télé, annonce-t-elle d'une voix timide.

Elle donne l'impression de ne pas être certaine d'avoir prononcé ces paroles à voix haute.

— J'ai lu les articles sur vous dans le journal.

Ni Mia ni moi ne savons que répondre à cela. Mia a elle aussi lu tous les articles parus pendant son absence, que j'avais conservés. Je les avais pourtant cachés dans un endroit que j'estimais sûr, ce qui ne l'a pas empêchée de les découvrir alors qu'elle cherchait une aiguille et du fil dans un tiroir de ma commode pour recoudre le bouton d'un de ses chemisiers.

Je ne voulais pas qu'elle lise ces articles tant je craignais sa réaction. Mais elle les a quand même tous parcourus, du premier au dernier mot, jusqu'à ce que je l'interrompe, découvrant étape après étape les détails de sa propre disparition, comment la police avait identifié un suspect, comment, alors que le temps passait, on en venait à craindre qu'elle ne soit morte.

L'infirmière l'envoie ensuite aux toilettes uriner dans un flacon. Quelques minutes plus tard, elle nous rejoint dans la salle d'examen où l'infirmière prend sa tension et son pouls avant de lui demander de se déshabiller et d'enfiler une blouse. Elle nous informe que le Dr Wakhrukov nous rejoindra dans quelques minutes et, quand Mia entreprend de se déshabiller, je détourne le regard.

Le Dr Wakhrukov est une femme sombre et austère, âgée d'une soixantaine d'années. Elle entre assez brusquement dans la pièce et sans préavis demande à Mia à quand remontent ses dernières règles.

Question pour le moins inattendue qui doit sûrement déconcerter Mia.

— Je... je n'en ai aucune idée, répond ma fille.

Le médecin hoche la tête, se rappelant peut-être après coup que Mia est amnésique.

Après nous avoir expliqué qu'elle va procéder à une échographie par voie endovaginale, elle recouvre une sonde à ultrasons d'une enveloppe en latex semblable à un préservatif qu'elle enduit de gel. Elle demande ensuite à Mia de glisser ses pieds dans les étriers et sans plus de commentaires enfonce son appareil en elle. Mia sursaute et lui demande ce qu'elle fait, ne comprenant pas quel rapport cela peut avoir avec sa grande fatigue et l'apathie qui l'empêche presque de se lever le matin.

Je garde le silence. Je préférerais de beaucoup me trouver dans la salle d'attente, à côté de James, mais Mia a besoin de moi ici, près d'elle. Mes yeux font le tour de la pièce, se posant sur tout et n'importe quoi pour oublier l'examen qui se déroule devant moi, l'air perdu de Mia et son inconfort évident. Je prends alors conscience que j'aurais dû lui faire part de mes soupçons. J'aurais dû lui expliquer que sa fatigue et ses nausées matinales n'étaient en aucune façon les symptômes d'un stress post-traumatique. Mais peut-être ne m'aurait-elle pas crue.

La salle d'examen est aussi stérile que le médecin

Une fille parfaite

et il y fait assez froid pour exterminer le moindre germe qui oserait s'y risquer, ce qui est peut-être le but d'ailleurs. La peau nue de Mia est recouverte de chair de poule. Le fait qu'elle soit complètement nue sous sa blouse en papier ne l'aide certainement pas à se réchauffer. L'éclat brutal des spots fluorescents au plafond révèle chaque cheveu gris sur la tête du praticien qui ne sourit pas. Elle a indéniablement un air russe avec ses pommettes hautes et son nez fin.

Mais aucun accent ne trahit ses origines slaves quand elle parle.

— Je confirme la grossesse, annonce-t-elle tout de go, comme s'il s'agissait d'une évidence, comme si Mia ne pouvait manquer de le savoir.

Mes jambes cessent brusquement de me porter et je me laisse tomber sur une chaise, probablement placée là pour des hommes euphoriques à l'idée de devenir pères.

Pas pour moi. Je ne ressens aucune euphorie. Cette chaise ne m'est pas destinée.

— Les bébés développent des battements cardiaques vingt-deux jours après la conception, explique-t-elle. On ne peut pas toujours les détecter aussi tôt, mais nous en avons indéniablement un, ici. Faible, presque imperceptible. Regardez.

Elle tourne l'écran du moniteur vers Mia.

— Vous distinguez cette petite vibration ? demande-t-elle en pointant du doigt une tache sombre, pratiquement immobile.

— Quoi ? interroge Mia.

— Attendez, je vais essayer d'obtenir une image plus nette.

Elle enfonce alors la sonde un peu plus profondément dans le vagin de Mia qui se tortille sous la manœuvre apparemment douloureuse. Le médecin lui ordonne de rester tranquille.

Mais la question de Mia avait un sens bien différent de celui interprété par le médecin. Elle ne voulait pas dire qu'elle ne distinguait pas ce que le Dr Wakhrukov lui montrait. Je vois sa main se poser sur son abdomen.

— Ce n'est pas possible, murmure-t-elle.

— Là, coupe le médecin en retirant la sonde et en tendant à Mia un petit morceau de papier sur lequel une explosion de points noirs, blancs et gris forme une jolie œuvre d'art moderne.

Une photographie qui ressemble à une de celles qu'un médecin m'avait remises bien avant que Mia ne devienne une enfant. Je serre mon sac entre mes mains tremblantes, fouillant dedans à la recherche d'un mouchoir.

— De quoi s'agit-il ? s'enquiert Mia.

— C'est le bébé. Le résultat de l'échographie.

Après avoir dit à Mia de s'asseoir, elle retire son gant en latex et le jette dans la poubelle. Elle s'exprime de façon monotone comme si elle avait expliqué cela des milliers de fois : Mia doit revenir tous les mois jusqu'à la vingt-huitième semaine, puis deux fois par mois et ensuite toutes les semaines. Il faudra pratiquer des tests : tests sanguins, une amniocentèse si elle le désire, glycémie et dépistage des streptocoques du groupe B.

Une fille parfaite

A vingt semaines, Mia pourra découvrir le sexe de son enfant si elle en a envie.

— Vous le souhaitez ?

— Je ne sais pas, répond Mia.

Le médecin lui demande si elle a des questions. Elle n'en a qu'une qu'elle peut à peine exprimer. Elle ouvre la bouche, mais aucun son ne sort. Elle s'éclaircit alors la voix et fait un nouvel essai.

— Je suis enceinte ? demande-t-elle dans un murmure.

C'est le rêve de toutes les petites filles qui commencent à y penser alors même qu'elles sont encore trop jeunes pour savoir d'où viennent les bébés. Elles portent leurs poupées, les maternent et leur choisissent un prénom. Quand Mia était enfant, c'était toujours des prénoms fleuris qui glissaient sur la langue : Isabella, Samantha ou Savannah. Puis elle a traversé une phase pendant laquelle elle considérait que tout devait se terminer par *i* : Jenni, Dani et Lori. Il ne lui est jamais venu à l'esprit qu'elle pourrait avoir un garçon.

— En effet. De cinq semaines à peu près.

Ce n'est pas ainsi que c'était censé se passer.

Elle pose la main sur son bas-ventre dans l'espoir de sentir quelque chose : un battement de cœur ou un petit coup de pied. Mais évidemment, il est beaucoup trop tôt. Pourtant, elle voudrait quand même détecter un frémissement. Malheureusement, elle ne sent rien. Je peux lire tout cela dans son regard quand elle se tourne vers moi et me découvre en larmes. Elle se sent vide. Elle se sent creuse à l'intérieur.

— Ce n'est pas possible. Je ne peux pas être enceinte, dit-elle.

Le Dr Wakhrukov tire vers elle un tabouret tournant, s'assoit et replace la blouse en papier sur les jambes de Mia.

— Vous ne vous rappelez rien ? demande-t-elle d'une voix plus douce.

Mia secoue la tête.

— Jason, dit-elle avant de secouer de nouveau la tête. Non, cela fait des mois que je n'ai pas vu Jason.

Elle compte sur ses doigts. Septembre, octobre, novembre, décembre, janvier.

— Cinq mois, conclut-elle.

Le compte n'y est pas.

Mais évidemment, je sais que Jason n'est pas le père de cet enfant.

— Vous avez le temps de décider de ce que vous voulez faire. Différentes options s'offrent à vous.

Le médecin lui tend alors quelques brochures sur l'adoption et l'avortement. Des mots qui la frappent si fort qu'elle a du mal à faire face.

Puis le Dr Wakhrukov fait appeler James, donnant à Mia quelques minutes pour s'habiller avant que l'infirmière ne le fasse entrer. Pendant que nous patientons, je demande à Mia si je peux voir la photo de l'échographie.

Elle me la tend, répétant d'un ton monocorde : « Ce n'est pas possible... »

Et là, devant cette photo, devant ce qui est mon petit-fils ou ma petite-fille, ma propre chair et mon sang, j'éclate en sanglots. Quand James entre dans la

Une fille parfaite

pièce, je tente de les réprimer et ils se transforment en gémissements. Mais impossible pour moi de retenir mes larmes. J'arrache quelques mouchoirs en papier d'un distributeur mural et me tamponne les yeux.

Au moment où le Dr Wakhrukov revient, je craque complètement, incapable de retenir les mots qui m'étouffent.

— Il t'a violée. Ce salaud t'a violée, dis-je en sanglotant.

Mais là encore, Mia ne ressent rien.

COLIN

PRÉCÉDEMMENT

L'hiver est arrivé. Il neigeait quand nous nous sommes réveillés et la température dans le chalet semble avoir chuté d'une bonne vingtaine de degrés.

Il n'y a pas d'eau chaude. La fille superpose sur elle tous les vêtements qu'elle peut trouver. Deux caleçons longs et toujours cet horrible sweat-shirt marron. Elle enfile des chaussettes, non sans se plaindre qu'elle déteste en porter. Pourtant, sans elles, ses pieds gèleraient. Elle m'explique qu'elle a toujours détesté les chaussettes, même quand elle était bébé. Elle les arrachait de ses pieds et les jetait par terre à côté de son berceau.

Jusque-là, je n'avais pas reconnu avoir froid mais, aujourd'hui, il gèle carrément. J'ai allumé le feu dès mon réveil et avalé trois tasses de café depuis. Je suis assis devant une vieille carte déchirée des Etats-Unis étalée sur la table. Je l'ai trouvée dans la boîte à gants de la voiture, avec un stylo presque sec, et je

Une fille parfaite

marque les meilleures routes pour nous tirer de ce trou. J'ai décidé de prendre la direction du désert, quelque part entre Las Vegas et Baker, en Californie. Un endroit chaud. Je cherche un moyen de faire un détour par Gary dans l'Indiana sans me faire repérer par la police de la route. Je me dis que, d'une façon ou d'une autre, nous allons devoir nous débarrasser du pick-up et en piquer un autre en espérant qu'il ne sera pas trop vite déclaré volé. C'est ça ou sauter dans un train de marchandises. En partant du principe que nous sommes recherchés, il pourrait bien y avoir des barrages de police dressés un peu partout en notre honneur, particulièrement autour de Gary, juste au cas où j'aurais le culot de rentrer chez moi. La police l'utilise peut-être comme appât. Si ça se trouve, les flics se relaient autour de la vieille maison de Gary, attendant que j'appelle ou que je fasse quelque chose de stupide.

Merde.

— Tu pars en voyage ? interroge la fille en regardant la carte que je replie et pousse de côté.

Je ne réponds pas et lui demande à la place si elle veut du café.

De toute façon, nous ne pourrions pas rester longtemps dans le désert. Rester dans le désert foutrait en l'air toute chance d'un retour à une vie à peu près normale. Notre vie se résumerait alors à survivre. Pas de désert donc. Dans ces conditions, notre seule chance de nous en sortir est de partir pour l'étranger. Comme nous n'avons plus assez d'argent pour l'avion,

273

seules deux possibilités s'offrent à nous : en haut ou en bas. Le nord ou le sud. Le Canada ou le Mexique.

Mais évidemment, pour sortir du pays, il nous faut d'abord des passeports.

Et c'est là que j'ai une idée : je sais ce qu'il me reste à faire.

Elle secoue la tête.

— Tu ne bois pas de café ?

— Non.

— Tu n'aimes pas cela ?

— Je ne bois jamais de caféine.

Elle m'explique qu'elle en a bu pendant longtemps, mais que cela la rendait nerveuse et agitée. Elle était incapable de rester en place après en avoir avalé. Puis l'effet de la caféine disparaissait progressivement, remplacé par une extrême fatigue. Alors, elle reprenait une tasse de café. Et cela recommençait. Un cercle vicieux.

— Et quand je décidais de ne pas boire de café, je me retrouvais avec des migraines terribles que seul le Mountain Dew[1] parvenait à apaiser.

Je lui en sers quand même une tasse. Elle entoure la tasse chaude de ses mains et presse son visage contre le bord. La vapeur qui s'en échappe caresse sa peau. Elle sait qu'elle ne devrait pas, mais elle le fait quand même. Elle porte la tasse à ses lèvres et reste ainsi, un instant. Puis elle en boit une gorgée, brûlant tout son œsophage en avalant.

Elle tousse.

1. Soda au goût d'agrumes contenant de la caféine.

Une fille parfaite

— Attention, dis-je trop tard. C'est chaud.

Nous n'avons rien d'autre à faire qu'à rester assis à nous regarder. Aussi, quand elle a proposé de me tirer le portrait, j'ai accepté. Il n'y a rien d'autre à faire.

Pour être honnête, ça ne me tente pas trop. Au début, tout se passe bien, puis elle commence à me demander de « rester tranquille », puis de « regarder droit devant moi » et de « sourire ».

Au bout d'un moment, je craque.

— Laisse tomber, dis-je. J'en ai marre.

Je me lève. Pas question pour moi de rester assis là, à sourire bêtement pendant une demi-heure.

— D'accord, concède-t-elle. Ne souris pas. Ne me regarde même pas. Contente-toi de rester tranquille.

Elle m'installe à côté du feu. Elle pose ses mains glacées sur ma poitrine et me fait asseoir par terre. Mon dos touche pratiquement le poêle. Les flammes manquent de brûler ma chemise et je commence à transpirer.

Je me rappelle la dernière fois qu'elle m'a touché. Ses mains presque désespérées qui essayaient fébrilement de me déshabiller. Et la dernière fois que je l'ai touchée, pour la gifler.

La pièce est sombre, les rondins en pin foncé des murs et du plafond bloquant toute lumière. Pour passer le temps, je compte les rondins, quinze posés les uns sur les autres. Dehors, aucun soleil ne brille pour venir darder ses rayons à travers nos petites fenêtres.

Je la contemple — une vue qui n'a rien de désagréable.

Cette première nuit, dans mon appartement, elle

était magnifique. Elle levait vers moi ses yeux bleus confiants, incapable d'imaginer que je pourrais avoir le cran de faire ce que j'ai fait.

A son tour, elle s'assoit sur le sol et s'adosse au canapé. Après avoir plié les jambes, elle appuie le carnet à dessin contre ses genoux. Puis elle attrape un crayon dans le paquet, penche la tête et ses cheveux se répandent en vagues sur le côté. Ses yeux suivent les contours de mon visage, la courbe de mon nez.

Je ne sais pas pourquoi, mais je ressens brusquement l'envie de descendre le type qui était avec elle avant moi.

— Je l'ai payé, dis-je. Ton petit ami. Je lui ai donné cent dollars pour qu'il ne vienne pas à votre rendez-vous, ce soir-là.

Il ne m'avait pas demandé pourquoi et je ne lui avais pas fourni d'explications. Le lâche s'était juste contenté d'empocher le fric que je lui tendais et de disparaître. Je ne précise pas que je l'avais coincé dans les toilettes avec mon arme.

Avec cent dollars, on peut se payer des tas de choses de nos jours.

— Il devait travailler, dit-elle.

— C'est ce qu'il t'a dit.

— Jason travaille toujours tard.

— Du moins, c'est ce qu'il dit.

— C'est la vérité.

— Parfois, peut-être.

— Il réussit très bien.

— A mentir.

Une fille parfaite

— Bon, d'accord, coupe-t-elle sèchement. Tu l'as payé. Et alors ?

— Pourquoi m'as-tu suivi chez moi ?

— Quoi ?

— Pourquoi m'as-tu suivi chez moi, ce soir-là ?

Elle déglutit sans répondre. Elle fait semblant de se concentrer sur son dessin, sur les traits qu'elle trace avec force sur la page.

— Je ne pensais pas que c'était une question difficile, fais-je remarquer.

Ses yeux se remplissent de larmes. Une veine gonfle sous la peau de son front. Sa peau devient moite et ses mains tremblent. Elle est en colère.

— J'étais soûle.

— Soûle.

— Oui. J'étais soûle.

— Parce que c'est la seule raison pour laquelle quelqu'un comme toi accepterait de suivre quelqu'un comme moi, c'est ça que tu veux dire ?

— Parce que c'est la seule raison pour laquelle *je* suivrais quelqu'un comme *toi*.

Elle me regarde et je me demande ce qu'elle voit. Ce qu'elle croit voir. Elle s'imagine sans doute que je suis insensible à son indifférence. Elle se trompe.

J'enlève mon sweat-shirt et le pose par terre à côté de mes lourdes bottes. Sur moi, j'ai le même T-shirt et le même jean qu'elle me voit porter depuis le début. Elle dessine mon visage à grands coups de traits rageurs et d'ombres pour décrire le démon assis, face à elle, devant le feu.

Elle avait bu quelques verres, ce soir-là, mais elle

277

était encore assez lucide pour savoir ce qu'elle faisait, pour accepter mes mains sur elle. Evidemment, c'était bien avant de découvrir qui j'étais réellement.

Je ne sais pas combien de temps nous restons ainsi sans parler. J'entends sa respiration, le grattement du plomb sur le papier. Je peux presque lire dans ses pensées. Percevoir son hostilité et sa colère.

— C'est comme fumer des cigarettes ou de l'herbe, dis-je finalement.

Le son de ma voix la fait sursauter et elle retient son souffle.

— Quoi ?

Elle ne s'arrête pas de dessiner. Elle veut me faire croire qu'elle n'écoute que d'une oreille. Mais je sais qu'elle est tout ouïe.

— Ma vie. Ce que je fais. La première fois que tu essayes, tu sais que c'est une mauvaise idée, que ce n'est pas bon pour toi. Les cigarettes. L'herbe. Mais tu te convaincs que tout ira bien, que tu peux assurer. Une fois, c'est tout, juste pour voir ce que ça fait. Et soudain, sans savoir comment, tu te retrouves coincé : tu ne peux plus en sortir, même si tu en as envie. Je ne l'ai pas fait parce que j'avais vraiment besoin d'argent : c'est un fait, il fallait absolument que je trouve de l'argent. Je l'ai fait parce que si j'avais tenté de me défiler, ils m'auraient tué. Quelqu'un aurait parlé et je me serais retrouvé en prison. Je n'ai jamais eu la possibilité de refuser.

Le crayon arrête de courir sur la feuille. Je me demande ce qu'elle va dire. Une remarque à la con,

Une fille parfaite

sans doute. Non. Elle ne dit rien. Mais la veine disparaît sur son front, ses mains retrouvent leur calme. Son regard perd de sa dureté. Puis elle pose les yeux sur moi et hoche la tête.

EVE

APRÈS

Depuis le couloir, je vois James s'engouffrer dans la chambre de Mia avec un bel enthousiasme. Sa démarche bruyante et son pas vif la tirent brusquement du sommeil. Elle se redresse d'un bond dans le lit, les yeux écarquillés de peur, le cœur battant probablement la chamade dans sa poitrine sous le coup de la montée d'adrénaline. Il lui faut quelques secondes pour reconnaître ce qui l'entoure : ses vieux vêtements datant du lycée pendus dans le placard, le tapis en jute, le poster de Leonardo DiCaprio qu'elle avait accroché au mur lorsqu'elle avait quatorze ans. Enfin, elle reprend ses esprits et comprend où elle se trouve. Elle est à la maison, en sécurité. Elle cache alors son visage entre ses mains et se met à pleurer.

— Habille-toi, ordonne James. Nous allons chez le psy.

J'attends qu'il soit ressorti de la chambre pour entrer à mon tour et aider Mia à choisir une tenue dans ses

Une fille parfaite

affaires. Je m'efforce d'apaiser ses angoisses, de lui rappeler qu'ici, à la maison, elle ne risque rien. Je lui promets que personne ne lui fera du mal, bien que je n'en sois pas moi-même totalement certaine.

Dans la voiture, Mia grignote un toast sec que j'ai emporté pour le voyage. Elle n'en veut pas, mais je me tourne toutes les cinq minutes depuis le siège passager pour l'inciter à en avaler encore une bouchée, comme si elle avait encore quatre ans.

— Encore une bouchée, Mia. Juste une.

Je remercie le Dr Rhodes de nous avoir accordé un rendez-vous si tôt, ce matin. James l'attire à l'écart pour lui glisser un mot en privé pendant que j'aide Mia à ôter son manteau. Puis je regarde ma fille et le Dr Rhodes disparaître derrière les portes du cabinet de ce dernier.

Ce matin, le médecin doit s'entretenir avec Mia du bébé. Ma fille est en plein déni quant à l'embryon qui se développe dans son ventre. Et d'une certaine façon, moi aussi. Elle peut à peine prononcer le mot « bébé ». Sa gorge se contracte, empêchant l'air de passer, et chaque fois que James ou moi abordons le sujet, elle jure que c'est impossible.

D'où notre visite ici aujourd'hui. Nous avons estimé que parler avec le Dr Rhodes, à la fois professionnel et tiers impartial dans cette histoire, ne pourrait que lui être bénéfique. Le médecin doit lui présenter les

281

options possibles et je peux déjà imaginer la réponse de Mia.

— Mes options à quel sujet ?

Il ne restera plus au médecin qu'à lui rappeler l'existence du bébé.

— Que les choses soient claires, Eve, déclare James sitôt la porte refermée derrière eux, il n'est pas question que nous laissions Mia porter l'enfant illégitime de *cet homme*. Elle va se faire avorter et le plus tôt sera le mieux.

Il attend, réfléchissant à la logistique.

— Si les gens nous posent des questions, nous dirons que le bébé n'a pas survécu. A cause du stress dû aux circonstances. Il est mort.

Je ne fais aucun commentaire. J'en suis tout simplement incapable. Ses yeux visualisent la suite des événements avec plus d'attention qu'il n'en a jamais accordé à sa fille.

J'essaye de me convaincre qu'il possède un cœur malgré les apparences, mais je me pose sincèrement la question.

Il n'a pas toujours été ainsi. James n'a pas toujours manifesté une telle indifférence envers sa famille. Certains jours, quand il est au travail et Mia dans sa chambre à faire la sieste, je me surprends à ressortir de vieux souvenirs de James et des filles : des photographies jaunies sur lesquelles on le voit porter Grace ou Mia encore bébés dans leurs langes. Je regarde des vidéos de mon mari avec les filles, bébés. Je l'écoute chanter des berceuses. Rien à voir avec l'homme qu'il est devenu. Je me rappelle les premiers jours d'école,

Une fille parfaite

les fêtes d'anniversaire, les jours spéciaux que James n'aurait manqués pour rien au monde. Je regarde des photos de mon mari apprenant à Mia ou à Grace à faire du vélo sans les petites roues, nageant avec elles dans une jolie piscine d'hôtel ou encore leur faisant admirer pour la première fois des poissons dans un aquarium.

James est issu d'une famille très riche. Son père est avocat, tout comme l'était son grand-père avant lui et peut-être même son arrière-grand-père, mais je n'en jurerais pas. Un de ses frères, Marty, est député et l'autre, Brian, l'un des meilleurs anesthésistes de la ville. Les filles de Marty, Jennifer et Elizabeth, sont avocates, respectivement en droit des affaires et propriété intellectuelle. Brian pour sa part a eu trois fils, un avocat d'affaires, un dentiste et un neurologue.

James se doit de maintenir son image. Bien qu'il ne l'admette jamais, il a toujours été en compétition avec ses frères : qui est le plus influent, le plus puissant, le plus important Dennett du pays.

Pour James, être second n'a jamais été une option.

L'après-midi, je me faufile donc au sous-sol pour fouiller dans de vieilles boîtes à chaussures et me convaincre grâce à ces photos que je n'ai pas rêvé. Que ces moments d'amour paternel ont bien existé. Que je n'ai rien imaginé. Je déniche un dessin que Mia avait fait lorsqu'elle avait cinq ans et sur lequel elle avait écrit de son écriture enfantine :

« Je t'aime, papa. »

Le dessin représente deux personnes, une grande

et une plus petite, qui se tiennent la main — des mains dénuées de doigts. Leurs visages affichent un énorme sourire et tout autour de la feuille sont collés près de trois douzaines d'autocollants rouges et roses en forme de cœur. Je l'avais tendu à James quand il était rentré du travail, ce soir-là. Il l'avait contemplé pendant une bonne minute, peut-être plus, avant de l'emporter dans son bureau où il l'avait collé avec un aimant sur le tiroir de son meuble noir de rangement.

— C'est pour le bien de Mia, dit-il, brisant le silence assourdissant. Elle a besoin de temps pour guérir.

Mais je me demande si c'est vraiment le cas.

Je voudrais lui dire qu'il y a d'autres moyens. L'adoption, par exemple. Mia pourrait donner son enfant à des gens qui ne peuvent pas en avoir et rendre ainsi le sourire à une famille désespérée. Mais James n'acceptera jamais. Il y aura toujours des « et si » : et si l'adoption se passait mal, et si les parents adoptifs décidaient de ne pas prendre l'enfant, et si le bébé naissait anormal, et si le bébé, une fois adulte, décidait de rechercher sa vraie mère pour foutre de nouveau sa vie en l'air ?

L'avortement en revanche est une procédure simple, rapide et radicale. En tout cas, dans l'opinion de James. Aucune importance si Mia est hantée par la culpabilité tout le reste de sa vie.

A la fin de la séance, le Dr Rhodes raccompagne Mia en salle d'attente mais, avant que nous prenions congé, elle pose la main sur son bras et déclare :

Une fille parfaite

— Prenez tout votre temps pour prendre votre décision. Rien ne presse.

Je peux lire dans les yeux de James que sa décision est déjà prise.

COLIN

PRÉCÉDEMMENT

Je n'arrive pas à dormir et ce n'est pas la première fois. J'ai essayé de compter les moutons, les cochons, n'importe quoi, et maintenant, je tourne en rond dans la pièce. Toutes les nuits sont difficiles. Chaque nuit, je pense à elle. Mais ce soir, c'est pire parce que la date sur ma montre me rappelle que c'est son anniversaire. Et je l'imagine toute seule, là-bas, à la maison.

Il fait noir comme dans un four, pourtant je sens soudain une présence. Je ne suis plus seul dans la pièce.

— Tu m'as fichu une trouille d'enfer, dis-je.

Je peux à peine deviner sa silhouette, mes yeux ayant du mal à percer une telle obscurité.

— Désolée, ment-elle. Que fais-tu ?

Ma mère n'arrêtait pas de me houspiller à cause de ma démarche pesante. Elle disait que je pourrais réveiller les morts.

Nous n'allumons pas. Dans l'obscurité, nous nous heurtons. Aucun de nous ne s'excuse. Nous nous

Une fille parfaite

écartons gauchement et nous réfugions chacun dans notre coin.

— Je n'arrivais pas à dormir, dis-je. J'essayais de me changer les idées.

— A propos de quoi ?

Au début, je garde le silence. Au début, je ne veux rien lui confier. Elle n'a pas besoin de savoir.

Puis je finis par tout lui raconter. Il fait tellement sombre dans la pièce que je peux prétendre qu'elle n'est pas là. Mais en fait, ce n'est pas pour ça. Ce n'est pas ce qui m'incite à parler. Ce qui me décide, c'est sa façon de dire : « Aucune importance » avant de se diriger vers la chambre comme me l'indique le bruit de ses pas. Je veux qu'elle reste.

Alors, je me lance. Je lui raconte que mon père est parti quand j'étais enfant, mais que ça n'avait pas d'importance parce qu'en fait, il n'avait jamais vraiment été là. Il buvait. Il passait son temps dans les bars et jouait. Nous n'avions pourtant pas beaucoup d'argent sans qu'en plus, il aille le jeter par les fenêtres. Je lui raconte qu'il courait après les femmes et qu'il trichait. Que mon enfance n'a pas été des plus heureuses : qu'il n'y avait jamais assez à manger sur la table, ni assez d'eau chaude pour prendre un bain. Non pas qu'il y ait eu quelqu'un pour me donner un bain, de toute façon. J'avais trois ans, peut-être quatre.

Je lui raconte que mon père avait un sale caractère. Que j'en avais une peur bleue quand j'étais gosse. Avec moi, il se contentait surtout de crier et guère plus. Mais il frappait ma mère. Souvent.

Il lui arrivait parfois de travailler, mais la plupart du

temps il était *entre deux* emplois. Il se faisait toujours virer pour une raison ou pour une autre : pour ne pas s'être présenté à son poste. Ou pour s'être présenté soûl. Ou encore pour avoir envoyé son patron sur les roses.

Ma mère, elle, travaillait tout le temps. Elle n'était jamais à la maison parce qu'elle bossait douze heures par jour, d'abord dans une épicerie-boulangerie où elle commençait à 5 heures du matin, puis le soir, comme barmaid dans un endroit où les hommes la draguaient, lui touchaient les fesses et l'appelaient « mon chou » ou « poupée ». Mon père la traitait de pute. C'était ce qu'il disait : « Tu n'es qu'une bonne à rien de pute. »

Je lui raconte que ma mère achetait mes vêtements dans des ventes de charité, que nous faisions le tour de la ville les jours des poubelles pour remplir la voiture avec tout ce que nous pouvions trouver. Nous nous sommes fait jeter dehors plus d'une fois. Alors, nous dormions dans la voiture. Avant l'école, nous avions pris l'habitude de nous glisser en douce dans les toilettes d'une station-service pour que je puisse faire un brin de toilette et me laver les dents. Mais les gérants avaient fini par nous repérer et avaient menacé d'appeler les flics si nous revenions.

Je lui raconte comment cela se passait toujours au supermarché. Maman avait vingt dollars en poche et nous remplissions le chariot de tout ce dont nous avions besoin : du lait, des bananes, une boîte de céréales. A la caisse, le total dépassait toujours les vingt dollars malgré nos efforts pour essayer de compter à mesure. Alors, nous devions décider — entre les céréales ou

Une fille parfaite

les bananes — ce que nous voulions laisser pendant qu'un abruti dans la queue soupirait et nous disait de nous dépêcher. Je me souviens qu'une fois un crétin de mon école se trouvait derrière nous dans la queue. J'en ai entendu parler pendant quinze jours. Que la mère de Thatcher n'avait même pas assez d'argent pour acheter des foutues bananes.

Je me tais et elle ne fait aucun commentaire. N'importe quelle autre fille aurait compati. Aurait dit qu'elle était « désolée » pour moi. Que cela avait dû être « très difficile ». Mais pas elle. Pas parce qu'elle n'est pas compréhensive, mais parce qu'elle devine que je ne recherche pas sa compassion.

Je n'avais encore jamais parlé de mon père à qui que ce soit.

Je n'avais encore jamais parlé de ma mère à qui que ce soit. Et là, je me laisse aller. Peut-être est-ce l'ennui, je n'en sais rien. Nous avons épuisé tous les sujets de conversation. Pourtant, d'une certaine façon, je crois que c'est plus que cela. Quelque chose chez cette fille m'aide à m'exprimer, me donne envie de lui parler, de m'épancher, de sortir tout ce que j'ai sur le cœur. Peut-être alors arriverai-je à dormir.

— Quand j'ai eu cinq ou six ans, ma mère a commencé à trembler, dis-je. D'abord, les mains. Evidemment, cela lui a posé des problèmes au travail. Elle laissait tout tomber, elle renversait des trucs. Au bout d'un an, elle se traînait. Elle n'arrivait plus à marcher droit. Elle pouvait à peine remuer les pieds ou les bras. Les gens la fixaient et lui disaient de se dépêcher. Elle a perdu son sourire, a arrêté de cligner les yeux. Elle est devenue dépressive. Elle n'arrivait plus à garder un travail. Elle était trop lente, trop maladroite.

— Maladie de Parkinson, commente la fille, et je hoche la tête bien qu'elle ne puisse pas me voir.

Sa voix me signale qu'elle est assez près pour que je puisse la toucher et pourtant je ne peux pas voir l'expression de son visage, ni lire ce qu'expriment ses yeux bleus.

— C'est ce qu'ont déclaré les médecins.

J'étais en dernière année à l'école primaire quand j'ai dû commencer à l'aider à s'habiller — toujours des sweat-shirts parce qu'elle était incapable de remonter une fermeture Eclair. A l'époque du lycée, je devais l'accompagner aux toilettes. Elle ne pouvait déjà plus couper sa nourriture ou écrire son nom.

Au début, elle prenait des médicaments pour calmer les symptômes, mais les effets secondaires — nausées, insomnies, cauchemars — l'affaiblissaient encore plus. Alors, elle a arrêté. J'ai commencé à travailler à quatorze ans. J'essayais de gagner le plus d'argent possible. Mais ce n'était jamais assez. Mon père était parti depuis longtemps à ce moment-là. Dès qu'elle est tombée malade, il a décampé. A dix-huit ans, j'ai laissé tomber l'école et quitté la maison. J'ai cru que je pourrais gagner plus d'argent en ville. Je lui envoyais tout ce que je gagnais pour payer les honoraires du médecin et acheter à manger. Pour qu'elle ne se retrouve pas à la rue. Mais il n'y avait jamais assez d'argent.

Et puis un jour, alors que je travaillais comme

Une fille parfaite

plongeur dans un restaurant, j'ai demandé à faire des heures supplémentaires en expliquant que j'avais besoin d'argent.

— Comme nous tous, a commenté mon patron.

Les affaires ne marchaient pas fort, mais il connaissait quelqu'un qui pourrait me consentir un prêt.

On connaît la suite.

GABE

PRÉCÉDEMMENT

J'ai localisé un membre de la famille à Gary : une femme du nom de Kathryn Thatcher, la mère de Colin. Nous avions découvert un téléphone portable au fond d'un tiroir chez Thatcher — enregistré au nom d'un certain Steve Moss, alias Colin Thatcher — et récupéré le journal des appels à l'intérieur. Colin appelait très souvent, presque quotidiennement, une femme d'un certain âge, domiciliée à Gary, dans l'Indiana. Trois autres appels passés en direction d'un téléphone prépayé, le soir même de la disparition de Mia, avaient retenu toute mon attention. Ce même numéro avait rappelé dix fois, le lendemain matin, à l'aube. Je mets aussitôt nos techniciens sur le coup pour forcer la boîte vocale. Quand c'est fait, nous nous penchons tous sur l'appareil pour écouter les messages. Un type voudrait savoir où se trouve cette foutue gonzesse, la fille du juge, et pourquoi Thatcher ne l'a pas amenée au rendez-vous comme prévu. Il

Une fille parfaite

n'a pas l'air content, mais alors pas content du tout. On pourrait même dire qu'il est fou de rage.

C'est à ce moment-là que je comprends que Colin Thatcher travaille pour quelqu'un d'autre.

Mais qui ?

J'essaye de remonter la piste du téléphone prépayé et découvre qu'il a été acheté dans une supérette à Hyde Park. Le propriétaire du magasin, un Indien qui parle à peine trois mots d'anglais, n'a pas la moindre idée de l'identité de l'acheteur qui aurait apparemment payé en liquide. C'est bien ma chance.

Je décide d'aller personnellement interroger la mère. Mon chef propose d'user de son influence pour qu'un flic de Gary s'en charge, mais je refuse. Je tiens à le faire moi-même.

A Chicago, on ne peut pas dire que Gary, Indiana, jouisse d'une excellente réputation. En fait, la localité serait plutôt considérée comme un véritable trou à rats. La population y est pauvre, en majorité afro-américaine. La ville est connue pour ses immenses aciéries qui s'étendent le long du lac Michigan et rejettent dans l'air leurs fumées nauséabondes.

Le sergent veut m'accompagner, mais je le décourage et je m'y rends seul. Nous ne voulons pas affoler la pauvre femme et la pousser au silence, n'est-ce pas ? J'ai fait l'erreur d'informer Mme Dennett de mon projet du jour. Si elle ne m'a pas directement demandé de venir, elle y a lourdement fait allusion. J'ai posé une main prudente sur son bras et lui ai promis qu'elle serait la première informée des résultats de mon entrevue.

Le trajet me prend deux bonnes heures. Bien qu'il

n'y ait qu'une petite centaine de kilomètres, le nombre de semi-remorques qui encombrent l'I-90 m'empêche de dépasser les cinquante kilomètres à l'heure et je me traîne sur la route. En chemin, je m'offre une courte halte pour acheter un café dans un drive-in. Conséquence, je me pisse pratiquement dessus en atteignant enfin Gary où je suis obligé de m'arrêter pour me soulager dans une station-service, rassuré par l'arsenal que je dissimule sous ma veste.

Kathryn Thatcher habite dans une maison bleu pâle. La bâtisse est vieille, tout droit sortie des années 1950. La pelouse disparaît sous les mauvaises herbes, les arbustes forment une véritable jungle et les plantes en pots ont depuis longtemps rendu l'âme.

Je frappe à la moustiquaire et patiente sur le perron en béton qui aurait désespérément besoin de réparations. La journée est maussade, typique d'un mois de novembre dans le Midwest. C'est carrément déprimant, avec une température à peine supérieure à zéro qui paraît froide, même si je sais que d'ici à un ou deux mois, nous prierons tous pour retrouver cette température positive.

Comme je n'obtiens pas de réponse, je tire la moustiquaire et frappe à la porte décorée d'une couronne, accrochée à un clou rouillé. La porte n'est pas fermée à clé et s'ouvre dès que je l'effleure. *Merde*, me dis-je. J'aurais peut-être dû amener le sergent. Je saisis mon arme, entre sur la pointe des pieds et appelle.

— Madame Thatcher ?

Je m'avance dans la pièce, si démodée que je dois faire un effort pour me rappeler que je ne suis pas

Une fille parfaite

dans la maison de ma grand-mère : moquette à poils longs, boiseries sur les murs, papier peint décollé, sans parler du mobilier — rien n'est assorti, le cuir taupe déchiré voisinant avec du tissu d'ameublement fleuri.

Je perçois un bruit étouffé. Quelqu'un chantonne faux dans la cuisine, ce qui me rassure. Je remets mon arme dans son harnais, histoire de ne pas flanquer la trouille de sa vie à la dame. C'est alors que mon regard est attiré par une petite photo posée sur la télé, représentant Colin Thatcher et ce que je présume être Kathryn, tous les deux sur leur trente et un. La télévision est allumée, le son coupé, et diffuse un feuilleton.

— Madame Thatcher ?

J'appelle et de nouveau n'obtiens pas de réponse. Je me dirige alors vers l'origine du bruit dans la cuisine et frappe au chambranle de la porte ouverte, non sans avoir préalablement observé pendant quelques instants les doigts tremblants de la femme qui tentent une fois, deux fois, trois fois d'ôter le plastique qui recouvre un plat surgelé. La femme paraît assez vieille pour être la grand-mère de Colin et je me demande si je ne me suis pas trompé d'adresse. Elle porte une robe de chambre et des pantoufles fourrées ; ses jambes sont nues et je m'efforce de repousser l'idée qu'elle n'a rien sous sa robe de chambre.

— Madame, dis-je, en posant le pied sur le sol recouvert de lino.

Au son de ma voix, elle tourne la tête et manque s'évanouir en découvrant un parfait inconnu dans sa cuisine. Je sors alors précipitamment mon badge pour lui assurer qu'elle n'est pas sur le point de se faire descendre.

— Seigneur, bafouille-t-elle en posant une main tremblante sur son cœur. Colin ?

— Non, madame.

Je m'approche.

— Vous permettez ?

Passant le bras devant elle, je retire l'emballage qui recouvre le plat. Je laisse ensuite tomber le plastique humide dans la poubelle qui déborde à côté de la porte qui donne sur l'arrière de la maison. Le surgelé est un plateau-repas pour enfant, composé de nuggets de poulet, de maïs et d'un brownie.

Je tends la main pour soutenir Mme Thatcher qui, à ma grande surprise, accepte mon aide. Elle n'a guère de stabilité, tant pour se déplacer que pour tenir debout. Voûtée, elle avance à petits pas précautionneux, en traînant les pieds, son visage dénué d'expression. Je redoute qu'elle ne chute d'une minute à l'autre. De la salive coule de sa bouche.

— Je suis l'inspecteur Gabe Hoffman, dis-je. Je travaille au…

— Colin ? demande-t-elle encore.

Cette fois, d'une voix presque suppliante.

— Madame Thatcher, asseyez-vous, je vous en prie.

Je l'aide à rejoindre le coin repas où elle s'assoit. Je lui apporte son déjeuner et sors une fourchette d'un tiroir, mais sa main tremble tellement qu'elle ne parvient pas à porter la nourriture à sa bouche. Finalement, elle se résout à prendre le nugget avec la main.

Une fille parfaite

On donnerait à cette femme soixante-dix ans. Pourtant, si elle est bien la mère de Thatcher, elle ne doit pas avoir plus de cinquante ans. Ses cheveux sont gris, alors que sur la photo au-dessus de la télé, relativement récente, ils sont châtains. Elle semble avoir perdu une ou deux tailles et sa robe de chambre pend sur elle comme un sac à linge. Elle n'a que la peau sur les os. Sur le comptoir se trouvent plusieurs flacons de médicaments et un fruit pourri dans une corbeille. Et bien sûr, j'aperçois les bosses et les hématomes ici et là sur sa peau, conséquences probables de chutes récentes.

Sa maladie porte un nom, mais impossible de m'en souvenir. Pourtant, je l'ai sur le bout de la langue.

— Avez-vous vu Colin ?

Elle me répond que non. Je lui demande alors à quand remonte leur dernière rencontre et elle déclare ne pas s'en souvenir.

— Colin vient-il vous voir régulièrement ?

— Toutes les semaines. Il tond la pelouse.

Par la fenêtre de la cuisine, je jette un coup d'œil à la cour recouverte de feuilles frissonnantes.

— Prend-il soin de vous ? Fait-il les courses ?...

Elle affirme que oui. Je considère le fruit qui pourrit dans la corbeille sous un nuage de drosophiles. Je prends la liberté d'ouvrir la porte du réfrigérateur-congélateur qui ne contient qu'un sac de petits pois surgelés, une boîte de lait périmé et quelques plats également surgelés. Le contenu du placard est tout aussi inapproprié : des boîtes de soupe que Mme Thatcher ne risque pas d'ouvrir toute seule et des crackers.

— Est-ce qu'il sort également la poubelle ?

— Oui.

— Depuis combien de temps s'occupe-t-il de vous ? Un an ? Deux ?

— Il était encore enfant quand je suis tombée malade. Son père...

Elle ne termine pas sa phrase.

— ... vous a quittés, conclus-je pour elle.

Elle hoche la tête.

— Et maintenant, Colin vit... avec vous ?

Elle secoue la tête.

— Il vient. Il me rend visite.

— Mais pas cette semaine ?

— Non.

— Ni la semaine dernière ?

Elle ne sait plus. Il y a peu de vaisselle dans l'évier, mais la poubelle déborde d'assiettes en carton. Il l'encourage certainement à en utiliser : plus facile pour elle ainsi, pas de vaisselle à faire.

— Mais il fait les courses, le ménage et...

— Tout.

— Il s'occupe de tout. Mais il n'est pas venu depuis quelque temps maintenant, n'est-ce pas, madame Thatcher ?

Sur le mur, un calendrier est ouvert au mois de septembre. Le lait dans le réfrigérateur porte une date limite de consommation au 7 octobre.

— Puis-je me permettre de sortir la poubelle pour vous ? demandé-je. Elle est pleine.

— Je vous en prie.

Une fille parfaite

Ses tremblements sont pénibles à regarder. Pour être franc, ils me mettent franchement mal à l'aise.

J'attrape le fichu sac, l'extirpe de son conteneur et sors par la porte de derrière. Il empeste. Je descends en courant les trois marches et vais le jeter dans le coffre de ma voiture avec l'intention d'examiner son contenu, plus tard. Après m'être assuré que personne ne m'observe, j'ouvre la boîte aux lettres et sors ce qui s'y trouve, une pile si haute qu'elle déborde et menace de tomber sur la route. Un bordereau glissé au milieu des lettres demande au destinataire de venir récupérer son courrier au bureau de poste. Le facteur a fourré tout ce qu'il a pu dans la boîte avant de déclarer forfait.

De retour à l'intérieur, je vois Mme Thatcher se débattre avec le maïs. Difficile à supporter. Personne ne devrait avoir autant de difficulté à manger un foutu plateau-repas. Je me glisse dans le coin repas en face de la femme émaciée.

— Laissez-moi vous aider, dis-je en m'emparant de la fourchette et en piquant un grain.

Il y a un moment de flottement. Dieu m'est témoin que je préférerais mourir plutôt que d'être nourri à la cuillère par un étranger.

— Où est Colin ? s'enquiert-elle.

Je porte la nourriture à sa bouche lentement, seulement un ou deux grains de maïs à la fois.

— Je n'en sais rien, madame. J'ai bien peur que Colin n'ait des ennuis. Nous avons besoin de votre aide.

Je sors une photographie de Mia Dennett et la montre à la femme en lui demandant si elle l'a déjà vue.

Elle ferme les yeux.

— A la télévision, murmure-t-elle. Je l'ai vue à la télé… Elle est la… Oh, mon Dieu, Colin ! Oh ! Colin.

Et elle fond en larmes.

Je m'efforce de la convaincre que nous n'avons encore aucune certitude pour l'instant. Qu'il ne s'agit que de pure spéculation de notre part. Mia Dennett est peut-être en compagnie de Colin ou peut-être pas. Mais en réalité, je n'ai aucun doute qu'ils sont ensemble.

Je lui explique que j'ai besoin de son aide pour retrouver son fils et lui affirme que nous voulons juste nous assurer qu'ils vont bien tous les deux, qu'ils n'ont pas de problèmes. Bien sûr, elle ne me croit pas.

Elle a perdu l'appétit. Son corps déformé s'affaisse par-dessus la table.

— Colin, répète-t-elle inlassablement en guise de réponse à toutes mes questions.

— Madame Thatcher, connaissez-vous un endroit où Colin pourrait se réfugier s'il éprouvait le besoin de se cacher ?

Colin.

— Pourriez-vous me donner le nom de membres de votre famille ou d'amis qu'il pourrait contacter s'il avait des problèmes ? Son père ? Avez-vous un carnet d'adresses ?

Colin.

— Je vous en prie, essayez de vous rappeler à quand remonte votre dernière conversation avec lui. Lui avez-vous parlé depuis sa dernière visite ? Au téléphone, peut-être ?

Une fille parfaite

Colin.

J'en ai marre. Je n'aboutirai à rien.

— Madame, verriez-vous un inconvénient à ce que je jette un coup d'œil dans votre maison ? J'espère découvrir un indice susceptible de me conduire jusqu'à votre fils.

C'est comme prendre un bonbon de la main d'un enfant. N'importe quelle autre femme appellerait son avocat et réclamerait un mandat. Mais pas Mme Thatcher. Elle sait ce qui lui arrivera si Colin ne rentre pas à la maison.

Je l'abandonne en pleurs dans la cuisine et commence ma visite.

Je traverse la salle à manger, passe devant une salle d'eau, la chambre principale et franchis le seuil de la chambre d'un Colin Thatcher âgé de dix-sept ans, peinte en bleu marine, avec des manuels de lycée jamais rendus à la bibliothèque, et des fanions des White Sox. Dans la penderie sont encore suspendus quelques vêtements : une tenue de football et un jean déchiré. Au sol, une paire de chaussures de foot crottées.

Sur les murs, des posters des sportifs des années 1980 et, accrochée dans un placard, là où sa mère ne peut pas la voir, la page centrale d'un magazine représentant Cindy Crawford. Pliée au pied du lit, une couverture au crochet que Kathryn a probablement tricotée quand ses mains le pouvaient encore. Un creux dans le mur là où, dans un accès de colère, Colin pourrait bien s'être défoulé. Sous la fenêtre, un radiateur et à côté du lit, une petite photographie représentant Colin,

301

très jeune, Kathryn, magnifique, et un bout de la tête d'un homme, le reste ayant été découpé.

Je ne retourne pas directement dans la cuisine. Je passe par la chambre principale qui empeste. Dans un coin, une pile de linge sale. Les volets sont tirés et la pièce est sombre. J'actionne l'interrupteur. De toute évidence, l'ampoule a grillé. Je m'avance jusqu'à la penderie et tire la chaînette. Un filet de lumière éclaire chichement la chambre. J'aperçois des photos de Colin à tous les âges de sa vie — pas très différent de moi finalement. Bébé grassouillet typique, devenu joueur de football et, pour finir, héros d'*America's Most Wanted*[1]. Je découvre des pissenlits pressés sous un cadre de verre ; il avait dû les ramasser pour elle quand il était gosse. Un dessin représentant une silhouette mince. Lui ? Et un téléphone sans fil tombé par terre. Je le ramasse et le retourne sur sa base. La batterie est à plat. Cela prendra des heures avant qu'elle se recharge.

Je note mentalement de me procurer le journal des appels téléphoniques de la maison et, éventuellement, d'installer une écoute.

Dans la pièce du devant, je passe la main sur les touches d'un piano poussiéreux, désaccordé. Le son attire Mme Thatcher qui pénètre dans la pièce en boitillant. Elle a encore du maïs sur le menton. Elle trébuche et je la rattrape de justesse.

---

1. Célèbre émission d'investigation et de télé-réalité américaine qui diffusait les photos des criminels les plus recherchés des Etats-Unis en demandant au public de les aider à les localiser.

Une fille parfaite

— Colin, répète-t-elle pour la énième fois tandis que je l'aide à se poser sur le canapé.

Je lui conseille de s'allonger et glisse un coussin sous sa tête. Puis, avec la télécommande, je remets le son. Dieu sait depuis combien de temps elle regarde la télé sans le son.

Des albums de souvenirs sont rangés sur une étagère en chêne, un pour chaque année de la vie de Colin Thatcher jusqu'à l'âge de treize ans. J'en prends un et me laisse tomber dans un fauteuil en cuir. Je tourne les pages. Boy-scout, carnets d'école. Collections de feuilles ramassées au cours de promenades et qu'on a dû faire sécher dans une grande encyclopédie. Des coupures de journaux. Des scores de parties de golf miniature. Une liste de cadeaux de Noël. Une carte postale de Grand Marais, Minnesota, adressée à Mme Kathryn Thatcher, avec un timbre de quinze cents collé de travers dans un coin. La date 1989 est imprimée sur la carte qui représente une forêt, un lac, la nature. Juste quelques mots :

« Papa est un naze. Tu me manques. »

Des photographies à n'en plus savoir que faire, surtout des vieilles, jaunissantes, qui commencent à se racornir.

Je reste avec Kathryn Thatcher aussi longtemps que possible. Elle a besoin de compagnie. Mais pas seulement ; elle a besoin de quelque chose que je ne peux pas lui fournir. Je prends finalement congé et promets de l'appeler, mais je n'arrive pas à partir. Les plats surgelés dans le frigo ne dureront pas

303

éternellement et il suffit d'une bonne chute et d'une commotion pour qu'elle se tue.

— Madame, je ne peux pas vous laisser seule ici, dis-je finalement.

— Colin, murmure-t-elle.

— Je sais, Colin prend soin de vous. Mais Colin n'est pas là pour le moment et vous ne pouvez pas rester seule. Avez-vous de la famille ? Quelqu'un que je pourrais appeler ?

Je considère son silence comme une réponse négative.

Ce qui me pousse à m'interroger. Après avoir pris soin de sa mère invalide pendant si longtemps, qu'est-ce qui a bien pu pousser Colin à l'abandonner aujourd'hui ?

Je prends quelques vêtements dans le placard de Mme Thatcher et les glisse dans un sac. J'y ajoute les flacons de médicaments. Il y a une maison de retraite à Gary. Pour l'instant, elle fera l'affaire.

J'informe Mme Thatcher que je l'emmène en promenade.

— Non, je vous en prie, supplie-t-elle pendant le trajet jusqu'à la voiture. S'il vous plaît. Je veux rester ici. Je ne veux pas partir.

J'ai jeté un manteau sur sa robe de chambre et lui ai laissé ses pantoufles fourrées.

Elle proteste aussi fort qu'elle le peut, ce qui n'est pas beaucoup. Je sais bien qu'elle ne veut pas partir. Qu'elle ne veut pas quitter sa maison, mais je ne peux pas la laisser ainsi.

Une voisine sort sur le pas de sa porte pour voir la cause de ce tapage. Je lève la main pour la rassurer.

Une fille parfaite

— Tout va bien, dis-je en brandissant mon badge.

J'aide Mme Thatcher à monter dans la voiture et attache sa ceinture de sécurité. Elle pleure. Je conduis aussi vite que possible. Dans quelques minutes, tout sera fini.

Je pense à ma propre mère.

Un employé m'attend sur le parking. Il prend Mme Thatcher dans ses bras pour la sortir de la voiture, comme un enfant soulèverait une peluche, avant de l'asseoir dans un fauteuil roulant. Je le suis des yeux tandis qu'il pénètre dans le bâtiment en poussant le fauteuil. Puis je remonte en voiture.

Plus tard, après avoir enfilé une paire de gants en latex, je fouille dans le sac-poubelle. Ce ne sont que des déchets sans importance, à l'exception d'un reçu de pompe à essence daté du 29 septembre — j'imagine que le permis de conduire de Mme Thatcher a depuis longtemps été annulé —, et d'un reçu d'épicerie de la même date pour un total de trente-deux dollars. Assez pour une semaine. Colin Thatcher prévoyait de revenir huit jours plus tard. Il n'avait pas envisagé de disparaître.

Je feuillette le courrier. Des factures, des factures et encore des factures. Des avis d'impayés. C'est à peu près tout.

Je me rappelle cette carte postale avec tous ces arbres. Et je me dis que Grand Marais doit être un bel endroit à visiter à l'automne.

305

COLIN

PRÉCÉDEMMENT

Je lui révèle le prénom de ma mère, Kathryn, et lui montre sa photo que je conserve toujours dans mon portefeuille. Le cliché date d'une bonne dizaine d'années. Elle me dit qu'elle me retrouve en elle, les yeux, le sérieux et le mystère. Le sourire de ma mère est forcé, découvrant la canine de travers qui la rend dingue.

— Quand tu parles d'elle, tu souris vraiment, dit-elle.

Les cheveux de ma mère sont foncés comme les miens. Raides comme des baguettes. Ceux de mon père également. L'origine de mes propres boucles demeure une énigme, probablement l'incidence d'un quelconque gène récessif. Je n'ai jamais connu mes grands-parents et ne sais donc pas s'ils avaient les cheveux bouclés.

De nombreuses raisons m'empêchent de rentrer chez moi, la plus importante que je ne mentionne jamais étant que la police aimerait bien me voir derrière les

Une fille parfaite

barreaux. J'avais vingt-trois ans la première fois que j'ai enfreint la loi. Il y a huit ans de cela. J'essayais de vivre honnêtement. J'essayais de suivre les règles, mais la vie ne fonctionne pas ainsi. J'ai braqué une station-service et envoyé chaque dollar dérobé à ma mère pour lui permettre d'acheter ses médicaments. J'ai recommencé quelques mois plus tard pour qu'elle puisse payer le médecin. Puis j'ai vu combien je pouvais gagner en vendant de la drogue et j'ai dealé pendant quelque temps, jusqu'à ce qu'un flic infiltré me prenne en flagrant délit et m'envoie passer quelque temps à l'ombre. Après cela, j'ai voulu repartir de zéro et vivre honnêtement, mais lorsque ma mère a reçu un mandat d'expulsion, j'étais désespéré. Je ne savais plus quoi faire.

J'ignore pourquoi la chance m'a autant souri. J'ignore pourquoi j'ai pu me débrouiller ainsi aussi longtemps sans me faire coincer par les flics, vraiment coincer. Pourtant, une part de moi le souhaitait pour que je n'aie plus à continuer ainsi, à fuir perpétuellement, à me cacher derrière de faux noms.

— Mais alors…, dit-elle.

Nous sommes dehors et nous marchons sous les arbres immenses. Il fait très doux en cette journée de novembre, la température oscillant autour de cinq degrés. Elle a enfilé ma veste, s'est emmitouflée dedans, les mains enfoncées dans les poches. La capuche couvre sa tête. Je ne sais plus depuis combien de temps nous marchons, mais le chalet n'est plus visible. Nous enjambons des troncs arrachés et j'écarte les branches d'un sapin pour lui permettre de passer.

Nous grimpons sur des collines et manquons dévaler dans des ravins. Nous shootons dans des pommes de pin et écoutons le chant des oiseaux. Pour reprendre notre souffle, nous nous appuyons contre un grand sapin du Canada, au milieu d'une forêt d'autres sapins.

— Alors, tu ne t'appelles pas Owen.

— Non.

— Et tu ne viens pas de Toledo.

— Non plus.

Mais pour autant, je ne lui révèle pas mon vrai nom. Je lui explique que mon père m'avait amené ici, une fois, dans le Minnesota, sur le Gunflint Trail. Je lui raconte que le chalet lui appartient, qu'il appartient à sa famille depuis des générations. Il avait rencontré une femme.

— Je me demande bien ce qu'elle a pu trouver à ce salaud, dis-je. Mais ça n'a pas duré.

Nous ne nous étions pas parlé depuis des années et je l'avais carrément oublié. Et puis, un jour, il m'avait invité à ce petit voyage. Il avait loué un camping-car et nous avions roulé depuis sa maison de Gary, dans l'Indiana, jusque dans le Minnesota. C'était bien avant qu'il déménage à Winona pour travailler pour les services de l'Equipement. Je ne voulais pas venir, mais ma mère m'y a forcé. Elle croyait naïvement que mon père souhaitait se racheter auprès de moi, mais elle se trompait.

— La femme qu'il avait rencontrée avait un abruti de fils du même âge que moi, à quelque chose près. Alors, mon père avait projeté ces vacances comme si c'était habituel entre nous. La femme, son fils et moi.

308

Une fille parfaite

Il voulait l'impressionner. Il avait promis de m'acheter un vélo si je ne fichais pas tout en l'air. Je n'ai pas dit un mot de tout le séjour, mais je n'ai jamais vu la couleur du vélo. Je n'ai plus jamais reparlé à mon père depuis cette époque. Mais je garde un œil sur lui, au cas où.

Elle ne sait pas comment je fais pour me diriger à travers les arbres. Je lui explique que c'est naturel chez moi. D'abord, j'ai fait partie des scouts et, en plus, j'ai cette faculté de toujours savoir où se trouve le nord. Ça et tout le temps que j'ai passé à errer dans les bois — n'importe quoi pour m'éloigner des disputes de mes parents — quand j'étais enfant.

Elle marche dans mes pas tandis que j'avance à travers les arbres et ne se plaint pas de la fatigue.

Comment une fille qui a grandi en ville peut-elle connaître le nom de tous les arbres ? Elle les pointe du doigt et me les nomme — sapins baumiers, épicéas, pins — comme s'il s'agissait d'une foutue leçon de biologie. Elle sait que les glands sont les fruits du chêne et que ces stupides petits hélicoptères tombent des érables.

J'imagine qu'il n'est pas nécessaire d'être un génie pour savoir cela. Simplement, je n'avais jamais fait attention — jusqu'à ce que je voie ses doigts libérer les graines et ses yeux suivre avec fascination le vol des hélicoptères qui tombent en tournoyant vers le sol.

Enseigner est un réflexe naturel chez elle dont elle n'a même pas conscience. Ainsi, elle m'informe que ces hélicoptères portent le nom de disamares et que le cardinal rouge est obligatoirement un mâle — avant de s'offusquer que les mâles soient toujours parés de couleurs lumineuses tandis que les femelles n'héritent que d'un aspect terne. Et il en va de même pour toutes les espèces — passereaux, canards, paons, lions. Pour être honnête, je n'avais jamais remarqué la différence. Elle ne serait probablement pas aussi indignée si elle avait été bien traitée par les hommes de sa vie.

Elle m'avoue être incapable de définir ses sentiments envers son père. De toute façon, je ne comprendrais pas, estime-t-elle, parce qu'il ne l'a jamais frappée, ne l'a jamais laissée coucher dehors dans le froid, ne l'a jamais laissée se coucher le ventre vide.

Elle me parle d'un étudiant du nom de Romain, un Noir qui passe la plupart de ses nuits dans un refuge pour sans-abri dans les quartiers nord. Un garçon qui a choisi d'aller à l'école bien que personne ne l'y oblige. Il a dix-huit ans et veut passer son bac. Il étudie toute la journée comme un fou et le soir, il nettoie les rues de la ville. La nuit, il fait la manche dans le métro. Elle a travaillé comme bénévole dans un refuge pour sans-abri pour voir comment cela se passait.

— Pendant deux heures, j'ai retiré du fromage moisi de sandwichs préemballés, m'explique-t-elle. Le reste du sandwich leur était donné à manger.

Peut-être n'est-elle pas aussi égoïste que je le pensais.

Je connais le poids des regards dédaigneux, des yeux qui glissent sur vous sans même vous voir. Je connais les intonations méprisantes dans une voix. Je

Une fille parfaite

connais les effets de la trahison ou des désillusions, quand quelqu'un qui pourrait vous offrir le monde rechigne à vous en accorder même une miette.

Peut-être ne sommes-nous pas si différents après tout.

GABE

PRÉCÉDEMMENT

Je vérifie la liste des appels téléphoniques de Kathryn Thatcher. Rien ne retient particulièrement mon attention. Sa dernière conversation avec son fils remonte à la fin septembre quand il l'avait appelée depuis un téléphone enregistré au nom de Steve Moss. Le reste se résume à des appels de télémarketing, de sociétés de recouvrement ou des rappels de rendez-vous chez le médecin auxquels elle ne s'est jamais rendue.

J'appelle la maison de retraite à Gary. L'employé me demande si je fais partie de la famille et dans la négative refuse de me la passer. Pendant qu'il parle, j'entends les hurlements d'un vieil homme en arrière-plan. Mme Thatcher est-elle là, à écouter ces rugissements ? Je ne doute pas qu'elle en serait bouleversée. Puis je me rappelle qu'on prend soin d'elle, qu'on la nourrit et qu'on l'aide à faire sa toilette.

Je me rappelle que je ne suis pas son fils. Qu'elle n'est pas sous ma responsabilité.

Une fille parfaite

Malgré cela, je ne parviens pas à ôter de ma tête cette image : celle de ma mère assise en robe de chambre au bord d'un lit effondré, fixant d'un air absent la fenêtre sale, seule et démunie, pendant qu'un vieillard édenté hurle dans le couloir. Des infirmières sous-payées l'ignorent. Elle n'attend plus qu'une chose : la mort.

Sous la pression du juge, l'affaire Mia Dennett passe chaque soir aux informations mais, pour autant, aucune piste en vue.

J'ai vérifié auprès du DMV[1] et n'ai trouvé aucun véhicule enregistré au nom d'un Colin Thatcher, d'un Steve Moss, ou même d'une Kathryn Thatcher. Nous avons contacté toutes les personnes possibles et imaginables ayant peu ou prou connu Colin. Peu d'amis, seulement un ou deux vieux copains de lycée qui ne lui ont pas parlé depuis des années. Une ex-petite amie à Chicago avec laquelle je ne jurerais pas que les rapports sexuels étaient gratuits. Elle n'a pas une parole aimable à son sujet. C'est une femme méprisable qui n'a rien à offrir sinon un petit coup rapide si je suis intéressé, ce qui n'est pas le cas. Certaines de ses anciennes maîtresses d'école le décrivent comme un enfant maltraité, d'autres comme un marginal. Les voisins de Mme Thatcher racontent qu'il rend souvent visite à sa mère, sort les poubelles et tond la pelouse. La belle affaire. Les voisins ignorent toujours ce qui se passe à l'intérieur d'une maison. Mais ils m'apprennent qu'il conduit un pick-up. Quels marque,

1. Department of Motor Vehicles : service de cartes grises où sont enregistrés tous les véhicules motorisés.

couleur ou modèle ? Personne ne semble savoir. Les réponses se contredisent toutes. Je ne prends même pas la peine de demander le numéro de la plaque d'immatriculation.

Le souvenir de la carte postale de Grand Marais me trotte dans la tête. Je me retrouve à chercher la localité sur internet et à commander des brochures de voyage. Je calcule le kilométrage depuis Chicago et vais jusqu'à requérir les enregistrements des caméras le long du parcours, et ce, bien que je ne sache même pas ce que je cherche.

Je suis dans une impasse. Je n'ai plus rien à faire qu'à attendre.

COLIN

PRÉCÉDEMMENT

C'est bien ma veine. La fille dort encore quand
j'entends soudain un grattement derrière la porte
d'entrée. Cela me fiche une trouille d'enfer. Je me
lève d'un bond du canapé mou qui me sert de lit tout
en prenant conscience que je n'ai plus l'arme. C'est
l'aube et le soleil commence juste à darder ses premiers
rayons. Je tire les rideaux pour regarder dehors, sans
rien voir. Et puis, merde. J'ouvre la porte et découvre
sur le seuil ce foutu chat qui nous rapporte une souris
morte. Cela faisait plusieurs jours qu'il avait disparu
et il n'a vraiment pas bonne mine. Il a l'air presque
aussi mal en point que le rongeur à moitié décapité
posé à côté de ses pattes.

Je prends le chat dans mes bras. Je m'occuperai de
la souris plus tard. Pour le moment, ce matou va me
servir de monnaie d'échange — une vraie intervention
divine, si je croyais vraiment à ce genre de conneries.
Les placards sont complètement vides. Plus une seule

miette de nourriture. Si je ne vais pas rapidement à l'épicerie, nous allons mourir de faim.

Je n'attends pas qu'elle se réveille pour entrer dans la chambre et annoncer que je vais en ville.

Au son de ma voix, elle s'assoit, l'esprit encore ensommeillé, et se frotte les yeux.

— Quelle heure est-il ? demande-t-elle, mais j'ignore sa question.

— Il m'accompagne.

Le chat laisse échapper un miaulement qui retient toute son attention. Elle est maintenant complètement réveillée. Elle tend les bras vers lui, mais je recule. La sale bête en profite pour me griffer.

— Comment…

— Si tu es toujours là à mon retour, je n'aurai pas besoin de le tuer, dis-je avant de partir.

Je fonce en ville, frôlant les cent vingt kilomètres à l'heure dans une zone où la vitesse est limitée à quatre-vingts. Je parierais ma vie que la fille ne tentera rien de stupide, mais je ne peux pas m'empêcher d'imaginer le chalet envahi par des flics embusqués, attendant patiemment mon retour.

Sur la route de Grand Marais, je dépasse un ou deux magasins. J'essaye toujours de rester imprévisible et ne vais jamais deux fois au même endroit. Il ne manquerait plus que quelqu'un me reconnaisse.

Pour l'instant, pourtant, la nourriture n'est pas mon seul souci.

Je connais un type qui fabrique de faux papiers, qui forge de nouvelles identités, la totale. Je m'arrête près d'une cabine téléphonique devant une quincaillerie et

Une fille parfaite

fouille dans mes poches à la recherche de quelques pièces. Je prie Dieu de ne pas être en train de faire l'erreur de ma vie. A en croire les séries télé, il leur faut moins de trois minutes pour remonter la trace d'un appel téléphonique. Ces foutues standardistes peuvent faire cela sitôt la connexion établie, à peine le temps de composer le numéro. Il suffit que Dan aille raconter aux flics que je l'ai appelé pour que, dès demain, ils débarquent en force devant la quincaillerie à ma recherche.

J'étudie donc les options qui s'offrent à moi. Essayer de survivre pendant l'hiver — et ensuite ? Ensuite, nous serons fichus. A supposer que nous soyons toujours vivants au printemps, nous n'aurons nulle part où aller.

Question réglée. Je glisse une pièce dans la fente et compose le numéro.

A mon retour, elle descend en courant les marches recouvertes de neige pour me prendre le chat.

Elle hurle qu'elle ne serait pas partie et m'agonit d'injures pour avoir menacé de tuer la pauvre bête.

— Comment pouvais-je le savoir ? rétorqué-je.

J'attrape les sacs en papier posés sur le siège arrière du pick-up. Il doit bien y en avoir une douzaine, chacun plein à craquer de dix ou quinze boîtes de conserve.

C'était mon dernier voyage en ville. Jusqu'à ce que les passeports soient prêts, nous vivrons de soupes en poudre, de haricots blancs et de tomates concassées. Plus tout ce que je pourrai pêcher dans le lac gelé.

Elle agrippe mon bras et m'oblige à la regarder. Sa poigne ne tremble pas.

— Je ne serais pas partie, répète-t-elle.

— Je ne pouvais pas prendre ce risque, dis-je en me dégageant avant de me diriger vers l'escalier, les abandonnant, elle et le chat, à l'extérieur.

Elle cherche à me convaincre de laisser entrer le chat. Il fait de plus en plus froid, plaide-t-elle. Il ne survivra pas à ces températures.

— Aucune chance, dis-je.

Mais elle insiste et finalement déclare :

— Il reste.

Juste comme ça.

Quelque chose est en train de changer.

Je lui raconte que lorsque j'étais gamin, je travaillais avec mon oncle. Ce n'est pas que j'aie envie de parler de moi, mais je ne supporte plus le silence.

J'avais quatorze ans quand j'ai commencé à travailler avec le frère de ma mère. Ce flemmard avec une bedaine de buveur de bière m'avait appris son boulot pour que je puisse le remplacer, si bien qu'à la fin de la journée, c'était moi qui avais fait tout le travail et lui qui empochait quatre-vingt-dix pour cent de la paye.

Aucun membre de ma famille n'a jamais été à l'université. Pas un. Peut-être un vague cousin éloigné, mais en tout cas personne de ma connaissance. Tous

Une fille parfaite

des ouvriers, la plupart employés dans les usines sidérurgiques autour de Gary. J'ai grandi dans un monde où, en tant que Blanc, je représentais une minorité et où un quart de la population vivait sous le seuil de pauvreté.

— La différence entre toi et moi, c'est que j'ai grandi démuni de tout. Et je n'espérais rien parce que je savais que je ne l'obtiendrais pas.

— Mais tu as bien dû rêver de devenir quelqu'un ?

— Je rêvais de conserver ce statu quo. De ne pas tomber plus bas que je n'étais déjà. Mais c'est arrivé quand même.

Mon oncle Louis m'a appris comment réparer des robinets qui fuient, installer des chauffe-eau. Peindre des chambres ou retirer des brosses à dents du fond des toilettes. Border une pelouse, réparer une porte de garage et changer la serrure d'une maison après que le ou la propriétaire a foutu son ex dehors. Le tarif de Louis était de vingt dollars de l'heure. A la fin de la journée, il me renvoyait chez moi avec trente dollars en poche. Je savais que je me faisais voler. Quand j'ai eu seize ans, je me suis donc mis à mon compte. Mais le travail était irrégulier et j'avais besoin d'un emploi stable. Le taux de chômage est élevé à Gary.

Elle me demande si je vais souvent voir ma mère. Je me braque à cette question et garde le silence.

— Tu t'inquiètes pour elle, dit-elle.

— Je ne peux pas l'aider tant que je suis ici.

Et c'est là qu'elle comprend.

— L'argent. Les cinq mille dollars…

Je pousse un soupir et avoue que l'argent lui était

319

destiné. J'explique que, si je ne la force pas, ma mère refuse de prendre ses médicaments. Elle dit qu'elle oublie. Mais en réalité elle n'en supporte plus les effets secondaires. Je lui dis que je lui rends visite tous les dimanches et que j'en profite pour ranger ses médicaments dans un pilulier, l'emmener faire les courses, nettoyer la maison. Mais cela ne suffit pas. Elle a besoin de bien plus que cela. Elle a besoin de quelqu'un auprès d'elle en permanence et pas seulement le dimanche.

— Il faudrait la mettre dans une maison de retraite, dit-elle.

C'était ce que j'avais prévu de faire. Ces cinq mille dollars devaient me permettre de lui obtenir une place. Mais évidemment, c'est fichu. Plus d'argent. Tout ça parce que, sur une simple impulsion, j'ai choisi de sauver une fille et, par la même occasion, de sacrifier ma mère — et moi-même dans la foulée.

Pourtant, au fond de moi, je sais bien que ce n'est pas la véritable raison de mon geste. La véritable raison n'a rien à voir avec la fille. Pour être totalement honnête, je l'ai fait parce que si la fille avait fini par être assassinée plus tard et que ma mère avait découvert que c'était moi qui l'avais enlevée, cela l'aurait tuée. Les cinq mille dollars n'auraient plus eu la moindre importance parce qu'elle aurait cessé de vivre. Et si elle n'était pas morte, elle aurait souhaité l'être. Elle ne m'avait pas élevé pour me voir finir ainsi.

Simplement, je n'avais pas réfléchi à tout cela avant que la fille ne se retrouve assise à côté de moi dans la voiture. Quand l'appel des dollars avait laissé place

Une fille parfaite

à la réalité : une fille en larmes, l'image des sbires de Dalmar l'arrachant de la voiture, les trente années de prison qui me pendaient au nez. Ma mère serait décédée bien avant que j'en ressorte. A quoi cela m'aurait-il avancé ?

Je me mets à faire les cent pas dans la pièce. Je suis en colère. Pas contre elle. Contre moi.

— Quel genre de type veut mettre sa mère dans une maison de retraite parce qu'il n'en peut plus de prendre soin d'elle ? demandé-je.

C'est la première fois que je baisse ma garde. Je suis dans un angle de la pièce, adossé aux rondins en pin, une main contre mon front en sentant naître une migraine.

— Sincèrement, dis-je en la regardant, quel genre de personne n'hésiterait pas à mettre sa mère dans une maison de retraite pour ne plus avoir à s'en occuper ?

— Vous ne pouvez pas tout faire.

— Je pourrais faire plus.

Debout devant la porte d'entrée, elle regarde tomber la neige. A côté de ses pieds, le foutu chat tourne en rond, priant pour qu'elle le laisse sortir. Mais elle ne veut pas. Pas ce soir.

— Vraiment ?

Je lui avoue que certains jours, je suis surpris de la découvrir toujours en vie lorsque j'arrive. La maison est une vraie poubelle, elle n'a rien mangé. Les plats que j'avais laissés dans le réfrigérateur sont toujours là. Parfois, la porte n'est même pas fermée à clé. Quelquefois, le four est allumé. Je lui ai demandé de venir vivre avec moi, mais elle a refusé. C'est là sa maison. Elle ne veut pas quitter Gary. Elle a vécu là toute sa vie. Elle y a grandi.

— Il y a les voisins. Une femme passe la voir une fois par semaine. Elle récupère le courrier dans la boîte et s'assure qu'elle a assez à manger. Malgré ses soixante-quinze ans, elle est en meilleure forme que ma mère. Cela étant, chacun a sa vie et je ne peux pas espérer que les gens s'occupent de ma mère à ma place.

Je lui parle également de ma tante, Valerie, qui n'habite pas loin, à Griffith. Elle aussi passe donner un coup de main de temps en temps. J'espère qu'elle a compris ce qui se passe. Qu'un des voisins l'a appelée après avoir aperçu ma tête à la télévision. J'espère qu'elle a compris que ma mère était seule et qu'elle a fait ce qu'il fallait, *n'importe quoi*, pour prendre soin d'elle.

Ma mère n'était pas au courant pour la maison de retraite, mais elle n'avait jamais voulu devenir un poids pour moi. C'était le mieux que je puisse faire. Une espèce de compromis.

Mais une saloperie de compromis, si vous voulez mon avis. Personne n'a envie de se retrouver dans une maison de retraite. Pourtant, je ne voyais pas de meilleure solution.

J'attrape ma veste sur le bras d'une chaise. Je suis en colère contre moi-même pour avoir laissé tomber ma mère. J'enfonce mes pieds dans mes chaussures, glisse mes bras dans les manches de la veste. Je ne regarde pas la fille. Je la renverse presque dans ma précipitation pour gagner la porte.

— Il neige, fait-elle remarquer.

Une fille parfaite

Elle ne bouge pas assez vite. Elle pose la main sur mon bras pour tenter de m'arrêter, mais je me dégage d'un geste brusque.

— Il ne faut pas traîner dehors par une nuit pareille.

— Je m'en fous.

Je la repousse et ouvre la porte. Elle prend le chat dans ses bras pour le retenir.

— J'ai besoin d'air, dis-je en claquant la porte.

EVE

PRÉCÉDEMMENT

Dans les jours qui ont suivi Halloween, une femme a mis son bébé de trois semaines à cuire dans un four à micro-ondes et une autre a tranché la gorge de son gamin de trois ans. Quelle injustice ! Pourquoi ces ingrates jouissaient-elles de leurs enfants alors que le mien m'avait été arraché ? Ai-je donc été une si mauvaise mère ?

Il faisait un temps printanier pour Thanksgiving : beaucoup de soleil et des températures qui flirtaient avec les vingt degrés. Un temps qui s'était maintenu tout le long de ce grand week-end, du vendredi au dimanche. Pourtant, alors même que nous avalions les dernières bouchées de purée et de farce, les ingrédients d'un hiver typique du Michigan se mettaient sournoisement en place. Depuis quelque temps déjà, le présentateur de la météo nous mettait en garde contre une tempête de neige prévue pour nous tomber dessus jeudi prochain dans la nuit. Prévoyant de rester

Une fille parfaite

cloîtrés chez eux, les gens avaient pillé les épiceries de toutes leurs bouteilles d'eau. *Mon Dieu*, pensé-je, *ce n'est que l'hiver — un épisode annuel récurrent —, pas la bombe atomique.*

Je prends avantage de la douceur printanière pour décorer la maison. Je ne suis certainement pas d'humeur joyeuse, mais je le fais quand même — pour tromper mon ennui et pour oublier quelques instants les terribles pensées qui m'obsèdent. Egalement pour mettre un peu d'animation dans la maison — même si je sais que ni James ni moi n'y serons sensibles — juste au cas où. Juste au cas où Mia serait là pour Noël et se réjouirait de trouver un arbre décoré et ses chaussettes d'enfant brodées d'anges dont la chevelure commence à se raréfier.

Quelqu'un frappe à la porte. Je sursaute comme chaque fois, et immédiatement une pensée me traverse l'esprit : Mia ?

Je suis empêtrée dans des guirlandes lumineuses italiennes que je branche pour les tester tout en essayant de démêler douze mois de nœuds. Je n'ai jamais vraiment compris comment des nœuds pouvaient se former à l'intérieur d'une boîte en plastique rangée dans un grenier mais, chaque année, aussi inéluctables que l'hiver impitoyable de Chicago, je les retrouve. La chaîne stéréo crache de la musique de Noël celtique. Je suis toujours en pyjama — une veste boutonnée devant et un pantalon resserré par un lien coulissant. Il n'est pas encore 10 heures et dans mon esprit, le pyjama est tout à fait acceptable même si mon café est maintenant tiède et le lait presque aigre. Autour

325

de moi règne un véritable chaos avec des boîtes en plastique rouges et vertes ouvertes de tous côtés, leurs couvercles jetés dans un coin où ils ne gêneront pas, et les branches de sapin artificiel que nous avons accumulées au fil des années, depuis l'époque où James et moi louions un appartement à Evanston pendant qu'il terminait ses études de droit. J'ai fouillé dans les boîtes de décorations de Noël que nous avons achetées au fur et à mesure, et j'y ai trouvé celles des tout premiers Noëls des filles, jusqu'à ces cannes en perles qu'elles confectionnaient à l'école primaire. Mais ces décorations se retrouvaient rarement sur l'arbre et restaient dans les boîtes à se recouvrir de poussière. J'ai toujours insisté pour installer un arbre de Noël luxueux à faire admirer à nos invités pendant les fêtes. Pas question pour moi d'avoir ce fouillis tape-à-l'œil qui encombre en général les autres maisons à Noël : les bonshommes de neige et autres bricoles que les gens entassent année après année.

Cette année, je me promets que les décorations fabriquées par les filles seront les premières sur l'arbre.

Je me relève, abandonnant ma guirlande, et découvre l'inspecteur Hoffman qui jette un œil derrière la vitre biseautée. Quand j'ouvre la porte, un courant d'air froid m'enveloppe.

— Bonjour, madame Dennett.

— Bonjour, inspecteur, dis-je en passant une main dans mes cheveux.

Ses yeux font le tour de la maison.

— Je vois que vous vous êtes lancée dans les décorations de Noël.

Une fille parfaite

— J'essaye, mais les guirlandes sont tout emmêlées.

Il ôte sa veste et la pose sur le sol, à côté de ses chaussures.

— Eh bien, dans ce cas, laissez-moi vous aider. Je suis un expert en démêlage de guirlandes. Vous permettez ?

D'un geste de la main, je lui fais signe de ne pas se gêner, heureuse d'être débarrassée de cette corvée.

Je lui propose une tasse de café, sachant qu'il ne refusera pas comme toujours, tout comme je sais qu'il le prend avec du lait et du sucre. Beaucoup de chaque. Je rince ma propre tasse que je remplis de nouveau et retourne dans le salon, une tasse dans chaque main. L'inspecteur est à genoux sur le parquet, écartant précautionneusement chaque fil de lumières du bout des doigts. Je pose sa tasse sur un dessous de verre sur la table basse et m'assois par terre pour l'aider. Il est venu me parler de Mia. Il mentionne une ville située dans le Minnesota et me demande si j'ai déjà été là-bas avec Mia. Je secoue la tête.

— Pourquoi ?

Il hausse les épaules.

— Simple curiosité.

Il m'explique qu'il a vu des photos de cette ville ; l'endroit a l'air magnifique. Il s'agit d'une ville portuaire à une soixantaine de kilomètres de la frontière canadienne.

— En quoi cela concerne-t-il Mia ?

Il cherche à éluder la question sans y parvenir.

— De quoi s'agit-il ?

— Juste une intuition, répond-il finalement. Je

ne sais rien de plus, mais je cherche. Et si je trouve quelque chose, vous serez la première à le savoir, ajoute-t-il en croisant mon regard suppliant.

— Très bien, dis-je, capitulant non sans quelques hésitations.

Je sais que l'inspecteur Hoffman est le seul à vraiment s'intéresser au sort de ma fille — presque autant que moi.

Cela fait maintenant près de deux mois que Gabe Hoffman a pris l'habitude de débarquer ainsi à la maison. Il vient quand cela lui chante : pour poser une petite question ou lorsqu'une pensée lui a traversé l'esprit au milieu de la nuit. Il déteste que je l'appelle inspecteur tout comme je déteste qu'il m'appelle madame Dennett mais, pour autant, nous conservons ce semblant de formalisme bien qu'après toutes ces semaines à discuter des détails intimes de la vie de Mia, nous dussions en être à nous appeler par nos prénoms. C'est un expert dans l'art de parler pour ne rien dire et de tourner autour du pot. James n'est pas encore convaincu que l'homme n'est pas un abruti. Moi, je le trouve gentil.

Il fait une pause dans sa tâche et boit une gorgée de café.

— D'après la météo, nous devrions avoir beaucoup de neige, déclare-t-il en changeant de sujet.

Mais mon esprit est fixé sur cette ville portuaire : Grand Marais.

— Pas loin de trente centimètres d'après les prévisions. Peut-être plus.

— J'aimerais bien que nous ayons de la neige à Noël.

328

Une fille parfaite

— Moi aussi, dis-je, mais cela n'arrive jamais. C'est peut-être mieux ainsi d'ailleurs. Avec tous les déplacements et les courses à faire pendant cette période, la neige poserait certainement pas mal de problèmes.

— Je suis sûr que vos achats de Noël seront terminés bien avant le 25 décembre.

— Vous croyez ?

Cette affirmation me surprend un peu.

— Il est vrai que je n'ai pas beaucoup de cadeaux à faire. Seulement James, Grace et — j'hésite — Mia.

Il s'immobilise et nous marquons un silence en pensant à ma fille. Cela pourrait créer un malaise et cependant c'est déjà arrivé un million de fois au cours des derniers mois, chaque fois qu'on mentionne son nom.

— Vous ne semblez pas être quelqu'un d'indécis, fait remarquer l'inspecteur un instant plus tard.

Je ris.

— J'ai trop de temps à ma disposition pour remettre à plus tard.

C'est la vérité. Avec James qui travaille toute la journée, qu'ai-je à faire d'autre que mes courses de Noël ?

— Avez-vous toujours été une femme au foyer ? demande-t-il ensuite.

Je me redresse brusquement, mal à l'aise. Comment sommes-nous passés de la météo et des décorations de Noël à ceci ? Je déteste les mots « femme au foyer ». Cela fait désuet — les années 1950 au moins —, démodé, avec aujourd'hui une connotation négative, ce qui n'était probablement pas le cas il y a un demi-siècle.

— Qu'entendez-vous exactement par femme au foyer ? Nous avons une femme de ménage, vous savez. Et je cuisine, parfois mais, généralement, James rentre tard et je mange seule. Si vous entendez par là que je n'ai jamais travaillé…

— Je ne voulais pas vous offenser, coupe-t-il.

Il a l'air gêné, assis à côté de moi sur le sol, à démêler les guirlandes. Il progresse très vite, bien plus vite que moi. Il tient une guirlande de lumières presque entièrement dénouée et, quand il la branche, je suis presque étonnée de découvrir qu'elle fonctionne.

— Bravo, dis-je, avant de mentir. Je ne me sens pas offensée.

Pour le confirmer, je tapote sa main, une liberté que je ne me suis encore jamais permise, le genre de gestes qui m'obligerait à franchir le cap du mètre réglementaire de séparation physique entre lui et moi.

— J'ai travaillé quelque temps dans la décoration intérieure.

Ses yeux font le tour de la pièce, notant les détails. J'ai effectivement décoré cette maison toute seule, une des rares choses dont je sois fière, contrairement à mon travail de mère. J'en avais retiré un sentiment d'accomplissement, un sentiment que je n'avais pas ressenti depuis très longtemps, pas depuis la naissance des filles, lorsque ma vie s'est réduite à changer des couches et à essuyer la purée de pommes de terre sur le sol de la cuisine.

— Vous n'aimiez pas cela ?

Une fille parfaite

— Oh ! si. J'adorais cela.

— Que s'est-il passé alors ? Si je peux me permettre cette question…

Je me surprends à trouver qu'il a un beau sourire. Qu'il est gentil, juvénile.

— J'ai eu des enfants, inspecteur, dis-je d'un ton léger. Ils changent tout.

— Vous vouliez en avoir ?

— J'imagine. Je rêvais d'en avoir depuis mon enfance : une chose à laquelle toutes les femmes pensent.

— La maternité est-elle vraiment une vocation ? Une chose naturellement programmée chez toutes les femmes ?

— Je mentirais si je disais que je n'étais pas folle de joie quand je suis tombée enceinte de Grace. J'adorais être enceinte, la sentir remuer en moi.

Il rougit, gêné de cette soudaine confession.

— Quand elle est née, le choc a été brutal. J'avais rêvé de bercer mon enfant pour l'endormir, de le calmer au son de ma voix. Mais la réalité a été bien différente : des nuits sans pouvoir fermer l'œil suivies de journées que je passais hagarde, presque délirante à cause du manque de sommeil, des hurlements que rien ne parvenait à apaiser. Des bagarres pour lui faire avaler la moindre bouchée, des crises de colère… Pendant des années, je n'ai pas eu une minute pour me faire les ongles ou me maquiller un peu. James restait au bureau très tard, le soir, et quand il condescendait à rentrer, il ne voulait rien savoir à propos de Grace de toute façon : il se désintéressait complètement de

331

son éducation. C'était mon boulot, vingt-quatre heures sur vingt-quatre, une tâche exténuante et ingrate. En fin de journée, James s'étonnait toujours que je n'aie pas trouvé le temps de passer prendre son linge chez le teinturier ou de plier la lessive.

Un silence accueille ces confidences. Un silence embarrassé, cette fois. J'en ai trop dit, je me suis montrée trop candide. Gênée, je me lève et entreprends d'enfoncer les branches artificielles le long du tronc. L'inspecteur fait semblant de n'avoir rien entendu et finit de disposer les guirlandes en lignes parallèles. Il y en a plus qu'assez pour décorer l'arbre. Il me demande s'il peut m'aider et j'accepte.

Nous avons décoré la moitié de l'arbre quand il reprend la parole.

— Puis Mia est arrivée, dit-il. La maternité a dû vous sembler plus facile, à ce moment-là ?

Je sais qu'il cherche à me faire un compliment, mais je suis frappée qu'il ait pu conclure de mes confidences non pas qu'être mère est une tâche difficile, mais que je n'avais pas les qualités requises pour être une bonne mère.

— Nous avions essayé pendant des années d'avoir Grace. Nous avions presque baissé les bras. Après coup, je me dis que nous étions naïfs. Nous considérions Grace comme l'enfant du miracle. Parce que, évidemment, cela ne risquait pas de nous arriver de nouveau. Si bien que nous n'avons pris aucune précaution pour Mia. Puis, un jour, surprise ! Les nausées matinales, la fatigue. J'ai immédiatement compris que

Une fille parfaite

j'étais enceinte, mais je n'en ai pas parlé tout de suite à James. Je me demandais comment il allait réagir.

— Et comment a-t-il réagi ?

Je prends la branche des mains de l'inspecteur et l'enfonce dans le tronc.

— Par le déni, je dirais. Il a cru que je me trompais, que j'avais mal interprété les signes.

— Il ne voulait pas d'autre enfant ?

— Pour être franche, je crois qu'il ne voulait même pas du premier.

Debout près de moi, Gabe Hoffman porte un blazer couleur camel qui a dû lui coûter une fortune, un pull-over et une chemise en dessous et je me demande comment il fait pour ne pas transpirer.

— Vous êtes habillé de façon bien conventionnelle, aujourd'hui, fais-je remarquer, debout dans mon pyjama de soie devant l'arbre de Noël, les dents pas lavées.

A cet instant, à cause des rayons du soleil qui illuminent le salon et m'éblouissent, il m'apparaît très élégant.

— Je dois assister à une audience, cet après-midi, voilà tout ce qu'il parvient à répondre, et nous restons là à nous fixer en silence.

— J'adore ma fille, dis-je.

— Je sais. Et votre mari ? L'aime-t-il également ?

Je suis choquée par son audace. Mais ce qui devrait m'offenser et me détourner de lui m'en rapproche au contraire. Je suis fascinée par ses manières directes, sa façon d'aborder les situations de face, sans tourner autour du pot.

Je baisse les yeux sous son regard.

333

— James aime James.

Sur le mur se trouve une photo encadrée : James et moi, le jour de notre mariage. Nous nous sommes mariés dans une vieille cathédrale de la ville. Les parents de James avaient pris en charge le coût extravagant de la cérémonie bien que, selon la tradition, cette charge eût dû incomber à mon père. Mais les Dennett ne l'entendaient pas ainsi. Pas parce qu'ils cherchaient à se montrer aimables. Non. Ils redoutaient surtout que le mariage ne soit vulgaire et tape-à-l'œil si ma famille se chargeait de l'organisation et il n'était pas question pour eux de subir une telle humiliation devant leurs riches amis.

— Ce n'est certainement pas la vie que j'envisageais quand j'étais enfant.

Je jette brusquement les branches par terre.

— Mais qu'est-ce que je fabrique ? Nous ne fêterons pas Noël, cette année. James prétendra qu'il doit travailler bien que je sois certaine que ce n'est pas au travail qu'il sera. Quant à Grace, elle passera Noël avec les parents de cet homme qu'elle fréquente apparemment depuis quelque temps déjà, même si nous ne l'avons toujours pas rencontré. Nous mangerons seuls, James et moi, le jour de Noël, comme nous le faisons tout au long de l'année, un repas aussi festif que possible. Nous resterons silencieux et avalerons notre repas très vite, de façon à regagner rapidement nos chambres séparées pour la nuit. J'appellerai mes parents et James m'incitera à me dépêcher à cause du coût des communications internationales.

» Mais ce n'est pas grave, conclus-je. Parce que tout

Une fille parfaite

ce qui les intéressera sera de savoir si nous avons des nouvelles de Mia, ce qui aura pour conséquence de me faire penser à elle comme je le fais chaque minute de chaque jour qui passe.

Ma gorge se serre. Je lève la main : assez. Je secoue la tête et tourne le dos à l'homme qui me regarde avec tant de pitié dans les yeux. J'ai honte. Je ne peux pas continuer ainsi. Je ne peux pas terminer.

Mon cœur bat la chamade. Ma peau est moite ; je transpire. Je ne peux plus respirer. Je sens monter une envie irrésistible de hurler.

Est-ce à cela que ressemble une crise de panique ?

Puis les bras de l'inspecteur Hoffman se referment autour de moi et je me calme. Il se tient derrière moi et les battements de mon cœur ralentissent. Il appuie son menton sur le haut de mon crâne et je retrouve mon souffle, l'oxygène s'engouffre de nouveau dans mes poumons.

Il ne dit pas que tout ira bien parce que ce ne sera peut-être pas le cas.

Il ne promet pas de retrouver Mia parce qu'il n'y parviendra peut-être pas.

Mais il me serre si fort contre lui que, l'espace d'un instant, mes émotions refluent : la tristesse et la peur, les regrets et l'horreur. Il les contient à l'intérieur de ses bras, de sorte que je ne suis plus seule à en supporter le poids. Pendant ce court instant, il s'en approprie le fardeau.

Je me tourne pour lui faire face et enfouis mon visage contre sa poitrine. Après une hésitation, ses

335

bras enlacent mon pyjama de soie. Il sent la mousse à raser.

Je me dresse sur la pointe des pieds et lève les bras pour attirer son visage vers le mien.

— Madame Dennett, proteste-t-il gentiment.

Quand je pose mes lèvres sur les siennes, je me dis qu'il ne pense pas ce qu'il dit. C'est nouveau et excitant et désespéré en même temps.

Sa main agrippe mon pyjama et il m'attire plus près encore. Mes bras se resserrent autour de son cou et je passe la main dans ses cheveux. Je retrouve le goût du café dans sa bouche.

L'espace d'un instant, il me rend mon baiser. Un instant seulement.

— Madame Dennett, murmure-t-il de nouveau, ses mains descendant jusqu'à ma taille pour me repousser doucement. Eve, je vous en prie.

En reculant, il essuie sa bouche du dos de la main. Je tente une dernière fois de l'attirer contre moi par le revers de sa veste. Mais il résiste.

— Madame Dennett, je ne peux pas faire ça.

Le silence s'éternise.

— Qu'est-ce que je fais ? murmuré-je finalement, les yeux baissés.

Cela ne me ressemble pas. Je ne me suis jamais comportée ainsi auparavant. Moi, si saine et vertueuse. Ce... ce comportement est la spécialité de James.

À une époque de ma vie, les yeux des hommes me suivaient dans la rue. Les hommes me trouvaient belle. Quand je traversais une pièce au bras de James

Une fille parfaite

Dennett, chaque homme — tout comme leurs épouses pleines de convoitise — se tournait pour nous admirer.

Je sens encore les bras de l'inspecteur autour de moi, l'assurance et la consolation qu'ils me transmettaient, la chaleur de sa peau. Mais il se tient maintenant à quelques mètres et je fixe le sol.

Sa main se pose sous mon menton et relève mon visage, me forçant à le regarder.

— Madame Dennett, dit-il avant de s'arrêter en constatant que je garde les yeux baissés.

Je suis incapable de croiser son regard. J'ai trop honte.

— Eve.

J'obtempère finalement et ne découvre dans son regard aucune trace de colère ou de mépris.

— Rien au monde ne me ferait plus plaisir, avoue-t-il. C'est juste que… vu les circonstances.

Je hoche la tête.

— Vous êtes un homme bien. Ou… un excellent menteur.

Sa main vient caresser mes cheveux. Je ferme les yeux et ronronne presque contre sa paume. Je me blottis contre lui et ses bras se referment autour de moi. Il me tient serrée. Il pose ses lèvres sur mes cheveux et les embrasse.

— Personne ne m'oblige à venir vous voir deux ou trois fois par semaine, vous savez ? Je le fais parce que j'en ai envie. Je pourrais téléphoner. Mais je préfère venir vous voir.

Nous restons ainsi une minute jusqu'à ce qu'il m'annonce qu'il doit partir pour son audience au

tribunal, en ville. Je le raccompagne jusqu'à la porte
et le regarde partir. Je demeure ainsi devant la porte
vitrée à fixer la rue bordée d'arbres jusqu'à ce que sa
voiture disparaisse au détour du virage.

COLIN

PRÉCÉDEMMENT

On appelle cela un clipper albertain. Il s'agit d'un système dépressionnaire se déplaçant rapidement dans le flux zonal atmosphérique, qui se produit lorsque l'air chaud venu du Pacifique se heurte aux montagnes de Colombie-Britannique. Il se forme alors ce que certains nomment un chinook, des vents violents de type ouragan qui transportent l'air arctique vers le sud. Il y a deux jours encore, j'ignorais tout de ce phénomène. Jusqu'à ce que la température dans le chalet chute tellement que nous avons été contraints de nous réfugier dans la voiture et de pousser le chauffage à fond pour nous réchauffer. Mais pour cela, nous avons d'abord dû braver le vent glacial. La fille marchait sur mes talons, se servant de moi comme bouclier contre les bourrasques. Les portières du pick-up étaient pratiquement gelées. Une fois à l'intérieur, j'ai trouvé une radio sur laquelle le présentateur de la météo parlait du clipper albertain.

Il venait juste d'atteindre notre région qu'il pilonnait de neige, refroidissant le vent jusqu'à un niveau quasi insupportable. La température avait chuté de plus de vingt degrés depuis le matin.

Je ne croyais pas que le pick-up démarrerait. J'ai laissé échapper une bordée de jurons pendant qu'elle récitait des prières et, finalement, l'un des deux a fonctionné. L'air chaud a pris quelque temps à sortir du ventilateur mais, dès que nous l'avons senti, j'ai poussé le chauffage à fond et nous sommes restés là. Elle n'a pas cessé de grelotter.

— Depuis combien de temps as-tu ce véhicule? demande-t-elle. Il doit être plus vieux que certains de mes étudiants. Les enceintes ne fonctionnent plus à l'avant. Le vinyle des sièges est déchiré.

— Trop longtemps.

La publicité interrompt le bulletin météo. Je tourne le bouton, passant de la musique country à la *Lettre à Elise* de Beethoven. Pas question d'écouter ça. Je continue ma recherche et tombe sur une station de musique rock. Je reste sur cette station et baisse le son. Dehors, le vent hurle, secouant le pick-up. Il doit souffler à plus de cent kilomètres à l'heure.

J'ai un rhume et le nez qui coule. Elle me dit que j'ai attrapé cela en marchant dans le froid, l'autre nuit. Mais je lui réplique qu'on ne tombe pas malade en marchant dans le froid. Puis je tourne la tête et tousse. Mes yeux sont fatigués, je me sens mal.

Nous observons le paysage derrière le pare-brise. Les arbres ploient sous les bourrasques. Une branche

Une fille parfaite

de chêne craque et tombe, heurtant la voiture. La fille sursaute et me regarde.

— Ce n'est rien, dis-je.

Ce sera bientôt fini.

Elle me demande quel est mon plan et si nous allons rester longtemps terrés dans ce chalet. Je lui réponds que je n'en sais rien.

— Je dois réfléchir et régler certaines questions avant que nous puissions partir.

Je suis conscient que lorsque je partirai, elle m'accompagnera. Je ne peux penser qu'à cela ces temps-ci : quand partirons-nous et où irons-nous ? La chute de la température m'a fait prendre conscience que nous ne pourrons pas rester ici beaucoup plus longtemps. Le temps nous est compté. Dan travaille sur nos passeports mais, d'après lui, cela risque de prendre un peu de temps. « Combien ? » ai-je demandé depuis le téléphone devant la quincaillerie, insistant sur le fait que, justement, du temps, je n'en avais pas beaucoup. « Rappelle-moi dans une quinzaine de jours. Je vais voir ce que je peux faire. »

Alors, pour le moment, nous patientons. Mais je ne lui raconte rien de tout cela. Je lui laisse croire que je n'ai pas la moindre idée de ce qui va se passer.

Les Beatles chantent à la radio et elle me dit que ça lui rappelle sa mère.

— Elle écoutait leurs disques quand Grace et moi étions enfants, m'explique-t-elle. Elle aime leurs chansons, mais cette musique représente surtout un lien avec ses origines anglaises. Elle adore tout ce qui est anglais : le thé, Shakespeare et les Beatles.

341

— Pourquoi ne parles-tu jamais d'elle ? demandé-je.
Elle m'assure qu'elle l'a fait.

— Mais je n'ai dû la mentionner qu'en passant.
C'est comme ça avec ma mère. Elle n'est jamais dans
la lumière. Il n'y a simplement rien à en dire. C'est
une femme silencieuse, soumise. Malléable.

Mes mains traînent devant le ventilateur, cherchant
à emmagasiner autant de chaleur que possible.

— A ton avis, que croit-elle qu'il t'est arrivé ?

L'odeur de notre savon s'accroche à sa peau, ce
qu'il ne fait jamais sur la mienne. Une odeur subtile.
De pomme.

— Je ne sais pas. Je n'y ai pas réfléchi.

— Mais elle sait que tu as disparu.

— Peut-être.

— Et elle s'inquiète.

— Je l'ignore.

— Pourquoi ?

Elle réfléchit quelques secondes.

— Au cours de l'année écoulée, elle a dû me téléphoner une ou deux fois. Mais je n'ai pas rappelé et
comme elle ne voulait pas me déranger, elle a laissé
tomber.

Mais elle reconnaît qu'elle se pose la question.
Cette pensée lui a traversé l'esprit à plusieurs reprises.
Qu'ont pensé les gens quand il n'y a pas eu de fête
pour son anniversaire ? Quand elle n'a pas assisté au
dîner de Thanksgiving ? Les gens se sont-ils lancés à sa
recherche ? Ont-ils pris conscience de sa disparition ?

— Je me demande si la police a été prévenue ou si
ce ne sont que des rumeurs. Ai-je perdu mon travail ?

Une fille parfaite

Mon appartement a-t-il été donné à quelqu'un d'autre puisque je n'ai pas payé le loyer?

J'explique que je n'en sais rien. C'est possible. Mais quelle importance de toute façon? Elle ne peut pas retourner chez elle. Elle ne retrouvera jamais son emploi ou cet appartement.

— Mais ta mère t'aime? insisté-je.

— Bien sûr. C'est ma mère.

Et elle entreprend de me parler d'elle.

— Ma mère est fille unique. Elle a grandi dans le Gloucestershire, dans un petit village paisible, constitué de cottages en pierre aux toits en pente et de maisons vieilles de plusieurs centaines d'années. C'est là qu'habitent mes grands-parents. Leur maison n'a rien de spécial — un vieux cottage tellement encombré que ça me rend dingue. Ma grand-mère a la manie de tout garder et mon grand-père boit de la bière et le fera jusqu'à sa mort. Il empeste la bière, mais d'une façon touchante — ses bises sont toujours baveuses avec un goût de bière. Ce sont des grands-parents typiques. Ma grand-mère est la meilleure pâtissière du monde et mon grand-père peut raconter des histoires fascinantes de combats de guerre pendant des heures et des heures. Ma grand-mère m'envoie de longues lettres, écrites sur des pages de blocs, d'une calligraphie parfaite, une écriture cursive qui danse sur le papier. En été, elle colle sur les pages des fleurs de leur magnifique hortensia grimpant que j'adore, une plante qui a grimpé le long des murs en pierre de la maison et en recouvre maintenant tout le toit.

Elle me raconte que sa mère lui chantait *Lavender's*

Blue quand elle était petite. Je lui dis que je ne connais pas cette chanson.

Elle se rappelle une certaine partie de cache-cache avec sa sœur. Quand celle-ci avait fermé les yeux et commencé à compter jusqu'à vingt, elle avait couru se cacher dans sa chambre et mis des écouteurs sur ses oreilles.

— Je m'étais cachée dans un placard, un petit placard à linge exigu, et j'ai attendu qu'elle me trouve.

Elle a attendu pendant plus d'une heure. Elle avait quatre ans.

C'est finalement sa mère qui l'avait retrouvée, après avoir constaté sa disparition et fouillé la maison de la cave au grenier. Elle se souvient du grincement de la porte du placard qui s'ouvre et elle, à demi endormie sur le sol. Elle se rappelle les yeux de sa mère terriblement désolée, et la façon dont elle l'avait enlacée à même le sol, en répétant encore et encore : « Tu es ma petite fille parfaite, Mia », laissant son esprit s'interroger sur ce que cela sous-entendait, sur le non-dit.

Elle se rappelle que sa sœur n'avait même pas été grondée.

— Elle a dû s'excuser, ce qu'elle a fait. Mais de façon très hautaine.

Elle se souvient que bien qu'elle n'ait eu que quatre ans, elle s'était demandé quel avantage il y avait à être une petite fille parfaite. Mais elle voulait l'être. C'est ce qu'elle me dit. Elle a vraiment essayé d'être la fille parfaite.

Elle me raconte que lorsqu'elles se retrouvaient

Une fille parfaite

seules à la maison, sa sœur à l'école ou chez une amie, et son père sorti, elle et sa mère prenaient le thé.

— C'était notre secret. Elle faisait réchauffer du jus de pomme pour moi et se préparait une tasse de thé. Nous partagions un sandwich au beurre de cacahuète et à la confiture qu'elle coupait en long. Nous buvions notre thé, le petit doigt en l'air, et nous nous donnions des petits noms comme « chérie » et « amour ». Elle me parlait de la vie dans ce royaume anglais magique, comme si les princes et les princesses s'y promenaient librement dans les rues pavées.

Elle m'apprend ensuite que son père détestait ce pays. Qu'il avait forcé sa mère à s'intégrer. A devenir américaine. A perdre tout sens de sa propre culture.

Elle m'explique qu'on appelle cela l'impérialisme : une relation basée sur la domination et la subordination.

Elle fait une grimace quand elle prononce le nom de son père. Je ne sais pas si elle s'en rend compte. Je ne crois pas qu'elle en ait conscience. A mon avis, la relation entre ses parents n'est pas la seule à être inégalitaire.

Il fait nuit, dehors, une nuit noire sans lune. La lampe intérieure du pick-up nous fournit un peu de lumière, mais à peine. Je distingue seulement le contour de son visage, le reflet de ses yeux.

— Elle a perdu toute trace de son éducation anglaise après avoir vécu si longtemps aux Etats-Unis, reprend-elle. Mon père l'a obligée à cesser d'utiliser des mots typiquement anglais pour adopter leur version américaine. Je ne sais pas quand c'est arrivé exactement mais, petit à petit, au cours de mon enfance, son vocabulaire anglais a disparu.

Je lui demande qui va la rechercher. Quelqu'un a sûrement fini par comprendre qu'elle avait disparu.

— Je n'en sais rien. Mes collègues de travail doivent s'inquiéter, mes élèves se poser des questions. Mais en ce qui concerne ma famille, honnêtement, je ne saurais dire. Et toi ? Qui va te rechercher ?

Je hausse les épaules.

— Personne n'en a rien à faire de moi.

— Ta mère.

Je me tourne pour la regarder, sans répondre. Aucun de nous ne sait s'il s'agit vraiment d'une question. Ce que je sais en revanche, c'est que quelque chose se passe en moi chaque fois qu'elle me regarde. Ses yeux ne se posent plus sur moi sans me voir. Maintenant, quand elle parle, elle me regarde vraiment. La colère et la haine ont disparu.

Je tends ma main réchauffée par l'air ventilé et la pose sur sa joue. Je glisse une mèche de ses cheveux derrière son oreille. Je sens sa joue se presser contre ma main et rester là un moment. Elle ne proteste pas.

— Nous devrions rentrer, dis-je. Plus nous restons ici, plus ce sera difficile de sortir.

Elle ne bouge pas tout de suite. Elle hésite. J'ai l'impression qu'elle voudrait dire quelque chose. Une chose qui la démange. Une chose qu'elle a sur le bout de la langue.

Puis elle mentionne Dalmar.

— Quoi Dalmar ? demandé-je.

Mais elle se contente de garder le silence, ruminant

Une fille parfaite

ses pensées. Se demandant probablement comment elle a pu atterrir ici. Du moins, c'est ce que je suppose qu'elle pense. Comment la fille d'un riche juge peut-elle se retrouver ainsi, à se terrer dans un petit chalet merdique avec moi ?

— Aucune importance.

Elle s'est reprise et ne veut plus en parler.

Je pourrais la forcer, mais je n'insiste pas. La dernière chose dont j'ai envie pour l'instant, c'est de parler de Dalmar.

— Rentrons, dis-je à la place.

Elle hoche la tête lentement.

— D'accord.

Nous ouvrons nos portières, luttant contre la force du vent. Nous remontons vers le chalet glacial et sombre et, une fois à l'intérieur, nous écoutons le vent gémir.

347

GABE

APRÈS

Je feuillette le carnet à dessin dans une quête désespérée d'indices lorsque cela me revient à l'esprit : ce foutu chat. Personnellement, je déteste les chats. Leur élasticité me fiche une trouille d'enfer. Ils ont tendance à venir se nicher sur mes genoux, probablement parce qu'ils devinent que cela me met en rogne. Ils perdent leurs poils et émettent ce ronronnement bizarre.

Mon chef me tanne pour conclure cette affaire au plus vite. Il me rappelle que cela fait des semaines maintenant que la fille Dennett est rentrée chez elle et que je n'ai pas progressé d'un iota dans la recherche du coupable. Mon problème est simple : Mia est la seule à pouvoir m'aider. Et Mia peut à peine se souvenir de son propre nom et certainement encore moins des détails des derniers mois de sa vie. Il faut que je trouve un moyen de réveiller sa mémoire.

Et c'est là que je tombe sur un croquis du chat. Ma mère répète sans arrêt à mon père qu'elle gardera son

Une fille parfaite

schnauzer plus longtemps que lui. Personnellement, je me suis fait larguer à cause d'un perroquet. Je vois ma voisine bécoter son caniche toute la sainte journée. Les gens entretiennent de drôles de relations avec leurs animaux de compagnie. Pas moi. Mon dernier animal a fini emporté par la chasse d'eau des toilettes.

Et donc, je téléphone à un type dans le Minnesota pour lui demander de me rendre un service. Je lui envoie par fax le dessin et lui explique que nous recherchons un chat tigré blanc et noir, pesant dans les quatre kilos.

Mon gars envoie un gendarme de Grand Marais fouiner autour du chalet pour essayer de repérer la bestiole.

Pas de chat, mais des traces de pattes dans la neige. A ma suggestion — il ne faut pourtant pas être un génie pour penser à cela —, il dépose un bol de nourriture et de l'eau qui gèlera probablement pendant la nuit. Mais c'est toujours mieux que rien.

Je lui demande de repasser le lendemain matin pour voir si le chat a mangé la nourriture. Ça ne doit pas être facile de chasser à cette époque de l'année et la pauvre bête a sûrement froid. Mon pote fait remarquer que rechercher des chats errants ne figure pas en tête de ses priorités.

— Et c'est quoi ta priorité ? Arrêter des types qui ont dépassé leur quota journalier de truites ?

Je lui rappelle qu'il s'agit d'une affaire de kidnapping — affaire qui a fait la une des journaux.

— D'accord, d'accord. Je te rappelle demain matin.

COLIN

PRÉCÉDEMMENT

Je lui révèle que mon deuxième prénom est Michael, prénom de mon père. Elle ne connaît toujours pas mon vrai prénom. Elle m'appelle Owen quand elle s'en donne la peine. Généralement, je ne l'appelle pas non plus par son prénom. Inutile. J'ai une cicatrice en bas du dos qu'elle a remarquée un jour que je sortais de la salle de bains après ma toilette. Elle m'a demandé comment je me l'étais faite et je lui ai expliqué qu'un chien m'avait mordu quand j'étais enfant. Mais je ne parle pas de la cicatrice que j'ai à l'épaule. Je lui raconte que je me suis cassé trois os dans le corps : une clavicule dans un accident de voiture quand j'étais enfant ; mon poignet en jouant au football et mon nez dans une bagarre.

Je frotte ma barbe naissante quand je réfléchis. J'arpente la pièce quand je suis en colère. Je fais n'importe quoi pour m'occuper. Je n'ai jamais aimé rester assis plus de quelques minutes et seulement

Une fille parfaite

quand c'est pour une bonne raison : allumer le feu, manger ou dormir.

Je lui raconte comment tout a commencé. Comment un type m'a offert cinq mille dollars pour la trouver et la conduire jusqu'à Lower Wacker Drive. A l'époque, je ne connaissais rien d'elle. J'avais vu une photo et, pendant des jours, je l'avais filée. Je ne voulais pas faire cela. J'ignorais tout du plan jusqu'à cette nuit-là. Jusqu'à ce qu'ils m'appellent et me disent ce que j'étais supposé faire. C'est comme ça que ça marche : moins on en sait, mieux c'est. Ce n'était pas comme les autres fois. Mais cela représentait plus d'argent que je n'en avais jamais gagné.

La première fois, c'était seulement pour rembourser une dette.

— Pour ne pas me faire tabasser.

Après cela, je touchais quelques centaines de dollars, parfois mille. Je sais que Dalmar n'est qu'un intermédiaire. Les autres restent planqués derrière un écran de fumée.

— Je n'ai pas la moindre idée de qui paye les factures.

— Ça t'embête ?

Je hausse les épaules.

— Ça marche comme ça et puis c'est tout.

Elle pourrait me haïr de lui faire subir tout ça. Elle pourrait me haïr pour l'avoir traînée jusqu'ici. Mais elle commence à comprendre que ce que j'ai fait pourrait bien lui avoir sauvé la vie.

Mon premier travail avait été de retrouver un homme du nom de Thomas Ferguson. J'étais censé

351

lui faire cracher une somme substantielle. De l'argent qu'il devait. Il s'agissait d'un riche excentrique. Une espèce de génie de la technologie qui avait touché le jackpot dans les années 1990. Mais c'était aussi un joueur invétéré. Il avait souscrit une hypothèque et perdu au jeu presque toute la valeur de sa maison. Puis l'argent mis de côté pour payer l'université de ses enfants. Ensuite, il s'était attaqué à l'argent que ses beaux-parents leur avaient laissé, à lui et à sa femme, à leur mort. Quand sa femme s'en était aperçue, elle avait menacé de le quitter. Il s'était débrouillé pour trouver de l'argent et avait pris la direction du casino de Joliet dans l'espoir de tout regagner. Le plus drôle, c'est que Thomas Ferguson avait gagné une petite fortune au casino. Mais il n'avait pas remboursé ses dettes.

Trouver Thomas Ferguson avait été un jeu d'enfant.

Je me rappelle encore comment mes mains tremblaient le jour où j'ai grimpé les marches de sa maison dans le quartier de Streeterville à Chicago. Je ne voulais surtout pas avoir d'ennuis. J'ai sonné. Quand une adolescente a passé la tête dans l'ouverture de la porte, je suis entré de force. Il était 20 heures passées en automne et je me souviens qu'il faisait froid. Dans la maison, les lumières étaient tamisées. La fille s'était mise à crier. Sa mère s'était précipitée dans la pièce et quand j'avais sorti mon arme, elles s'étaient réfugiées sous un vieux bureau. J'avais ordonné à la femme d'appeler son mari. Il avait fallu cinq bonnes minutes au lâche pour montrer le bout de son nez. Il se cachait à l'étage. Toutes les précautions utiles avaient été prises : lignes du téléphone coupées, porte

Une fille parfaite

de derrière bloquée. Aucun risque qu'il se sauve. Pourtant, avant que Thomas Ferguson ne se pointe, j'avais eu le temps d'attacher sa femme et sa fille et de pointer l'arme sur la tête de son épouse. Il m'a dit qu'il n'avait pas d'argent. Pas un seul centime à son nom. Mais évidemment, cela ne pouvait être vrai. Dehors était garée une Cadillac flambant neuve qu'il venait justement d'offrir à son épouse.

Je lui confie que je n'ai jamais tué personne. Ni ce jour-là ni jamais.

Nous parlons de tout et de rien pour passer le temps. Je lui apprends qu'elle ronfle en dormant.

Comment le saurais-je, réplique-t-elle. Je ne me rappelle même pas à quand remonte la dernière fois que quelqu'un m'a regardée dormir.

Je porte toujours des chaussures, même quand je sais que je ne sortirai pas. Même quand la température dégringole au-dessous de zéro et que nous ne risquons pas de nous éloigner du poêle.

Je laisse l'eau couler goutte à goutte dans tous les robinets et je lui ordonne de ne pas les fermer. Si l'eau gèle, les canalisations vont exploser. Elle me demande si nous allons mourir de froid. Je réponds que non, mais je n'en jurerais pas.

Quand je suis vraiment mort d'ennui, je lui demande de m'apprendre à dessiner. Mais j'arrache toutes les pages parce que mes dessins ne ressemblent à rien et je les jette au feu. J'essaye de tirer son portrait. Elle me montre comment les yeux se rapprochent du centre.

— Les yeux sont généralement alignés avec le haut de l'oreille, explique-t-elle, et le nez avec le bas.

Puis elle m'oblige à la regarder et dissèque son propre visage avec ses mains. C'est un bon professeur. Ses élèves doivent sûrement l'apprécier. Personnellement, je n'ai jamais aimé aucun de mes professeurs.

Je fais un nouvel essai. Quand j'ai terminé, elle déclare qu'elle est le sosie de Mme Patate. Je déchire la page mais, quand je veux la jeter au feu, elle me la prend des mains.

— Au cas où tu deviendrais célèbre, un jour, explique-t-elle.

Plus tard, elle la cache pour que je ne la trouve pas. Elle sait que si je mets la main dessus, elle part en fumée.

EVE

APRÈS

James n'avait pas cessé d'y revenir pendant tout le week-end, laissant échapper de subtiles allusions, ici ou là, sur le fait qu'elle allait devenir grosse et sur l'enfant du péché qui grandissait dans son ventre, ignorant complètement mes supplications de se taire. Mia devait encore accepter l'idée qu'une vie se développait en elle et ce, bien que je l'aie entendue vomir dans la salle de bains, signe que les nausées avaient commencé. Je venais de frapper à sa porte pour voir comment elle allait, quand James m'avait repoussée sur le côté. Je n'avais eu que le temps de me raccrocher au chambranle de la porte pour ne pas tomber et l'avais fixé avec consternation.

— N'as-tu donc rien de mieux à faire ? avait-il demandé. Pas de manucure ? De pédicure ? N'importe quoi ?

Je suis contre l'avortement. Pour moi, il s'agit d'un meurtre. C'est un enfant qui grandit en Mia, quel que soit le déséquilibré qui l'a conçu. Un enfant avec un cœur qui bat, des bourgeons de bras et de jambes, du sang qui coule dans les veines de son petit corps, dans le corps de mon petit-fils ou de ma petite-fille.

James refuse de me laisser seule avec Mia. Il l'a gardée confinée dans sa chambre tout le week-end, l'abreuvant d'un tas de documentations sur des organismes en faveur du droit à l'avortement. Des pamphlets qu'il avait récupérés dans des centres du planning familial en ville, ainsi que des articles trouvés sur internet. Il connaît ma position sur la question. Nous sommes tous les deux de tendance plutôt conservatrice mais, depuis qu'un enfant illégitime se développe dans le ventre de notre fille, il a abandonné toute pensée rationnelle. Une seule chose compte à ses yeux : se débarrasser de cet enfant. Il a promis de payer pour l'avortement. Il me l'a dit ou du moins l'a marmonné dans sa barbe comme s'il se parlait à lui-même. Il a déclaré qu'il payerait de sa poche parce qu'il ne voulait surtout pas soumettre la facture à la compagnie d'assurances. Pas question pour lui que subsiste la moindre trace de *ceci*.

— Tu ne peux pas l'obliger à faire ça, James, ai-je déclaré dimanche soir.

Mia ne se sentait pas bien et James lui avait apporté des crackers dans sa chambre. Il ne lui avait jamais accordé autant d'attentions de toute sa vie. Ce n'était pas un hasard si elle n'était pas descendue pour le dîner. J'étais certaine que James l'avait enfermée dans sa chambre pour la soustraire à mon influence.

— Elle accepte de le faire.

Une fille parfaite

— Parce que tu lui as dit qu'elle le devait.

— C'est une *enfant*, Eve, qui n'a pas le moindre souvenir d'avoir conçu ce bâtard. Elle est malade et elle a traversé suffisamment d'épreuves comme cela. Elle n'est pas en mesure de prendre une telle décision en ce moment.

— Alors, nous attendrons jusqu'à ce qu'elle soit prête. Nous avons encore le temps.

C'est exact. Nous disposons encore de quelques semaines, peut-être plus. Mais pas pour James. James veut en finir, et le plus vite possible.

— Bon sang, Eve, a-t-il coupé en repoussant sa chaise et en se levant, avant de quitter la cuisine sans terminer sa soupe.

Ce matin, il a tiré Mia du lit avant même que j'aie fini ma tasse de café. Je suis assise à la table de la cuisine quand il descend, la traînant littéralement dans l'escalier. Elle porte une tenue dépareillée que James a sûrement attrapée au hasard dans son armoire avant de la forcer à s'habiller.

— Que fais-tu ? demandé-je en le voyant sortir le manteau de Mia du placard de l'entrée et l'obliger à l'enfiler.

Je me précipite dans le hall. Derrière moi, la tasse de café que j'ai reposée trop près du bord de la table tombe et se fracasse en mille morceaux sur le sol.

— Nous en avons déjà parlé, déclare-t-il. Et nous sommes tous d'accord.

Il me fixe, m'obligeant à acquiescer.

Il a appelé son ami le juge aux aurores, ce matin, pour demander que sa femme, le Dr Wakhrukov, accepte de lui rendre un service. Je l'ai entendu au téléphone et les mots « rayée de l'Ordre » m'ont arrêtée net devant la porte entrouverte de son bureau.

Les avortements se pratiquent dans des cliniques en ville, pas dans le cabinet de médecins réputés. Le Dr Wakhrukov a pour métier de mettre des enfants au monde, pas de les supprimer. Mais James ne peut pas prendre le risque que quelqu'un le voie entrer avec sa fille dans une clinique pratiquant l'avortement.

Ils injecteront un sédatif à Mia jusqu'à ce qu'elle soit tellement calme et détendue qu'elle ne pourra plus dire non même si elle en a envie. Puis ils dilateront le col de son utérus et aspireront le fœtus hors d'elle.

— Mia, chérie, dis-je en attrapant sa main qui est aussi froide que de la glace.

Elle se meut dans un brouillard, pas vraiment réveillée, pas encore elle-même. D'ailleurs, cela fait longtemps qu'elle n'est plus elle-même, bien avant son kidnapping. La Mia que je connais est extravertie, franche et forte dans ses convictions. Elle sait ce qu'elle veut et fait ce qu'il faut pour l'obtenir. Elle n'écoute jamais son père parce qu'elle le trouve froid et mauvais. Mais pour le moment, elle est comme anesthésiée, dénuée d'émotions, et il en profite. Il la tient sous sa coupe, comme une poupée hypnotisée. Pas question de la laisser prendre cette décision. Une décision qui l'accompagnera pour le reste de sa vie.

— Je viens avec vous, dis-je.

James me repousse contre le mur.

— Non, tu ne viens pas, déclare-t-il, un doigt pointé vers moi.

Une fille parfaite

Je me dégage et attrape mon manteau.

— Si, je viens.

Mais il m'en empêche.

Il m'arrache le manteau des mains et le jette par terre. De l'autre main, il tient Mia et, ensemble, ils franchissent la porte d'entrée. Le vent de Chicago s'engouffre dans la maison et balaye mes bras nus et mes jambes, enroulant ma chemise de nuit autour de moi. Je me baisse pour prendre mon manteau en criant :

— Tu n'es pas obligée de faire ça, Mia. Tu n'es pas obligée.

Mais James m'écarte et, quand je reviens à la charge, il me repousse assez fort pour me faire tomber. Ensuite, il claque la porte avant j'aie pu reprendre mon souffle et me relever. Je trouve la force de me remettre debout et regarde par la fenêtre la voiture qui descend l'allée.

— Tu n'es pas obligée de faire cela, Mia, dis-je, bien qu'elle ne puisse plus m'entendre.

Mes yeux se posent sur le porte-clés en fonte et je constate que les clés de ma voiture ont disparu. James a pris soin de les emporter pour m'empêcher de les suivre.

359

COLIN

PRÉCÉDEMMENT

Après deux journées de tempête, le temps s'est enfin calmé. Le premier jour, je me sentais vraiment mal. Mais au moment où je commençais à pleurer sur mon sort, mon nez s'est débouché et j'ai de nouveau pu respirer librement. C'est tout moi. En revanche, la situation est différente pour elle. Je m'en rends compte à sa façon de tousser.

Sa toux a commencé peu après la mienne. Pas une toux sèche comme pour moi. Une toux plus grasse. Je l'oblige à boire de l'eau du robinet. Je ne sais pas grand-chose — je ne suis pas médecin —, mais qui sait, ça pourrait peut-être lui faire du bien.

Elle se sent mal, je le devine à son visage. Ses paupières se ferment. Ses yeux larmoient. Son nez est à vif et rouge à force de se moucher avec des morceaux de papier-toilette. Elle ne cesse de grelotter. Elle reste assise près du feu, la tête penchée sur le bras du fauteuil et elle semble bien loin de là. Je ne

Une fille parfaite

l'ai jamais vue ainsi, pas même lorsque je pointais une arme sur elle.

— Tu veux rentrer chez toi ? demandé-je.

Elle tente de le cacher, mais je sais qu'elle pleure. Je vois les larmes rouler sur ses joues et tomber goutte à goutte par terre.

Elle relève la tête, essuie son visage avec sa manche.

— Je ne me sens pas bien, c'est tout, ment-elle.

Evidemment qu'elle veut rentrer chez elle. Ce foutu chat ne quitte pas ses genoux. Je ne sais pas si c'est pour la couverture qu'elle a autour des jambes ou le fait qu'elle cuit devant le feu. A moins qu'il s'agisse d'une véritable dévotion. Comment le saurais-je ? Je m'imagine pointant le pistolet sur sa tête. Je l'imagine étendue sur le sol pierreux, entourée de feuilles. Ces temps-ci, je ne parviens pas à ôter cette image de ma tête.

Je pose la main sur son front chaud.

Elle dit qu'elle se sent tout le temps fatiguée. Elle peut à peine tenir les yeux ouverts et quand elle y arrive, elle me trouve devant elle avec un verre d'eau à lui faire boire.

Elle me raconte qu'elle rêve de sa mère, qu'elle se voit étendue sur le canapé de leur salon comme lorsqu'elle était malade dans son enfance. Elle rêve d'être blottie sous la couverture qu'elle traînait partout avec elle. Parfois, sa mère jetait ce doudou quelques minutes dans le séchoir à linge pour le chauffer. Elle lui préparait des toasts à la cannelle. Elle se montrait aux petits soins pour elle pendant qu'elle regardait des dessins animés à la télé. Puis, quand les séries débutaient, elles les regardaient ensemble. Il y avait toujours un jus de fruits à boire. « Tu as besoin de liquide, répétait sa mère. Alors bois. »

Elle me dit qu'elle est certaine de voir sa mère debout là dans le chalet vêtue de sa chemise de nuit de soie et des ballerines qui lui servent de pantoufles. Elle entend de la musique de Noël : Ella Fitzgerald. Sa mère fredonne. L'odeur de cannelle se répand. Elle appelle sa mère mais, quand elle se retourne, il n'y a que moi et elle se met à pleurer.

— Maman, sanglote-t-elle.

Son cœur bat la chamade. Elle croyait dur comme fer que sa mère était là.

Je traverse la pièce et pose la main sur son front. Elle grimace. Ma main est glacée.

— Tu as de la fièvre, dis-je avant de lui tendre un verre d'eau tiède.

Je m'assois près d'elle sur le canapé.

Elle porte le verre à ses lèvres mais ne boit pas. Elle est étendue sur le côté, la tête appuyée sur un oreiller que je lui ai apporté du lit. Il est aussi fin que du papier. Je me demande combien de têtes se sont posées dessus avant la sienne. Je ramasse la couverture qui est tombée sur le sol et la pose sur elle. Une couverture rêche, comme la laine, qui gratte la peau.

— Si Grace était la favorite de mon père, moi, j'étais celle de ma mère, déclare-t-elle soudain comme si elle venait juste d'en prendre conscience, dans un bref éclair de lucidité.

Elle se rappelle comment sa mère se précipitait dans sa chambre quand elle faisait un cauchemar. Elle

Une fille parfaite

sent ses bras autour d'elle la protégeant de l'inconnu. Elle la revoit la poussant sur la balançoire pendant que sa sœur était à l'école.

— Je la vois sourire, je l'entends rire. Elle m'aimait, dit-elle. Seulement, elle ne savait pas comment le montrer.

Au matin, elle déclare avoir mal à la tête et à la gorge et Dieu sait qu'elle ne cesse de tousser. Elle ne se plaint pas. Elle ne me le dit que parce que je le lui ai demandé.

Elle souffre d'une douleur dans le dos et va s'allonger sur le canapé où elle s'endort sur le ventre. Elle est brûlante, pourtant elle grelotte tellement que je m'attends presque à ce qu'elle se transforme en un bloc de glace. Le chat s'installe sur son dos jusqu'à ce que je le chasse. Il se réfugie alors sur le bras du canapé.

Personne ne m'a jamais autant aimé.

Elle murmure dans son sommeil et divague à propos de choses qui ne sont pas là : un homme dans une tenue de camouflage et des graffitis sur un mur de briques, dessinés avec de la peinture en bombe, dans un style sauvage et illisible. Elle les décrit dans ses rêves. Noir et jaune. Des lettres grasses, entremêlées en 3D.

Je lui abandonne le canapé et dors sur une chaise, deux nuits d'affilée. Je serais plus à l'aise sur le lit, mais je ne veux pas me retrouver aussi loin. Sa foutue toux me tient éveillé une partie de la nuit, mais elle se débrouille quand même pour dormir. C'est son nez bouché qui la réveille généralement, cette terrifiante incapacité à respirer.

Je ne sais pas quelle heure il est quand elle déclare qu'elle doit aller aux toilettes. Elle s'assoit et, quand elle s'en sent la force, elle se lève. A sa façon de marcher, je comprends que tout son corps est douloureux.

Elle n'a pas fait quelques pas qu'elle commence à s'affaisser.

— Owen, parvient-elle à murmurer.

Elle tend une main vers le mur, le rate et s'écroule par terre. Je ne crois pas m'être un jour déplacé aussi vite de toute ma vie. Je ne l'ai pas rattrapée, mais j'ai empêché sa tête de heurter le sol. Elle ne perd pas connaissance longtemps, à peine quelques secondes. Quand elle reprend ses esprits, elle m'appelle Jason. Elle me prend pour lui. Cela pourrait me mettre en rogne, mais au lieu de ça, je l'aide à se relever et je l'accompagne jusqu'à la salle de bains. Je descends son pantalon et l'aide à uriner. Puis je la ramène jusqu'au canapé où je la borde.

Un jour, elle m'a demandé si j'avais une petite amie et j'ai répondu que non. Que j'avais essayé une fois, mais que ça n'avait pas marché.

Je lui ai posé des questions sur son petit ami. Je l'avais rencontré dans les toilettes pour hommes et l'avais détesté au premier regard. C'est le genre de connard qui joue au dur. Il se croit meilleur que les autres, mais en réalité c'est un trouillard. Un type comme Thomas Ferguson qui laisserait un homme pointer une arme sur la tête de sa petite amie.

Je la regarde dormir. J'écoute sa toux qui arrache

Une fille parfaite

ses poumons, sa respiration rauque et faible, je vois sa poitrine se soulever et s'abaisser irrégulièrement à chaque souffle.

— Que veux-tu savoir ? m'a-t-elle demandé quand je l'ai interrogée sur son mec.

Mais brusquement, je n'avais plus envie d'en parler.

— Rien. Aucune importance.

— Parce que je crois ce que tu m'as dit.

— Quoi ?

— Que tu l'as payé. Je te crois.

— Vraiment ?

— Je ne peux pas dire que cela m'étonne.

— Pourquoi ?

Elle hausse les épaules.

— Je n'en sais rien. C'est comme ça.

J'ai conscience que je ne peux pas la laisser ainsi. Chaque jour, son état empire un peu plus. Sans un traitement antibiotique, elle mourra. Mais comment faire ?

365

EVE

APRÈS

Il n'est pas possible qu'elle soit restée seule. Je quitte la maison dès le retour de James sans Mia. Rien n'est plus important que Mia. Je suis pratiquement sûre qu'elle est seule à un coin de rue, abandonnée par son propre père, et démunie de toutes ressources pour rentrer à la maison.

Je hurle après lui. Comment a-t-il pu faire cela à notre enfant ?

Il l'a laissée quitter seule le cabinet du médecin, sortir par cette journée froide de janvier, sachant pertinemment qu'elle n'est même pas capable de préparer son petit déjeuner et encore moins de retrouver le chemin de la maison.

Et il me dit que c'est elle qui s'est montrée entêtée. Que Mia est celle qui se montre déraisonnable vis-à-vis de ce « foutu bébé ». Il m'annonce qu'elle a refusé de se faire avorter, qu'elle a quitté le cabinet du médecin juste au moment où l'infirmière appelait son nom.

Une fille parfaite

James se dirige d'un pas rageur vers son bureau et claque la porte, sans remarquer la valise que j'ai préparée et posée au pied de l'escalier.

Apparemment, j'ai sous-estimé ma fille. Le temps que je récupère mes clés de voiture des mains de James et fasse à plusieurs reprises le tour de l'immeuble où se trouve le cabinet médical, elle a réintégré son appartement et mis une casserole de soupe à chauffer pour son déjeuner.

Elle ouvre la porte et je tombe dans ses bras, la serrant aussi fort que possible. Elle est là dans cet appartement qu'elle appelait sa maison. Cela fait longtemps qu'elle n'était pas revenue. La vie de ses plantes ne tient qu'à un fil et la poussière recouvre tout. L'endroit sent la maison neuve, cette odeur qui dit que personne n'a habité là depuis longtemps. Le calendrier sur le réfrigérateur dans la cuisine est ouvert au mois d'octobre, illustré par un feu d'artifice de feuillages rouges et orange. La lumière du répondeur clignote ; un millier de messages attendent d'être écoutés.

Elle a froid. Elle est gelée d'avoir marché et d'avoir attendu un taxi. Elle m'explique qu'elle n'avait pas un centime sur elle pour payer la course. L'appartement est glacial. Elle a enfilé son sweat-shirt préféré par-dessus son chemisier fin.

— Je suis tellement désolée, dis-je encore et encore.

Mais elle s'est reprise. Elle me tient à bout de bras et me demande ce qui s'est passé et je lui parle de James. C'est moi qui perds les pédales. Elle me prend la valise des mains et la porte dans sa chambre.

— Alors, tu peux rester ici.

Elle m'installe sur le canapé et pose une couverture sur mes jambes avant de regagner la cuisine pour surveiller la soupe — de nouilles au poulet, précise-t-elle, parce que ça me rappelle la maison.

Nous mangeons notre soupe, puis elle me raconte ce qui s'est passé chez le gynécologue. Elle passe la main sur son ventre avant de se mettre en boule sur une chaise.

Tout se passait comme prévu. Elle me confie qu'elle s'était résignée à ce que tout soit bientôt fini. James était assis là, à lire un journal de droit, attendant l'heure du rendez-vous. Dans quelques minutes, le médecin russe allait nous débarrasser du bébé.

Mais il y avait un petit garçon et sa mère avec eux, dans la salle d'attente. Le gamin devait avoir trois ou quatre ans.

Elle me parle de la femme avec son ventre de la taille d'un ballon de basket. L'enfant jouait avec ses voitures Matchbox, les faisant rouler le long des pieds des chaises. *Vroom, vroom, vroom…*

Il en a fait tomber une sur le pied de James et ce salaud a eu le toupet de la repousser du bout de ses mocassins italiens, sans même lever le nez de son journal.

— Puis sa mère l'a appelé, continue Mia. Elle portait une de ces mignonnes salopettes en jean et semblait terriblement mal à l'aise. « Viens ici, Owen », a-t-elle lancé au gamin qui a couru jusqu'à elle et a fait rouler une voiture sur son ventre avant de monter sur ses genoux en disant « Bonjour, bébé » à l'enfant à naître.

Elle se tait, le temps de reprendre son souffle.

Une fille parfaite

— Owen. Je ne savais pas ce que cela signifiait, mais ça me rappelait quelque chose. Je n'arrivais pas à détacher mes yeux de l'enfant. Owen. Je me suis entendue le dire à voix haute et le garçon et sa mère ont tourné la tête vers moi.

James avait alors demandé à Mia à quoi elle jouait et elle lui avait fait part de cette sensation de *déjà-vu*[1] qu'elle éprouvait. C'était comme si elle était déjà venue là. Qu'est-ce que cela pouvait bien signifier ?

Mia m'explique qu'elle s'est penchée vers l'enfant pour lui dire qu'elle trouvait ses voitures très jolies. Il lui a proposé de lui en montrer une, mais sa mère a ri.

— Oh ! Owen, je ne crois pas qu'elle ait envie de les voir, a-t-elle dit.

Mais Mia a insisté. James a râlé et lui a demandé de rendre son jouet à l'enfant. Pourtant, elle tenait à se rapprocher du garçon. Elle dit que d'entendre son nom lui coupait le souffle. Owen.

— J'ai pris une de ses voitures dans ma main, un camion violet, et lui ai dit qu'il était très beau. Puis je l'ai fait rouler sur sa tête et il a éclaté de rire. Il a dit qu'il allait bientôt avoir un petit frère qui s'appel-lerait Oliver.

Ensuite, l'infirmière l'a appelée depuis le seuil de la salle d'attente. James s'est levé d'un bond et, comme elle ne bougeait pas, il lui a signalé que c'était leur tour.

L'infirmière l'a de nouveau appelée en la regardant. Elle savait qui elle était. James a prononcé son nom plusieurs fois. Il a essayé de la tirer par le bras, la

1. En français dans le texte.

menaçant comme seul James peut le faire, répétant que c'était leur tour.

— La mère a appelé Owen, et je me suis surprise à tendre la main vers lui et à caresser ses cheveux bouclés. Je ne sais pas qui a été le plus étonné, la mère du garçon ou papa, mais le gamin a aimé cela et m'a souri. Je lui ai retourné son sourire. J'ai mis les deux voitures miniatures Matchbox dans sa main et je me suis levée.

Elle me raconte que James a poussé un soupir, genre « Merci, mon Dieu… c'est pas trop tôt ».

J'ai attrapé mon manteau et j'ai chuchoté que je ne pouvais pas faire cela.

Puis elle s'était glissée dans le couloir. Il lui a couru après bien sûr, l'abreuvant de critiques et de menaces. Il l'a suppliée de réfléchir, mais elle ne pouvait pas. Elle ignorait ce que cela voulait dire. Owen. Elle ignorait pourquoi ce prénom avait autant d'importance pour elle. Tout ce qu'elle savait, c'est que le moment n'était pas venu de tuer ce bébé.

COLIN

PRÉCÉDEMMENT

Il est 2 heures du matin quand son cri me réveille en sursaut. Je me redresse sur la chaise et la vois pointer un doigt dans la pièce d'un noir d'encre, en direction d'une chose qui n'est pas là.

— Mia, dis-je sans parvenir à lui faire tourner la tête. Mia, je répète plus fort, d'une voix ferme.

Je dois bien regarder cinq fois l'endroit qu'elle désigne parce qu'elle me fiche vraiment la trouille. Ses yeux pleins de larmes sont rivés sur *quelque chose*. J'allume, uniquement pour la rassurer et lui montrer que nous sommes bien seuls. Puis je tombe à genoux à côté du canapé et prends sa tête entre mes mains pour la forcer à me regarder.

— Mia.

Ma voix la tire enfin de sa transe.

Elle m'assure qu'il y avait un homme près de la porte, avec une machette et un bandana rouge autour de la tête. Elle est complètement hystérique et délire.

Elle peut le décrire dans les moindres détails, jusqu'à une déchirure sur la cuisse droite de son jean. Un homme noir avec une cigarette aux lèvres. Mais ce qui m'inquiète surtout, c'est la chaleur qui émane de son visage quand je pose les mains dessus, son regard vitreux quand il se pose sur moi. Sa tête tombe sur mon épaule et elle se met à pleurer.

Je fais couler l'eau dans la baignoire que je remplis jusqu'à ras bord. Je n'ai pas de médicaments. Rien qui puisse faire baisser la fièvre. C'est la première fois que je suis soulagé que l'eau soit seulement tiède. Juste assez chaude pour qu'elle ne tombe pas en hypothermie et assez fraîche pour qu'elle n'ait pas de convulsions.

Je l'aide à se lever. Elle s'appuie sur moi et je supporte son poids jusqu'à la salle de bains où elle s'assoit sur le siège des toilettes le temps que j'ôte ses chaussettes. Elle réagit lorsque ses pieds nus touchent le sol glacé.

— Non, supplie-t-elle.

— Tout va bien, affirmé-je d'un ton rassurant, bien que ce soit un mensonge.

Je ferme le robinet et m'apprête à ressortir pendant qu'elle se déshabille quand elle me retient par la main.

— Ne t'en va pas, dit-elle.

Alors, je regarde sa main tremblante s'efforcer de déboutonner son pantalon. Un éblouissement la fait soudain vaciller et elle s'appuie sur le rebord du lavabo pour se retenir avant de revenir aux boutons. Je m'avance et achève de déboutonner son pantalon. Puis je l'aide à se rasseoir sur le siège pour le lui

Une fille parfaite

enlever. Je fais ensuite glisser ses caleçons le long de ses jambes et lui demande de lever les bras pour faire passer son sweat-shirt par-dessus sa tête.

Elle pleure en se glissant dans le bain. L'eau vient recouvrir ses genoux qu'elle a tirés contre sa poitrine. Elle pose sa tête dessus et ses cheveux tombent sur le côté, leur extrémité flottant dans l'eau. Je m'agenouille à côté de la baignoire. Avec mes mains en coupe, je prends l'eau et arrose les parties de son corps non submergées. Je trempe une serviette dans l'eau et la pose sur sa nuque. Elle n'arrête pas de trembler.

Je m'efforce de ne pas la regarder. De ne pas laisser mon regard s'égarer au-dessous de son visage pendant qu'elle me supplie de continuer à parler, n'importe quoi pour oublier le froid. Je m'efforce de ne pas imaginer ce que je ne peux pas voir. Je m'efforce de ne pas penser à la couleur de sa peau pâle ou à la courbure de ses reins. Je m'efforce de ne pas fixer ses cheveux qui flottent à la surface de l'eau.

Je lui parle de la femme qui vit sur le même palier que moi. De cette vieille dame de soixante-dix ans qui se débrouille toujours pour se retrouver à la porte de son appartement chaque fois qu'elle porte sa poubelle au vide-ordures dans le couloir.

Je lui raconte comment ma mère a découpé la tête de mon père sur toutes nos photos de famille, comment elle a passé à la déchiqueteuse toutes leurs photos de mariage. Elle ne m'a laissé qu'une seule photo de lui. Mais après avoir coupé les ponts avec lui, je m'en suis servi de cible.

MARY KUBICA

Je lui confie qu'enfant, je rêvais de jouer en NFL au poste de *wide receiver*[1] comme Tommy Waddle.

Je lui raconte que je sais danser le fox-trot parce que ma mère me l'a appris, mais que personne ne risque de me voir le faire. Le dimanche, quand elle est dans un bon jour, elle met un disque de Frank Sinatra et nous dansons dans le salon. Maintenant, je suis bien meilleur qu'elle. Elle l'avait elle-même appris de ses parents. Il n'y avait rien de mieux à faire à l'époque quand les temps étaient difficiles. Vraiment difficiles. Elle me disait toujours que je ne savais pas ce que c'était d'être pauvre, même les nuits où je me blottissais dans un sac de couchage à l'arrière de notre voiture.

Je lui confie que si ça ne tenait qu'à moi, j'aimerais vivre comme cela, au milieu de nulle part. Les villes ne sont pas pour moi, avec tous ces sales types qui rôdent.

Mais je ne lui avoue pas que je l'avais trouvée belle, cette première nuit. Que je l'avais contemplée, assise toute seule au bar, dissimulée par les lumières tamisées et la fumée de cigarette. Que je l'avais regardée bien plus longtemps que nécessaire pour le simple plaisir. Je ne lui dis pas comment les bougies illuminaient son visage, comment la photo que l'on m'avait donnée ne lui rendait pas justice. Je ne lui dis rien de tout ça. Je ne lui raconte pas ce que je ressens quand son regard se pose sur moi, ni que j'entends sa voix, la nuit, dans

---

1. Un *wide receiver* (ailier écarté) est un joueur de football américain dont le rôle est de recevoir les passes du *quarterback*.

374

Une fille parfaite

mes rêves, me pardonnant. Je ne lui dis pas combien je suis désolé, et pourtant je le suis. Je ne lui dis pas que je la trouve belle même quand elle s'examine dans le miroir et déteste ce qu'elle voit.

Elle se fatigue de trembler. Ses yeux se ferment. Elle va s'endormir. Je pose une main sur son front et je me convaincs que la fièvre est tombée. Je la réveille. Puis je l'aide à se relever. Je l'enveloppe dans une serviette rêche et tends la main pour l'aider à sortir de la baignoire. Je l'aide à se rhabiller avec les vêtements les plus chauds que je peux trouver et je sèche ses cheveux en les frottant avec la serviette. Elle s'allonge sur le canapé devant le feu qui est en train de s'éteindre. J'ajoute une bûche sur les braises. Avant même que j'aie le temps de poser une couverture sur elle, elle s'endort. Mais elle continue à tousser. Je m'assois à côté d'elle et me force à rester éveillé. Je surveille sa poitrine qui se lève et retombe pour m'assurer qu'elle est toujours vivante.

Il y a un médecin à Grand Marais et je lui annonce que nous devons y aller.

— Nous ne pouvons pas, proteste-t-elle.

Mais nous n'avons pas le choix.

Je lui rappelle que son nom est Chloé. Je fais de mon mieux pour modifier notre apparence. Je lui demande de tirer ses cheveux en arrière, ce qu'elle ne fait jamais. En chemin, je rentre en courant dans une épicerie pour acheter une paire de lunettes que je lui demande de porter. Ce n'est pas parfait, mais ça ira. J'ai enfoncé sur ma tête ma casquette des Sox.

Je payerai en liquide. Nous n'avons pas d'assurance. Je lui demande de se contenter de répondre aux questions et de me laisser me charger de la conversation.

Tout ce qu'il nous faut, c'est une ordonnance.

Je tourne dans Grand Marais pendant une bonne demi-heure avant d'opter pour un médecin. Je le sélectionne en fonction de son nom. Kenneth Levine me paraît un peu trop formel. Ce type s'endort probablement tous les soirs devant les infos. Nous passons devant un centre médical où je ne m'arrête pas — trop de monde. Il y a également un dentiste et un gynécologue. Mon choix s'arrête sur une femme du nom de Kayla Lee, un médecin de famille avec un parking vide devant le cabinet. Sa petite voiture de sport est garée à l'arrière. Pas très pratique lorsqu'il y a de la neige. J'explique que nous ne cherchons pas le meilleur médecin de la ville. Seulement un qui soit capable de rédiger une ordonnance.

Je l'aide à traverser le parking.

— Fais attention, dis-je.

Le sol est recouvert d'une couche de glace. Nous atteignons la porte en glissant. Sa foutue toux persiste, bien qu'elle mente et m'assure se sentir mieux.

Le cabinet se trouve à l'étage, au-dessus d'un magasin de reprographie. Nous entrons et gravissons un petit escalier étroit. Elle me dit que c'est divin de se retrouver dans un endroit chaud. Le paradis. Je me demande si elle croit vraiment à ce genre de conneries.

Une femme assise derrière un bureau fredonne

Une fille parfaite

un chant de Noël. Je dirige Mia vers un siège. Elle enfouit son visage dans un mouchoir en papier et se mouche. La réceptionniste lève la tête.

— Pauvre petite, dit-elle.

Elle me tend un formulaire et je m'assois sur une chaise dure. Je regarde Mia compléter le formulaire. Elle parvient à se rappeler d'écrire Chloé, mais sa main s'immobilise pour le nom de famille.

— Laisse-moi faire cela pour toi, dis-je.

Je lui prends le crayon des mains. Elle me regarde écrire Romain. J'invente une adresse et laisse en blanc l'espace réservé à l'assurance. Puis je rapporte les papiers à la réceptionniste et l'informe que je payerai en liquide. Je reviens ensuite m'asseoir et demande à Mia si elle se sent bien. Je lui prends la main. Mes doigts se glissent entre les siens que je serre légèrement.

— Tout ira bien.

Elle s'imagine que je fais cela au profit de la réceptionniste, mais c'est parce qu'elle ignore que je suis nul en comédie.

La femme nous emmène dans une salle et fait les premiers examens. La pièce est petite, décorée avec une grande fresque murale représentant des animaux.

— Tension basse, polypnée, constate-t-elle. Et quarante de fièvre. Pauvre petite, répète-t-elle.

Elle nous informe que le médecin sera bientôt là. Je ne sais pas combien de temps nous attendons. Elle est assise sur le bord de la table d'examen et fixe les lions et les tigres facétieux sur les murs pendant que je fais les cent pas. Je voudrais sortir d'ici. Je le répète au moins trois fois.

Le Dr Kayla Lee frappe avant d'entrer. Elle est vive — brune, pas blonde comme je m'y attendais. Pas de chance. Nous avions espéré tomber sur une bimbo blonde.

Elle parle fort et s'adresse à Mia comme si elle avait trois ans. Elle s'assoit sur un tabouret tournant qu'elle fait rouler pour s'approcher de Mia qui tente de s'éclaircir la voix. Elle tousse. Elle est vraiment dans un sale état. Mais qu'elle se sente mal dissimule un peu le fait qu'elle est morte de peur.

Le médecin nous demande si nous sommes déjà venus. Comme Mia est incapable de répondre, je m'en mêle. Je suis étonnamment calme.

— Non. C'est la première fois.

— Alors, que vous arrive-t-il — elle jette un œil à son dossier —, Chloé ?

Mia commence à ressentir la fatigue de ce petit déplacement et ne peut soutenir le regard du médecin. Je suis certain que nous sentons mauvais dans nos vêtements, des vêtements que nous portons depuis si longtemps que leur odeur ne nous atteint plus. Mia est en train de s'arracher les poumons. Sa toux résonne comme si une douzaine de fox-terriers se battaient à l'intérieur de ses entrailles. Sa voix est rauque et menace de s'éteindre.

— Elle tousse comme cela depuis quatre jours, dis-je. Elle a de la fièvre et frissonne. Je lui avais conseillé, vendredi après-midi, de voir un médecin, mais elle a refusé en disant que ce n'était qu'un rhume.

Une fille parfaite

— Vous êtes fatiguée ?

Mia hoche la tête.

J'explique qu'elle est léthargique et qu'elle s'est évanouie à la maison.

Le médecin prend des notes.

— Avez-vous vomi ?

— Non.

— Des diarrhées ?

— Non plus.

— Laissez-moi voir cela.

Le médecin dirige une lampe sur les yeux de Mia, examine son nez, ses oreilles.

Elle lui demande de dire « ahhh » et palpe son cou pour vérifier ses glandes. Puis elle pose son stéthoscope sur la poitrine de Mia.

— Respirez fort, ordonne-t-elle.

Pendant ce temps, j'arpente la pièce. Le stéthoscope passe dans le dos de Mia. Puis le médecin la fait allonger et se rasseoir pendant qu'elle tapote sa poitrine et écoute.

— A priori, vous souffrez d'une pneumonie. Fumez-vous ?

— Non.

— Avez-vous déjà fait des crises d'asthme ?

— Non.

J'examine la fresque murale sur laquelle je reconnais une girafe à pois et un lion dont la crinière ressemble à un de ces putains de cônes qu'on met aux chiens pour les empêcher de se gratter. Il y a également un éléphant bleu clair qui donne l'impression de sortir tout droit de la maternité.

379

— Je détecte beaucoup de saletés dans vos poumons, si je puis m'exprimer ainsi. La pneumonie est une inflammation des poumons causée par une infection. L'accumulation de pus et de sécrétions dans les alvéoles pulmonaires gêne la respiration. Ce qui commence comme un simple rhume peut, pour différentes raisons, se propager dans vos poumons et voilà ce que vous obtenez.

Le médecin empeste le parfum. Elle ne se tait pas quand Mia tousse, mais nous savons tous qu'elle entend quand même.

— Je vais vous prescrire des antibiotiques, poursuit-elle. Mais d'abord, j'aimerais confirmer mon diagnostic avec une radio...

Le visage de Mia perd toutes ses couleurs. Enfin, c'est une façon de parler, vu qu'elle est déjà livide. Pas question pour nous de mettre un pied dans un hôpital.

— J'apprécie votre zèle, docteur, dis-je en intervenant.

Je m'avance assez près pour la toucher. Je suis plus grand que toutes les deux, mais je n'utilise pas ma taille pour la faire changer d'avis. Nous croiserions des douzaines de gens dans un hôpital. Peut-être plus.

J'accroche un foutu sourire à mes lèvres et confesse que je suis au chômage. Nous n'avons pas d'assurance et nous ne pouvons pas nous permettre de perdre deux ou trois cents dollars pour une radio des poumons.

Là-dessus, Mia se remet à tousser si fort que nous craignons qu'elle ne vomisse. Le médecin remplit un petit verre en plastique d'eau et le lui tend.

Une fille parfaite

Puis elle recule pour regarder sa patiente reprendre sa respiration.

— Très bien, conclut-elle avant de se décider enfin à rédiger cette fichue ordonnance.

Puis elle quitte la pièce.

Nous la croisons sur le chemin de la sortie. Penchée sur le comptoir, elle note ses conclusions dans le dossier de Chloé Romain. Sa blouse descend jusqu'en haut de ses bottes de cow-boy. En dessous, elle porte une jupe affreuse. Son stéthoscope est passé autour de son cou.

Nous sommes presque à la porte quand elle nous arrête.

— Vous êtes sûrs que je ne vous ai jamais vus avant ? Vos visages me semblent familiers.

Mais elle ne regarde pas Mia. C'est moi qu'elle fixe.

— Certain, dis-je d'un ton sec.

Inutile de se montrer aimable. Nous avons ce que nous voulions.

Nous prenons un rendez-vous de contrôle pour Chloé Romain, bien que nous sachions que nous ne reviendrons jamais.

— Merci pour votre aide, dit Mia tandis que je la pousse doucement, mais fermement, vers la sortie.

Dans le parking, je me félicite. Tout s'est bien passé. Nous avons notre ordonnance. C'est l'essentiel. Sur le chemin du retour, nous nous arrêtons devant une pharmacie. Mia attend dans le pick-up pendant que je me précipite à l'intérieur, soulagé d'être servi par un gamin de seize ans qui tient la caisse tandis que le pharmacien est occupé derrière et ne relève même pas la tête.

Avant de quitter le parking, je donne un cachet à Mia et je l'observe du coin de l'œil tandis qu'elle s'endort. J'ôte mon manteau et le pose sur elle pour qu'elle n'ait pas froid.

GABE

PRÉCÉDEMMENT

J'ai rendu plusieurs fois visite à Kathryn Thatcher dans sa nouvelle résidence. La première fois, je me suis présenté comme son fils.

— Oh ! Dieu merci. Elle ne cesse de parler de vous, s'est exclamée la réceptionniste avant de m'accompagner jusqu'à sa chambre.

J'ai pu lire dans les yeux de Mme Thatcher sa déception que ce ne soit que moi, mais également un tel soulagement d'avoir un peu de compagnie qu'elle n'a pas pris la peine de me dénoncer. Elle reçoit maintenant un traitement médical approprié qui lui a permis de retrouver une petite autonomie. Elle partage sa chambre avec une femme de quatre-vingt-deux ans en soins palliatifs qui n'en a plus pour très longtemps à vivre. Elle est tellement shootée à la morphine qu'elle n'a pas la plus petite idée de l'endroit où elle se trouve et prend Mme Thatcher pour une femme du nom de

Rory McGuire. Personne ne vient lui rendre visite. Personne ne vient voir Mme Thatcher à part moi.

Il s'avère que Mme Thatcher adore les romans policiers. Je me rends donc dans une librairie où j'achète tous les best-sellers que je peux trouver. Je m'assois ensuite au bord de son lit et les lui lis. Je suis nul quand il s'agit de lire à voix haute. Pour tout dire, je suis nul en lecture ; je crois que je n'ai jamais vraiment perfectionné la chose à l'école primaire. Mais il s'avère que moi aussi, j'adore les romans policiers.

J'apporte en douce des nuggets au poulet dans sa chambre et, aussi souvent que possible, nous en partageons une boîte avec un grand cornet de frites.

Je lui prête aussi un de mes vieux lecteurs CD et emprunte quelques disques de Noël à la bibliothèque. Elle trouve qu'on n'a pas l'impression d'être à Noël dans une maison de retraite. Elle peut voir la neige tomber par la fenêtre, mais à l'intérieur c'est toujours la même chose. Quand je la quitte, le soir, elle met la musique pour couvrir la respiration laborieuse de sa voisine de chambre.

Les jours de repos que je ne consacre pas à Kathryn Thatcher, je les passe avec Eve. Je trouve toujours une bonne raison pour me présenter à sa porte. Tandis que décembre s'installe et que l'hiver nous tombe dessus, un brouillard semble l'envelopper. Elle met cela sur le compte d'une dépression saisonnière, quoi que cela puisse être. Mais force est de constater qu'elle est toujours fatiguée. Triste. Elle reste assise à regarder la neige tomber par la fenêtre.

Je lui donne quelques petites informations — réelles

Une fille parfaite

ou non — sur l'affaire pour qu'elle n'ait pas l'impression que je me trouve dans une impasse.

Je lui enseigne la recette des lasagnes de ma mère. Je ne cherche pas à la transformer en chef cuisinier. C'est simplement le seul moyen que j'ai trouvé pour la faire manger.

Elle me raconte que son mari passe de moins en moins de temps à la maison, travaillant encore plus tard qu'auparavant, parfois jusqu'à 10 ou 11 heures du soir. La nuit précédente, il n'est pas rentré du tout, arguant du travail en retard. Il aurait rédigé des requêtes toute la nuit, ce qui d'après Eve ne lui était jamais arrivé.

— Qu'en pensez-vous ? demandé-je.

— Il avait l'air fatigué, ce matin, quand il est passé se changer.

J'ai affûté mes talents de grand détective pour essayer de comprendre pourquoi elle ne le quitte pas. Jusque-là, aucune idée.

— Donc, il a dû travailler, conclus-je.

Travailler, mon œil. Mais si cela rassure Eve, alors tant mieux.

Nous n'avons jamais fait allusion au baiser que nous avons échangé. Mais chaque fois que je pose les yeux sur elle, j'imagine ses lèvres sur les miennes. Quand je ferme les yeux, je retrouve son goût et chaque effluve qui émane d'elle, de l'odeur de son savon jusqu'à son parfum.

Elle m'appelle Gabe et moi Eve. Nous nous tenons plus près l'un de l'autre.

Maintenant, quand elle ouvre la porte, j'aperçois

une étincelle de plaisir dans son regard et non plus de la déception parce que je ne suis pas sa fille perdue. Une étincelle de plaisir juste pour *moi*.

Eve me supplie de l'emmener à la maison de retraite, mais je devine que ce serait plus qu'elle n'en peut supporter. Elle voudrait s'entretenir avec Mme Thatcher, de mère à mère. Il se pourrait que celle-ci lui révèle des choses qu'elle ne me dirait pas à moi, mais je refuse quand même. Elle me demande à quoi ressemble Kathryn et je lui réponds que c'est une femme forte et méfiante. Eve m'avoue avoir été forte elle aussi, avant que la porcelaine de Chine et la haute couture ne fassent d'elle une femme fragile.

Dès que l'état de Mme Thatcher se sera stabilisé, elle ira vivre avec sa sœur qui n'habite pas très loin, une femme qui, apparemment, n'a pas une seule fois regardé les informations ou lu les journaux au cours des derniers mois. A la demande de Mme Thatcher, je l'ai appelée l'autre jour. Elle est tombée des nues, n'ayant jamais entendu parler de la disparition de son neveu, ni des recherches entreprises pour retrouver Mia Dennett.

D'autres affaires m'ont été confiées. Un incendie dans un immeuble d'appartements, probablement d'origine criminelle, des plaintes émanant de quelques petites minettes à l'encontre de leur professeur.

Mais la nuit, quand je regagne mon appartement, je bois pour trouver le sommeil et quand finalement je m'endors, je suis hanté par l'image de Mia Dennett sur la cassette vidéo, tirée hors de l'ascenseur par un Colin Thatcher déterminé. J'imagine une Eve désolée

Une fille parfaite

qui pleure pour s'endormir. Et je me rappelle que je suis le seul à pouvoir mettre un terme à tout cela.

Par un mardi après-midi neigeux, je rends visite à Kathryn Thatcher quand celle-ci se tourne brusquement vers moi et m'interroge sur sa voisine, Ruth Baker.

— Ruthie sait-elle que je suis ici ? demande-t-elle.

Je hausse les épaules et réponds que je l'ignore. Je n'ai jamais entendu parler de cette Ruth — alias Ruthie — Baker.

Mais elle m'explique que Ruthie passe la voir chaque semaine en l'absence de Colin, qu'elle récupère également son courrier tous les jours et le lui apporte chez elle. Je me souviens du courrier qui débordait de la boîte aux lettres, tellement pleine qu'on ne pouvait plus en fermer la porte. J'avais dû me rendre au bureau de poste de Gary avec un mandat pour récupérer tout ce que le facteur n'avait pu glisser dans la boîte. J'avais parlé aux voisins, mais aucun du nom de Ruth ou Ruthie, aucune Mme Baker. Mme Thatcher m'explique que Ruth habite dans la maison blanche de style Cape Cod de l'autre côté de la rue et c'est à ce moment-là que je me remémore la pancarte « A VENDRE » plantée dans la pelouse devant la maison. Personne n'avait répondu quand j'avais sonné à la porte.

Je fais des recherches et tombe sur une rubrique nécrologique datant de la première semaine d'octobre. D'après le constat de décès, Mme Ruth Baker a fait une crise cardiaque ayant entraîné la mort à 17 h 18 le 7 octobre. Mme Thatcher l'ignorait. Ruth Baker était supposée garder un œil sur elle en l'absence de Colin et j'imagine que ce dernier, où qu'il soit, ignore tout du décès de la vieille dame de soixante-quinze ans à qui il avait confié sa mère.

Mes pensées se concentrent alors sur le courrier. Je ressors le tas de lettres que j'avais récupérées à la fois dans la boîte et au bureau de poste et entreprends de les classer par dates. Bingo. Rien entre la date de la disparition de Mia et l'arrivée des factures et premières relances pour impayés. Un intervalle de cinq jours. Où est passé le courrier de cette période ? Je retourne chez Ruthie Baker et frappe à la porte, toujours sans réponse. Je me renseigne alors sur d'éventuels parents et découvre une femme d'à peu près mon âge, la fille de Ruthie, qui habite à Hammond avec son mari et ses enfants. Un jour, je me présente à sa porte.

— Que puis-je pour vous ? s'enquiert-elle, sidérée, lorsque je brandis mon badge.

— Etes-vous la fille de Ruth Baker ? demandé-je avant même de fournir mon nom.

Elle me répond que oui. Chaque fois qu'un flic frappe à votre porte, la première chose qui vous vient à l'esprit est : « Qu'est-ce que j'ai fait ? »

J'oublie de lui présenter mes condoléances et je passe immédiatement à l'attaque, une seule pensée en tête : retrouver Mia.

— Nous avons des raisons de croire que votre mère récupérait le courrier de sa voisine, Kathryn Thatcher,

Une fille parfaite

dis-je, et une vague de culpabilité et de gêne envahit la femme qui se met aussitôt à bredouiller des excuses.

Je sais qu'elle est désolée, mais je crois qu'elle redoute surtout d'avoir des problèmes. Après tout, le vol de courrier est considéré comme un crime et voilà qu'un flic débarque chez elle.

— C'est juste que… J'ai été tellement occupée. Avec toutes ces démarches… l'enterrement, l'organisation du déménagement de sa maison.

Elle a vu le courrier. En fait, elle est passée devant un bon millier de fois, chaque fois qu'elle entrait ou sortait de la maison de sa mère. Les lettres sont posées sur la console à l'entrée. Mais il ne lui est jamais venu à l'idée de les remettre à leur destinataire.

Je suis le break de la fille de Ruth Baker jusqu'à la maison de sa mère où elle se gare dans l'allée avant de se précipiter pour récupérer les lettres. Je la remercie en les lui arrachant des mains et là, planté au milieu de l'allée, je feuillette les diverses enveloppes. Des menus chinois à emporter, une facture d'eau, des publicités pour l'épicerie du coin, de nouvelles factures et une enveloppe épaisse au nom de Kathryn Thatcher sans adresse de retour. L'écriture est un peu brouillonne. J'ouvre l'enveloppe et découvre à l'intérieur une liasse de billets de banque. Aucune lettre, aucune note, aucune adresse. Le cachet de la poste m'apprend que la lettre a été expédiée depuis la ville d'Eau Claire dans le Wisconsin. Je balance le courrier sur le siège passager de ma voiture et démarre sur les chapeaux de roue. De retour au commissariat, je me connecte sur internet et affiche une carte de la région sur laquelle je

repère la route qui va de Chicago à Grand Marais. Et
c'est là. Juste à l'endroit où l'I-94 tourne vers l'ouest
et Minneapolis-St Paul, tandis que la nationale 53
continue en direction du nord avant de bifurquer vers
le nord-est du Minnesota. Là se trouve la ville d'Eau
Claire, dans le Wisconsin, à cinq petites heures de
Grand Marais.

Je contacte un policier du nom de Roger machin-chose
dans un commissariat de cette partie du Minnesota.
Celui-ci m'assure que je fais sûrement fausse route,
mais accepte néanmoins d'aller jeter un œil. Je lui
faxe le portrait-robot, juste au cas où. La photo de
Colin Thatcher n'a été diffusée que sur les chaînes de
trois Etats. Les télévisions du Minnesota et du reste
du monde n'ont pas la moindre idée de son identité.
Mais elles ne tarderont pas à entendre parler de lui.

COLIN

PRÉCÉDEMMENT

Les antibiotiques font aussitôt de l'effet et, du jour au lendemain, son état s'améliore. Sa toux persiste, mais la fièvre baisse considérablement. Elle a perdu son air de zombie et paraît de nouveau vivante.

Pourtant, si son état s'améliore, un changement s'amorce indéniablement. J'essaye de me convaincre que ce sont les médicaments, mais je sais au fond de moi qu'il s'agit d'autre chose. Elle est calme. Quand je lui demande si ça va, elle me répond qu'elle ne se sent pas bien. Elle refuse de manger. J'essaye pourtant de la convaincre d'avaler quelque chose, mais rien à faire. Elle reste assise à regarder par la fenêtre. Le silence règne dans le chalet, un silence pesant qui nous ramène loin en arrière.

A toutes mes tentatives de conversation, elle répond par monosyllabes : oui, non, je ne sais pas. Elle affirme que nous allons mourir de froid. Qu'elle déteste la neige et que si elle doit encore avaler une cuillère de soupe de nouilles au poulet, elle vomira.

Normalement, cela devrait me mettre en colère et je lui dirais de la fermer. Je lui rappellerais que je lui ai sauvé la vie. Je lui ordonnerais de manger cette saleté de soupe avant que je la lui fasse avaler de force.

Elle ne veut plus entendre parler de dessin. Quand je lui propose de sortir — c'est une belle journée, comme nous n'en avons pas vu depuis longtemps —, elle refuse. Je sors quand même et constate à mon retour qu'elle n'a pas bougé d'un centimètre en mon absence.

Elle est incapable de prendre une décision. Comme elle ne veut pas de soupe, pour le dîner, je lui donne le choix. J'énumère tout ce que nous avons en stock, mais elle déclare qu'elle s'en fiche. De toute façon, elle n'a pas faim.

Elle m'explique qu'elle est fatiguée de grelotter tout le temps. Elle est fatiguée de ces saloperies que nous ingérons, de ces boîtes de matière visqueuse que nous appelons de la nourriture. Rien qu'à l'odeur, elle a envie de gerber.

Elle est fatiguée de l'ennui. Elle est fatiguée de n'avoir absolument rien à faire pendant des heures, jour après jour après jour, interminablement. Elle ne veut pas se promener dans ce froid impitoyable. Elle ne veut pas faire un énième dessin.

Ses ongles sont cassés. Ses cheveux sont sales et emmêlés en une masse qu'elle ne parviendra jamais à dénouer. Nous puons littéralement bien que nous

Une fille parfaite

nous forcions à prendre un bain presque chaque jour dans la baignoire sale.

J'explique que j'irai en prison si on se fait prendre. J'ignore pour combien de temps. Trente ans ? A vie ? Ce n'est pas à cause de ça et le nombre d'années ne signifie rien. Il n'a aucune importance parce que, de toute façon, je n'y survivrai pas. Tous les criminels connaissent quelqu'un à l'intérieur. Une fois en prison, je suis un mort en sursis. Ils s'en assureront.

Il ne s'agit pas d'une menace. Je ne cherche pas à la culpabiliser. C'est seulement la vérité.

Je n'ai pas non plus envie d'être ici. Je ne cesse de me demander quand Dan va enfin terminer mes passeports et comment je vais pouvoir les récupérer sans que les flics me repèrent. La nourriture est rare, les nuits de plus en plus froides, si bien qu'un de ces jours, nous ne nous réveillerons pas. Je sais que le moment est venu de partir, avant que nous n'ayons plus rien à manger, avant que nous n'ayons plus un sou, avant que nous mourions de froid.

Elle me laisse le soin de m'inquiéter. Elle dit que personne ne s'est jamais inquiété pour elle avant.

Je pense à tout ce qui pourrait foirer. Mourir de faim. Mourir de froid. Que Dalmar nous retrouve. Que la police nous retrouve. Il est dangereux pour nous de rentrer chez nous. Il est dangereux de rester ici. Je le sais et elle le sait. Pourtant ma plus grosse inquiétude aujourd'hui, c'est de me retrouver, un jour, sans elle auprès de moi.

GABE

APRÈS

Croyez-le ou pas, ils ont retrouvé ce foutu chat. La pauvre bête se cachait dans une espèce de remise à l'arrière du chalet, pratiquement morte de froid. Il n'avait rien à manger, si bien qu'il a beaucoup apprécié les croquettes que les flics lui avaient apportées. En revanche, il n'a pas du tout aimé leur cage, à les en croire, et s'est battu bec et ongles pour en ressortir avant qu'ils ne réussissent à la fermer. Le félin a ensuite regagné Minneapolis en hélicoptère, puis rejoint l'aéroport d'O'Hare[1] sur une ligne commerciale. Ce petit gars voyage plus que moi ! Je l'ai récupéré ce matin et emporté chez les Dennett où j'ai appris que Mia et Eve avaient déménagé.

Je prends donc le chemin de Wrigleyville et débarque chez les deux femmes à 10 heures du matin avec une douzaine de donuts, du café et un chat tigré

---

1. Nom de l'aéroport international de Chicago.

Une fille parfaite

sous-alimenté. Elles sont toutes les deux en pyjama et regardent la télévision.

Je profite de la sortie d'une personne pour pénétrer dans l'immeuble, de sorte que je n'ai pas besoin de sonner à l'Interphone. J'aime bien l'effet de surprise.

— Bonjour, dis-je quand Mia ouvre la porte.

Elle ne s'attendait pas à me voir. Eve se lève du canapé et passe une main dans ses cheveux.

— Gabe, lance-t-elle en tirant sur sa robe de chambre, histoire de s'assurer que rien ne dépasse.

Je comptais laisser le chat dans l'entrée, mais il a suffi d'un merci de Mia lorsque j'ai tendu les donuts et le café pour que le chat devienne dingue, griffant les barreaux de sa cage et poussant des râles comme je n'ai jamais entendu un chat en pousser auparavant. Question grande entrée, c'était raté.

Eve a pâli.

— C'est quoi ce bruit ? demande-t-elle.

J'attrape donc la cage et referme la porte derrière moi.

A en croire la recherche médicale, les gens qui vivent avec des animaux sont bien moins anxieux et présentent une tension beaucoup plus basse. Ils ont également moins de cholestérol. Ils sont plus détendus, moins stressés et, en général, en meilleure santé. Sauf évidemment si vous avez hérité d'un chien qui pisse de façon incontrôlable et lacère vos meubles.

— Que faites-vous avec ce chat ? s'enquiert Eve qui pense de toute évidence que je perds la tête.

— Ce petit bonhomme ?

Je joue les idiots, puis me baisse pour ouvrir la cage et sortir le chat qui en profite pour me griffer.

Merde !

— Je le garde pour un de mes amis. J'espère que cela ne vous ennuie pas. Vous n'êtes pas allergiques ?

Je le pose par terre et en me relevant croise le regard de Mia.

La boule de fourrure se dirige aussitôt vers elle et entreprend de dessiner des milliers de huit autour de ses jambes. Il miaule et ronronne en même temps.

Eve rit et passe la main dans ses cheveux.

— On dirait que tu viens de te faire un ami, Mia, déclare-t-elle.

La fille marmonne quelque chose dans sa barbe comme si elle s'entraînait à prononcer un mot avant de le dire à voix haute. Je ne sais pas combien de temps elle laisse le chat se frotter contre elle pendant qu'Eve radote encore et encore sur la façon dont le chat semble s'être entiché des pieds de sa fille.

— Que dites-vous ? demandé-je en m'avançant alors qu'elle se penche pour prendre le chat dans ses bras.

L'animal ne la griffe pas. Il frotte son museau contre sa joue et donne des petits coups de tête sous son menton.

— Je lui ai toujours conseillé de prendre un chat, poursuit Eve.

— Mia ?

Elle me regarde, des larmes dans les yeux. Elle sait que je sais, et que le chat n'est pas là par hasard.

— Canoë, murmure-t-elle. J'ai dit Canoë.

— Canoë ?

Une fille parfaite

— C'est son nom.

Et que sont devenus Max ou Fido ? Canoë ? Quel drôle de nom.

— Mia, chérie…

Eve s'approche de sa fille, prenant enfin conscience qu'il se passe quelque chose. Qui s'appelle Canoë ?

Elle parle comme si elle s'adressait à une personne retardée mentalement. Elle est persuadée que sa fille raconte n'importe quoi, une espèce de charabia sans queue ni tête, un effet secondaire de l'autisme. Sauf que c'est la toute première fois que j'entends Mia dire une chose cohérente.

— Eve, dis-je en ôtant gentiment sa main du bras de Mia.

Je sors de ma poche le fax que j'ai envoyé aux policiers de Grand Marais et le déplie pour lui montrer le dessin parfaitement représenté du petit Canoë.

— Ça, c'est Canoë, dis-je en lui tendant la feuille.

— Alors, il n'est pas…

— Il y avait une remise, la coupe Mia.

Elle ne nous regarde pas, ses yeux sont fixés sur le chat. Eve me prend le dessin des mains. Maintenant, elle sait. Elle a vu le carnet à dessin, tous les dessins jusqu'à celui de Colin Thatcher qui, d'après ce qu'elle m'a raconté, l'empêche de dormir, la nuit. Mais elle avait oublié le chat. Eve se laisse tomber sur le canapé.

— Il y avait une remise derrière le chalet. C'est là qu'il vivait. Je l'ai trouvé endormi dans un vieux canoë rouillé. La première fois, je lui ai fait peur. J'avais juste ouvert la porte pour regarder à l'intérieur et je lui ai fiché une sacrée trouille. Il s'est précipité vers un

397

petit trou sous les planches de la remise et s'est enfui
dans la forêt comme s'il avait le diable aux trousses.
Mais il avait faim et je lui ai laissé de la nourriture.
Il a dit qu'il n'était pas question de garder ce chat.
Aucune chance.

— Qui a dit cela, Mia ?

Evidemment, je le sais très bien. J'aurais dû être
psychothérapeute. Mais sa réponse me surprend.

— Owen.

Et elle se met à pleurer, posant une main sur le
mur pour ne pas tomber.

— Mia, chérie, qui est Owen ? Personne ne s'appelle
Owen. L'homme dans le chalet ? Cet homme ? Cet
homme s'appelle Colin Thatcher.

— Eve…, dis-je.

J'ai l'impression que ma valeur personnelle augmente
de minute en minute. J'ai réussi à faire ce qu'aucun
médecin n'est parvenu à obtenir. Amener Mia à se
retrouver en situation, dans le chalet avec un homme
du nom d'Owen et un chat appelé Canoë.

— Il avait de nombreux pseudonymes. Owen est
probablement juste l'un d'entre eux. Vous souvenez-
vous d'autre chose ? Pouvez-vous me dire quoi que
ce soit à son sujet ?

— Nous devrions appeler le Dr Rhodes, coupe Eve.

Je sais qu'elle veut bien faire — qu'elle ne veut
que le meilleur pour Mia —, mais je ne peux pas la
laisser intervenir.

Elle fouille dans son sac et je prononce son nom.
Nous nous connaissons assez maintenant pour qu'elle
sache qu'elle peut me faire confiance. Je protégerai

Une fille parfaite

Mia. Quand elle me regarde, je secoue la tête. Pas maintenant. L'instant est important.

— Il a dit qu'il détestait les chats. Que s'il le voyait dans le chalet, il le tuerait. Mais il ne le pensait pas vraiment. Evidemment, sinon je ne l'aurais pas laissé entrer.

— Avait-il un pistolet ?

— Oui.

Evidemment qu'il en avait un. Je le savais.

— Aviez-vous peur de lui, Mia ? Pensiez-vous qu'il pourrait vous tuer ?

— Oui, répond-elle avant de se reprendre. Non.

Elle secoue la tête.

— Je ne sais pas. Je ne crois pas.

— Bien sûr que si, chérie. Il avait une arme. Il t'a kidnappée.

— Vous a-t-il menacée avec son arme ?

— Oui.

Elle réfléchit. Elle se réveille d'un rêve et tente de recoller les morceaux. Quelques détails lui reviennent, mais jamais l'ensemble complet. Nous sommes tous passés par là. Dans un rêve, votre maison est une maison, mais ce n'est pas votre maison. Telle femme ne ressemble pas à votre mère, pourtant vous savez que c'est votre mère. A la lumière du jour, tout cela n'a plus aucun sens par rapport à la nuit.

— Il me tenait. Dans les bois. Il pointait le pistolet sur moi. Il était tellement en colère. Il hurlait.

Elle secoue la tête avec vigueur. Des larmes coulent sur ses joues. Cela rend Eve folle. Je dois m'interposer pour la tenir à l'écart.

399

— Pourquoi ?

Ma voix est calme, apaisante. J'étais peut-être psychanalyste dans une vie antérieure.

— C'est ma faute. Tout est ma faute.

— Qu'est-ce qui est votre faute, Mia ?

— J'ai essayé de lui dire.

— Essayé de lui dire quoi ?

— Il ne voulait pas m'écouter. Il avait une arme qu'il pointait sur moi. Je savais que si quelque chose tournait mal, il me tuerait.

— Il vous a dit ça ? Il vous a dit que si quelque chose tournait mal, il vous tuerait ?

Non, non, elle secoue la tête.

— Je le lisais dans ses yeux, déclare-t-elle en me regardant.

Elle me raconte qu'elle avait peur le premier soir, dans le bar. Elle essayait de se rassurer, mais elle avait peur.

Mon esprit revient au bar dans Uptown, avec son propriétaire chauve et ses jolies bougies vertes. C'était là que Mia avait pour la première fois croisé le chemin de Colin Thatcher, alias Owen. A en croire le témoignage de la serveuse, Mia était partie précipitamment, de sa propre initiative. Je me rappelle bien ses paroles : « On aurait dit qu'elle était drôlement pressée de partir. » Pour moi, ça ne ressemble pas à de la peur.

— Ensuite, rien ne s'est passé comme prévu. J'ai essayé de lui dire. J'aurais simplement dû le lui dire. Mais j'avais peur. Il avait une arme. Et je savais qu'il pouvait me tuer. J'ai essayé de…

Une fille parfaite

Je l'interromps.

— Colin Thatcher. *Owen*. Owen vous aurait tuée si les choses avaient mal tourné ?

Elle hoche la tête, puis la secoue.

— Oui. Non. Je ne sais plus, conclut-elle, frustrée.

— Qu'avez-vous essayé de lui dire ?

Mais son esprit s'égare et elle se contente de secouer la tête. Frustrée, elle est dans une impasse ; impossible pour elle de se souvenir de ce qu'elle allait dire.

La plupart des gens s'imaginent que la peur engendre deux réactions naturelles : fuir ou se battre. Mais il existe une troisième réaction dans une situation difficile : se pétrifier. Comme une biche prise dans le faisceau des phares. Faire le mort. Les mots de Mia — « j'avais peur, j'ai essayé de lui expliquer » — en sont la preuve. Pas de lutte ou de fuite. Elle est restée pétrifiée. Sur le qui-vive, l'adrénaline courant dans ses veines, mais incapable de tenter quoi que ce soit pour sauver sa vie.

— Tout est ma faute, répète-t-elle.

— Qu'est-ce qui est votre faute ?

Je m'attends à une réponse de la même veine, mais pas cette fois.

— J'ai essayé de m'enfuir.

— Et il vous a rattrapée ?

Elle hoche la tête.

— Dehors, dans les bois ? demandé-je en me rappelant ce qu'elle a dit juste avant. Et il s'est mis en colère contre vous. Il vous a menacée de son arme et vous a dit que si vous essayiez de nouveau de vous enfuir, il…

— Il me tuerait.

Eve pousse un petit cri et couvre sa bouche ouverte de sa main. Evidemment qu'il a menacé de la tuer. C'est toujours ce qu'ils font. Je suis sûr que c'est arrivé plus d'une fois.

— Que vous a-t-il dit d'autre ? Vous en souvenez-vous ?

Elle secoue la tête. Je tente une nouvelle approche.

— Canoë ? Vous avez dit qu'il l'aurait tué s'il l'avait vu dans le chalet, mais il ne l'a pas fait. Le chat est bien entré dans le chalet ?

Elle le caresse sans me regarder.

— Il m'a dit qu'il ne m'avait jamais quittée. Qu'il était resté couché à côté de moi pendant des jours.

— Qui ?

— Il m'a dit que personne ne l'avait jamais autant aimé de toute sa vie. Que personne n'avait fait preuve d'autant de dévotion à son égard.

— Qui ça ?

Elle me regarde comme si j'étais stupide.

— Canoë.

Et c'est à cet instant que j'ai compris ce qu'il me restait à faire. Si la simple vue de son chat réveillait autant de souvenirs, qu'en serait-il si je la ramenais devant le joli petit chalet ? Je devais très vite découvrir qui se cachait derrière toute cette histoire pour m'assurer une bonne fois pour toutes que Mia et Eve n'avaient plus rien à craindre.

COLIN

PRÉCÉDEMMENT

Je lui annonce que nous allons nous promener. Il est 22 heures et il fait nuit.

— Maintenant ? s'étonne-t-elle comme si nous avions mieux à faire.

— Maintenant.

Elle tente de protester, mais je ne veux rien entendre. Pas cette fois.

Je l'aide à enfiler ma veste et nous sortons. La neige tombe en douceur et la température flirte avec zéro. La neige est légère, parfaite pour une bataille de boules de neige. Cela me ramène des années en arrière, sur le parking où nous vivions, et me rappelle les batailles que je faisais avec les autres gamins paumés qui vivaient comme moi dans un camping-car, avant que maman n'achète une maison.

Elle me suit et nous descendons les marches. En bas de l'escalier, elle s'arrête et regarde autour d'elle. Le ciel est noir, le lac tombé dans l'oubli. Sans la lumi-

nosité de la neige, il ferait sombre, bien trop sombre.
Elle tend la main pour saisir quelques flocons. La
neige s'accumule sur ses cheveux, ses cils. Je tire la
langue pour happer un flocon et le goûter.

La nuit est silencieuse.

La neige donne de l'éclat à tout le paysage. Il fait
frais mais pas froid. Une de ces nuits où bizarrement
la neige vous réchauffe. La fille se tient au pied des
marches, de la neige jusqu'aux chevilles.

— Viens par ici, dis-je.

Nous nous frayons un passage dans la neige jusqu'à
la petite remise pourrie. Je dois vraiment forcer pour
ouvrir la porte bloquée.

Elle m'aide à tirer.

— Que cherches-tu ? demande-t-elle une fois à
l'intérieur.

— Ça.

Je soulève une hache. Il me semblait bien en avoir
vu une. Deux mois plus tôt, elle aurait pensé que la
hache lui était destinée.

— Pour quoi faire ?

Elle n'a pas peur.

J'ai un plan.

— Tu verras, dis-je.

Il doit bien y avoir dix centimètres de neige maintenant dans laquelle nous pataugeons allègrement.
Le bas de nos pantalons ne tarde pas à être trempé.
Nous marchons pendant un moment jusqu'à ce que
nous ne voyions plus le chalet. Nous avons un but,
ce qui en soi est déjà dynamisant.

— As-tu déjà coupé ton propre sapin de Noël ?

Une fille parfaite

Elle me regarde comme si j'avais perdu la tête, comme si seuls des tarés pourraient avoir l'idée de couper leur arbre de Noël. Puis je vois un éclair dans son regard et ses yeux s'illuminent comme ceux d'un enfant.

— J'ai toujours eu envie de couper mon arbre de Noël, avoue-t-elle.

Chez elle, m'explique-t-elle, les arbres de Noël sont toujours faux parce que les vrais sapins perdent leurs aiguilles et que sa mère ne veut pas en entendre parler. Il s'agit seulement de sauver les apparences. L'arbre était décoré d'un tas d'ornements en cristal et elle n'avait pas le droit de s'en approcher de peur qu'elle ne casse quelque chose.

Je lui dis de choisir l'arbre qui lui plaît et elle pointe le doigt vers un sapin de dix-huit mètres de haut.

— Un autre, dis-je, bien que, l'espace d'un instant, je l'examine en me demandant si je pourrais y arriver.

Je parviens à me convaincre qu'elle s'amuse. Elle ne pense plus au froid ou à la neige qui s'accroche à ses chaussettes. Elle me dit que ses mains sont gelées et elle les appuie contre mes joues pour que je puisse le vérifier, mais je ne sens plus rien. Mes propres joues sont paralysées par le froid.

Je lui raconte que quand j'étais enfant, ma mère et moi, nous ne pensions pas à Noël. Elle me forçait à aller à la messe, mais pour ce qui était des cadeaux, de l'arbre et de tout le tralala, nous n'avions pas assez d'argent. Et je refusais que ma mère se sente coupable à cause de cela. Alors, je laissais passer le 25 décembre comme s'il s'agissait d'un jour comme les autres. Quand je retournais à l'école après les vacances, les autres gamins se vantaient des cadeaux qu'ils avaient reçus et je racontais des histoires. Je ne me sentais pas frustré. Ce n'était pas mon genre.

Je n'ai jamais cru au Père Noël. Pas un seul jour de ma vie.

— Que voulais-tu ?

La vérité est que je voulais un papa. Quelqu'un qui prendrait soin de ma mère et de moi pour que ce ne soit pas à moi de le faire. Mais je ne lui révèle pas cela. A la place, je déclare que j'aurais voulu une console de jeux.

Finalement, son choix se porte sur un arbre d'un mètre cinquante de haut.

— Tu veux essayer ? proposé-je en lui tendant la hache.

Quand elle l'a en mains, elle rit — un son que je n'avais encore jamais entendu — avant de donner un premier coup de hache.

Après quatre ou cinq essais, elle me la rend. J'examine la base du tronc. Elle l'a à peine entamée. Ce n'est pas facile et je lui dis de reculer pendant que je frappe de toutes mes forces. Elle m'observe avec les yeux écarquillés d'une enfant de cinq ans. J'y passerai la nuit s'il le faut, mais je couperai cet arbre.

Le monde entier est calme. Tout est en paix. Je crois que je n'ai jamais connu une nuit plus parfaite de toute ma vie. Elle déclare qu'il semble impossible d'imaginer que quelque part, loin d'ici, des guerres font rage. Que des gens meurent de faim. Que des

Une fille parfaite

enfants sont maltraités. Nous sommes coupés de toute civilisation.

— Nous sommes comme deux petites figurines dans une boule à neige de verre qu'un enfant aurait retournée.

Je nous imagine alors, plantés sur une petite montagne en céramique tandis que des flocons brillants tombent autour de nous dans notre propre bulle.

Au loin, je crois entendre une chouette ululer.

— Chuut, dis-je et, pendant un instant, nous écoutons.

C'est ici que le harfang vient passer l'hiver. Nous, nous mourons de froid, mais lui vient ici pour garder sa chaleur. Nous écoutons. Pas un bruit. Elle lève la tête vers le ciel et regarde les coutures des nuages craquer et déverser sur nous leur contenu de neige.

L'arbre est lourd. Nous le traînons ensemble, moi devant, elle derrière. Nous le faisons glisser dans la neige et quatre ou cinq fois, l'un de nous ou tous les deux, nous dérapons et tombons dans la neige. Nos mains sont gelées, à peine capables de saisir le tronc.

Devant le chalet, j'attrape la base du tronc et, en marche arrière, je le hisse le long des marches. Elle reste en bas, faisant semblant d'aider, mais nous savons tous les deux qu'elle ne fait rien.

Nous devons forcer pour lui faire franchir la porte et le redresser contre le mur. Epuisé, je m'écroule sur le canapé. L'arbre doit bien peser dans les soixante-dix kilos, trempé comme il est et recouvert de neige gelée.

J'envoie balader mes chaussures mouillées et bois de longues rasades d'eau au robinet de la cuisine. Elle caresse les aiguilles vertes. Cela sent le sapin et pour la première fois, aucun de nous ne se plaint du froid. Nos mains sont à vif, nos nez et nos joues écarlates mais, sous nos vêtements, nous transpirons. Je la regarde, sa peau vivifiée par le froid.

J'entre dans la salle de bains pour me laver et changer de vêtements. Elle essuie les traînées mouillées sur le sol et les flaques sous l'arbre et sous nos chaussures. Mes mains sentent le sapin et sont collantes de sève. J'ai un peu de mal à retrouver mon souffle et, en sortant de la salle de bains, je me rassois sur le canapé.

A son tour, elle passe dans la salle de bains pour se changer. Elle enfile un long caleçon qui séchait, pendu à la tringle du rideau de douche.

— Personne ne m'a jamais offert un arbre de Noël avant aujourd'hui.

Je suis occupé à tisonner le feu quand elle traverse la pièce. Elle observe un moment mes mains qui manipulent les bûches, raniment les flammes, et déclare que je fais tout de la même façon, avec une dextérité que je refuse de reconnaître. Je ne fais aucun commentaire.

Je me relève et reprends ma place sur le canapé, posant une couverture sur mes jambes. Mes pieds sont posés sur la table basse. Mon souffle est toujours haché.

— Je donnerais une fortune pour une bonne bière, dis-je.

Elle m'observe pendant un long moment. Je sens le poids de son regard sur moi.

— Pas toi ? demandé-je au bout de quelques minutes.

— Une bière ?

Une fille parfaite

— Ouais.

— Ouais, moi aussi.

Je nous revois tous les deux, assis côte à côte dans ce bar. Je lui demande si elle s'en souvient et elle hoche la tête.

— J'ai l'impression que c'était il y a des millions d'années, avoue-t-elle avant de me demander quelle heure il est.

Ma montre est sur la table à côté de mes pieds. Je me penche pour lire l'heure. 2 heures du matin.

— Tu es fatigué ? s'enquiert-elle.

— Un peu.

— Merci pour l'arbre. Merci de *nous* avoir offert un arbre.

Elle ne veut pas paraître présomptueuse. Je considère l'arbre appuyé contre le mur, un peu tordu, sans prétention bien qu'elle affirme qu'il est parfait.

— Non, dis-je. C'est pour toi. Pour que tu ne sois plus aussi triste.

Je promets de dénicher une guirlande. Je ne sais pas comment, mais je le promets. Elle me dit de ne pas m'inquiéter pour cela.

— Il est parfait ainsi.

Mais je répète que je trouverai une guirlande.

Elle veut soudain savoir si j'ai déjà pris le métro. Je lui jette un coup d'œil en coin. Evidemment. Impossible de passer par Chicago sans prendre le L, le transport en commun qui dessert toute la ville. Elle déclare alors qu'elle prend toujours la Red Line, qui file sous la ville comme si tous les embouteillages au-dessus n'existaient pas.

— Et le bus ?

Je me demande où elle veut en venir avec toutes ces questions.

— Quelquefois.

— Tu sors ? Dans les bars, ce genre d'endroit ?

— Parfois. Ce n'est pas vraiment mon truc.

— Mais tu y vas ?

— Oui, de temps en temps.

— Tu vas des fois au bord du lac ?

— Je connais un mec qui a un bateau à Belmont Harbor.

Je parle d'un minable comme moi. Un mec qui travaille pour Dalmar et vit sur un bateau, un yacht d'occasion dont le réservoir est toujours plein et les placards remplis de nourriture au cas où il aurait besoin de mettre les voiles. Il y a assez de stock sur ce bateau pour tenir un bon mois et remonter les Grands Lacs jusqu'au Canada. C'est ainsi que vivent les gens comme nous. Toujours prêts à prendre le large.

Elle hoche la tête. Belmont Harbor. Evidemment. Elle dit qu'elle court tout le temps par là.

— J'aurais pu te voir avant. Nous aurions pu nous croiser dans la rue, prendre le même bus. Peut-être attendre le métro sur le même quai.

— Des millions de gens vivent à Chicago.

— Mais quand même.

— Oui, j'imagine. Où veux-tu en venir ?

— Je me demandais juste…

— Quoi ?

— Si nous nous étions rencontrés. Sans…

— Ça ?

Une fille parfaite

Je secoue la tête. Je ne cherche pas à faire le malin. C'est juste la vérité.

— Probablement pas.

— Tu ne crois pas ?

— Nous ne nous serions jamais rencontrés.

— Comment peux-tu le savoir ?

— Nous ne nous serions jamais rencontrés.

Je détourne le regard, remonte la couverture jusqu'à mon cou et m'étends sur le côté.

Je lui demande d'éteindre la lumière.

— Tu ne te couches pas ? demandé-je en la voyant se diriger vers la cuisine.

— Comment peux-tu en être aussi sûr ?

Je n'aime pas la direction que prend cette conversation.

— Quelle différence cela fait-il ?

— M'aurais-tu parlé si nous nous étions rencontrés ? Cette nuit-là, m'aurais-tu parlé si tu n'avais pas été obligé ?

— Je n'aurais pas été dans ce bar pour commencer.

— Mais… *Si* tu y avais été.

— Non.

— Non ?

— Je ne t'aurais pas parlé.

Le rejet la frappe de plein fouet.

— Oh !

Elle traverse la pièce et éteint la lumière. Mais je ne peux pas en rester là. Je ne veux pas qu'elle se couche en colère.

Dans l'obscurité, je reprends la parole.

— Ce n'est pas ce que tu crois.

Elle est sur la défensive, blessée dans son amour-propre.

— Qu'est-ce que je crois ?

— Cela n'a rien à voir avec toi.

— Bien sûr que si.

— Mia…

— Alors quoi ?

— Mia.

— Quoi ?

— Cela n'a rien à voir avec toi. Ça ne signifie rien. Mais ça compte beaucoup pour elle.

— La première fois que je t'ai vue, tu sortais de ton appartement, dis-je alors qu'elle se dirige vers la chambre. J'étais assis sur les marches d'un immeuble de l'autre côté de la rue. J'attendais. J'avais vu ta photo. Je t'avais appelée depuis un téléphone au coin de la rue. Tu avais décroché et j'avais raccroché. Je savais que tu étais chez toi. Je ne sais plus combien de temps j'ai attendu, quarante-cinq minutes, une heure peut-être. Je devais savoir dans quoi je m'engageais.

» Puis je t'ai vue à travers la petite fenêtre sur le côté de la porte d'entrée. Tu as descendu les marches avec ton casque sur les oreilles. Tu t'es assise en bas des marches pour nouer ta clé avec le lacet d'une de tes chaussures. Je me rappelle tes cheveux qui caressaient tes épaules jusqu'à ce que tu lèves les bras pour les attacher. Une femme est passée avec quatre ou cinq chiens en laisse et t'a dit quelque chose. Tu as souri et j'ai pensé que je n'avais encore jamais rien vu de si… Je ne sais pas… Je n'avais encore jamais vu quelque chose d'aussi beau de toute ma vie. Tu

Une fille parfaite

es partie en courant dans la rue et j'ai attendu. Des
taxis passaient et des tas de gens rentraient chez eux
après être descendus du bus à l'arrêt au coin de la
rue. Il était 18, peut-être 19 heures et il commençait
à faire sombre. Le ciel avait cet aspect dramatique
des cieux automnaux. Tu es revenue en marchant. Tu
es passée juste devant moi avant de traverser la rue
en courant, faisant signe à un taxi de ralentir pour te
laisser passer. J'aurais juré que tu m'avais vu. Tu as
défait ton lacet pour récupérer ta clé, puis tu es entrée
et je t'ai perdue de vue. J'ai vu la lumière s'allumer à
ta fenêtre et ta silhouette passer derrière. J'imaginais
ce que tu étais en train de faire. Je m'imaginais avec
toi, comment cela serait si ça ne devait pas se passer
ainsi. »

Elle garde le silence un moment. Puis elle dit
qu'elle se rappelle cette nuit-là. Elle se rappelle le ciel
si étincelant, comme si les rayons du soleil avaient
explosé en millions de particules. Elle se souvient
que le ciel avait la couleur de la sangria, un mélange
de rouges que Dieu seul avait pu créer.

— Je me souviens des chiens, trois labradors noirs
et un golden retriever tenus en laisse par une femme
qui devait peser quarante kilos tout au plus.

Elle se rappelle aussi le coup de téléphone même
si, sur le coup, cela ne l'avait pas inquiétée plus que
cela. Et également qu'elle s'était sentie seule parce
que son foutu petit ami travaillait encore, mais surtout
parce qu'elle en était ravie.

— Je ne t'ai pas vu, murmure-t-elle. Ou alors, je
ne m'en souviens pas.

Elle s'assoit sur le canapé à côté de moi. Je soulève la couverture et elle se glisse dessous, collant son dos contre moi. Je sens les battements de son cœur, le sang qui bat dans mes propres oreilles. C'est tellement fort que je suis sûr qu'elle peut l'entendre. J'enroule la couverture autour d'elle, puis je prends sa main et nos doigts se mêlent. Sa main est rassurante. Finalement, la mienne arrête de trembler. Je glisse mon bras sous son cou. Elle se colle contre tous les interstices jusqu'à ce que nous ne fassions plus qu'un. Je pose ma tête sur la masse de ses cheveux blond foncé, assez près pour qu'elle sente mon souffle sur sa peau, lui faisant prendre conscience que nous sommes vivants même si nous pouvons à peine respirer.

Nous nous endormons ainsi et tombons dans un monde où plus rien n'a d'importance. Rien, à part nous.

Quand je me réveille, elle n'est plus là. Je ne sens plus son corps contre le mien. Quelque chose manque, mais pas depuis longtemps.

Puis je la vois dehors, assise sur les marches de la véranda. Elle doit geler, pourtant elle n'a pas l'air de s'en soucier.

La couverture couvre ses épaules et elle a enfilé mes chaussures. Elles sont bien trop grandes pour elle. Elle a nettoyé la neige sur la marche, mais le bout de la couverture trempe dedans et se mouille.

Je ne sors pas tout de suite. Je prépare du café. Je prends ma veste sans me presser.

Une fille parfaite

— Bonjour, dis-je en sortant pieds nus. (Je lui tends une tasse de café.) Je me suis dit que cela te réchaufferait.

— Oh ! s'exclame-t-elle, surprise. Tes chaussures, ajoute-t-elle en remarquant mes pieds nus.

Mais avant qu'elle les ait ôtées, je l'arrête. Je lui dis que ça m'est égal. J'aime voir ses pieds dans mes chaussures. Qu'elle dorme couchée contre moi. Je pourrais m'y habituer.

— Il fait froid, fais-je remarquer. Sacrément froid. Moins dix peut-être.

— Vraiment ?

Je ne réponds pas.

— Je te laisse seule.

Quelqu'un qui a envie de se geler les fesses par un jour pareil doit avoir envie de rester seul.

Ce n'est pas comme s'il s'était passé quelque chose, mais rester étendu près d'elle pendant toutes ces heures, juste comme ça, juste pour le plaisir d'être près d'elle, pour sentir la douceur de sa peau et la vibration de sa poitrine quand elle dort, ça, c'est arrivé.

— Tu dois avoir froid aux pieds, déclare-t-elle.

Je regarde mes pieds posés sur une fine couche de neige et de glace.

— Ouais.

Je me tourne pour rentrer.

— Merci pour le café.

Je ne sais pas ce que j'attendais, mais j'espérais qu'elle dirait quelque chose.

— Pas de quoi, dis-je en ouvrant la porte et en la laissant retomber en claquant derrière moi.

415

Je ne sais pas combien de temps passe — assez en tout cas pour que je commence à être sacrément en colère. En colère contre moi d'être en colère contre elle. Je devrais m'en moquer. Je devrais m'en foutre.

Puis elle rentre. Ses joues sont écarlates et ses cheveux cascadent sur ses épaules.

— Je ne veux pas rester seule, déclare-t-elle.

Elle laisse tomber la couverture près de la porte.

— Je ne me rappelle pas à quand remonte la dernière fois que quelqu'un m'a dit que j'étais belle.

« Belle » — le mot me paraît faible.

Nous nous regardons à travers la pièce, comprenant ce qui se passe. Nous rappelant de respirer.

Elle s'avance vers moi, l'air humble. Ses mains se posent sur moi prudemment. La dernière fois, je l'ai repoussée, mais les choses étaient différentes à ce moment-là.

Elle était différente.

J'étais différent.

Je caresse ses cheveux. Puis mes mains descendent le long de ses bras. Elles mémorisent la forme de ses mains, de ses doigts et la courbure de son dos. Elle pose sur moi un regard que je n'avais encore jamais vu, ni chez elle ni chez personne d'autre. Un regard de confiance, de respect, de désir. Je grave dans ma mémoire chaque tache de rousseur, chaque petite imperfection de son visage, la forme de ses oreilles. Je caresse du bout du doigt l'arc de ses lèvres.

Elle prend ma main et m'entraîne vers la chambre.

— Tu n'es pas obligée de faire ça, dis-je.

Une fille parfaite

Dieu sait qu'elle n'est plus ma prisonnière. Je voudrais juste qu'elle ait envie d'être ici avec moi.

Nous nous arrêtons sur le seuil. Ses lèvres se posent sur les miennes et je tiens sa tête entre mes mains. Mes doigts s'enfoncent dans ses cheveux. Ses bras m'enserrent. Elle me retient.

Après cela, tout change. Alors qu'avant nous évitions tout contact entre nous, maintenant, nous nous touchons. Nous nous frôlons quand nous nous croisons. Elle passe la main dans mes cheveux. Ma main s'attarde dans son dos. Elle suit du doigt les lignes de mon visage. Nous partageons le même lit.

Nos mains et nos doigts mémorisent ce qui échappe à nos yeux.

Il n'y a là rien de frivole. Nous ne flirtons pas. Nous n'en sommes plus là. Nous ne parlons pas de nos anciennes relations. Nous n'essayons pas de nous rendre jaloux. Nous ne nous donnons pas de petits noms. Nous ne prononçons pas le mot « amour ».

Nous tuons le temps. Nous parlons. Nous énumérons toutes les choses dingues qu'on voit dans une ville. Les sans-abri poussant des Caddie. Des hippies se promenant avec des crucifix sur le dos. Des pigeons.

Elle veut connaître ma couleur préférée et je réponds que je n'en ai pas. Mon plat préféré. Je laisse tomber la cuillère dans la mixture que je suis en train d'ingurgiter.

— N'importe quoi d'autre, dis-je.

Elle me demande ce qui lui serait arrivé si nous n'étions pas venus ici. Si je l'avais remise aux gars et avais empoché l'argent.

— Je n'en sais rien.

— Serais-je morte ?

Nous découvrons des choses que nous ignorions avant. Que le contact de nos deux peaux nous permet de rester chauds. Que les spaghettis et les haricots se mélangent bien. Que deux personnes tiennent très bien dans un fauteuil branlant.

Nous mangeons. Quoi, je n'en sais rien. Nous mangeons pour survivre. Il n'y a pas de petits déjeuners, de déjeuners et de dîners. Tout a le même goût. Un goût de merde.

Ses yeux ne me quittent pas, attendant de moi une réponse.

— Je n'en sais rien.

Je l'imagine tirée hors de ma voiture et balancée dans la camionnette. Les mains attachées et un bandeau sur les yeux. J'entends ses pleurs.

Je repousse mon bol. Je n'ai plus faim. J'ai perdu l'appétit.

Elle se lève et ramasse mon bol. Elle dit que c'est elle qui fait la vaisselle, ce soir, mais j'attrape doucement son poignet.

— Laisse ça, dis-je.

Nous nous installons près de la fenêtre pour admirer la lune, un croissant dans le ciel. Les nuages filent et la cachent par intermittence.

— Regarde toutes ces étoiles, dit-elle.

Elle connaît le nom des constellations. La constel-

Une fille parfaite

lation du Bélier, du Fourneau, de Persée. Elle me raconte qu'à Chicago, elle avait pris l'habitude de faire des vœux quand elle voyait un avion parce qu'il y en avait beaucoup plus dans le ciel que des étoiles.

Parfois, elle est trop loin de moi, même quand elle se trouve dans la même pièce.

Elle m'apprend à compter jusqu'à cent en espagnol. Je lui apprends le fox-trot. Quand le lac est complètement gelé, nous pêchons sur la glace. Nous ne restons jamais longtemps dehors. Elle n'aime pas me regarder faire. Alors elle se promène sur le lac comme si Moïse avait ouvert les eaux pour elle. Elle aime la neige fraîchement tombée. Parfois, nous voyons des traces d'animaux. Parfois, nous entendons des scooters des neiges passer au loin. Quand elle est frigorifiée, elle rentre et je me sens seul.

Je l'entraîne dehors. J'emporte l'arme. Nous marchons dans les bois pendant un moment jusqu'à un endroit si isolé que je suis certain que personne n'entendra les coups de feu.

J'explique que je veux lui apprendre à tirer. Je lui tends l'arme, posée à plat sur mes deux mains comme un bijou. Elle refuse de la toucher.

— Prends-la, dis-je.

— Pourquoi ?

— Juste au cas où.

Je veux qu'elle apprenne à s'en servir pour pouvoir se défendre.

— C'est pour ça que tu es là.

— Et si un jour, je ne suis pas là ?

Je glisse une mèche de ses cheveux derrière son oreille gelée et je regarde le vent la libérer de nouveau.

— Il n'est pas chargé.

Avec le pouce et l'index, elle attrape le pontet et soulève l'arme de mes mains. Elle est lourde, le métal froid par cette température glaciale. Le sol est recouvert de neige.

Je place son doigt sur la détente, referme sa paume autour de la crosse et avance son pouce. Je soulève sa main gauche pour la poser sur sa droite. Mes mains sur les siennes la rassurent. Tout se passera bien. Ses mains sont aussi froides que les miennes, mais elles ne se retirent pas à mon contact comme auparavant.

Je lui décris les différentes parties de l'arme : le canon, la chambre, le pontet. Je sors un chargeur de ma poche et lui montre comment l'adapter au pistolet. Je lui décris ensuite les différentes sortes d'armes : carabines, armes de poing et semi-automatiques. La mienne est un semi-automatique. Quand un coup est tiré, une nouvelle balle passe automatiquement du chargeur à la chambre. Simplement en appuyant sur la détente.

J'explique qu'elle ne doit jamais pointer son arme sur quelqu'un si elle n'a pas l'intention de le tuer.

— J'ai appris cela à mes dépens quand j'avais sept ans. Peut-être huit. Il y avait un gamin dans mon quartier dont le père possédait une arme. Il n'arrêtait pas d'en parler à la moindre occasion. Je l'ai traité de menteur. Il voulait me prouver qu'il disait la vérité.

Une fille parfaite

Alors il m'a entraîné chez lui après l'école. Il n'y avait personne à la maison. Son père gardait l'arme chargée dans sa table de chevet qui ne fermait pas à clé. Je l'ai attrapée dans le tiroir comme si c'était un jouet. Nous avons joué au gendarme et au voleur. Il était le flic, mais c'est moi qui avais l'arme.

— Les mains en l'air, a-t-il dit.

Je me suis retourné et j'ai tiré.

Nous restons là dans le froid glacial. Nous nous rappelons toutes les fois où elle a fixé le canon du pistolet. J'en ressens de la culpabilité. Du chagrin. Je suis sûr qu'elle peut le lire dans mes yeux, qu'elle l'entend dans ma voix quand j'affirme que je ne l'aurais pas tuée.

Je serre sa main.

— Mais tu aurais pu, dit-elle.

Et nous savons tous les deux que c'est la vérité.

— Ouais.

Je ne vais pas dire que je suis désolé, mais je n'ai aucun doute que l'expression de mon visage est suffisamment éloquente.

— La situation était différente alors.

— Comment ça ?

Elle me laisse la guider. Placé derrière elle, je soulève ses bras et, ensemble, nous visons un arbre pas très éloigné. J'écarte ses jambes et lui montre comment se tenir. Puis nous armons le chien et tirons. Le bruit est assourdissant. Le recul la fait presque tomber. Une gerbe d'écorce gicle de l'arbre.

— Parce que si j'en avais eu l'occasion, je t'aurais tué moi aussi, avoue-t-elle.

C'est ainsi que nous avons réglé la question de ce qui s'était passé entre nous lors des premiers jours. C'est ainsi que nous nous pardonnons toutes les insultes que nous avons échangées, les horribles pensées qui nous ont traversé l'esprit. C'est ainsi que nous annulons la violence et la haine des premières semaines dans le chalet, à l'intérieur de ces quatre murs en rondins qui sont devenus notre maison.

— Et ton copain ? demande-t-elle.

J'indique l'arme entre ses mains. Cette fois, je veux qu'elle essaye seule.

— Heureusement pour lui, je ne savais pas viser à l'époque. La balle n'a fait qu'effleurer son bras. Une simple égratignure.

EVE

LE JOUR AVANT NOËL

Gabe a appelé de bonne heure, ce matin, pour me prévenir qu'il arrivait. Il était à peine 5 h 30 quand mon téléphone a sonné et, à la différence de James qui dormait comme un bébé, j'étais réveillée depuis des heures après une énième nuit sans sommeil. Je n'ai pas pris la peine de le réveiller. J'ai attrapé ma robe de chambre, glissé mes pieds dans mes pantoufles et quitté la chambre.

Il a des nouvelles. J'attends en haut des marches du perron, grelottant dans le froid, que la voiture de Gabe s'engage dans notre allée recouverte de neige. 6 heures viennent de sonner et il fait toujours nuit. Les guirlandes de Noël des maisons voisines éclairent le ciel : des sapins décorés clignotent derrière les vitres, de faux glaçons lumineux pendent aux gouttières, des bougies vacillent derrière chaque fenêtre donnant sur la rue. Sur les toits, des nuages de fumée s'échappent en tourbillonnant des cheminées et s'élèvent dans l'air glacé.

Je resserre ma robe de chambre autour de moi et patiente. J'entends un train au loin qui traverse la ville en grondant. Personne n'attend sur les quais, avant l'aube, un dimanche matin, veille de Noël.

Quand il descend de voiture, je l'interroge aussitôt.

— Que se passe-t-il ?

Il s'approche rapidement de moi sans refermer la portière.

— Entrons, dit-il en attrapant mes mains et en me poussant à l'intérieur où il fait chaud.

Nous nous installons sur le canapé blanc, serrés l'un contre l'autre. Nous avons à peine conscience que nos jambes se touchent. Il fait nuit dans la maison ; seule brille la veilleuse de la gazinière dans la cuisine. Je ne tiens pas à réveiller James. Nous chuchotons.

Une lueur brille au fond de ses yeux. Il a du nouveau.

— Elle est morte, dis-je.

— Non, répond-il avant de se reprendre et de baisser les yeux sur ses mains. Je n'en sais rien, reconnaît-il humblement. Un médecin installé dans une petite ville au nord-est du Minnesota nous a appelés, il y a quelques jours. Le Dr Kayla Lee. Je ne voulais pas vous donner de faux espoirs. Elle a vu la photo de Mia aux informations et l'a reconnue comme une de ses patientes. Elle l'a vue, il y a quelques semaines, peut-être un mois. Mais elle n'a aucun doute. Il s'agit bien d'elle. Mia utilisait un pseudonyme : Chloé Romain.

— Un médecin ?

Une fille parfaite

— Le Dr Lee a dit qu'elle était venue accompagnée d'un homme. Colin Thatcher. Et qu'elle était malade.

— Malade ?

— Elle souffrait d'une pneumonie.

— Une pneumonie.

Sans traitement approprié, une pneumonie peut causer une septicémie, elle-même susceptible d'entraîner une insuffisance respiratoire, voire une incapacité à respirer. Sans traitement, une pneumonie peut être mortelle.

— Le médecin a rédigé une ordonnance et l'a renvoyée chez elle après lui avoir donné rendez-vous pour la semaine suivante. Mia n'est jamais revenue.

Gabe explique qu'il avait eu une intuition concernant cette ville de Grand Marais. Quelque chose lui disait qu'elle pourrait bien être dans le coin.

— Pourquoi Grand Marais ?

— Je suis tombé sur une carte postale chez Mme Thatcher. Envoyée par Colin à sa mère. De la part d'un garçon qui sortait rarement de chez lui, cela a retenu toute mon attention. C'est un bon endroit pour se cacher. Il y a plus, ajoute-t-il.

— Quoi d'autre ?

— Elle a obtenu une ordonnance, mais rien ne dit qu'elle a acheté les médicaments et suivi le traitement.

Il reprend :

— J'ai parlé avec Kathryn et j'ai fait des recherches sur la famille Thatcher. Et j'ai découvert qu'ils possèdent depuis des années un chalet dans la région de Grand Marais. Kathryn a reconnu qu'elle n'y avait jamais mis les pieds, mais que son ex-mari y avait

emmené Colin quand il était gosse. C'est une résidence
d'été, si on peut dire, habitée uniquement quelques
mois dans l'année. J'ai envoyé un policier sur place
pour vérifier et il a aperçu un pick-up rouge avec des
plaques de l'Illinois garé devant.

— Un pick-up rouge, répété-je.

— D'après les voisins de Mme Thatcher, Colin
conduit un pick-up.

— Et ?

Il se lève.

— Je pars tout de suite. Je monte là-haut en voiture.
Je comptais prendre un avion, mais ce n'est pas
pratique. Entre les escales et les correspondances…

— Je vous accompagne, dis-je en me levant d'un
bond. Laissez-moi prendre…

Je m'élance, mais il m'intercepte et pose les mains
sur mes épaules.

— Vous ne pouvez pas venir, déclare-t-il d'une
voix douce, désireux de me faire entendre raison.
Il ne s'agit que d'une intuition, rien de concret. Le
chalet est sous surveillance, mais rien ne prouve que
Mia soit là. Colin Thatcher est un homme dangereux,
recherché pour d'autres faits plus graves encore.

— Je dois vous accompagner. Il s'agit de ma fille.

Ma voix manque d'assurance quand je réponds,
mes mains tremblent. Cela fait des mois que j'attends
ce moment et maintenant qu'il est arrivé, je ne suis
pas certaine d'être prête. Tant de choses pourraient
mal tourner.

— Eve.

426

Une fille parfaite

— Elle a besoin de moi. Je suis sa mère, Gabe. C'est mon *devoir* de la protéger.

Il m'enlace, une étreinte forte.

— C'est mon devoir de vous protéger, dit-il. Faites-moi confiance. Si elle est là, je vous la ramènerai.

— Je ne supporterais pas de la perdre maintenant.

Mes yeux se posent sur une photo de famille datant de plusieurs années : James, Grace, Mia et moi. Nous affichons tous un air contraint comme si quelqu'un nous avait forcés à poser, arborant un sourire crispé et des sourcils froncés. Même moi. Seule Mia a l'air heureuse. Pourquoi ? Je me le demande. Aucun de nous ne lui a jamais donné la moindre raison de l'être.

Gabe pose ses lèvres sur mon front et reste ainsi.

C'est dans cette position que James nous aperçoit en descendant l'escalier, vêtu de son pyjama écossais.

— A quoi jouez-vous ? lance-t-il.

Je suis la première à me ressaisir.

— James, dis-je en me précipitant vers lui. Ils ont retrouvé Mia.

Mais ses yeux passent au-dessus de moi, m'ignorant.

— Et c'est ainsi que vous nous apprenez la nouvelle ? déclare-t-il d'un ton railleur. En faisant des avances à ma femme ?

— James.

J'attrape sa main pour qu'il comprenne bien que notre fille revient à la maison.

— Ils ont retrouvé Mia.

Mais il se contente de jeter un regard méprisant en direction de Gabe.

— Je le croirai quand je le verrai, lâche-t-il avant de faire demi-tour et de quitter la pièce.

COLIN

PRÉCÉDEMMENT

Des guirlandes décorent notre sapin. J'ai refusé d'expliquer où je les avais trouvées. Je lui ai dit qu'elle n'aimerait pas le savoir. Que le malheur des uns fait le bonheur des autres.

Le soir, quand nous éteignons la lampe et que nous restons étendus, côte à côte, dans la pénombre chichement éclairée par les lumières du sapin et la lueur du poêle, elle dit qu'elles sont absolument magnifiques.

— C'est parfait, déclare-t-elle.

— Ce n'est pas assez bien.

— Que veux-tu dire ? C'est parfait.

Mais nous savons tous les deux que c'est loin d'être parfait.

Ce qui est parfait, c'est sa façon de me regarder, de prononcer mon nom. C'est sa main qui caresse mes cheveux sans qu'elle en ait vraiment conscience. C'est dormir, l'un contre l'autre, nuit après nuit. Pour la première fois, je me sens entier.

429

Ce qui est parfait, c'est son sourire parfois et même son rire. Que nous puissions dire n'importe quoi, tout ce qui nous passe par la tête, ou rester assis des heures durant dans un silence total.

Pendant la journée, le chat reste avec nous. La nuit, il dort sur son oreiller qui est chaud. Je lui dis de le chasser, mais elle refuse et en profite pour se rapprocher plus près de moi et partager le mien. Elle donne au chat les miettes de nos repas qu'il dévore littéralement. Mais nous savons tous les deux que lorsque les placards seront vides, elle devra choisir : lui ou nous.

Nous discutons de là où nous irions si nous en avions l'opportunité.

J'énumère à peu près tous les endroits chauds que je connais.

— Le Mexique, le Costa Rica, l'Egypte, le Soudan.

— Le Soudan ?

— Pourquoi pas ? Il y fait chaud.

— Tu as si froid que cela ?

Je l'attire sur moi.

— Oui, mais je me réchauffe.

Je lui demande où elle voudrait aller — si nous partons jamais d'ici.

— Dans une ville en Italie. Une ville fantôme — pratiquement abandonnée — perdue au milieu des oliviers. Une ville de cent ou deux cents âmes tout au plus, avec un château médiéval et une vieille église.

— C'est là que tu voudrais aller ?

Je suis surpris. Je m'attendais à des lieux comme le Machu Picchu ou Hawaii. Un truc dans ce genre.

Une fille parfaite

Mais je me rends compte qu'elle y a beaucoup réfléchi.

— Nous pourrions nous intégrer dans cet endroit. Un monde bien loin de toute technologie, de la télévision. Ça se trouve en Ligurie, une région de l'Italie en bordure de la France — à quelques kilomètres à peine de la Riviera italienne. Nous pourrions vivre de notre terre, faire pousser nos légumes. Nous serions autonomes. Nous n'aurions pas à nous inquiéter d'être pris ou découverts ou...

Elle remarque mon air dubitatif.

— Tu trouves cela idiot, dit-elle.

— Je crois que des légumes frais nous changeraient agréablement du coulis de tomates.

— Je déteste le coulis de tomates.

Je reconnais que moi aussi. Je n'ai acheté cela que parce que j'étais pressé.

— Nous trouverions une vieille maison, une de ces horreurs en pierres, vieille de deux cents ans. Nous aurions une vue à couper le souffle sur les montagnes, peut-être même sur la côte si nous avons de la chance. Nous élèverions des animaux, nous jardinerions.

— Des vignes ?

— On pourrait avoir un vignoble. Et changer nos noms, prendre un nouveau départ.

Je me redresse et prends appui sur mes avant-bras.

— Qui serais-tu ?

— Que veux-tu dire ?

— Ton nouveau nom.

— Chloé.

— Chloé. Ce serait donc ton nom.

Je réfléchis à ce prénom, Chloé. Je me souviens du jour où, il y a des mois de cela, je l'avais forcée à choisir un autre nom. Nous étions dans le pick-up en route pour Grand Marais et elle avait déjà opté pour Chloé.

— Pourquoi ce prénom ?

— Que veux-tu dire ?

— Quand je t'avais dit que tu ne pouvais plus t'appeler Mia, c'est déjà ce prénom que tu avais choisi.

— Oh !

Elle s'assoit. Les plis de ma chemise ont laissé des marques sur sa joue. Ses cheveux sont longs et descendent jusqu'au milieu de son dos. Peut-être même plus bas encore. J'attends une réponse simple, comme « Parce que j'aime bien ce prénom » ou un truc du même genre. Mais je ne suis pas au bout de mes surprises.

— C'est le nom d'une fille que j'ai vue à la télé.

— Que veux-tu dire ?

Elle ferme les yeux et je comprends qu'elle n'a pas envie de m'expliquer.

Mais elle le fait quand même.

— J'avais six ou sept ans. Ma mère s'activait dans la cuisine, mais elle avait laissé la télé allumée et c'était l'heure du journal télévisé. Moi, je faisais des coloriages. Elle ignorait que j'écoutais en même temps les informations. Ils parlaient d'un fait divers : un groupe d'élèves d'une école du Kansas ou de l'Oklahoma se trouvait à bord d'un car scolaire, en route pour une compétition de je ne sais plus quoi, quand le car avait dérapé sur la route et plongé dans

Une fille parfaite

un ravin. La moitié des élèves et le conducteur avaient été tués sur le coup.

» Puis ils ont montré cette famille : une maman, un papa et deux frères, plus grands, de dix-huit ou dix-neuf ans. Je les revois encore : l'air égaré du père avec sa calvitie précoce, les garçons aux cheveux roux, grands et maigres comme des joueurs de basket-ball. La mère qui semblait être passée sous un camion. Ils pleuraient, debout devant leur petite maison blanche. C'est ça qui a retenu mon attention. Leur chagrin. Ils étaient complètement effondrés. Dévastés. Je regardais le père surtout, mais aussi les autres, qui pleuraient sans se cacher pour leur fille et sœur décédée. Elle faisait partie des victimes de l'accident, morte au fond de ce ravin parce que le conducteur s'était endormi au volant. Elle avait quinze ans, mais je me souviens que son père en parlait comme de son bébé, racontant encore et encore combien elle était incroyable, même si les qualités qu'il citait — gentille, drôle et douée pour jouer de la flûte — n'avaient rien d'exceptionnel. Pourtant, pour lui, elles l'étaient. Il ne cessait de répéter "ma Chloé" ou "mon bébé Chloé". C'était son nom. Chloé Frost.

» Je ne cessais de penser à elle. Je voulais être elle. Que quelqu'un tienne à moi autant que cette famille tenait à son enfant. J'ai pleuré pour Chloé pendant des jours. Quand j'étais seule, je lui parlais. Je discutais avec mon amie disparue. Je dessinais des photos d'elle. Des douzaines de portraits de cette fille aux cheveux roux et aux yeux marron foncé. »

Elle passe une main dans ses cheveux et détourne le regard, intimidée. Gênée.

— J'étais jalouse d'elle, avoue-t-elle finalement. Vraiment. Jalouse qu'elle soit morte, jalouse que quelque part, quelqu'un l'aime plus que mes parents ne m'aimaient. C'est dingue, je le sais.

Mais je secoue la tête et dis que non parce que je sais que c'est ce qu'elle a envie d'entendre. Mais au fond de moi, je me rends compte qu'elle a dû avoir une enfance terriblement solitaire. Au point de regretter de ne pas être une fille morte qu'elle ne connaissait même pas. La situation n'était pas brillante pour maman et moi, mais au moins nous n'étions pas seuls.

Elle change de sujet. Elle ne veut plus parler de Chloé Frost.

— Qui deviendrais-tu ? demande-t-elle.

— John ?

Je ne pourrais pas être plus différent d'un John.

— Non, décrète-t-elle, la réponse aussi évidente que Chloé pour elle. Tu serais Owen. Parce que ça n'a aucune importance de toute façon, n'est-ce pas ? Parce que ce ne sont pas nos vrais prénoms.

— Veux-tu connaître mon vrai prénom ?

Je parierais qu'elle a dû se le demander un paquet de fois. Je parierais qu'elle a déjà deviné mon vrai nom. Je serais curieux de savoir si elle a envisagé de me le demander.

— Non, parce que pour moi, tu es et tu resteras Owen.

Une fille parfaite

Elle m'explique qu'elle se moque de qui j'étais auparavant.

— Et tu seras Chloé.

— Je serai Chloé.

C'est à ce moment-là que Mia a cessé d'exister.

EVE

APRÈS

Après avoir demandé son avis au Dr Rhodes qui n'a accepté qu'à la condition de nous accompagner, j'ai acheté les trois billets d'avion avec la carte de crédit que je partage avec James. La police a pris en charge celui de Gabe.

Nous nous rendons au chalet dans lequel Mia a été retenue prisonnière avec l'espoir que sa vue stimulera sa mémoire et lui rappellera quelques épisodes de sa captivité. Si le chat à lui seul a pu réveiller le souvenir de Colin Thatcher, je me demande quel effet aura le chalet.

Une seule valise a suffi pour Mia et moi. Entre nous, nous n'avons pas grand-chose. Je ne me suis pas donné la peine d'informer James de notre escapade. Ayanna a accepté de garder Canoë pendant quelques jours, à la grande joie de Ronnie, son fils de neuf ans, très excité à l'idée d'avoir un chat à la maison. En route pour O'Hare, nous demandons

Une fille parfaite

au taxi de faire un détour par son appartement. Mia a beaucoup de mal à se séparer de l'animal pour la deuxième fois. Je me demande dans quelles circonstances s'est passée leur première séparation.

Un aéroport est un endroit épouvantable pour une personne dans l'état de Mia. Le bruit généré par les milliers de personnes qui s'y croisent, par les annonces crachées par les haut-parleurs et par le grondement des moteurs d'avion poussés au maximum pour le décollage est assourdissant. Bien qu'elle soit serrée entre le Dr Rhodes et moi, son bras passé sous le mien, il est évident que Mia est à cran. Le médecin propose de lui donner une dose du valium qu'elle a pris la précaution d'emporter dans son bagage pour le cas où.

Gabe jette un coup d'œil dans sa valise.

— Qu'avez-vous d'autre là-dedans ? interroge-t-il.

Nous sommes assis tous les quatre en rang sur les sièges à l'entrée de notre terminal.

— D'autres calmants. Plus forts.

Il se laisse aller sur son siège et attrape un journal abandonné par un précédent voyageur.

— Est-ce sans danger ? demandé-je. Pour le…

— Pour le bébé.

Mia termine ma phrase, l'air impassible. Je suis incapable de prononcer le mot.

— Oui, dis-je, mortifiée qu'elle ait pu le faire.

— Une dose est tout à fait inoffensive, répond le médecin. Mais évidemment, pas question d'en prendre régulièrement pendant la grossesse.

Mia accepte la pilule et l'avale avec un peu d'eau,

puis nous reprenons notre attente. Quand notre vol est annoncé, elle somnole déjà.

Une escale de quarante-cinq minutes est prévue à Minneapolis-St Paul, avant un nouveau vol pour Duluth, Minnesota. Là, l'inspecteur Roger Hammill, un ami de Gabe, nous attendra pour nous conduire à Grand Marais. Bien que Gabe nous le présente comme un ami, il est impossible d'ignorer le mépris dans sa voix quand il parle de cet homme.

Il est à peine 9 heures du matin quand nous décollons, conscients, pendant que l'avion grimpe dans le ciel glacial, que la journée sera longue. Seule consolation : Mia dort.

Je suis assise près d'elle, côté allée, lui ayant laissé le hublot. Gabe a pris place de l'autre côté de l'allée étroite et, en une ou deux occasions, il me caresse le bras pour me demander si tout va bien. Sur le siège voisin du sien, le Dr Rhodes, un casque sur les oreilles, écoute un livre audio. Le reste des voyageurs de l'avion nous ignorent, occupés qu'ils sont à jacasser sur le temps, les conditions de ski et leurs correspondances. Une femme récite le Notre-Père au moment du décollage, priant pour que tout se passe bien, ses mains tremblantes crispées sur son chapelet. Le pilote nous informe que le vol risque d'être agité et nous demande de rester à nos places et de garder nos ceintures de sécurité attachées.

Quand nous atterrissons à Minneapolis, Mia se réveille et se plaint du brouhaha. Je demande

Une fille parfaite

au médecin de lui administrer une nouvelle dose de calmant, mais le Dr Rhodes déclare qu'il vaut mieux attendre. Mia doit rester lucide pour cet après-midi. Pendant l'escale, Gabe offre son iPod à Mia après avoir sélectionné la musique la plus douce pour occulter le bruit.

Je me demande ce qui se passera à notre arrivée. J'en suis malade rien que d'y penser en me remémorant sa réaction à la vue du chat. Comment réagira-t-elle à la vue de l'endroit où elle a été retenue captive pendant ces longs mois ? Tous les progrès réalisés depuis son retour ne risquent-ils pas d'être anéantis ?

Je me rends aux toilettes et le Dr Rhodes s'installe à ma place près de Mia pour qu'elle ne reste pas seule. Quand je ressors, Gabe m'attend. Le passage est si étroit que je me retrouve dans ses bras.

— Tout sera bientôt fini, dit-il. Ayez confiance en moi.

Je le crois.

A Duluth, l'inspecteur Hammill nous accueille et nous entraîne vers une voiture de police. Gabe l'appelle Roger. Mia se dit ravie de faire sa connaissance bien que ce ne soit pas la première fois qu'elle le voit, comme me le rappelle Gabe.

Hammill arbore une large bedaine. Il doit avoir à peu près mon âge, mais me paraît beaucoup plus vieux, ce qui me fait prendre conscience que je ne rajeunis pas. Une photographie de sa femme est accrochée à l'intérieur du véhicule — une blonde obèse, entourée d'enfants : six enfants exactement, chacun plus costaud et dodu que le précédent.

Mia, le Dr Rhodes et moi nous glissons sur le siège arrière tandis que Gabe s'installe à l'avant. Il m'a proposé le siège que j'ai refusé, pas du tout tentée par la corvée d'entretenir la conversation.

Le trajet prend deux heures. Gabe et l'inspecteur Hammill échangent des plaisanteries et ragots sur leur travail de policier, chacun essayant de marquer des points par rapport à l'autre, et je devine que Gabe n'aime pas du tout cet homme. Sa voix n'est pas franchement amicale et même carrément sèche par moments, mais par égard pour nous, il demeure cordial. Il s'efforce de discuter avec Mia et moi plus qu'avec notre chauffeur et, pendant l'essentiel du voyage, nous gardons le silence tandis que l'inspecteur Hammill soliloque à propos de deux victoires remportées cette saison par les Timberwolves[1] sur les Chicago Bulls. J'ignore tout de ces équipes professionnelles.

Nous suivons l'I-61 pendant l'essentiel du trajet, longeant les rives du lac Supérieur que Mia ne quitte pas des yeux. Je me demande si elle l'a déjà vu.

— Cela vous rappelle quelque chose ? demande Gabe à plusieurs reprises, posant les questions que je n'ai pas le courage de formuler.

Plus tôt, le Dr Rhodes a fermement expliqué à Gabe qu'il ne devait pas se montrer trop insistant et Gabe lui a fermement rétorqué que c'était son

1. Equipe de basket-ball du Minnesota.

Une fille parfaite

boulot, le sien étant de recoller les morceaux si nécessaire.

— En partant du fait que la plus courte distance entre deux points est la ligne droite, vous devriez déjà être passée par là, fait remarquer l'inspecteur Hammill, s'adressant à Mia qu'il regarde dans le rétroviseur.

Nous traversons Grand Marais avant de nous engager sur un chemin qu'on appelle le Gunflint Trail. L'inspecteur Hammill s'avère être une mine d'informations, même s'il ne m'apprend rien : j'ai mémorisé tous les détails de ces lieux durant mes nuits sans sommeil. Nous roulons sur une route à deux voies qui traverse la Superior National Forest, entourés par plus de végétation que j'en ai vu dans toute ma vie, me semble-t-il. Bien sûr, tout est recouvert d'une épaisse couche de neige qui ne fondra pas avant le printemps. Les branches des sapins ploient sous le poids de ce manteau blanc.

Plus nous approchons et plus Mia se redresse. Ses yeux se font attentifs, examinant la forêt qui nous entoure. Ils ont perdu cet aspect vitreux qui était le leur jusque-là pour un regard éveillé, intéressé.

Le Dr Rhodes demande à Mia de se concentrer et de répéter des affirmations, du genre « je peux le faire ». Je peux presque entendre les ricanements de Gabe, se moquant des techniques assez irrationnelles du médecin.

— Reconnaissez-vous cet endroit ? demande Gabe qui s'est retourné sur son siège.

Mia secoue la tête. L'après-midi est déjà bien

entamé — il doit être 15 ou 16 heures — et déjà le
ciel s'assombrit. Des nuages s'amoncellent, et bien
que le chauffage soit poussé à fond mes pieds et
mes mains se refroidissent rapidement. Le système
de chauffage du véhicule ne peut pas lutter contre
la température largement négative du dehors.

— Vous avez eu une sacrée chance qu'on vous
retrouve, fait remarquer l'inspecteur Hammill.
Vous n'auriez jamais survécu à l'hiver.

Cette pensée me glace. Si Colin Thatcher ne
l'avait pas tuée, la nature s'en serait chargée.

— Ah, tu serais surpris, lance Gabe pour détendre
l'atmosphère, ayant probablement détecté mon
malaise. Mia est une sacrée battante, déclare-t-il
avec un clin d'œil. N'est-ce pas, Mia ?

Puis il mime les mots que seules elle et moi
pouvons lire sur ses lèvres : « Vous pouvez le
faire. » A ce moment-là, les roues de la voiture
heurtent un tas de neige.

Nous jetons un coup d'œil à travers le pare-brise
et constatons que nous sommes devant un petit
chalet de bois.

Elle a vu les photos. Je ne sais plus combien de
fois je l'ai retrouvée assise, à fixer d'un air absent
les photos de ce même chalet ou de Colin Thatcher,
sans vraiment les voir. Mais aujourd'hui, elle
regarde vraiment. L'inspecteur Hammill ouvre la
porte et Mia émerge du véhicule comme tirée par
une force magnétique. Je dois la retenir.

— Mia, ton bonnet et ton écharpe, dis-je parce
qu'il fait si froid dehors que l'air vous glace le sang.

Une fille parfaite

Mais elle semble totalement inconsciente de la température et je dois enfiler de force les gants sur ses mains comme je le ferais avec un enfant de cinq ans. Ses yeux ne quittent pas le chalet et l'escalier qui monte jusqu'à la porte dont l'accès est condamné par un ruban jaune de la police. Les marches sont recouvertes de neige, mais des traces de pas y sont gravées, tout comme les traces de pneus sur le chemin suggèrent que quelqu'un est passé par là depuis la dernière chute de neige. La neige est partout : sur le toit, sous le porche, sur le monde inhabité autour du chalet. Je me demande ce que Mia ressent à revenir ici, dans cet endroit si retiré qu'on pourrait se croire les derniers habitants de la planète. Je frissonne à cette idée.

Je découvre le lac que Mia avait dessiné, recouvert d'une couche de glace de plusieurs centimètres d'épaisseur et qui ne fondra pas avant le printemps.

La solitude et le désespoir qui entourent ces lieux me submergent tellement que je ne vois pas ma fille gravir les marches avec aise et familiarité. Gabe la rejoint le premier et lui offre son aide. Les marches sont glissantes et son pied dérape à plusieurs reprises.

En haut, ils attendent que l'inspecteur Hammill les rejoigne et décadenasse la porte. Le Dr Rhodes et moi-même fermons la marche.

L'inspecteur pousse la porte qui s'ouvre en grinçant. Pressés de découvrir l'intérieur, nous

nous apprêtons tous à entrer, mais Gabe, avec sa politesse habituelle, nous arrête.

— Les dames d'abord, dit-il en s'inclinant devant Mia à laquelle il emboîte aussitôt le pas.

GABE

LE JOUR AVANT NOËL

Quelque part dans le Minnesota, la neige commence à tomber. Bien que je roule aussi vite que possible, cela ne suffit pas. J'ai du mal à voir à travers le pare-brise malgré les essuie-glaces qui balayent à tout-va. C'est le rêve de tous les gamins de six ans : la neige à Noël. Ce soir, le Père Noël passera, son traîneau chargé de jouets pour tous les garçons et les filles.

L'inspecteur Hammill appelle. Deux de ses gars surveillent la maison qu'il me décrit comme un petit chalet perdu au milieu des bois. Mais ils n'ont encore vu personne y entrer ou en sortir, ni repéré quelqu'un à l'intérieur.

D'ici à mon arrivée, il aura formé une équipe avec dix de ses meilleurs agents. C'est une sacrée affaire par ici. Ce n'est pas tous les jours qu'ils sont confrontés à ce genre de situation.

Je pense à Eve et répète un millier de fois dans ma tête ce que je dirai, les mots que j'utiliserai, pour lui annoncer la bonne nouvelle. Puis j'envisage l'éventualité que la nouvelle ne soit pas bonne. Que Mia ne soit pas dans le chalet ou qu'elle ne survive pas à cette opération de secours. Tant de choses pourraient mal tourner.

Alors que je longe les rives du lac Supérieur, les hommes de Roger deviennent nerveux. Une demi-douzaine d'entre eux progressent à travers bois en direction du chalet, encerclant le périmètre. Ils sont armés des meilleurs fusils du commissariat.

L'inspecteur Hammill se sent investi d'une mission. Il semblerait qu'il ait quelque chose à prouver.

— Personne ne tire un coup de feu avant mon arrivée, dis-je en accélérant le long de la route étroite, recouverte de neige.

Les pneus dérapent et je dois batailler pour garder le contrôle du véhicule, ce qui me procure une belle montée d'adrénaline. Mais ce qui m'inquiète surtout, c'est l'insolence que j'ai perçue dans la voix de Hammill. Plus encore que moi, son engagement dans les forces de police a surtout été motivé par la perspective de porter une arme.

— C'est la veillée de Noël, Hoffman. Mes hommes sont impatients de retrouver leurs familles.

— Je vais aussi vite que possible.

Le soleil se couche et l'obscurité grandit. J'enfonce la pédale d'accélérateur et vole littéralement sur le chemin, frôlant plusieurs fois la décapitation à cause des branches qui ploient sous le poids de la neige. Je ne compte plus le nombre de fois où je me retrouve pratiquement à l'arrêt, les pneus patinant dans la neige

Une fille parfaite

glacée sans avancer d'un centimètre. Cette voiture va finir par avoir ma peau.

Je roule aussi vite que possible, conscient que je dois rejoindre Thatcher avant l'inspecteur Hammill. Impossible de prévoir ce que ce type pourrait faire.

COLIN

LE JOUR AVANT NOËL

Cet après-midi, je suis retourné en ville pour appeler Dan. Tout est prêt. Il m'explique qu'il nous retrouvera le 26 décembre à Milwaukee. C'est le mieux qu'il puisse faire. Pas question pour lui de se taper la route jusqu'à Grand Marais. A prendre ou à laisser.

C'est mon cadeau de Noël pour elle, une surprise que je lui réserve, demain. Nous partirons au coucher du soleil et conduirons toute la nuit. C'est plus sûr. Je suggère à Dan que nous nous retrouvions au zoo. Un lieu public agréable. Ouvert le jour de Noël qui plus est. J'ai tout prévu, calculant chaque détail un million de fois dans ma tête. Nous nous garerons sur le parking. Elle se cachera à côté de l'enclos des primates. Je rencontrerai Dan près des loups. Une fois qu'il sera parti, je la rejoindrai après m'être assuré que je ne suis pas suivi. De là, le chemin le plus court pour le Canada passe par Windsor, Ontario. Donc, direction Windsor, puis aussi loin que nous pourrons

Une fille parfaite

avec l'argent qui nous restera pour l'essence. J'ai suffisamment d'argent pour arriver jusque-là. Ensuite, nous n'aurons plus rien. Nous vivrons sous des noms d'emprunt. Je trouverai un travail.

J'ai demandé à Dan de préparer également un jeu de faux papiers pour ma mère. Dès que ce sera possible, je les lui ferai parvenir d'une façon ou d'une autre. Je trouverai bien un moyen.

Je sais que c'est la dernière nuit que nous passons dans ce vieux chalet pourri, mais pas elle. Je prends congé en silence.

Demain, c'est Noël. Je me rappelle cette journée dans mon enfance. Je sortais de la maison très tôt après avoir pris un dollar et deux centimes dans la boîte où nous conservions la monnaie. Je marchais jusqu'à la boulangerie au coin de la rue. Ils étaient ouverts jusqu'à midi, le matin de Noël. Nous faisions comme si c'était une surprise, même si ce n'était pas le cas. Ma mère restait couchée jusqu'à ce qu'elle m'ait entendu sortir en douce.

Je n'allais jamais directement jusqu'à la boulangerie. Je jouais les voyeurs, observant derrière les fenêtres les autres enfants du voisinage recevoir leurs cadeaux. Je regardais leurs visages heureux, souriants, avant de me dire « qu'ils aillent se faire foutre » et de reprendre ma route en pataugeant dans la neige.

Sur la porte de la boulangerie, la sonnette annonçait mon arrivée à la même vieille dame qui travaillait là depuis une bonne centaine d'années. Ce jour-là, elle portait toujours un bonnet de Père Noël et lançait un « ho, ho, ho ». Je lui demandais alors deux beignets au chocolat qu'elle glissait dans un sac en papier blanc, puis je retournais à la maison où maman m'attendait avec deux tasses de chocolat chaud. Et nous mangions notre petit déjeuner en faisant comme si c'était un jour comme les autres.

Aujourd'hui, je regarde par la fenêtre. Je pense à maman et me demande si elle va bien. Demain sera la première fois en trente et quelques années que nous ne partagerons pas un beignet au chocolat, le matin de Noël.

Dès que je pourrai mettre la main sur un bout de papier et un crayon, je lui écrirai un mot que je glisserai dans une boîte à Milwaukee. Je lui dirai que je vais bien, que Chloé va bien — histoire de rassurer un peu ses parents à la con, à supposer que cela les intéresse. Le temps que ma mère reçoive la lettre, nous aurons quitté le pays. Et dès que j'aurai trouvé un moyen, je l'en ferai également sortir.

Chloé s'approche derrière moi et passe les bras autour de ma taille. Elle me demande si j'attends le Père Noël.

Je réfléchis à ce que je changerais si l'occasion m'en était donnée, mais en fait je ne changerais rien. Mon seul regret, c'est l'absence de ma mère. Mais impossible de remédier à cela sans tout foutre en l'air. Un jour, nous serons réunis. C'est ainsi que j'apaise mon sentiment de culpabilité. J'ignore comment ou quand. J'ignore comment je parviendrai à lui transmettre les faux papiers sans dévoiler ma situation, ni comment je pourrai lui envoyer assez d'argent pour l'avion. Mais d'une façon ou d'une autre…

Une fille parfaite

Je me tourne et l'attire contre moi. Elle a perdu du poids et doit peser quarante-cinq kilos tout au plus. Son pantalon descend sur ses hanches et elle doit sans cesse le remonter pour l'empêcher de tomber. Ses joues sont creuses, ses yeux ont perdu leur éclat. Il est vraiment temps que tout cela s'arrête.

— Tu sais ce que je veux pour Noël, cette année ? demandé-je.

— Quoi ?

— Un rasoir.

J'arrange ma barbe du bout des doigts. Je déteste ça. C'est dégueulasse. Je pense à tout ce qui sera mieux quand nous aurons quitté le pays. Nous n'aurons plus aussi froid. Nous pourrons prendre des douches avec du vrai savon. Je pourrai me raser. Nous pourrons sortir ensemble, sans avoir à nous cacher, même si cela demandera des années avant que nous puissions de nouveau éprouver un sentiment de sécurité.

— J'aime bien ta barbe, dit-elle en souriant.

Quand elle sourit, tout se met en ordre.

— Menteuse.

— Alors, nous en commanderons deux.

Elle me fait toucher les poils doux sur ses jambes.

— Que veux-tu commander au Père Noël ?

— Rien, répond-elle sans réfléchir. J'ai tout ce que je souhaite.

Elle pose la tête sur ma poitrine.

— Menteuse.

Elle recule et me regarde en disant qu'elle voudrait surtout être jolie pour moi. Prendre une douche, se parfumer.

— Tu es belle, dis-je et je ne mens pas.

— Menteur, murmure-t-elle. Je ne me suis jamais sentie aussi sale de toute ma vie.

Je prends son visage entre mes mains. Elle est gênée et cherche à se dégager, mais je la force à me regarder pendant que je répète qu'elle est belle.

Finalement, elle capitule.

— Très bien, très bien, et j'aime ta barbe.

Nous nous observons un moment avant de signer une trêve.

— Un jour, tu te parfumeras et tout ça.

— D'accord.

Nous faisons la liste de tout ce que nous ferons, *un jour*. Sortir dîner, aller au cinéma, toutes ces choses que les autres font quotidiennement sans même y penser.

Elle déclare qu'elle est fatiguée et disparaît dans la chambre. Je sais qu'elle est triste. Nous parlons de l'avenir mais, dans son esprit, elle reste convaincue que nous n'en avons pas.

Je commence à ramasser nos affaires que je pose sur le comptoir : son carnet à dessin et ses crayons, le reste de l'argent. Il ne me faut pas plus de deux minutes pour tout rassembler. Elle est tout ce dont j'ai besoin.

Puis, pour tuer l'ennui, je grave les mots « Nous étions ici » sur le comptoir avec un couteau. Les lettres sont en dents de scie — pas vraiment un chef-d'œuvre. Je pose ensuite mon manteau sur les lettres pour qu'elle ne les découvre qu'au moment du départ.

Je me rappelle notre première nuit dans le chalet, la

Une fille parfaite

peur dans ses yeux. « Nous étions ici. » C'est vrai, mais ce sont deux personnes bien différentes qui s'en vont.

Je regarde le soleil se coucher. La température chute dans le chalet et j'ajoute du bois dans le poêle. Je compte les minutes qui s'égrènent sur ma montre. Quand l'ennui menace de me tuer, je prépare le dîner. Soupe de nouilles au poulet. Je me promets que c'est la dernière fois de ma vie que je mange de la soupe de nouilles au poulet.

Et c'est là que je l'entends.

EVE

APRÈS

Elle est déjà venue ici. Elle le comprend tout de suite.

Mia déclare qu'il y avait un arbre de Noël, mais qu'il n'est plus là. Et un feu qui ronflait sans cesse dans le poêle, maintenant silencieux. L'odeur était également bien différente de celle-ci ; aujourd'hui ne reste plus qu'une forte odeur de Javel.

Des flashes de ce qui a pu se passer ici lui reviennent : elle parle de boîtes de soupe posées sur le comptoir, aujourd'hui disparues. Elle entend l'eau du robinet qui coule et des pas lourds sur le plancher bien qu'aucun de nous ne bouge, l'observant comme des faucons, nos dos appuyés contre les murs en rondins.

— J'entends la pluie qui tombe sur le toit du chalet, explique-t-elle, et Canoë qui trottine de pièce en pièce.

Ses yeux suivent un trajet imaginaire allant de la pièce principale à la chambre comme si elle voyait effectivement le chat, resté bien au chaud avec Ayanna et son fils.

Une fille parfaite

Soudain, elle nous dit qu'elle entend son nom.

— Mia? demandé-je d'une voix à peine audible, mais elle secoue la tête.

— Non, Chloé.

Sa main se pose sur le lobe de son oreille, son corps se détend pour la première fois depuis longtemps et elle sourit.

Un sourire qui s'éteint rapidement.

COLIN

LE JOUR AVANT NOËL

Ma mère disait toujours que j'avais l'ouïe d'une chauve-souris. J'entends tout. J'ignore à quoi attribuer ce bruit, mais il me fait bondir de mon siège. J'éteins la lumière et l'obscurité enveloppe le chalet. Chloé remue dans la chambre. Ses yeux cherchent à percer l'obscurité. Elle m'appelle et, comme je ne réponds pas tout de suite, elle réitère son appel, d'une voix effrayée, cette fois.

J'écarte le rideau de la fenêtre. Le léger éclat de la lune m'aide à voir. Il doit bien y avoir une demi-douzaine de voitures de police et deux fois plus de flics.

Merde.

Je laisse retomber le rideau et traverse le chalet en courant.

— Chloé, Chloé.

Elle saute du lit et un courant d'adrénaline traverse son corps tandis qu'elle lutte pour chasser les brumes du sommeil. Je la fais sortir de la chambre en la

Une fille parfaite

poussant jusqu'à une partie de la pièce principale à l'écart des fenêtres.

Elle serre ma main et ses ongles s'enfoncent dans ma peau. Elle tremble.

— Qu'y a-t-il ? demande-t-elle d'une voix chevrotante.

Les larmes coulent de ses yeux. Elle a déjà compris.

— Ils sont là.

— Oh ! mon Dieu, gémit-elle. Nous devons nous enfuir !

Elle me lâche et passe dans la salle de bains. Elle s'imagine que nous pourrons sortir par la fenêtre et nous échapper. Elle croit encore que nous avons une chance de nous en tirer.

— Ça ne marchera pas, dis-je.

La fenêtre est bloquée et ne s'ouvrira jamais. Elle essaye quand même. Je pose les mains sur ses épaules et l'écarte de la fenêtre. Ma voix est calme.

— Nous n'avons nulle part où aller. Nous ne pouvons pas leur échapper.

— Alors, nous nous battrons.

Elle passe à côté de moi. J'évite les fenêtres, bien que l'obscurité à l'intérieur du chalet nous rende sûrement invisibles. Je fais quand même un écart.

Elle dit en pleurant qu'elle ne veut pas mourir. J'essaye de lui expliquer que ce sont les policiers. Ces foutus flics, j'aimerais dire, mais elle n'entend rien. Elle ne cesse de répéter qu'elle ne veut pas mourir. Les larmes inondent ses joues.

Elle croit que c'est Dalmar.

Je n'arrive plus à réfléchir. Je jette un coup d'œil par la fenêtre et lui dis qu'il n'y a pas d'issue possible.

457

Nous ne devons pas résister. Ils sont trop nombreux. Ça ne marchera jamais et ne ferait qu'empirer les choses.

Alors, elle sort le pistolet du tiroir. Elle sait tirer maintenant et le tient entre ses mains tremblantes. Puis elle charge le magasin.

— Chloé, dis-je doucement — ma voix est à peine un murmure. C'est une mauvaise idée.

Mais elle pose quand même le doigt sur la détente et sa main gauche sur la droite. Tenant l'arme fermement comme je le lui ai appris, sans le moindre espace entre sa main et la crosse.

— Chloé, c'est fini.

— S'il te plaît. Nous devons nous battre. Ça ne peut pas se terminer ainsi, crie-t-elle.

La peur lui fait complètement perdre les pédales. Elle craque, hystérique. En ce qui me concerne, je suis étrangement calme.

Peut-être parce que j'ai toujours su qu'on finirait par en arriver là, tôt ou tard.

Un silence s'installe entre nous. J'observe ses yeux, égarés, vaincus. Elle pleure, son nez coule. Je ne sais pas combien de temps nous restons ainsi. Dix secondes. Dix minutes.

— C'est moi qui vais le faire, déclare-t-elle ensuite, furieuse.

Elle est en colère et m'en veut parce que je refuse de faire ça pour elle. Le pistolet tremble dans ses mains. Elle est incapable de tirer. Et si elle essaye, ils la tueront.

— Mais ton but..., déclare-t-elle dans un souffle.

Une fille parfaite

Les mots flottent dans l'air et je peux lire ses sentiments sur son visage : le désespoir, le découragement.

— Aucune importance, dit-elle au bout d'un moment. Je peux m'en charger moi-même.

Je ne peux pas accepter ça et je secoue la tête. Puis je tends la main et m'empare de l'arme.

Comment pourrais-je accepter que cela se termine ainsi ? Pas avec elle me suppliant de lui sauver la vie. Et moi refusant.

Les projecteurs illuminent soudain le chalet, nous aveuglant. Nous sommes devant la fenêtre, complètement exposés. Je tiens l'arme à la main. Mes yeux restent calmes, alors que les siens s'écarquillent sous le coup de la terreur. La lumière la fait sursauter et elle se jette contre moi. Je me déplace pour me mettre devant elle afin de la soustraire à leur vue et, pour me protéger de l'éclat des projecteurs, je lève la main.

La main qui tient l'arme.

GABE

LE JOUR AVANT NOËL

Hammill appelle pour me raconter que ses gars se sont fait avoir.

— Que veux-tu dire ?

— Il nous a entendus.

— Vous l'avez vu ?

— C'est bien lui, aucun doute. C'est Thatcher.

— Personne ne tire, dis-je. Personne ne bouge avant mon arrivée. C'est clair ?

Il répond que c'est d'accord mais, au fond de moi, je sais très bien qu'il se moque de ce que je dis.

— J'ai besoin de lui vivant.

Mais il ne m'écoute pas. J'entends des bruits à l'autre bout de la ligne. Hammill semble bien loin et déclare soudain que son meilleur sniper vient d'arriver.

Sniper ?

— Personne ne tire, répété-je encore et encore.

Mettre la main sur Thatcher n'est que la moitié du travail : je dois aussi découvrir qui l'a embauché.

Une fille parfaite

— Dis à tes gars de ne pas tirer.

Mais Hammill est bien trop occupé à s'écouter parler pour m'entendre. Il me dit qu'il fait sombre, mais qu'ils ont des lunettes à vision nocturne et qu'ils ont aperçu la fille qui a l'air terrifiée.

Un silence, puis Hammill lance :

— Il a une arme !

A ce moment-là, mon cœur se serre.

— Personne ne tire, dis-je de nouveau tandis que j'aperçois enfin le chalet, enfoui au milieu des arbres.

Une véritable armada de voitures de police est garée devant. Pas étonnant que Thatcher les ait entendus.

— Il tient la fille.

Je dérape sur le chemin et me gare quand il devient évident que je n'irai pas plus loin dans cette neige.

— Je suis là !

Je hurle dans le téléphone tandis que je sors de la voiture et que mes pieds s'enfoncent dans le manteau blanc.

— Il a une arme.

Je laisse tomber le téléphone et commence à courir. Je les vois, alignés derrière leurs véhicules, tous prêts à tirer.

— Personne ne tire, dis-je au moment où un coup de feu claque dans la nuit et me pétrifie sur place.

EVE

APRÈS

Je ne sais pas ce que j'attendais exactement de ce retour aux sources. A l'aéroport, j'avais énuméré à Gabe les pires scénarios que je ne cessais de concevoir dans ma tête : que Mia ne se souvienne de rien, que cela réduise à néant des semaines de thérapie, que cela achève de la détruire.

Nous l'observons tandis que ses yeux font le tour du petit chalet, une cabane perdue au milieu des bois au fin fond du Minnesota. Mia regarde autour d'elle et les souvenirs ne tardent pas à remonter à la surface.

— Mia, de quoi vous rappelez-vous ? interroge Gabe.

A ce moment-là, nous prenons conscience que nous devrions faire attention à ce que nous demandons.

Je n'ai encore jamais entendu un cri comme celui qui monte de la gorge de ma fille, un gémissement rappelant celui d'un animal blessé et mourant. Mia tombe à genoux au milieu de la pièce. Elle hurle et crie

Une fille parfaite

dans un langage incompréhensible. Elle sanglote avec une violence dont je ne l'aurais jamais crue capable.

Je ne peux retenir mes larmes devant ce spectacle.

— Mia, chérie, dis-je dans un murmure en me penchant pour la prendre dans mes bras et la serrer contre moi.

Mais le Dr Rhodes intervient et lève la main, refusant de me laisser consoler ma fille. Gabe se penche vers nous et nous explique qu'à l'endroit où Mia s'est agenouillée, hystérique, se trouvait le corps ensanglanté de Colin, un mois plus tôt.

A ce moment-là, Mia se tourne vers Gabe et le fixe de ses yeux bleus pleins de douleur.

— Vous l'avez tué, crie-t-elle. Vous l'avez tué, vous l'avez tué, répète-t-elle encore et encore.

Elle pleure, délire, racontant qu'elle voit le sang qui s'écoule de son corps sans vie, s'insinuant entre les lattes du plancher. Elle revoit le chat qui s'enfuit, laissant derrière lui des empreintes sanglantes.

Elle entend le coup de feu qui fracasse le silence de la pièce et elle sursaute, revivant cet instant — le fracas de la vitre et du verre qui tombe en pluie sur le sol.

Elle raconte qu'elle le voit tomber. Ses jambes s'affaissent soudain sous lui et il s'écroule. Elle revoit l'éclat de ses yeux qui s'éteint progressivement, son corps qui tressaute de façon incontrôlable. Le sang recouvre ses mains et ses vêtements.

— Il y a du sang partout, sanglote-t-elle, désespérée, en caressant le plancher.

Le Dr Rhodes nous explique que Mia est en pleine

crise psychotique. J'écarte la main du médecin, désireuse de réconforter ma fille et je m'apprête à m'approcher d'elle quand Gabe me retient par le bras.

— Partout, du sang rouge partout ! Réveille-toi ! crie Mia en tapant par terre avant de s'asseoir, de ramener ses genoux contre elle et de se balancer d'avant en arrière. Réveille-toi ! Oh ! mon Dieu, je t'en supplie, réveille-toi. *Ne m'abandonne pas.*

GABE

LE JOUR AVANT NOËL

Je ne suis pas le premier à pénétrer dans le chalet. Ayant repéré le visage gras de Hammill dans la foule, je fonce sur lui et le saisis par le col en lui demandant ce que c'était que ce putain de bordel. En toute autre occasion, il pourrait facilement me botter les fesses s'il le voulait. Mais aujourd'hui n'est pas un jour normal ; aujourd'hui, je suis un homme en proie au démon.

— Il allait la tuer, affirme-t-il en prétendant que Thatcher ne leur avait pas laissé le choix.

— C'est ce que tu dis.

— Tu n'es pas dans ta juridiction, ici, ducon.

A ce moment-là, un trouduc — de dix-neuf ans à peine, vingt, tout au plus — sort du chalet.

— Ce salaud est mort, annonce-t-il à Hammill qui lève le pouce en signe de victoire.

Quelqu'un applaudit.

Il s'agit apparemment du sniper, un gamin trop stupide pour savoir ce qu'il fait. Je me souviens de moi à dix-neuf ans. La seule chose qui m'intéressait était de mettre la main sur une arme. Maintenant, la seule idée de l'utiliser me terrifie.

— C'est quoi ton problème, Hoffman ?

— Il me le fallait *vivant*.

Ils entrent tous dans le chalet. Une ambulance arrive, forçant son passage dans la neige, toutes sirènes hurlantes. Je regarde les lumières rouge-bleu, rouge-bleu, qui illuminent la nuit. Les ambulanciers sortent leur matériel et font de leur mieux pour faire rouler la civière dans la neige.

Hammill rejoint ses gars à l'intérieur. Un projecteur illumine le chalet jusqu'à ce que l'un des policiers ait la bonne idée d'allumer les lampes à l'intérieur. Je retiens mon souffle.

Je n'ai jamais rencontré Mia Dennett de ma vie et je doute qu'elle ait jamais entendu mon nom. Elle ignore complètement que depuis trois mois elle n'a pas quitté mon esprit, le premier visage que je vois quand je me réveille le matin et le dernier quand je m'endors le soir.

Elle sort du chalet, guidée par Hammill dont la poigne sur son bras est si serrée qu'elle pourrait tout aussi bien être menottée. Elle est couverte de sang, ses mains, ses vêtements et même ses cheveux dont les mèches blondes sont teintées de rouge. Sa peau est d'une pâleur effrayante, transparente sous le faisceau insupportable du projecteur que personne n'a la courtoisie d'éteindre. C'est un fantôme au visage dénué d'expression. Les lumières brillent, mais il n'y a personne à la maison. Des larmes gèlent sur

Une fille parfaite

ses joues. Elle glisse dans l'escalier et Hammill la rattrape brutalement.

— Moi d'abord, annonce-t-il en entraînant Mia loin de moi.

Ses yeux passent sur moi et je reconnais Eve en elle, trente ans plus tôt, avant James Dennett, avant Grace et Mia, avant moi.

Fils de pute.

Je lui botterais bien le cul si je ne craignais pas autant d'effrayer Mia. Je n'aime pas la façon dont il la traite.

A l'intérieur, je découvre le corps de Colin Thatcher étendu dans une position bizarre sur le sol. En une ou deux occasions, lorsque j'étais agent de police, j'ai aidé à sortir un macchabée d'une carcasse de voiture. Il n'existe rien de comparable au monde. Le contact de la chair morte — dure et froide sitôt que l'âme quitte le corps. Les yeux, qu'ils soient ouverts ou fermés, n'expriment plus rien. Les siens sont ouverts. Sa peau est froide. Il y a plus de sang que je n'en ai jamais vu. Je lui ferme les paupières.

— Heureux de faire enfin votre connaissance, Colin Thatcher, dis-je.

Je pense à Kathryn Thatcher dans sa maison de retraite merdique. J'imagine son regard dans son visage ravagé quand je lui apprendrai la nouvelle.

Les gars de Hammill se sont déjà mis au travail : photos de la scène de crime, prise d'empreintes, collecte des preuves.

Je ne sais pas quoi penser de l'endroit. Pas un habitat confortable, c'est le moins qu'on puisse dire.

Ça empeste. Je ne sais pas ce que je m'attendais à trouver exactement. Un écraseur de tête et un éclateur de genoux médiévaux ? Des chaînes et des fléaux. Des menottes, à tout le moins ? Tout ce que je découvre, c'est une vilaine petite cabane avec un foutu sapin de Noël. Mon propre appartement est bien plus moche que cela.

— Eh, regardez ça, lance un des hommes en laissant tomber une veste par terre.

Je me lève, les jambes ankylosées, et m'approche. Dans le Formica du plan de travail dans la cuisine, quelqu'un a gravé les mots « Nous étions ici ».

— Qu'est-ce que ça signifie, à votre avis ? demande l'homme.

Je caresse les lettres du bout du doigt.

— Je n'en sais rien.

Hammill revient dans le chalet. Sa voix est assez forte pour réveiller les morts.

— Elle est tout à toi, dit-il en donnant un petit coup de pied à Thatcher au passage — juste au cas où.

— Qu'a-t-elle dit ?

Ma question est purement formelle. Je me fous royalement de ce qu'elle a pu *lui* dire.

— Tu jugeras par toi-même, répond-il d'une voix qui éveille mon intérêt. C'est du lourd, ajoute-t-il avec ce sourire arrogant, du genre « je sais quelque chose que tu ne sais pas ».

Je me penche sur Colin Thatcher raide mort sur le plancher, pour un dernier coup d'œil en chuchotant discrètement « Qu'as-tu fait ? » avant de sortir.

Elle est assise à l'arrière de l'ambulance et un

Une fille parfaite

infirmier s'occupe d'elle. Une couverture en laine a été posée sur ses jambes. Ils vérifient que le sang sur elle ne lui appartient pas. Les sirènes et les gyrophares de l'ambulance sont éteints maintenant. On n'entend plus que les conversations et le rire d'un agent.

Je m'approche d'elle. Elle fixe le vide, laissant l'infirmier l'examiner non sans grimacer chaque fois qu'il la touche.

— Il fait froid, dis-je pour attirer son attention.

Ses cheveux longs tombent sur son visage, dissimulant ses yeux. Elle a un air bizarre que je ne parviens pas à analyser.

Du sang séché — gelé? — s'accroche à sa peau. Son nez coule. Je sors un mouchoir de ma poche et le glisse dans sa main.

Je n'ai jamais autant pris soin de quelqu'un que je ne connais pas.

— Vous devez être épuisée, dis-je. Vous avez vécu un vrai calvaire. Nous allons vous ramener chez vous. Très bientôt, je vous le promets. Je connais quelqu'un qui meurt d'impatience d'entendre votre voix. Je suis l'inspecteur Gabe Hoffman. Nous vous avons cherchée partout.

J'ai du mal à croire que c'est la première fois que je la vois. J'ai l'impression de la connaître mieux que la plupart de mes amis.

L'espace d'une seconde, elle lève la tête et pose les yeux sur moi avant que son regard ne soit attiré par un sac mortuaire vide qu'un policier porte à l'intérieur.

— Vous n'avez pas à regarder ça, dis-je.

Mais elle ne regardait pas vraiment le sac. Elle

fixe l'espace. Les lieux fourmillent de gens qui vont et viennent. Essentiellement des hommes et une femme. Ils parlent de leurs projets pour Noël : aller à la messe, dîner avec la famille, rester debout cette nuit pour monter des jouets achetés en ligne par leur épouse. Et ce, bien qu'ils soient tous en service.

Dans n'importe quelle affaire, je les féliciterais pour un travail bien fait. Mais il ne s'agit pas de n'importe quelle affaire.

— L'inspecteur Hammill vous a posé des questions. J'en ai aussi, mais ça peut attendre. Je sais que cette épreuve a dû être… particulièrement… pénible pour vous.

L'envie de caresser ses cheveux ou de tapoter sa main me traverse l'esprit, n'importe quoi pour la réveiller. Son regard est absent. Sa tête est appuyée sur ses genoux pliés et elle garde le silence. Elle ne pleure pas. Cela ne me surprend pas. Cette femme est en état de choc.

— Je sais que vous venez de vivre un cauchemar. Tout comme votre famille. Tant de gens se sont inquiétés pour vous. Vous serez rentrée chez vous pour Noël, je vous le promets. Je vous accompagnerai moi-même.

Aussitôt que les ambulanciers m'en donneront la permission, j'emmènerai Mia et nous reprendrons le long chemin de retour, jusqu'à la maison où Eve nous attendra les bras ouverts sur le pas de la porte. Mais d'abord, nous nous arrêterons dans un hôpital local pour un examen complet. J'espère que les journalistes n'ont pas encore eu vent des événements et qu'ils ne nous attendront pas, agglutinés sur le parking de

Une fille parfaite

l'hôpital, armés de micros et de caméras et d'une tonne de questions.

Elle ne prononce pas un mot.

J'envisage d'appeler Eve et de laisser Mia lui annoncer elle-même la bonne nouvelle. Je plonge la main dans ma poche à la recherche de mon téléphone. Où est donc ce foutu téléphone ? Oh ! et puis, zut. C'est probablement trop tôt. Elle n'est pas prête. Mais Eve attend mon appel.

— Que s'est-il passé ? demande soudain Mia d'une petite voix.

Evidemment. Tout est arrivé si vite. Elle a du mal à comprendre la situation.

— Ils l'ont eu. C'est terminé.

— Terminé.

Elle laisse le mot glisser sur sa langue et tomber par terre dans la neige.

Ses yeux scannent les alentours. Elle examine les lieux comme si c'était la première fois qu'elle les voyait. Est-il possible qu'il ne l'ait jamais laissée sortir du chalet ?

— Où suis-je ? murmure-t-elle.

J'échange un regard avec l'ambulancier qui hausse les épaules. *Ouais, bon, c'est plus ton domaine que le mien. Je m'occupe des méchants, tu prends soin des bons.*

— Mia.

J'entends un téléphone sonner pas très loin. Une sonnerie qui ressemble à s'y méprendre à celle de mon téléphone.

— Mia, répété-je.

La seconde fois que je prononce son prénom, elle me regarde d'un air confus. Je le répète une troisième fois parce que je ne sais pas quoi ajouter. Que s'est-il passé ? Où sommes-nous ? C'étaient les questions que j'avais envisagé de *lui* poser.

— Ce n'est pas mon nom, déclare-t-elle à voix basse.

L'ambulancier est occupé à remballer son matériel. Il tient à ce qu'un médecin l'examine mais, pour l'instant, elle va bien. Des signes évidents de malnutrition, des cicatrices, mais rien d'inquiétant de prime abord.

Je déglutis.

— Bien sûr que si. Vous vous appelez Mia Dennett. Vous ne vous en souvenez pas ?

— Non.

Elle secoue la tête. Ce n'est pas qu'elle ne s'en souvienne pas. Elle est persuadée que je me trompe. Elle se penche vers moi comme si elle voulait me confier un secret.

— Mon nom est Chloé.

L'inspecteur Hammill, qui passe derrière moi à ce moment-là, laisse échapper un son désagréable.

— Je t'avais bien dit que c'était du lourd, ricane-t-il avant de hurler à ses gars : Magnez-vous le train qu'on puisse rentrer chez nous.

GABE

APRÈS

Dans la ville de Grand Marais, nous prenons des chambres dans un petit hôtel traditionnel sur les bords du lac Supérieur, surmonté d'une pancarte annonçant le petit déjeuner continental gratuit, ce qui n'a pas manqué d'attirer mon attention. Notre vol de retour n'est prévu que pour le lendemain matin.

Le Dr Rhodes a administré à Mia un calmant qui l'a assommée. Je la porte jusqu'à son lit dans la chambre qu'elle va partager avec Eve. Nous restons dans le couloir à discuter.

Eve est dans tous ses états — un vrai paquet de nerfs —, arguant qu'elle savait que c'était une erreur de la ramener ici. Elle en est presque à en rejeter toute la responsabilité sur moi quand elle se tait brusquement.

— Tôt ou tard, il aurait fallu que cela sorte, déclare-t-elle finalement.

Mais je n'arrive pas à savoir si elle y croit vraiment ou si c'est juste pour me rassurer.

Plus tard, je lui rappellerai que Colin Thatcher n'est pas celui qui a ordonné l'enlèvement de Mia. Quelqu'un quelque part en a toujours après elle et il faut que Mia récupère toute sa lucidité pour nous aider à mettre la main sur ce *quelqu'un*. Colin a dû lui parler. Il a pu lui révéler le pourquoi de toute cette histoire.

Eve s'appuie contre le mur recouvert d'un papier peint pastel. Le médecin s'est changé pour enfiler un pantalon de survêtement et des pantoufles. Ses cheveux sont tirés et noués en un chignon strict qui dégage son front et le fait paraître immense.

— On appelle cela le syndrome de Stockholm, déclare-t-elle les bras croisés. Quand les victimes s'attachent à leurs ravisseurs. Elles créent des liens avec eux pendant leur captivité et, quand tout est terminé, elles les défendent et rejettent la police venue à leur secours. C'est assez courant. Nous voyons souvent ce genre de choses. Notamment dans les cas d'enfants abusés par leurs parents, dans les cas d'inceste. Je suis sûre que vous avez déjà rencontré cela, inspecteur. Une femme appelle la police pour raconter que son mari la bat, mais quand la police débarque, elle prend la défense de ce dernier et s'interpose. Plusieurs conditions contribuent au développement du syndrome de Stockholm. Mia doit s'être sentie menacée par son agresseur, ce qui a été le cas. Il faut qu'elle ait été isolée des autres et n'ait eu de contacts qu'avec lui, ce qui a aussi été le cas. Qu'elle ait ressenti une certaine impuissance, l'impossibilité de s'échapper :

Une fille parfaite

c'est évident. Et enfin, que M. Thatcher ait manifesté un minimum d'humanité, par exemple en…

— Ne la laissant pas mourir de faim, conclut Eve.

— Exactement.

— En lui donnant des vêtements. Lui offrant un abri.

Je pourrais continuer ainsi. C'est tout à fait compréhensible pour moi.

Mais pas pour Eve. Elle attend que le Dr Rhodes prenne congé et s'éloigne avant de déclarer que Mia aimait Colin, du ton d'une mère qui connaît son enfant.

— Eve, je crois…

— Elle l'aimait.

Je n'ai jamais vu Eve aussi sûre de quelque chose. Sur le seuil de la chambre, elle contemple sa fille qui dort dans son lit. Elle la couve du regard comme une jeune mère son bébé.

Eve s'étend à côté de Mia dans le lit, tandis que je prends le deuxième lit double bien que j'aie ma propre chambre. Elle m'a supplié de ne pas la laisser.

Qui suis-je pour argumenter ? me dis-je en me glissant entre les draps. Je n'ai aucune idée de ce que l'on ressent quand on est amoureux.

Aucun de nous ne dort.

Je rappelle à Eve que ce n'est pas moi qui ai tué Colin. Mais ça ne fait rien parce que quelqu'un d'autre s'en est chargé.

EVE

APRÈS

Pendant le vol de retour, Mia reste perdue dans son monde, assise à côté du hublot, le front appuyé contre la vitre froide. Elle ne répond pas quand on lui parle et je l'entends parfois pleurer. Les larmes coulent sur ses joues et tombent sur ses mains. Quand j'essaye de la consoler, elle me repousse.

J'ai été amoureuse, à une époque, il y a si longtemps que je m'en souviens à peine. J'étais en extase devant ce bel homme rencontré dans un restaurant de la ville, cet homme séduisant qui me donnait l'impression de marcher sur des nuages. Aujourd'hui, il a disparu et tout ce qui reste entre nous, ce sont des frustrations et des paroles détestables. On ne me l'a pas pris. Je m'en suis éloignée, suffisamment pour perdre de vue ce visage jeune et ce sourire charmeur. Et malgré cela, j'en souffre encore.

Le Dr Rhodes nous quitte à l'aéroport. Elle recevra Mia le lendemain matin. Ensemble, nous avons convenu

Une fille parfaite

d'augmenter le nombre de séances pour les passer à deux par semaine. Le syndrome de stress post-traumatique est une chose, le chagrin en est une autre.

— Cela fait beaucoup à supporter pour n'importe qui, m'explique-t-elle et nous nous tournons ensemble pour regarder Mia poser la main sur son ventre.

Ce bébé n'est plus un fardeau, mais le dernier souvenir de cet homme, quelque chose à quoi se raccrocher.

Je pense à ce qui se serait passé si Mia avait avorté. Cela l'aurait sûrement détruite.

Nous récupérons la voiture de Gabe sur le parking. Il a proposé de nous raccompagner à la maison et tente maladroitement de porter tous les sacs, refusant mon aide. Mia marche plus vite que nous et nous devons accélérer pour la rattraper. Elle fait exprès pour ne pas voir mon visage inquiet ou croiser le regard de celui qu'elle considère comme l'assassin de celui qu'elle aimait.

Assise à l'arrière, elle s'enferme dans le mutisme pendant tout le trajet en voiture.

Gabe lui demande si elle a faim, mais elle ne répond pas.

Je lui demande si elle a assez chaud et elle m'ignore.

Il n'y a pas beaucoup de circulation. C'est dimanche, le genre de dimanche glacial que vous rêvez de passer au lit. La radio est allumée et joue en sourdine. Mia, la tête appuyée contre le dossier du siège, s'endort. Je regarde ses cheveux tomber sur ses joues roses, encore engourdies par le froid hivernal. Ses yeux s'agitent sous ses paupières, les images traversant son esprit malgré son corps endormi. J'essaye de comprendre comment une fille comme Mia a pu s'enticher d'un type tel que Colin Thatcher.

Puis mes yeux se posent sur l'homme assis à côté de moi, un homme si différent de James que c'en est presque comique.

— Je l'ai quitté, dis-je, les yeux fixés sur la route.

Gabe ne fait aucun commentaire. Mais quand sa main se pose sur la mienne, tout est dit.

Il nous dépose devant la porte. Je refuse son aide pour porter les bagages, lui assurant que je peux me débrouiller.

Mia pénètre dans l'immeuble sans moi. En silence, nous la regardons entrer. Gabe m'informe qu'il repassera plus tard dans la matinée. Il a quelque chose pour elle.

Puis une fois la porte d'entrée refermée, quand il est sûr qu'elle ne peut plus nous voir, il se penche pour m'embrasser, ignorant les passants sur les trottoirs ou les voitures qui foncent dans la rue. Je pose la main sur sa poitrine et le repousse.

— Je ne peux pas, dis-je.

Cela me fait plus de mal qu'à lui et je ne le quitte pas des yeux tandis qu'il scrute mon visage dans l'attente d'une explication, ses yeux doux m'interrogeant silencieusement. Puis, lentement, il hoche la tête. Cela n'a rien à voir avec lui. Il faut seulement que je reprenne ma vie en main. Une chose après l'autre. Cela fait si longtemps que j'ai baissé les bras.

*
**

Une fille parfaite

Mia me raconte : le bruit du verre cassé. Elle le regarde lutter pour sa vie. Il y a du sang partout. Il tend les mains vers elle, mais elle ne peut rien faire sinon le regarder s'écrouler.

Elle se réveille dans son lit en hurlant. Le temps que j'arrive, elle s'est laissée glisser sur le sol et penchée sur quelqu'un qui n'est pas là, elle murmure son nom.

— S'il te plaît, ne me quitte pas, dit-elle avant de défaire le lit à sa recherche, arrachant les couvertures et les draps. Owen, crie-t-elle.

Depuis le seuil de la chambre, j'assiste impuissante à la scène.

Ensuite, elle se relève et se précipite dans la salle de bains où elle atteint les toilettes, juste à temps pour vomir.

C'est ainsi tous les jours.

Parfois, les nausées sont moins pénibles. Mais pour Mia, ces jours-là sont les plus difficiles. Quand son esprit n'est pas focalisé sur son malaise physique, il ne cesse de la tourmenter en lui rappelant qu'Owen est mort.

— Mia, dis-je.

Je donnerais n'importe quoi pour qu'elle se sente mieux, mais il n'y a rien à faire.

Quand elle se sent prête, elle me raconte les dernières minutes dans le chalet. Les coups de feu qui résonnent comme les pétards d'un feu d'artifice, la fenêtre qui vole en éclats, les morceaux de verre qui tombent en pluie sur le sol, l'air glacial qui s'engouffre dans la brèche.

— Le bruit m'a terrifiée, déclare-t-elle. Mes yeux

fouillaient l'obscurité à l'extérieur jusqu'à ce que j'entende la respiration sifflante d'Owen. Il murmurait mon nom : Chloé et luttait pour trouver son souffle. Soudain, ses jambes l'ont trahi et ont cédé sous lui. Je ne comprenais pas ce qui se passait, dit-elle en pleurant, secouant la tête et revivant cet instant comme elle le fait, dans sa tête, des centaines de fois par jour. Je pose une main sur sa jambe pour l'apaiser.

Inutile de continuer. Mais elle veut me raconter. Il le faut parce que son esprit ne peut plus retenir les souvenirs qu'il renferme. Qui dorment dans un coin de sa tête comme un volcan sur le point d'entrer en éruption.

— Owen ? dit-elle, coincée dans un autre espace-temps. Il a lâché le pistolet qui est tombé en faisant une marque sur le plancher. Il tend les mains vers moi. Ses jambes fléchissent sous lui. Il y a du sang partout. On lui a tiré dessus. J'essaye de le rattraper, vraiment, mais il pèse trop lourd. Il s'écroule par terre. Je me baisse près de lui et sanglote : « Owen ! Oh ! mon Dieu, Owen. »

Elle me raconte qu'à cet instant, dans sa tête, elle a vu la côte déchiquetée de la Riviera italienne. C'est ce qu'elle a visualisé dans ces derniers instants. Les bateaux qui flottaient paresseusement sur la mer de Ligurie et les sommets escarpés des Alpes maritimes et des Apennins. Elle a vu une petite maison en pierre perdue dans les collines, auprès de laquelle ils travaillaient dans la campagne luxuriante jusqu'à ce que leur dos soit trop douloureux. Elle et l'homme appelé Owen. Elle s'imaginait qu'ils étaient libres,

Une fille parfaite

chez eux. Dans ces derniers instants, Mia a vu des enfants courir dans l'herbe haute, entre des rangées de ceps de vigne. Ils avaient les cheveux foncés comme lui et des yeux noirs comme lui et ils mélangeaient des mots italiens à leur anglais. *Bambino* et *allegro* et *vero amore*.

Elle me décrit le sang qui l'a éclaboussée. Comment il s'est répandu sur le sol, comment le chat a décampé à toute vitesse, ses petites pattes laissant des traces sanglantes à travers la pièce. Puis ses yeux ont fouillé la chambre comme si tout se passait à l'instant présent, alors que le chat est assis sur le bord de la fenêtre, immobile comme une statue de porcelaine.

Elle décrit sa respiration difficile qui lui demande de gros efforts. Et le sang, encore et toujours, partout.

— Puis ses yeux se figent. Sa poitrine cesse de se soulever. Je le secoue. Réveille-toi, réveille-toi. Oh ! mon Dieu, s'il te plaît, réveille-toi. S'il te plaît, ne me laisse pas.

Elle sanglote sur les draps de son lit. Elle me dit qu'il a cessé de lutter au moment où la porte s'ouvrait. Puis il y a eu cette lumière éblouissante et une voix masculine qui lui ordonnait de s'écarter du corps.

— *S'il te plaît, ne m'abandonne pas*, sanglote-t-elle.

Chaque matin, elle se réveille en criant son nom.

Elle dort dans la chambre. Quant à moi, je déroule un futon et dors dans le salon. Elle refuse de tirer les rideaux et de laisser entrer le monde chez elle. Elle préfère l'obscurité qui lui permet de croire qu'il fait nuit vingt-quatre heures sur vingt-quatre et de s'enfoncer dans sa dépression. J'ai du mal à la faire manger.

— Si tu ne le fais pas pour toi, fais-le pour le bébé.

— Il est ma seule raison de vivre maintenant.

Elle me confie qu'elle se rend compte que cela ne peut pas durer ainsi. Elle ne le dit pas dans un accès de lucidité, mais pendant qu'elle pleure, désespérée. Elle pense à la mort, aux divers moyens de se tuer qu'elle énumère pour moi. Je prends la décision de ne jamais la laisser seule.

Lundi matin, Gabe débarque avec une boîte d'objets ramassés dans le chalet et conservés à titre de preuves.

— Je comptais les rendre à la mère de Colin, dit-il. Mais j'ai pensé que vous aimeriez les voir.

Il espérait un cessez-le-feu. Il ne récolte qu'un regard de reproche tandis qu'elle murmure « Owen ».

Quand je la force à sortir de la chambre, elle s'installe devant la télévision qu'elle regarde sans la voir. Je dois surveiller les programmes. Elle a du mal à supporter les informations, lorsqu'ils prononcent des mots comme « mort », « meurtre » ou encore « détenu ».

J'explique à Mia que ce n'est pas Gabe qui a tué Owen, à quoi elle répond que cela n'a pas d'importance. Ça ne veut rien dire. Il est mort. Elle ne déteste pas Gabe pour ça. Elle ne ressent rien. Il y a comme un énorme vide en elle. J'essaye de justifier ce qu'il a fait — ce que nous avons tous fait. J'essaye de lui faire comprendre que la police était là pour la protéger et que ce qu'ils ont vu, c'était un homme armé et sa proie.

Plus que tout, Mia s'en veut. C'est elle qui a mis l'arme dans les mains de Colin. Elle pleure la nuit en répétant qu'elle est désolée. Le Dr Rhodes tente

Une fille parfaite

de lui expliquer les divers degrés du chagrin : le déni et la colère. Un jour, promet-elle, vous accepterez cette perte.

Mia ouvre la boîte apportée par Gabe et en sort un sweat-shirt gris à capuche. Elle le porte à son visage, ferme les yeux et respire le coton. De toute évidence, elle envisageait de le garder.

— Mia, ma chérie, dis-je. Laisse-moi le laver.

Il sent extrêmement mauvais, pourtant elle refuse de le lâcher.

— Non, proteste-t-elle.

Elle dort toutes les nuits avec ce vêtement, rêvant que c'est lui qui la tient dans ses bras.

Elle le voit partout : dans ses rêves, quand elle est éveillée. Hier, j'ai insisté pour qu'elle vienne avec moi faire une promenade. Le froid était supportable pour une journée de janvier. Nous avions besoin d'air frais. Cela faisait des jours que nous étions enfermées dans cet appartement. Je l'avais nettoyé, frottant la baignoire qui n'avait pas été utilisée depuis des mois. Je m'étais occupée des plantes, jetant les feuilles mortes à la poubelle. Ayanna avait proposé de faire quelques courses pour nous au supermarché — du lait, du jus d'orange et, à ma demande, des fleurs fraîches, quelque chose qui rappellerait à Mia toutes les choses encore vivantes dans ce monde.

Mia a donc enfilé la veste trouvée également dans la boîte de Gabe et nous sommes sorties. En bas des marches, elle s'est arrêtée et a fixé un endroit imaginaire de l'autre côté de la rue. Je ne sais pas combien de temps elle est restée ainsi, jusqu'à ce que je la tire gentiment par le bras.

— Marchons, ai-je dit.

Impossible pour moi de deviner ce qu'elle pouvait bien voir ; il n'y avait rien, seulement un immeuble en briques de quatre étages avec des échafaudages devant la façade.

L'hiver à Chicago est rude mais, de temps en temps, Dieu nous gratifie d'une journée à zéro degré pour nous rappeler que le malheur n'est pas immuable. Ça va, ça vient. Il doit faire trois ou quatre degrés quand nous commençons notre balade, le genre de journées pendant lesquelles les adolescents s'élancent dehors en short et T-shirt, oubliant qu'en octobre, de telles températures nous horrifiaient.

Nous restons dans les quartiers résidentiels parce qu'ils sont moins bruyants. Les bruits de la ville nous parviennent à distance. C'est la mi-journée. Elle traîne les pieds. Au coin de Waveland, elle se heurte à un jeune homme qui arrive en sens inverse. J'aurais pu la retenir si je n'avais pas été occupée à ce moment-là à regarder un décor de Noël oublié sur un balcon, totalement déplacé à côté des flaques de neige fondue sur le trottoir qui laissent entrevoir le printemps. L'homme est mignon avec une casquette de base-ball enfoncée sur la tête, les yeux fixés sur le sol. Mia ne faisait pas attention. Elle s'effondre presque, incrédule.

— Je suis désolé, je suis désolé, répète l'homme qui ne comprend pas les larmes de ma fille.

Je le supplie de ne pas s'inquiéter.

Une fille parfaite

Il porte la même casquette que celle récupérée par Mia dans la boîte, celle qui est posée sur sa table de nuit.

Le chagrin et les nausées la font courir vers la salle de bains trois, parfois quatre fois par jour.

Gabe débarque dans l'après-midi, bien décidé à obtenir le fin mot de l'histoire. Jusqu'à aujourd'hui, il se contentait de petites visites dans le but de se concilier Mia. Mais il me rappelle qu'il existe toujours une menace quelque part, une épée de Damoclès au-dessus de sa tête, et que les policiers garés devant l'immeuble pour assurer sa sécurité ne resteront pas là éternellement. Il fait asseoir Mia sur le futon.

— Parlez-moi de sa mère, demande-t-elle à brûle-pourpoint.

De toute évidence, ce sera donnant donnant.

L'appartement de Mia fait approximativement quarante mètres carrés. Il se compose d'un salon avec le futon et une petite télévision ; le futon sert de lit d'appoint en cas de visite. J'ai lavé plusieurs fois la salle de bains qui me semble pourtant toujours aussi sale. La baignoire se remplit d'eau chaque fois que je prends une douche. La cuisine ne peut accueillir qu'une seule personne ; impossible d'être à côté du réfrigérateur quand la porte est ouverte sans heurter la gazinière. Il n'y a pas de lave-vaisselle. Le radiateur chauffe à peine la pièce et quand il se décide à fonctionner, la température grimpe à trente degrés. Nous mangeons, assises sur le futon que nous replions rarement vu que je dors dessus toutes les nuits.

— Kathryn, répond Gabe.

Il s'est assis au bord du futon. Cela fait des jours maintenant que Mia pose des questions sur la mère de Colin. Je ne savais pas quoi lui répondre sinon que Gabe en saurait plus que moi. Je n'ai jamais rencontré cette femme. Pourtant, d'ici à quelques mois, nous serons toutes les deux grands-mères du même enfant.

— Elle est malade. Un stade avancé de la maladie de Parkinson.

Je passe dans la cuisine où je fais mine de laver la vaisselle.

— Je sais.

— Elle va aussi bien que possible. Elle a été admise dans une maison de repos parce qu'elle était incapable de prendre soin d'elle-même.

Mia demande comment cette femme s'est retrouvée dans une maison de repos. D'après Colin — Owen —, sa mère vivait dans sa propre maison.

— C'est moi qui l'ai emmenée là-bas.

— Vous l'avez fait admettre dans une maison de repos ?

— Oui. Mme Thatcher a besoin de soins constants.

Gabe gagne quelques points dans l'estime de Mia.

— Il s'inquiétait pour elle.

— Avec raison. Mais elle va bien. Je l'ai accompagnée à l'enterrement.

Il se tait suffisamment longtemps pour qu'elle digère l'information. Gabe m'avait parlé de l'enterrement qui avait eu lieu quelques jours à peine après le retour de Mia. A ce moment-là, nous nous concentrions sur le premier rendez-vous avec le Dr Rhodes et découvrions que le simple ronronnement du réfrigérateur terrifiait

Une fille parfaite

mon enfant. Gabe avait découpé la notice nécrologique dans le journal de Gary et me l'avait apportée, ainsi que le programme des funérailles avec cette photo en papier glacé sur la couverture, une photo en noir et blanc sur du papier ivoire. Ce jour-là, j'avais été furieuse que Colin Thatcher bénéficie d'un tel enterrement. J'avais jeté le programme au feu et l'avais regardé se consumer dans les flammes. J'avais prié pour que la même chose arrive à l'homme — qu'il brûle en enfer.

J'arrête ce que je suis en train de faire et attends les pleurs qui ne viennent pas. Mia demeure immobile.

— Vous avez assisté à l'enterrement ?

— Oui. Cela a été de belles funérailles.

La cote de Gabe remonte en flèche. Je perçois un changement dans la voix de Mia qui a perdu l'intonation de dégoût qu'elle réservait jusque-là au policier. Elle s'est adoucie, a perdu sa méfiance. Moi, d'un autre côté, debout dans la cuisine et serrant entre les mains une assiette en céramique, j'imagine Colin en train de brûler en enfer tout en essayant de me rétracter.

— Le cercueil était-il…

— Fermé. Mais il y avait des photos. Et beaucoup de monde. Il ne savait probablement pas qu'autant de gens l'appréciaient.

— Je sais, murmure-t-elle.

Le silence retombe. Plus de silence que je ne peux en supporter. J'essuie mes mains sur la couture de mon pantalon. Quand je jette un œil dans le salon, je constate que Gabe est assis à côté de Mia et qu'il l'a laissée poser la tête sur son épaule. Son bras est passé autour de sa taille et elle pleure.

Je voudrais m'interposer, qu'elle pose la tête sur mon épaule, mais je n'ose pas.

— Mme Thatcher habite maintenant avec sa sœur, Valerie. Elle jouit d'un traitement médical et est mieux armée pour lutter contre la maladie.

Je me cache dans la cuisine comme si je n'écoutais pas.

— La dernière fois que je l'ai vue, elle avait… de l'espoir. Expliquez-moi comment vous avez atterri dans ce chalet, demande Gabe.

Elle dit que ça fait partie des choses faciles à expliquer.

Je retiens mon souffle. Je ne suis pas certaine d'avoir envie de savoir. Elle raconte à Gabe ce qu'elle sait. Qu'il a été embauché pour l'attraper et la remettre à un homme dont elle n'a jamais entendu parler. Mais qu'il n'a pas pu s'y résoudre. A la place, il l'a emmenée dans cet endroit où il croyait qu'elle serait en sécurité.

Je prends une profonde inspiration. Il l'a emmenée dans un endroit où elle serait en sécurité. Ce n'était peut-être pas un dingue après tout.

Elle parle d'une rançon et déclare que cela aurait quelque chose à voir avec James.

Je suis revenue dans le salon où je peux entendre. A la mention du père de Mia, Gabe se lève du futon et commence à arpenter la pièce.

— Je le savais, répète-t-il encore et encore.

J'observe mon bébé sur le futon et me dis que son père avait la possibilité de la protéger de tout ça.

Une fille parfaite

Je quitte l'appartement, trouvant du réconfort dans le froid glacial dehors. Gabe me laisse partir, sachant qu'il ne peut pas nous consoler toutes les deux en même temps.

Quand elle va se coucher, le soir, je l'entends se tourner et se retourner dans son lit. Je l'entends pleurer et prononcer son nom. Je reste devant la porte de sa chambre, rêvant de lui faire oublier sa peine tout en sachant que c'est impossible. Gabe m'a dit que je ne pouvais rien faire. *Juste être là pour elle.*

Elle dit qu'elle pourrait se noyer dans la baignoire.

Elle pourrait se couper les veines avec un couteau de cuisine.

Elle pourrait mettre la tête dans le four.

Elle pourrait sauter par la fenêtre.

Elle pourrait sauter du quai du métro, une nuit.

GABE

APRÈS

J'obtiens un mandat pour fouiller le bureau du juge qui nous reçoit, fou de rage. Le sergent m'accompagne et tente de le calmer, mais le juge Dennett l'envoie balader. Il fulmine, affirmant n'avoir rien à cacher, jurant que nous allons ressortir de cette pièce les mains vides et nous retrouver tous au chômage.

Mais nous ne ressortons pas les mains vides. Nous découvrons en fait trois lettres de menaces dissimulées parmi les affaires personnelles du juge, enfermées sous clé. Trois demandes de rançon. Les lettres l'informent du kidnapping de sa fille et demandent, pour sa libération, un paquet d'argent, faute de quoi ils divulgueront le fait que le juge Dennett a accepté un pot-de-vin de trois cent cinquante mille dollars en 2001 en échange d'une peine clémente dans une affaire de racket.

Du chantage.

Cela demande un peu de temps et de travail (mon

Une fille parfaite

formidable travail d'enquêteur), des interrogatoires, mais nous finissons par identifier les coupables dans cette affaire de kidnapping raté, y compris un certain Dalmar Osoma, un Somalien qui a contribué à l'élaboration du plan. Une équipe est constituée pour le traquer.

Je me taperais dans le dos pour me féliciter si je pouvais l'atteindre, mais je ne peux pas. Alors, mon chef s'en charge à ma place.

Quant au juge Dennett, c'est lui qui se retrouve au chômage après avoir été rayé du barreau, ce qui est bien le cadet de ses soucis. En effet, accusé de dissimulation de preuves et d'obstruction à la justice, il attend son procès. Une enquête est également diligentée concernant cette accusation de corruption, histoire de voir si on peut en tirer quelque chose. Je parierais ma vie là-dessus. Sinon, pourquoi le juge aurait-il dissimulé les lettres dans ses dossiers en croyant que personne ne les découvrirait ?

Je passe le voir avant son départ pour la prison.

— Vous saviez, dis-je, incrédule. Vous aviez toujours su. Vous saviez que votre enfant avait été enlevé.

Quel genre d'homme peut faire ça à son propre enfant ?

Sa voix vibre toujours autant d'orgueil, mais pour la première fois j'y décèle une trace de honte.

— Pas au début, reconnaît-il.

Il est enfermé dans une cellule du commissariat. Le juge Dennett derrière les barreaux : une situation dont je rêvais depuis que nos chemins s'étaient croisés. Assis au bord du matelas, il fixe les toilettes, sachant que tôt ou tard il devra se résoudre à pisser devant nous.

C'est la première fois que je suis convaincu de sa sincérité.

Il m'explique qu'au début, il pensait sincèrement que Mia leur jouait un tour à sa façon. D'après lui, c'est dans sa nature.

— Elle avait déjà fugué dans le passé, explique-t-il.

Puis les lettres ont commencé à arriver. Il ne voulait pas que quelqu'un découvre qu'il était corrompu, qu'il avait accepté un pot-de-vin, il y a quelques années de cela. Il risquait la radiation du barreau. Mais, reconnaît-il, et pendant une seconde je le crois, il ne voulait pas que quoi que ce soit arrive à Mia. Il comptait payer la rançon pour sa libération, mais aussi pour acheter le silence de ses ravisseurs. Alors, il a réclamé des preuves que sa fille était toujours vivante, mais aucune ne lui a été fournie.

— Parce qu'ils ne la détenaient pas, dis-je. Colin Thatcher leur a coupé l'herbe sous le pied. Colin Thatcher a probablement sauvé la vie de Mia.

— Alors, j'en ai conclu qu'elle était morte.

— Et ?

— Si elle était morte, personne n'avait besoin de savoir ce que j'avais fait, reconnaît-il avec une humilité que je n'aurais jamais imaginée chez lui.

De l'humilité *et* des remords. Regrettait-il sincèrement ce qu'il avait fait ?

Je pense à toutes ces journées qu'il a partagées avec Eve, à toutes ces nuits où, couché dans le même lit qu'elle, il était persuadé que leur fille était morte.

Une fille parfaite

Eve a engagé une procédure de divorce. Quand elle l'obtiendra, elle recevra la moitié de tous les biens de son mari. Assez d'argent pour leur offrir une nouvelle vie, à elle et à Mia.

Epilogue

MIA

APRÈS

Installée dans le bureau opaque du Dr Rhodes, je lui raconte cette nuit-là.

Il pleuvait à verse, un véritable déluge, et nous étions assis, Owen et moi, dans la pièce sombre à écouter le raffut que faisaient les gouttes d'eau en s'écrasant sur le toit du chalet de bois. Nous étions allés ramasser du bois pour le feu et, la pluie nous ayant surpris, nous étions rentrés en courant, pas assez vite pourtant pour éviter d'être trempés.

— C'est cette nuit-là que les choses ont changé entre Owen et moi, dis-je. C'est cette nuit-là que j'ai compris la raison de ma présence dans ce chalet, avec lui. Owen ne cherchait pas à me faire du mal.

Je revoyais ses yeux sombres et graves posés sur

Une fille parfaite

moi tandis qu'il m'expliquait la situation. « Personne ne sait que nous sommes ici, avait-il dit. S'ils le découvraient, ils nous tueraient, toi et moi. »

Soudain, je faisais partie d'un tout, je n'étais plus seule au monde comme je l'avais été durant toute mon existence.

— Il me sauvait la vie, dis-je.

Alors, tout a changé.

A partir de ce moment-là, j'ai cessé d'avoir peur. J'ai compris.

Je me confie au Dr Rhodes, lui révélant des détails sur le chalet, sur notre vie là-bas, sur Owen.

— Etiez-vous amoureuse de lui ? demande-t-elle, et je réponds que oui.

Mes yeux se remplissent de larmes. Le médecin me tend un mouchoir en papier par-dessus la table basse qui nous sépare et je cache mon visage dedans pour pleurer.

— Dites-moi ce que vous ressentez, Mia, dit-elle et je lui explique combien il me manque, combien je regrette d'avoir retrouvé la mémoire. J'aurais tellement préféré rester dans le noir, complètement inconsciente de la mort d'Owen.

Mais évidemment, tout ne se résume pas à cela.

Il y a des choses que je ne pourrai jamais lui avouer.

Je peux lui confier combien le chagrin me hante, jour et nuit, mais je ne pourrai jamais lui expliquer ma responsabilité dans cette affaire. Le fait que c'est moi qui ai conduit Owen jusqu'à ce chalet, qui ai mis cette arme entre ses mains. Si je lui avais dit la vérité, nous aurions pu mettre au point un plan. Nous aurions réfléchi ensemble. Mais dans ces premières minutes, pendant ces premières journées, j'avais bien trop peur de ce qu'il pourrait me faire si je lui avouais la vérité. Et par la suite, je ne pouvais plus la lui dire de peur que cela ne change tout entre nous.

De peur qu'il cesse d'être mon chevalier me protégeant de mon père et de Dalmar, même si tout cela n'était qu'une mascarade, un coup monté.

J'avais passé ma vie à rêver de quelqu'un qui prendrait soin de moi. Et maintenant que je l'avais trouvé, pas question pour moi d'y renoncer.

Je caresse mon ventre qui ne cesse de s'arrondir et sens le bébé bouger. Derrière les fenêtres de verre dépoli, l'été est arrivé, apportant dans son sillage la chaleur et l'humidité qui rendent toute respiration difficile. Bientôt le bébé sera là, un souvenir d'Owen, et je ne serai plus seule.

Je garde une image à la mémoire. Un jour, alors que j'étais au lycée, je suis revenue de l'école toute fière d'avoir récolté un A à un de mes devoirs. Ma mère l'avait accroché sur le réfrigérateur au moyen d'un aimant « Bee Happy » que je lui avais offert pour Noël. Quand mon père était rentré, il avait aperçu le devoir. Il y avait jeté un coup d'œil rapide avant de se tourner vers ma mère.

— On devrait virer ce prof d'anglais, avait-il commenté. Mia est assez grande maintenant pour éviter de faire ce genre d'erreur, tu ne trouves pas,

Une fille parfaite

Eve ? avait-il dit en montrant la seule faute d'orthographe de tout le devoir.

Il s'était ensuite servi du devoir comme sous-verre et j'avais eu le temps de voir l'eau s'infiltrer dans les fibres du papier avant de quitter la pièce en courant.

J'avais douze ans.

Je me rappelle ce jour de septembre où je suis entrée dans ce bar sombre. C'était une magnifique journée d'été indien mais, à l'intérieur, il faisait sombre. Il n'y avait presque personne, ce qui était normal à 2 heures de l'après-midi. Seuls quelques clients, assis tranquillement à leur table, noyaient leur chagrin dans des verres de bourbon ou de whisky. Le bar était situé au rez-de-chaussée d'un immeuble en briques couvert de graffitis. De la musique jouait en sourdine. Johnny Cash. Je n'étais pas dans mon quartier, mais plus loin au sud-ouest, à Lawndale. Mes yeux avaient fait le tour du bar et j'avais pu constater que j'étais la seule personne blanche. Des tabourets s'alignaient le long du bar de bois, leurs sièges en vinyle craquelé sur les bords, et des étagères de verre recouvraient le mur à l'arrière. Un nuage de fumée dérivait vers le plafond, opacifiant l'espace. La porte d'entrée était maintenue ouverte par une chaise, mais même ainsi la fraîcheur de cette journée automnale — les rayons du soleil et l'air doux — hésitait à franchir le seuil. Le barman, un homme chauve avec une barbichette, m'a saluée d'un signe de tête et m'a demandé ce que je voulais boire.

J'ai commandé une bière et je me suis dirigée vers l'arrière du bar, vers une table proche des toilettes des hommes, là où il m'avait dit qu'il s'installerait. A sa vue, la bile est remontée dans ma gorge et j'ai eu un peu de mal à respirer. Ses yeux étaient noirs comme du charbon, sa peau sombre et caoutchouteuse comme le revêtement des pneus. Il était avachi sur une chaise au dossier en lattes de bois, penché sur sa bière. Il portait une veste de treillis vraiment superflue par une telle journée, ma propre veste étant nouée par les manches autour de ma taille.

Je lui ai demandé s'il était bien Dalmar et il m'a observée pendant une minute, ses yeux anthracite examinant mes cheveux récalcitrants, l'expression décidée de mon regard. Ils s'étaient attardés sur mon corps, notant mon chemisier en oxford et mon jean ; ils avaient soupesé le sac noir que je portais en bandoulière et la parka nouée autour de ma taille.

Je n'ai jamais été aussi sûre de moi que ce jour-là.

Il ne m'a pas dit s'il était ou non Dalmar, se contentant de me demander ce que j'avais pour lui. Sa voix était basse, grave, marquée par son accent africain. Je me suis assise sur la chaise en face de lui et j'ai pris conscience de sa taille — il était grand, beaucoup plus grand que moi : quand il s'est emparé de l'enveloppe que j'avais retirée de mon sac et posée sur la table, j'ai vu que ses mains étaient deux fois plus grandes que les miennes. Il était noir comme le plus foncé des ours noirs, avec la peau luisante d'une orque, un super-prédateur sans aucun ennemi naturel. Face à moi, il se savait au sommet de la chaîne alimentaire, alors que j'étais au simple rang de l'algue.

Il m'a demandé pourquoi il devrait me faire

Une fille parfaite

confiance et comment il pouvait être certain de ne pas être finalement le dindon de la farce.

J'ai pris mon courage à deux mains et lui ai retourné la question.

Il a ri, un rire effronté et un peu dément.

— Ah, oui, en effet. Mais il y a une grande différence, voyez-vous. Personne ne se moque impunément de Dalmar.

Et j'ai alors compris que si quelque chose tournait mal, il me tuerait.

Pourtant, pas question pour moi de me laisser impressionner.

Il a retiré les papiers de l'enveloppe : la preuve que je détenais depuis près de six semaines en attendant d'avoir décidé de ce que j'allais bien pouvoir en faire. En parler à ma mère ou aller à la police semblait un peu trop facile, trop mondain. Il fallait frapper fort, trouver un châtiment ignoble à la mesure d'un crime tout aussi ignoble. Qu'il soit rayé du barreau ne compensait pas, tant s'en faut, le fait qu'il soit un mauvais père. Mais la perte d'une grosse somme d'argent, l'effondrement de sa formidable réputation s'en rapprochait. Un peu en tout cas.

Trouver les preuves n'avait pas été une tâche facile, c'est certain. J'étais tombée sur des papiers enfermés à clé dans un classeur, un soir que mon père avait traîné ma mère à Navy Pier pour un dîner de gala à cinq cents dollars par tête de pipe, donné au profit d'une association à but non lucratif dont l'objet était d'améliorer l'éducation des enfants défavorisés, ce que je trouvais complètement absurde, pour ne pas dire ridicule, vu le mépris avec lequel mon père considérait mon choix de carrière.

J'avais téléphoné à ma mère pour l'informer que mon ordinateur venait de tomber en panne et elle avait aussitôt proposé que j'utilise le sien, un vieil appareil lent et obsolète, avant de suggérer que j'apporte mes affaires et dorme sur place, ce que j'avais accepté. Mais évidemment, pas question pour moi de rester. J'avais donc pris le métro jusqu'à Linden, puis un taxi jusqu'à la maison familiale. J'avais quand même apporté un sac, histoire de sauver les apparences. Sac qui me fut bien utile, plusieurs heures plus tard, pour emporter mes trouvailles, dégotées après avoir fouillé chaque recoin du bureau de mon père. J'avais ensuite sauté dans un taxi et regagné mon appartement où mon ordinateur en parfait état de marche m'avait permis de rechercher un détective privé susceptible de m'aider à transformer mes soupçons en preuves irréfutables.

Je ne pensais pas particulièrement au chantage. Pas vraiment. En réalité, n'importe quoi aurait fait l'affaire : fraude fiscale, faux en écriture, faux témoignage, harcèlement, n'importe quoi. Mais c'est le chantage qui a gagné. J'ai déniché des papiers dans une enveloppe fermée à l'intérieur d'un classeur cadenassé, faisant état d'un transfert de trois cent cinquante mille dollars sur un compte offshore. La chance étant avec moi, j'avais trouvé la clé du classeur dissimulée dans les feuilles d'une boîte de thé offerte à mon père une douzaine d'années plus tôt par un homme d'affaires chinois. Une si jolie clé, petite, argentée, magnifique.

Une fille parfaite

— Qu'est-ce que vous avez en tête ? a demandé l'homme assis en face de moi.

Dalmar.

Je ne savais pas vraiment comment l'appeler. Un tueur à gages, un mercenaire. Parce que, après tout, c'était son travail. J'avais obtenu son nom par l'intermédiaire d'un de mes voisins, un individu louche qui avait déjà eu pas mal d'ennuis avec la justice, la police débarquant régulièrement chez lui au milieu de la nuit. Le genre vantard qui adorait raconter ses exploits en montant l'escalier de l'immeuble. La première fois que j'avais parlé avec Dalmar au téléphone — un simple appel depuis une cabine téléphonique au coin de la rue pour organiser cette rencontre —, il m'avait demandé comment je voulais qu'il tue mon père. J'avais répondu que je n'avais pas l'intention de le faire tuer. Le sort que je lui réservais était bien pire que la mort : voir sa réputation ruinée, souillée, son nom calomnié. Se retrouver au milieu des voyous qu'il envoyait en prison serait pour mon père comme un véritable purgatoire : l'enfer sur terre.

Dalmar prendrait soixante pour cent de l'argent de la rançon, moi, quarante. J'avais accepté parce que je n'étais pas en position pour négocier. Et quarante pour cent représentait déjà une jolie somme. Quatre-vingt mille dollars pour être exacte. Argent que je comptais offrir anonymement à mon école. J'avais tout prévu dans ma tête et tout préparé. Pour que cela ait l'air vrai, je ne me contenterais pas simplement de disparaître. Il fallait qu'il y ait des preuves pour l'enquête qui s'ensuivrait, des témoins, des empreintes, des enregistrements vidéo, ce genre de choses. Je ne voulais pas savoir qui, quand ou comment. Il fallait un facteur de surprise pour que ma propre réaction soit naturelle : une femme terrifiée, victime d'un kidnapping. J'avais trouvé un vieil immeuble en piteux état à Albany Park, au nord-ouest de la ville. C'était là que je comptais me cacher pendant que les professionnels, Dalmar et ses sbires, s'occuperaient du reste. C'était du moins le plan prévu. J'avais payé d'avance trois mois de loyer avec un acompte sur l'argent que Dalmar m'avait consenti, et stocké des bouteilles d'eau, des fruits en conserve, de la viande et du pain surgelés pour ne pas avoir à sortir. J'avais aussi acheté de l'essuie-tout et du papier-toilette, ainsi que des fournitures de dessin en pagaille pour ne pas prendre le risque d'être vue à en acheter. Une fois la rançon payée et les magouilles de mon père découvertes, c'est dans ce petit appartement pourri à Albany Park qu'on viendrait à mon secours, que la police me retrouverait attachée et bâillonnée, mon kidnappeur envolé.

Dalmar a voulu savoir qui serait l'otage, qui il allait devoir kidnapper pour obtenir la rançon. J'ai regardé ses yeux noirs, son crâne chauve et la cicatrice de près de huit centimètres qui courait le long de son cou, probablement occasionnée par une lame — couteau à cran d'arrêt ou machette — qui avait tranché sa peau fragile, créant dans le même temps un homme intouchable à l'intérieur.

Des yeux, j'ai fait le tour du bar pour m'assurer qu'aucune oreille indiscrète ne traînait. Presque toutes

Une fille parfaite

les personnes présentes, à l'exception de la serveuse d'une vingtaine d'années en jean et T-shirt un peu trop moulant, étaient des hommes ; tous à l'exception de moi étaient noirs. Un homme ivre au bar est descendu maladroitement de son tabouret et s'est dirigé d'une démarche incertaine vers les toilettes des hommes. Je l'ai regardé passer et pousser la grosse porte de bois avant de croiser de nouveau les yeux sérieux et impitoyables de Dalmar.

— Moi, ai-je répondu.

REMERCIEMENTS

D'abord et surtout, un énorme merci à mon incroyable agent littéraire, Rachael Dillon Fried, et à son indéfectible foi en ce livre. Jamais je ne pourrai assez te remercier, Rachael, pour ton travail et ton soutien infini, et surtout pour ton absolue conviction qu'*Une fille parfaite* ne serait pas qu'un simple dossier de plus dans mon ordinateur. Sans toi, rien de tout ceci ne serait jamais arrivé !

Merci également à mon éditrice, Erika Imranyi, qui a été absolument formidable pendant toute l'écriture de ce livre. Je ne pourrais jamais trouver un éditeur plus parfait. Erika, tes brillantes idées ont contribué à façonner *Une fille parfaite* en ce qu'il est aujourd'hui, un produit fini dont je suis extrêmement fière. Merci de m'avoir offert cette fabuleuse opportunité et de m'avoir encouragée à donner le meilleur de moi-même.

Merci aussi à tous les collaborateurs de Greenburger Associates et de Harlequin MIRA pour leur aide et leurs encouragements tout le long du chemin.

Un grand merci également à ma famille et à mes amis — et particulièrement à ceux qui ignoraient complètement que j'avais écrit un roman et qui ont réagi avec fierté et m'ont soutenue, notamment mon père et ma mère, les familles Shemanek, Kahlenberg et Kyrychenko, et Beth Schillen pour ses commentaires sincères.

Enfin, merci à mon mari, Pete, pour m'avoir offert l'opportunité de réaliser mon rêve, et à mes enfants qui sont peut-être les plus excités de tous d'avoir une maman qui a écrit un roman !

CHEZ MOSAÏC POCHE

Par ordre alphabétique d'auteur

DIANE CHAMBERLAIN — *Une vie plus belle*

SYLVIA DAY — *Afterburn/Aftershock*

ADENA HALPERN — *Les dix plus beaux jours de ma vie*

KRISTAN HIGGINS — *L'Amour et tout ce qui va avec*
Tout sauf le grand Amour
Trop beau pour être vrai
Amis et RIEN de plus

ELAINE HUSSEY — *La petite fille de la rue Maple*

LISA JACKSON — *Ce que cachent les murs*
Le couvent des ombres
Passé à vif
De glace et de ténèbres
Linceuls de glace

MARY KUBICA — *Une fille parfaite*

ANNE O'BRIEN — *Le lys et le léopard*

TIFFANY REISZ — *Sans limites*
Sans remords

EMILIE RICHARDS — *Le bleu de l'été*
Le parfum du thé glacé
La saison des fleurs sauvages

NORA ROBERTS — *Par une nuit d'hiver*
La saga des O'Hurley
La fierté des O'Hurley
Rêve d'hiver
Des souvenirs oubliés

La plupart de ces titres sont disponibles en numérique.

CHEZ MOSAÏC POCHE

Par ordre alphabétique d'auteur

ROSEMARY ROGERS
Un palais sous la neige
L'intrigante
Une passion russe
La belle du Mississippi
Retour dans le Mississippi

KAREN ROSE
Le silence de la peur
Elles étaient jeunes et belles
Les roses écarlates
Dors bien cette nuit
Le lys rouge
La proie du silence

La plupart de ces titres sont disponibles en numérique.

Composé et édité par Harper Collins France

Achevé d'imprimer en France par CPI
en octobre 2016

Dépôt légal : avril 2016
N° d'impression : 2026286

Pour l'éditeur, le principe est d'utiliser des papiers
composés de fibres naturelles, renouvelables, recyclables,
et fabriquées à partir de bois issus de forêts gérées selon
un système d'aménagement durable. En outre, l'éditeur attend
de ses fournisseurs de papier qu'ils s'inscrivent dans
une démarche de certification environnementale reconnue.